KB091921

글로벌 시대의 기억과 서사

경상대학교 인문학총서 **18**

글로벌 시대의 기억과 서사

초판 인쇄 2019년 12월 20일
초판 발행 2019년 12월 27일

지 은 이 김미정 · 김용환 · 김제정 · 김지영 · 박은희 · 신종훈
　　　　　윤용선 · 이정민 · 정영훈 · 홍상우 · 홍준기
펴 낸 이 박찬익
책임편집 한병순
펴 낸 곳 ㈜ **박이정**
주　　소 서울시 동대문구 천호대로 16가길 4
전　　화 02) 922-1192~3
팩　　스 02) 928-4683
홈페이지 www.pjbook.com
이 메 일 pijbook@naver.com

등　　록 2014년 8월 22일 제305-2014-000028호

ISBN 979-11-5848-553-5 (93800)

* 책값은 뒤표지에 있습니다.

인문학총서 18

글로벌 시대의
기억과 서사

경상대학교 인문학연구소

(주)박이정

    경상대학교 인문학연구소는 최근 3년 가까이 '기억, 서사, 정체성'이라는 주제를 가지고 우리 시대가 마주하고 있는 현상들에 대한 인문학적 성찰과 연구를 지속적으로 수행하였으며, 그 결과들을 총서의 형태로 발간해 왔다. 인문학 연구소는 올해도 '현대 한국의 기억과 서사'라는 주제로 전국규모의 학술대회까지 개최할 수 있었다. 기억과 서사라는 주제를 가지고 정체성에 관한 연구를 지속하는 중요한 이유는 21세기 한반도 남단의 정치공동체에서 살아가고 있는 현대 한국인들은 누구이며, 어떤 문제들을 가지고 있고, 어디로 가고 있으며 동시에 어디로 가야할 것인가라는 질문들에 대답할 수 있기 위한 작은 실마리를 제공하는 데에 있다.

    물론 기억과 서사를 통해서 정체성을 파악하는 작업에는 분명 경계해야 할 지점이 있다. 왜냐하면 기억 자체가 본래 논쟁적이고 당파적인 성격을 가질 뿐만 아니라 스스로를 강화하는 기능까지 가지고 있기 때문이다. 역사가 토니 주트(Tony Judt)는 2차 세계대전 이후 유럽이 의도적으로 잘못된 기억에 의해서 건설되었음을 환기시키면서 제도화된 공적 기억이 집단적 정체성의 토대가 되었다는 사실을 지적하였다. 그에 의하면 홀로코스트라는 유럽의 야만적 역사에 대해 유럽의 공적 기억은 기억하고 싶지 않은 일들을 선택적으로 지우거나 침묵함으로써 스스로를 지킬 수밖에 없었다. 이처럼 의도적 망각과 선택적 기억에 바탕을 둘 수밖에 없는 서사에는 언제나 편향성 혹은 자기중심성이라는 약점이 도사리고 있다. 그러한 이유로 기억과 서사를 통한 정체성을 확인하는 연구에는 그 주제를 상대화시키려는 지속적인 노력이 동반되어야만 한다. 현대 한국과 한국인에 대한 기억과 서사 역시 이러한 노력을 소홀히 해서는 안 될 것이다.

'글로벌 시대의 기억과 서사'라는 제목을 달고 발간되는 올해의 인문학연구소 총서는 이러한 문제의식의 연장선 위에서 나온 성과물이다. 글로벌 시대의 기억과 서사로 연구주제의 범위가 확장된 것은 타당한 이유를 가지고 있다. 우선 현대 한국과 한국인을 심층적으로 이해하려고 할 때 한반도 남단이라는 지정학적으로 제한되고 닫힌 공간에 초점을 맞추는 시각에 내재되어 있는 인식의 자기중심적 폐쇄성을 극복하고 싶었기 때문이다. 그 외에도 문제의식의 범위를 글로벌 차원으로 시공간적으로 확장시킴으로써 현대 한국을 상대화시키는 관점을 가질 수 있을 뿐만 아니라 현대 한국과 한국인을 입체적으로 파악할 수 있을 것이라는 기대도 가질 수 있기 때문이다. 이러한 기대와 함께 발간되는 올 해의 경상대학교 인문학연구소 총서가 우리 시대 한국인의 자화상을 그려주는 어려운 퍼즐 작업의 한 꼭지를 채울 수 있게 되기를 바란다.

본 연구 총서의 발간에는 문학, 철학, 역사학 등 인문학의 모든 영역을 망라하는 경상대학교 인문대학 교수님들과 일부 외부의 학자들이 참여하였다. 문·사·철을 망라하여 투고된 글들은 각각 상이한 주제와 내용들을 가지고 있지만 '글로벌 시대의 기억과 서사'라는 큰 제목에 포함되어질 수 있는 글들이다. 투고된 글들이 모두 전문 학술지에 게재된 글들이라는 사실을 서두에 밝힘으로써 각각의 장에 학술지 이름을 구체적으로 거명하는 수고를 들려려고 한다. 출판을 위해 기꺼이 원고를 내어 주신 연구자 분들과 출판을 맡아준 출판사 '박이정'에 감사의 마음을 전한다.

2019년 12월
경상대학교 인문학연구소 소장 신종훈

차 례

01

식민지기 조선인과 재조일본인의 경성 인식
-『京城便覽』(1929)과 『大京城』(1929)의 비교-

김제정

1. 머리말

1929년 8월 18일에 『대경성(大京城)』이라는 경성지역의 안내서가 발행되었다. 이는 이전에 종종 발행되던, 일본인이 편찬한 일본어 경성 안내서의 일종이었다. 『대경성』은 이전의 안내서들을 집대성하여 잘 정리하고 있을 뿐, 그 내용이나 형식에서 큰 차이가 없는, 한마디로 별다른 특징은 없는 것이었다.[1]

---

1 『대경성』의 서문(책에는 '宣言'으로 되어 있다)에서는, 이 책이 일반적인 전통적 책자의 편찬법과

같은 시기 조선인 측에서도 경성지역 안내서가 출간되었다. 『대경성』의 발행일로부터 정확히 보름 후인 1929년 9월 2일에 『경성편람(京城便覽)』이 발행되었다.[2] 이 책은 조선인이 발간한, 한글로 된 최초의 경성지역 안내서라는 의미를 갖고 있었다. 『경성편람』의 발간을 보도한 당시의 신문기사에서도, 그리고 편찬자를 포함하여 여러 명이 작성한 서문[序]에서도 이 점을 상당히 강조하였다.

그렇다면 당시까지 일본인이 발간한 경성 안내서와 『경성편람』은 그 내용에 어떠한 차이가 있는가 하는 점이 중요하게 살펴볼 지점일 것이다. 이는 경성 안내서를 각각 발간한 재조일본인들과 민족주의 계열 조선인들이 경성지역에 대한 인식을 공유하고 있었는가 아니면 차이를 보이고 있었는가의 문제이기도 하다.

이 글에서는 1929년 조선인과 재조일본인에 의해 각각 발행된 경성 안내서 『경성편람』과 『대경성』의 비교를 통해 식민지기 조선인과 재조일본인의 경성 인식을 살펴보고자 한다.

2. 식민지기 경성 안내서의 발간과 『대경성』·『경성편람』

1) 일본어 안내서의 발간과 『대경성』

식민지기 조선의 '수도'인 경성에 대해서는 식민통치 초기부터 비교적 많은 서적이 출판되었다. 먼저 1912년에 경성거류민단의 역사를 정리한 『경성발달사(京城發達史)』가 발행되었다. 이 책은 개항 이후 경성에 이주해온 일본인의 '고난'과 '치적'을 엮은 것으로, 1914년 부제(府制) 시행을 계기로 각 지역

는 다른 방식을 채택하는 '일대혁명'을 시도한 것이라고 말하고 있으나, 이는 편집상의 형식적인 것이지 내용의 문제는 아니었다. 有賀信一郎, 『大京城』, 朝鮮每日新聞社, 1929.

2   白寬洙, 『京城便覽』, 弘文社, 1929.

의 거류민단이 해체되면서 편찬발간하였다.[3]

1910년대에는 주로 조선에서 활동하던 일본인 논객들에 의해 편찬된 책이 많았다. 대표적인 어용언론인이자 식민통치 이론가였던 아오야기 쓰나타로(青柳綱太郎)가 『찬신경성안내(撰新京城案內)』(1913)와 『최근경성안내기(最近京城案內記)』(1915)를 발행하였고,[4] 역시 언론인이었던 오카 료스케(岡良助)가 『경성번창기(京城繁昌記)』(1915)를 발행하였다. 1915년은 시정5주년기념 조선물산공진회가 개최된 해로 이를 즈음하여 경성지역의 안내서가 다수 발행된 것이다.[5] 공진회 준비를 담당한 경성협찬회에서도 일반 관람객의 편의를 위하여 『경성안내(京城案內)』(1915)를 편찬하였다. 이 책은 당시 경성부 사무관으로 재직하고 있던 이시하라 도메키치(石原留吉)가 저술하였으며, 공진회에 참석한 일본 황족 간인노미야(閑院宮)에게 헌상되기도 하였다.[6]

1918년에는 아베 다츠노스케(阿部辰之助)가 『대륙지경성(大陸之京城)』(1918)을 편찬하였다. 아베는 대륙조사회(大陸調査會)라는 단체를 만들어 활동하였는데, 본인은 서문에서 신문기자도, 잡지기자도, 학자도 아닌 '無學短才한 한 職工'이라고 밝히고 있다.

한편 1918년에는 처음으로 조선인이 저술한 경성 관련 책자가 출판되었는데, 이중화(李重華)가 지은 『경성기략(京城記略)』(1918, 新文館)이 그것이다.[7] 이 책

---

3 경성발달사에 대해서는 이연식, 「서울특별시의 일제강점기 경성 관련 사료 간행사업에 대하여 - 『경성발달사』와 『경성부사』의 국역사업을 중심으로」, 『향토서울』 86, 2014, 참조. 집필자는 조선잡지사 사장인 샤쿠오 슌조(釋尾春芿)와 아오야기 쓰나타로(青柳綱太郎)였다.

4 아오야기에 대해서는 최혜주, 「아오야기(青柳綱太郎)의 來韓활동과 植民統治論」, 『國史館論叢』 94, 2000 ; 「일제강점기 아오야기(青柳綱太郎)의 조선사 연구와 '內鮮一家論'」, 『한국민족운동사연구』 49, 2006을 참조할 것. 『最近京城案內記』는 『100년 전 일본인의 경성 엿보기』(구태훈, 박선옥 옮김, 재팬리서치21, 2010)로 번역되었다.

5 1915년 조선물산공진회에 대해서는 김태웅, 「1915년 경성부 물산공진회와 일제의 정치선전」 『서울학연구』 18, 2002를 참고할 것.

6 『每日申報』 1915년 9월 3일 ; 『每日申報』 1915년 9월 30일.

은 1910년대 유일하게 조선인에 의해 저술된 경성 관련 책자로서 사료적 가치가 높다고 할 수 있다. 그런데 이 책에서는 주요 명소의 연혁을 살피고 있기도 하지만, 기본적으로는 고대부터 근대에 이르는 서울의 역사를 편년체 형식으로 서술한 역사서였다.

1910년대 출간된 경성 관련 책자는 주관적인 의견을 강하게 주장하는 논객들에 의해 저술된 것이 많았고, 일본의 전반적인 식민정책 속에서 조선 그리고 경성을 어떻게 위치시켜야 하는가하는 관점에서 바라보았다. 또한 일본인의 조선 이주를 중시하던 식민 초기였던 만큼 경성으로 이주해오는 일본인을 염두에 두고 서술한 것으로 보인다.

1920년대에도 경성 관련 책자들은 계속 출판되었다. 1920년대에 들어와서는 경성을 여행하고자 하는 독자를 상정하는 등 경성을 외부에 소개하는 형식의 안내서가 주로 출판되기 시작하였다. 1925년에는 아오야기가 주재하는 조선연구회(朝鮮研究會)에서 편찬한 『대경성(大京城)』(1925)이 출판되었는데, 동일한 저자가 10년 전인 1915년에 출판한 『최근경성안내기』와 목차 및 내용이 거의 유사하여 그 증보판이라 할 수 있다. 경기도지사와 경성부윤이 쓴 서문을 보면, 두 사람 모두 경성에 거주하는 사람이 스스로 경성을 알기 위해서 뿐만 아니라, 경성에 시찰(視察)·유래(來遊)하는 사람들을 위한 안내서가 긴요하다는 것을 말하고 있다.[8] 이듬해인 1926년에는 후지이 가메와카(藤井龜若) 편저의 『경성의 광화(京城の光華)』(1926)가 조선사정조사회(朝鮮事情調査會)[9]에서

---

7   이중화는 국어학자로서 호는 東芸이다. 興化學校 영어과를 졸업한 후, 배재학당에서 교편을 잡았고, 1920년대 말 이후 조선어사전 편찬사업에 참여하여 옛 제도어와 음식용어 등의 풀이를 맡았다. 1942년 조선어학회사건으로 검거되었고, 해방 후 국학대학장, 한글학회 대표이사 등을 지내다가 한국전쟁 때 납북되었다. 『한국민족문화대백과사전』.

8   靑柳綱太郎, 『大京城』, 朝鮮研究會, 1925, 1~4쪽.

9   朝鮮事情調査會는, 안재홍·백남운·백관수·선우전·홍명희 등 조선인들의 학술연구단체인 朝鮮事情調査研究會(『時代日報』 1925년 11월 30일)와는 별개의 단체이다. 조선사정조사연구회가

나왔다. 『경성의 광화』는 "경성을 처음으로 '시찰'하는 인사의 편의를 위해" 경성역을 출발점으로 하고 있으며 마치 스스로 안내자가 된 듯 회화체 형식으로 경성의 여러 곳을 안내하고 있다.[10]

전형적인 외부인에 대한 경성 안내서는 1929년에 출판된 『대경성(大京城)』이다.[11] 『대경성』은 1929년 9~10월 개최된 조선박람회를 보기 위해 경성에 오는 일본인을 대상으로 만든 경성지역 안내서로, 1929년 8월 18일 조선매일신문사(朝鮮每日新聞社)에서 발행하였다. 조선매일신문사는 원래 인천신보사(仁川新報社)였으나 1922년 4월 조선매일신문으로 개제(改題)한 언론사로,[12] 재조일본인을 대상으로 일간지를 발행하였으나, 1942년 2월에 조선신문(朝鮮新聞) 등과 함께 폐간되었다.[13] 1925년에 『조선시정십오년사(朝鮮始政十五年史)』를 편찬하기도 하였다. 논문의 주요 대상인 이 책에 대해서는 다음 장에서 좀 더 자세히 살펴보도록 하겠다.

1930년 이후에도 경성 안내서는 다수 발간되었다. 1930년 하기모리 시게루(萩森茂)에 의해 『조선의 도시(朝鮮の都市) - 京城 · 仁川』(1930)이 발간되었는데, 저자가 서문에서 여행자를 대상으로 집필하였음을 밝히고 있다. 즉 "여행하는 사람의 경우에도 그 여행의 목적 여하에 따라 의외로 전문적이고 상세한 알고자 하는 방면에도 어느 정도 대응할 수 있는 정도의 내용을 망라해 둘 필요가 있다고 생각하여" 이러한 점에 편저(編著)의 중심점을 두었다고 하

인사동에 위치하고 있던 것에 대해, 조선사정조사회는 本町에 위치하고 있어 일본인들의 조직인 것으로 보인다.

10 국립중앙도서관 지식정보 통합검색(http://region.dibrary.net) 중 古지역자료 『京城の光華』.

11 有賀信一郎, 앞의 책, 1929.

12 朝鮮每日新聞으로 개제한 이후에도 조선매일신문사 본사는 인천에 있었는데, 『대경성』이 출간된 1929년에도 마찬가지였다. 『每日申報』 1935년 12월 15일.

13 「仁川新報社, 當局의 認可를 得하여 朝鮮每日新聞이라 改題」 『東亞日報』 1922년 4월 2일 ; 『每日申報』 1942년 2월 28일.

였다.[14]

1932년에는 경성에 오랫동안 거주하던 문필가인 나가노 스에키(長野末喜)가
『경성의 면영(京城の面影)』(1932)을 출판하였다. 『경성의 면영』은, "여타의 지역
안내서들이 일본인 중심적으로 쓰여진 반면 이 책에서는 양측을 비교적 균
등하게 서술한 편"[15]이라는 평가를 받았을 뿐만 아니라, 재경성일본인의 경
성지역에 대한 애착이 잘 드러나 있어 추후 좀 더 분석해볼 필요가 있다고
생각된다.

경성부의 구역이 확장된 1936년 이후에 발행된 경성지역 안내서로는, 경
성일보(京城日報) 사회부장 야노 간조(矢野干城)와 경성도시문화연구소(京城都市文化
研究所) 주간 모리카와 기요히토(森川清人)가 공편(共編)한 『신판대경성안내(新版大
京城案內)』(1936), 그리고 민중시론사(民衆時論社)에서 발행한 『조선도읍대관(朝鮮都
邑大觀)』(1937) 등이 있었다.

2) 최초의 조선인 발행 경성 안내서 『경성편람』

『경성편람』은 식민지기 조선인에 의해 쓰인 대표적인 경성 안내서로,
1929년 9월 2일 백관수(白寬洙)의 홍문사(弘文社)에서 출판하였다. 『경성편람』
마지막 장의 판권(발간지)에는 백관수가 '저작겸발행자(著作兼發行者)'로 표기되어
있으나, 첫 부분의 서(序)에서는 '편자식(編者識)'이라 하여 본인을 편찬자라고
하였다. 그럼 어떤 것이 사실에 부합하는 것일까?

---

14 萩森茂, 『朝鮮の都市 - 京城·仁川』, 大陸情報社, 1930, 2쪽.

15 국립중앙도서관 지식정보 통합검색(http://region.dibrary.net) 중 古지역자료 『京城の面影
    』. 황선익의 해제에 따르면, 서문에서도 "본서는 경성 소개를 주안으로 하고, 일체 府政 기타에
    대한 議論을 피한다"고 하여, 비정치적인 태도를 표방하였다. 서술 내용상으로도 이 책은
    한국 고유의 역사 전통을 비교적 상세히 소개하고자 하였다. 예컨대 일반 안내서들이 '장충단공원'
    을 그저 주요 공원으로 소개하는 데 그치는 반면, 이 책에서는 장충단을 "명성황후의 변 때
    충사(忠死)한 홍계훈, 이경식 등을 위해 쌓은 제단"이라고 명기하고 있다.

당시 신문기사와 다른 서문을 보면, 백관수는 저자가 아니라 편찬자였음을 확인할 수 있다. 『동아일보』 기사에서 『경성편람』은 홍문사 편집부에서 발행한 것으로 밝히고 있으며,[16] 책의 서문을 보아도 많은 필자들이 백관수 개인보다는 출판사인 홍문사를 편찬 및 발간 주체로 인식하고 있음을 알 수 있다.[17] 특히 조선신문사 곤도 시로스케(權藤四郞介)는 서문에서 "홍문사가 금번에 『경성편람』을 발행하는 것이 … 경성편람은 操觚界의 新人 諸氏가 친히 取材考査하여 平明한 文字와 流麗한 筆致로 기술되었다."고 하여, 집필이 백관수 단독으로 이루어진 것이 아니라, 홍문사의 편집부 직원들이 공동으로 집필 과정에 참여했음을 추정할 수 있다.

그러나 홍문사에 대해서는 많은 정보가 없는 형편이다. 홍문사는 3·1운동 이후 전개된 '문화정치'기에 설립된 출판사 중 하나로, 1920년에 권혁채(權赫采)[18], 이종하(李琮夏)[19], 오상근(吳祥根)[20], 이수영(李逐榮)[21] 등 15인의 발기로 설

---

16 「京城便覽計劃 - 경성을 소개코저 홍문사에서 계획」 『東亞日報』 1929년 7월 26일 ; 「「京城便覽」 發刊」 『東亞日報』 1929년 9월 5일.
17 중외일보사 李相協은 "이제 홍문사로 말하면 어느 방면으로 보든지 이만한 사명을 다하기에는 가장 적임이라 할 것입니다."라 하였고, 동아일보사 宋鎭禹도 "금번 홍문사에서 경성편람을 편찬하야"라 하여 백관수 대신 홍문사를 거명하였다. 또한 일본인인 경성일보사 마쓰오카 마사오(松岡正男)와 경성상업회의소·조선박람회경성협찬회 구기모토 도지로(釘本藤次郎) 역시 각각 "小生은 玆에 홍문사 諸君의 勞를 多謝하고 謹히 祝意를 表하는 바이다.", "금번 홍문사가 『경성편람』을 발행함에 대하여"라고 하여 역시 백관수 개인보다는 출판사인 홍문사를 거명하고 있다. 드물게 백관수 개인을 거명한 서문 필자는 조선일보사의 申錫雨("吾友白寬洙所編也") 정도였다.
18 권혁채는 1879년생으로, 대한제국기 법관양성소를 졸업하고 법관을 지냈다. 대한자강회 활동도 하였다. 식민지기 변호사 활동을 하면서 시국사건 변호를 많이 하였다. 1919년 한성임시정부에도 참여하였다. 애국계몽운동의 성향을 띤 기독교계 인사로 구분된다. 유영렬, 「한국에 있어서 근대적 政體論의 변화과정」 『國史館論叢』 第103輯, 2003 ; 『대한자강회월보』 ; 국사편찬위원회 한국사데이터베이스 『한국근현대인물자료』.
19 이종하도 권혁채와 유사한 이력을 지녔다. 대한제국기 학부 관리를 지냈고, 대동학회 활동을 하며 법률 관련 기사를 『대동학회월보』에 기고하였다. 식민지기 변호사로 활동하며, 大城貿易(株)을 설립 대표를 지내기도 하였다. 『대한제국직원록』 1908년도 ; 『대동학회월보』 ; 국사편찬위원회 한국사데이터베이스 『한국근현대회사조합자료』.

립되었다. 자본금 30만원이라는 작지 않은 규모의 주식회사 형태였다.[22] 홍문사의 구체적인 사업 내용은 알려져 있지 않다. 발기인으로 이름이 알려진 4명의 성향을 분석해보면, 기본적으로 민족주의 계열로 볼 수 있으며, 초기 사회주의 그룹으로 분류할 수 있는 인물도 포함되어 있다. 이것으로 홍문사의 성격을 추정해볼 수 있을 뿐이다.

『경성편람』의 편찬자인 백관수도 민족주의 계열의 인사로, 민족주의 계열의 핵심인물인 김성수·송진우와 동향인 전라북도 고창 출신이다. 1889년 생으로 호는 근촌(芹村)이었다. 1915년 경성법학전문학교를 졸업한 뒤 1916년 중앙학교 교사에 부임하였고, 이후 일본으로 유학하여 메이지(明治)대학 법과를 졸업하였다. 조선일보 영업국장을 거쳐 1936년 동아일보 사장으로 취임하였다. 식민지기 독립운동에 관여하여 수감되는 등 '배일사상'을 갖고 있으며 '불온'한 활동을 한 인물로 총독부에서 평가하고 있던 인사였다. 1919년 도쿄(東京)에서 청년독립당을 조직하고 학생대표 11명 중 한 사람으로

---

20 오상근은 1880년생으로 대한제국기 무관학교를 졸업하고 步兵 參尉에 임관되었으나 5년 만에 사직하였다. 1910년대 開城 韓英書院, 敬新學校 등에서 교편을 잡았는데 1919년 3·1운동으로 사직하였다. 1920년 각 지방의 청년회의 연합조직인 조선청년연합회 창립에 주도적으로 참여하여 집행위원장을 역임하였다. 그러던 중 '김윤식 사회장 문제'와 모스크바 선전자금 수수로 야기된 '사기공산당사건'이 발생하면서 갈등이 생기자 그 책임을 지고 사임하였다. 이동휘파의 초기 사회주의자 그룹이었다. 『한국민족문화대백과사전』; 국사편찬위원회 한국사데이터베이스 『한국근현대인물자료』

21 이수영은 1887년 생으로, 공훈전자사료관 공적조서에 "1909년 大同靑年黨에 가입하여 활동하고 1920년 4월 서울에서 조직된 朝鮮勞動共濟會에 참여하였으며 1920년 11월부터 서울 仁寺洞에서 여관을 운영하며 義烈團의 국내연락 거점과 밀의장소로 제공하여 1922년 無産者同志會를 조직하고 1923년 11월 27일 慶北 軍威郡 缶溪面 大栗洞 거주 洪禎修로부터 군자금을 모집하기 위해 활동하던 중 피체되어 징역2년6월을 받는 등 17년6월간에 걸쳐 활동한 사실이 확인됨."으로 기술되어 있다. 공훈전자사료관(e-gonghun.mpva.go.kr) 독립유공자 공적조서.

22 「弘文社設立計劃, 各種圖書의 著述 編輯 飜譯 出版 販賣等을 目的으로」『東亞日報』1920년 7월 8일. 해방 후인 1952년 내무부장관을 역임한 조병옥(趙炳玉) 등에 의해 "新發足"이라는 형식으로 동일한 명칭의 출판사가 설립되는데, 식민지기 홍문사와 어떤 연관성이 있는지는 확실하지 않다. 「弘文社 新발족」『자유신문』1951년 10월 3일 석간.

'불온연설'을 하고 조선독립선언서를 낭독한 일로 도쿄지방법원에서 징역 9개월을 선고 받아 복역하였다.[23]

또한 『동아일보』에서는 『경성편람』이 "여러 학자의 원조와 각 신문사 편집국장의 고문 하에"[24] 홍문사 편집부에서 편집한 것이라고 하여, 『경성편람』의 편찬에 홍문사 관계자 외에 다른 학자들과 언론인들의 의견도 반영된 것으로 기술하였다.

이상과 같은 사실들로 미루어볼 때, 『경성편람』은 1920년대 후반 민족주의 계열의 경성 인식을 반영하고 있는 것으로 보아도 무방할 것이다.

『동아일보』 기사에서 언급한 '여러 학자'들과 '각 신문사 편집국장'들은 『경성편람』에 서문을 작성·게재하였다. 백관수의 언론사 재직 경험 때문인지 서문의 필자 대부분은 언론사 관계자들이었다. 서문 필자는 모두 10명으로 조선인이 7명, 일본인이 3명이었는데, 이 가운데 언론사 관계자는 중외일보사 이상협(李相協), 동아일보사 송진우(宋鎭禹), 조선일보사 신석우(申錫雨), 조선일보사 안재홍(安在鴻), 홍명희(洪命憙), 그리고 편자인 백관수 등 조선인 7명 중 6명이었고, 일본인은 경성일보사 마쓰오카 마사오(松岡正男), 조선신문사 곤도 시로스케(權藤四郎介) 등 3명 중 2명이었다. 전체 10명 중 두 명을 제외하고는 모두 언론사 관계자들이었다.

서문의 내용을 정리해보면, 첫째, 가장 많이 강조하고 있는 점이 경성지역 안내서로서는 최초로 한글로 쓰여진 책이라는 것이다.[25] 중외일보사의 이상

---

23 국사편찬위원회 한국사데이터베이스 『한국근현대인물자료』; 『한국민족문화대백과사전』. 해방 이후에는 조선민족당, 한국민주당에 참여하였고, 1948년 제헌국회의원에 당선되어 초대 법제사법위원장을 지냈다. 헌법 및 정부조직법 기초위원으로 건국 초기의 국가대강을 수립하는데 중요한 역할을 했다. 한국전쟁 때 납북되어 1961년에 사망한 것으로 알려져 있다.

24 「京城便覽計劃 – 경성을 소개코저 홍문사에서 계획」 『東亞日報』 1929년 7월 26일.

25 이에 대해 동아일보에서도 다음과 같이 말하였다. "경성은 조선의 수도이오, 30여 만 시민의 사는 대도회일 뿐 아니라 문화상으로 경제상으로 조선의 심장이라 할 것인데 이때까지 경성을

협은, "이에 홍문사에서 『경성편람』이라는 책자를 발행한다 함을 들을 때에 나는 진심으로 반가워하지 아니할 수 없습니다. 왜 그러냐 하면 경성은 반도 문화의 중심지오, 조선생활의 심장부라 할 지역임에 불구하고 아직까지 경성의 면목을 여실히 소개하고 경성의 내부를 정확히 해부한 一冊의 書字가 없음은 매우 유감이 있던 까닭입니다."[26]라고 하여 그동안 경성을 소개한 책자가 없었다고 하였지만, 정확히 말하자면 조선어로 된 안내서가 없었던 것이었다.[27]

이에 대해 편찬자 백관수는 "물론 此에 관한 編述이 不尠하나, 彼此의 관점이 다른 것만큼, 사실의 인식도 다소의 牽强附會가 있으므로 본사원 일동은 단연히 事實精査를 本位로 삼아 헌신적 협동으로 嚴正한 編述을 造成하야써 본사 계획의 제일선을 돌파하였다."[28]라 하여, 일본인들이 발행한 기존의 안내서가 가진 관점상의 한계를 지적하고 이와의 차별성을 강조하고 있다. 이의 구체적인 내용에 대해서는 다음 장에서 살펴볼 것이다.

둘째, 조선인의 서문에 민족주의적이라고 판단할만한 내용도 포함되어 있다. 조선일보사 안재홍이 대표적인 예이다. 안재홍은 경성의 '3대 자랑'으로 도시를 둘러싼 산악, 세종대왕과 함께 이순신을 거론하였다. "蓋世의 誠忠과 絶倫의 將略으로 8년의 戰役을 勘定케 하여 山河再造의 偉業을 남긴

완전히 소개한 책은 하나도 업섯다. 이것은 누구나 다 유감으로 여기든 바어니와 이번에 경성 인사동에 잇는 홍문사 편집부에서는 경성편람이라는 책을 발행하기로 계획하고 여러 학자의 원조와 각 신문사 편집국장의 고문 하에 가장 완전히 경성을 소개하기 위하야 방금 편집중이라더라." 「京城便覽計劃 - 경성을 소개코저 홍문사에서 계획」 『東亞日報』 1929년 7월 26일.

26 白寬洙, 앞의 책, 1쪽.
27 경성일보사 마츠오카(松岡正男)는 "旣刊書籍이 數種이 있지만 그것이 總히 日本文으로 된 것이고 朝鮮文으로는 一種도 없다."고 하였고, 조선일보사 신석우도 "若朝鮮文則以此著爲嚆矢耳"라 하여, 『경성편람』이 조선어로 된 첫 경성지역 안내서라고 하였다. 같은 책, 3~4쪽. 일본인 필자의 서문은 한글로 번역해서 실었는데 신석우의 서문은 특이하게 한문 그대로 실려 있다.
28 같은 책, 14쪽.

忠武 李舜臣을 그의 乾川洞에서 誕生薰育케 한 것이 또한 큰 자랑"[29]이라 하여, 일본과의 전쟁이라는 사실이 구체적으로 적시되어 있지는 않지만, 충무공 이순신의 업적을 기리고 있다. 또한 "조선인의 역사적 운명을 결정하는 중대한 變局"이었던 임진왜란[30] 때 한 차례의 교전도 없이 경성을 버리고 퇴각한 것을 "경성의 치욕사"로 서술하였다. 이순신이나 임진왜란에 대한 서술이 구체적이지는 않았지만, 언급 자체만으로도 반일적(反日的)이라고 평가할 수 있는 부분이다.[31] 물론 이는 안재홍의 글로, 백관수나 홍문사 집필진이 쓴 내용은 아니다. 그러나 그들이 편집한 책에 실려 있는 이상 무관하다고는 할 수 없다.

셋째, 조선에서 경성이 차지하는 위상, 중요성을 강조하며 애착심을 나타냈다. 중외일보사의 이상협은 경성은 조선을 "가장 정밀하게 縮寫하는 所以"라고 하여, 『경성편람』의 역할은 단지 경성을 소개하는 데 그치는 것이 아니라, 경성을 통해서 조선을 보도록 해야 한다고 하였다.[32] 중앙번영회 박승직은 경성을 "半島 半千年의 首府로서 우리 民族, 우리 歷史의 泉源地"로 표현하였다.[33] 박승직은 또 "鄕土愛"라는 표현을 사용했는데, "우리 경성은 우리의 향토"로 "향토를 연구함은 향토애의 표현"이라고 하였다. 같은 표현을 일본인인 조선신문사의 곤도(權藤四郎介)도 사용하였는데, 경성은 자신의 "第二의 故鄕"으로 "발전되어 가는 大京城을 內外人에 잘 이해시킴이 우리 京城住人의 당연한 임무"라 하였다. 조선인과 일본인 모두 "향토애"를

29 같은 책, 8~9쪽.
30 임진왜란의 명칭은 원문에는 병자호란과 함께 '壬辰 丙子 兩大戰役'으로 서술되어 있다. 같은 책, 10쪽.
31 같은 책, 9~11쪽.
32 같은 책, 1~2쪽.
33 같은 책, 2쪽.

말하고 있는 것이 흥미롭다.

3. 『대경성』과 『경성편람』의 비교

이 장에서는 1929년에 발행된 『대경성』과 『경성편람』의 내용을 좀 더 자세히 비교해보도록 하겠다.

1) 『대경성』과 『경성편람』의 발행 배경과 목차 비교

두 책은 거의 비슷한 시기에 발행되었는데, 『大京城』은 1929년 8월 18일자로, 『경성편람』은 1929년 9월 2일자로 발행되어, 두 책의 발행일은 채한 달도 차이가 나지 않는다. 이는 두 책 모두 1929년 9월 12일부터 10월 31일까지 경성에서 개최된 '시정20주년기념 조선박람회'에 맞춰 발행되었기 때문이다. 즉 『대경성』이 조선박람회를 보기 위해 경성에 오는 일본인을 대상으로 만든 것이었다면, 『경성편람』은 조선박람회 관람을 위해 지방에서 올라오는 조선인을 대상으로 만들어진 경성 안내서였다.[34]

조선박람회는 조선총독부 통치 20주년을 기념하기 위해 개최된 것으로, 조선총독부 입장에서는 첫째, 조선통치 20년 동안 발전한 조선의 위상을 대내외에 선전하고자 한 것이었고, 둘째, 일본 및 다른 지역의 산업을 전시 · 소개함으로써 조선 내의 식산흥업, 즉 산업의 발전을 도모하고자 한 것이었다. 즉 그동안의 식민통치의 성과를 과시하면서 향후 조선 산업 발전의 계기를 마련하고자 한 것이었다.[35]

---

34 『경성편람』의 서문 필진으로 언론사 관계자 외에 중앙번영회의 박승직(朴承稷)과 경성상업회의 소 · 조선박람회경성협찬회 구기모토 도지로(釘本藤次郎)가 포함된 것도 조선박람회를 준비하던 조선인과 일본인의 대표적인 인물이었기 때문인 것으로 보인다.

35 1929년 조선박람회에 대해서는 다음의 연구를 참고할 것. 하세봉, 「식민지권력의 두 가지 얼굴 -조선박람회(1929년)와 대만박람회(1935년)의 비교-」, 『역사와 경계』 51, 2004 ; 강상훈,

따라서 가능한 한 많은 일본인과 조선인들이 박람회를 관람하도록 하는 것이 중요한 과제였고 박람회의 성공 여부가 달려있는 것이었다. 이를 위해 외부에서 경성으로 들어오는 철도와 경성 내의 도시교통기관인 전차와 버스 등 교통시설과, 식당과 여관 등 숙박시설을 정비하고 경성협찬회를 조직하여 민간 차원에서 박람회 준비를 담당하도록 하였다. 이러한 분위기 속에서 두 책이 발행된 것이다.[36]

그런데 두 책의 박람회에 대한 자세에는 미묘한 차이가 있었다. 먼저 『대경성』의 경우 박람회 관련 내용이 16페이지인 데 비해, 『경성편람』의 경우는 그 절반도 되지 않는 7페이지에 불과하였다. 게다가 그 가운데 5페이지는 「경성협찬회회칙(京城協贊會會則)」을 그대로 실은 것에 불과하였다. 또한 『경성편람』의 서문 필진은 조선인 7명, 일본인 3명 등 모두 10명이었는데,[37] 일본인 3명 중 2명이 책의 출간과 박람회와의 관계를 말하고 있는 데 반해,[38] 조선인은 한 명도 박람회를 언급하지 않았다.

이를 통해 당시 조선인과 재조일본인들의 조선박람회에 대한 태도를 유추

「일제강점기 박람회 건축을 통해 본 건축양식의 상징성」, 『건축역사연구』 제15권 3호, 2006 ; 김영희, 「조선박람회와 식민지 근대」, 『동방학지』 140, 2007 ; 山路勝彦, 『近代日本の植民地博覧會』, 2008, 風響社 ; 남기웅, 「1929년 조선박람회와 '식민지 근대성'」, 『한국학논집』 43, 2008 ; 김제정, 「식민지기 박람회 연구 시각과 지역성」 『도시연구』 9, 2013 ; 송인호·김제정·최아신, 「일제강점기 박람회의 개최와 경복궁의 위상변동 – 1915년 조선물산공진회와 1929년 조선박람회를 중심으로」 『서울학연구』 55, 2014.

36 당시 조선어로 된 조선박람회 안내책자(정인섭, 『조선박람회안내』, 조양출판사, 1929)가 발간되기도 고, 경성협찬회에서 일본어 안내책자 『京城案內』(1929)를 발간하기도 했다.

37 조선인은 李相協(중외일보사), 朴承稷(중앙번영회), 宋鎮禹(동아일보사), 申錫雨(조선일보사), 安在鴻(조선일보사), 洪命憙, 그리고 編著인 白寬洙 등 7명이었고, 일본인은 松岡正男(경성일보사), 釘本藤次郎(경성상업회의소·조선박람회경성협찬회), 權藤四郎介(조선신문사) 등 3명이었다.

38 마츠오카(松岡正男)는 "더구나 금번 조선박람회를 기회로 하여 각도에서 來集하는 인사가 상당히 다수에 달할 것이다."라고 하였고, 구기모토(釘本藤次郎)는 "본서의 발행이 마침 조선박람회의 개회에 際하고"라 하여 두 사람은 조선박람회에 대해 언급하였다. 일본인 중 서문에서 박람회를 언급하지 않는 사람은 곤도(權藤四郎介)였다. 白寬洙, 앞의 책, 4~5쪽

해볼 수 있다. 재조일본인들이 조선박람회에 대해 적극적인 것은 충분히 예상했던 바이나, 조선인들이 이 정도로 소극적인 자세를 보인 것은 의외이다. 특히 『경성편람』이 조선박람회를 앞두고 그 안내서로서 간행되었다는 점을 고려하면 더욱 그러하다. 이 점에 대해서는 추후 검토가 필요하다고 생각된다.

먼저 『대경성』의 목차와 『경성편람』의 목차를 비교해보면, 다음 〈표 1〉과 같다.

〈표 1〉 『경성편람』과 『대경성』의 목차 비교

『京城便覽』	『大京城』
一. 京城의 沿革	一. 概況
三. 官公署	
二. 名勝古蹟	十六. 府內及郊外の遊覽
四. 教育機關	四. 教育宗教
五. 宗教	
九. 衛生機關	五. 衛生
六. 言論機關	二. 交通運輸
一〇. 交通及通信	三. 通信
一一. 金融機關	六. 金融
	十一. 保險
一二. 商工業界	七. 工産業
一三. 市場	八. 特産品及土産品
一八. 期米及株式	九. 商業
一四. 旅館及料理飲食店	十二. ビルヂング及旅館
	十五. 歡樂地帶
一五. 體育	十四. 運動娛樂
一六. 娛樂	
二〇. 朝鮮博覽會	附錄 朝鮮博覽會
七. 社會團體	

八. 法曹界	
一七. 各國爲替及貨幣	
一九. 各界人士의 京城觀	
	十. 動力照明上水道
	十三. 社會施設
	十七. 鮮內名所舊蹟
	十八. 朝鮮の風習
	十九. 仕入案內

두 책의 목차는 몇 가지 항목을 제외하면 거의 비슷하다. 〈표 1〉에서 유사한 항목은 같은 줄로 표시하였는데, 4분의 3 이상의 목차가 유사한 제목으로 구성되어 있다. 『대경성』과 『경성편람』은 모두 박람회를 맞이하여 경성을 방문하는 사람들에게 경성지역을 소개하는 안내서였기 때문에 그 목차와 형식이 비슷하였다.

한편 『대경성』에만 있는 항목은 '동력조명상수도(動力照明上水道)', '사회시설(社會施設)', '선내명소구적(鮮內名所舊蹟)', '조선의 풍습(朝鮮の風習)', '사입안내(仕入案內)' 등이고, 『경성편람』에만 있는 항목은 '사회단체(社會團體)', '법조계(法曹界)', '각국위체급화폐(各國爲替及貨幣)', '각계인사(各界人士)의 경성관(京城觀)' 등이었다.

이 중 '조선의 풍습'은 그 내용이 명절을 포함한 조선의 연중행사를 월별로 소개한 것이었다. 이는 다른 일본어 안내서에도 흔히 찾아볼 수 있는데, 일본인에게 조선을 소개한다는 의미를 갖고 있는 것으로 조선인을 대상으로 한 안내서에는 있을 필요가 없는 것이었다. 또 『경성편람』의 '사회단체'와 『대경성』의 '사회시설'은 제목은 유사하지만 다루고 있는 내용이 완전히 다른 것이다. 『경성편람』의 '사회단체'는 신간회와 각종 청년단체 등 사회운동 단체를 소개하고 있고, 『대경성』의 '사회시설'은 보육원, 유치원, 도서관 등 사회복지시설을 소개하고 있다.

이상과 같이 『대경성』과 『경성편람』는 동일한 시기에 조선박람회 개최를 맞아 경성지역을 소개하는 안내서였기 때문에 그 목차와 구성에 유사점이 적지 않았다. 그럼 내용상의 차이점은 없었을까? 이에 대해 다음 절에서 살펴보도록 하겠다.

2) 『대경성』과 『경성편람』의 내용 비교

『대경성』과 『경성편람』의 내용은 두 가지 방향에서 비교할 수 있다. 첫째는 동일한 목차에서 다른 대상을 서술한 것을 어떻게 설명할 것인가의 문제이고, 둘째는 동일한 대상에 대한 설명에서 과연 유의미한 차이를 발견할 수 있을 것인가의 문제이다.

먼저 첫 번째 문제, 즉 동일한 목차에서 다른 대상을 서술한 것을 살펴보도록 하겠다. 위생에 관한 항목은 두 책에 모두 있으나, 『대경성』은 일본인 의사의 병의원만을, 『경성편람』은 조선인 의사의 병의원만을 소개하였다. 여행에 필수적인 숙박업체인 여관에 관한 항목에서도, 『대경성』은 일본인 여관만을 소개하였고 『경성편람』은 조선인 여관만을 소개하였다. 식당 항목에서도 『대경성』은 일본인 식당만을 소개하였고, 『경성편람』은 일본인 식당과 중국인 식당도 일부 소개하였으나 역시 수적으로 보았을 때 중심은 조선인 식당이었다.

또 상업에 대한 항목에서도 『대경성』에는 상공업단체로는 일본인이 주도권을 잡고 있던 상업회의소(商業會議所)만 소개되어 있지만, 『경성편람』에는 조선인 상업자 단체인 중앙번영회(中央繁榮會)와 상업회의소가 모두 소개되어 있을 뿐만 아니라 순서도 중앙번영회가 먼저였다.[39] 이처럼 같은 항목이라

---

39 有賀信一郎, 앞의 책, 227~228쪽 ; 白寬洙, 앞의 책, 136쪽.

도 구체적인 서술 내용은 자민족 중심으로 하고 있는 것을 볼 수 있다.

모든 항목이 그런 것은 아니었다. 관공서에 대한 소개는 당연하게도 거의 동일한 내용이었으며, 금융기관 및 회사, 공장에 대한 항목의 경우에도 민족별 구분 없이 주요 기관회사가 소개되었다. 또 『경성편람』에만 있는 '법조계' 항목의 경우에도 조선인 변호사뿐만 아니라 일본인 변호사도 기재되어 있었다.

이를 정리해보면, 경성부의 현황을 소개하는 성격이 강한 항목에서는 민족별 구분 없이 서술되는 경향이 있었고, 일반인들이 직접 대면하는 업종, 특히 여행자가 소비하는 분야에서는 자민족 중심의 서술 경향이 강하게 나타난다고 할 수 있다.

이는 두 책이 대상으로 하는 독자, 즉 박람회를 관람하기 위해 경성에 오는 여행객의 민족적 차이에서 기인하는 바가 크다고 할 수 있으며, 그런 만큼 같은 도시에 거주하는 두 민족의 생활이 상당히 분리되어 있다는 것을 보여주는 것이기도 하였다. 식민지기 경성지역 도시사의 기본 전제는 이중도시(이중구조), 즉 민족 간 분리 현상이다. 이는 거주지를 비롯하여 상업·교육·문화 등 전반에 걸친 현상으로 설명된다.[40]

따라서 첫 번째 문제에서의 두 책의 서술 내용 차이는, 경성이라는 도시의 이중구조를 보여주는 차원에서는 의미가 있지만, 『경성편람』의 편찬자 백관수가 말한 '관점상의 차별성'[41]을 나타내는 유의미한 차이점이라고 보기는

---

40 식민지기 경성지역은 공간적으로 두 가지 이중구조를 갖고 있었다. 즉 남부지역과 북부지역이라는 민족적 성격을 띠는 이중구조(南北構造)와, 도심지역과 주변지역이라는 민족적·계층적 성격이 혼합된 이중구조(中心-周邊構造)이다. 이중구조의 모습은 거주지역을 비롯하여 산업, 도시시설 등에 전반적으로 나타나는 경성지역의 기본적인 특징이었다. 한편 이중도시론에 대해 비판적인 시각의 연구도 있다. 김종근, 「식민도시 경성의 이중도시론에 대한 비판적 고찰」, 『서울학연구』 38, 2010.

41 白寬洙, 앞의 책, 14쪽.

어렵다고 생각한다.

다음으로 두 번째 문제, 즉 동일한 대상에 대한 설명에서 과연 의미 있는 차이를 발견할 수 있을 것인가에 대해 살펴보도록 하겠다.

먼저 경성에 대한 일반적인 소개를 하는 부분을 보면,[42] 『대경성』에서는 경성이 조선왕조 5백여 년간의 도읍지였음에도 불구하고 역사적 연혁에 대한 서술을 거의 찾아볼 수 없다. 재조일본인들이 경성지역에 대한 '지역의식'이나 '향토애'를 이야기하지만, 거기에는 자신들이 오기 이전의 역사와 사람에 대한 관심과 이해는 결여되어 있음을 보여준다.

그렇다면 『경성편람』은 어떠했을까? 첫 부분에서 경성의 연혁을 서술하고 있는데, 그 분량이 단 한 페이지에 불과하였다. 전체적인 책의 분량이 300페이지가 넘는 것을 감안하면 매우 소략한 것이었다고 할 수 있다. 구체적인 내용도 주로 명칭과 제도의 변천에 관한 것으로 매우 건조하게 서술되어 『대경성』과의 인식 차이가 드러나지는 않는다. 다만 '경성'에 대한 다음과 같은 서술이 눈에 띤다.

> 이러한 歷史色이 濃厚한 風雲地帶를 「서울」이라 「京城」이라 불으는 것은, 政治中心地인 國都의 表明인 故로 其意味가 深長한 것이며, 今日의 「京城」과는 用語가 同一하나, 其意趣는 顯殊한 것이다. 그러함으로 單純이 「京城」이라고 불너버리기는 넘어도 複雜한 곳이다.[43]

이전에 조선인들이 부르던 '경성'과 식민지가 되고 난 이후 일본인들이 붙인 '경성'은 그 의미가 다르다는 것이며, 그 차이는 독립국과 식민지라는 정

---

42 『대경성』은 '一. 槪況', 『경성편람』은 '一. 京城의 沿革'에 해당하는 부분이다.
43 白寬洙, 앞의 책, 1쪽.

치적인 요인에서 나오는 것이라 하였다. 이렇게 '경성'에 대한 조선인들의 복잡한 심경을 말한 부분은 『경성편람』이 『대경성』과는 차별성을 나타낸 것이라 할 수 있다.[44]

다음으로 경성지역의 명승고적(名勝古蹟)을 소개하는 부분을 살펴보겠다.[45] 먼저 항목 수와 분량에서 차이가 나타나는데, 『경성편람』에서는 명승고적이 경성의 연혁 다음인 두 번째 장으로 나오고, 분량도 많아 100개 항목의 명승고적을 설명하면서 78페이지를 할애하였다. 이에 비해 『대경성』은 뒷부분인 16번째 장에 '부내(府內) 및 교외(郊外)의 유람(遊覽)'을 두었고, 그 분량도 45개 항목, 24페이지에 불과하였다. 『대경성』의 전체적인 분량이 450여 페이지로 『경성편람』의 1.5배 정도인 것을 생각하면, 그 비중의 차이가 상당하다고 하겠다.

『경성편람』의 명승고적 항목 수가 월등히 많기 때문에 『대경성』에 나오는 항목은 대부분 『경성편람』에서도 다루고 있다. 그런데 『경성편람』에는 없고 『대경성』에만 소개되어 있는 항목도 있는데, 남산천만궁(南山天滿宮), 은사기념과학관(恩賜記念科學舘), 왜성대(倭城臺), 전매국인쇄공장(專賣局印刷工場), 신정유곽(新町遊廓), 조선군사령부(朝鮮軍司令部) 등 군사시설, 골프장, 뚝섬(纛島) 등 일본색이 짙거나 민족감정을 자극할만한 곳이었다.

그럼 동일한 명승고적에 대한 구체적인 설명에 차이가 있는가를 경복궁을 사례로 살펴보겠다. 경복궁은 조선왕조의 정궁(正宮)이었고 임진왜란 때 화재로 소실되었다가 고종 대 복원되었지만, 일본에 의해 명성왕후가 시해된 을미사변의 장소이기도 했고, 식민지기에는 1915년에 기존의 전각을 철거하고

---

44 근대 '경성'의 의미 변화에 대해서는 김제정, 「근대 '京城'의 용례와 그 의미의 변화」 『서울학연구』 49, 2012를 참고할 것.
45 『대경성』은 '十六. 府內及郊外의 遊覽', 『경성편람』은 '二. 名勝古蹟'에 해당하는 부분이다.

조선물산공진회를 개최한 후 1920년대 정문인 광화문을 이전하고 근정전 앞에 조선총독부 신청사가 들어선 역사를 가지고 있어서, 조선인과 일본인의 시각이 차이를 보일 가능성이 크다고 판단했기 때문이다.

『대경성』의 「경복궁」 항목은 한 페이지로, "李朝 五百年의 帝政은 … 드디어 우리 帝國과 親宜하여 東洋 永遠의 平和를 유지하지에 이른 것이다"라고 하여 한일병합에 대해서 긍정적으로 서술하였다. 그러나 조선총독부 청사 건립으로 광화문이 동측으로 이전한 것을 언급하면서도 광화문의 아름다움을 말하였고, 전체적으로 경복궁의 웅장함과 정치(精緻)함에 경탄할만함을 이야기하고 있다.[46]

『경성편람』의 「경복궁」 항목은 근정전과 경회루 각각 한 페이지씩을 합쳐 모두 세 페이지이다. 조선 태조 대부터 고종 대에 걸친 경복궁의 역사적 연혁을 소개하고 있다. 조선총독부 청사의 건립에 대해서도 언급하고 있는데, "慶運宮으로 移御하신 以後로는 荒凉한 宮闕이, 속절업시 風磨雨濕에 시달릴 뿐이드니, 大正4년에 物産共進會가 宮城內에 開催되엿고 … 只今은 朝鮮總督府 廳舍가 宮城內에 屹立하여 잇다"고 하여, 식민지기 공진회 개최와 총독부 청사 건립이라는 경복궁의 변화에 대해 비판적인 시각은 찾아볼 수 없으며, 오히려 긍정적으로 보고 있는 것은 아닌가 하는 생각이 들 정도이다.[47]

이상 살펴본 『대경성』과 『경성편람』의 내용상 차이에 대해 정리해보면, 우선 가장 뚜렷하게 차이가 나타나는 부분은 경성의 '이중구조'와 관련된 부분이다. 다만 이는 경성이라는 도시에 민족별로 구분되는 이중구조가 존재하는 상황에서, 두 책의 독자로 각각 상정되는 조선인과 일본인 박람회 관람

---

46 有賀信一郎, 앞의 책, 398쪽.
47 白寬洙, 앞의 책, 4~6쪽.

자가 여행자로서 소비하는 형태의 차이에 기인한 것으로, 조선인과 재조일본인의 경성 인식의 차이를 보여주는 것은 아니다.

다음으로 동일한 대상에 대한 설명에서 조선인과 재조일본인의 인식의 차이가 보이는가의 문제이다. '경성'에 대한 감성의 문제, 소개하는 관광지의 차이 등에서 어느 정도 다른 점은 찾아볼 수 있으나, 전체적으로『경성편람』과『대경성』의 경성지역에 대한 인식의 유의미한 차이를 발견할 수는 없었다. 그렇다면『경성편람』이『대경성』과 비슷한 것일까? 아니면『대경성』이『경성편람』과 비슷한 것일까?『대경성』이 기존의 일본어 안내서와 궤를 같이 하는 것이고,『경성편람』이 무색무취에 가까운 내용임을 감안한다면, 전자로 보아야 할 것이다.

그렇다면 왜 이와 같은 현상이 나타났을까? 그 이유는 두 책이 발행된 1929년이라는 시기에서 찾을 수 있을 것이다. 1920년대 말은, 민족주의 계열의 조선인들은 점차 '체제내화'하고, 재조일본인들은 점차 '토착화'하는 시기였다.[48] 이 시기 양자 사이의 거리가 그다지 멀지 않았을 수도 있었음을 보여주는 것이 아닐까?

4. 맺음말

이상으로 1929년 조선인과 재조일본인에 의해 각각 발행된 경성지역 안내서『경성편람』과『대경성』을 비교하여 양자의 경성 인식을 살펴보았다.

『대경성』과『경성편람』은 모두 1929년의 조선박람회 관람을 위해 경성지역을 방문하는 사람들을 위한 안내서라는 기본 성격을 공유하고 있었기 때문에 그 목차와 구성이 유사하였다. 그러나 내용에 있어서는 차이를 보이고

---

48 김제정,『대공황 전후 조선총독부 산업정책과 조선인 언론의 지역성』서울대학교 국사학과 박사학위논문, 2010.

있었는데. 가장 뚜렷하게 차이가 나타나는 부분은 경성의 민족별 '이중구조'와 관련된 부분이다. 하지만 이는 조선인과 일본인 박람회 관람자가 여행자로서 소비하는 것의 차이에 기인한 것으로, 두 책의 경성지역에 대한 인식 차이를 보여준다고는 할 수 없다.

보다 중요한 문제는 동일한 대상에 대한 설명에서 인식의 차이가 보이는가 하는 것이었다. 『경성편람』의 서문에서는 조선인 필진 가운데 안재홍의 사례처럼 민족적 성격을 보여주는 경우도 있었고, 편집자인 백관수도 일본인들이 발행한 기존의 안내서가 가진 관점상의 한계를 지적하고 이와의 차별성을 강조한 바 있었다. 그러나 오히려 본문에서는 전체적으로 『경성편람』과 『대경성』의 경성지역에 대한 인식·관점의 의미 있는 차이를 발견하기는 어려웠다.

경성이라는 지역 인식에 있어서 두 책의 차이가 뚜렷하게 나타나지 않았던 이유는, 책이 발행된 1929년이라는 시기에서 찾을 수 있을 것이다. 출판사와 편집자, 그리고 서문의 필진의 성향을 고려하면 『경성편람』은 1920년대 후반 민족주의 계열의 인식을 반영하고 있는 것으로 볼 수 있는데, 1920년대 말은 민족주의 계열의 조선인들은 점차 '체제내화'하고 재조일본인들은 점차 '토착화'하는 시기였다. 이 시기 양자의 거리는 본인들의 생각보다도 그다지 멀지 않았던 것이 아닐까? 『경성편람』의 서문에서 조선인 필진과 일본인 필진이 '향토애'라는 동일한 표현을 사용한 것이 사정의 일단을 보여주는 것이라고 생각된다.

미군정기 국어 교과서의
편찬 과정에 대하여
-조선어학회와 조선문화건설중앙협의회의
관계를 중심으로-

정영훈

1. 들어가며

최근 들어 해방 직후 국어 교과서들을 대상으로 하는 연구가 활발하게 진행되고 있다. 이들 연구에서 보이는 주요한 경향 가운데 하나는 교과서가 이데올로기 기구 가운데 하나라는 전제하에 교과서가 어떻게 특정 이데올로기를 주입시켜 왔는지 분석하는 것이었다. 이를 통해 해방 직후 비교적 중도적인 입장을 보였던 국어 교과서가 단정기를 지나면서 반공 이데올로기를 분명하게 드러내는 과정을 밝히는 한편[1], 최초의 국어 교과서가 중도적인 입장을 가질 수 있었던 이유와 관련하여 조선문학가동맹의 부위원장이었던 이태준의 역할을 언급하거나 조선어학회의 중도적인 태도에 대해 이야기하는 경우도 있었다.[2] 이들 연구가 지닌 의의에 대해서는 새삼스레 다시 이야기할 것이 없지만, 이들 가운데는 최초의 국어 교과서가 편찬된 일련의 과정들에 대한 실체적 검토가 불충분함으로 인해 여러 가지 크고 작은 오류들을 드러내고 있는 경우들이 있어 문제가 된다.

사실 이 문제는 국어 교과서에 관한 연구들에만 국한되지 않는다. 해방기에 나온 교과서들을 다룬 여러 연구들이 교과서 편찬에 관여한 기구와 단체들이 만들어진 시기와 이들 사이의 관계, 거기 관여했던 사람들의 역할 등에서 오류를 범하고 있다. 이렇게 된 근원을 좇아가 보면, 해방 직후 교육계에 종사했던 사람들이 그때의 일을 회고하는 과정에서 생긴 오류가 나중에까지 이어져 내려온 경우도 있고, 반공주의가 득세하면서 좌익 측 인사들과 관련된 기록들이 누락된 경우도 있고, 교과서 편찬이 급속하게 진행되는 가운데 애초에 계획했던 일이 중간에 바뀌었으나 이를 확인하지 못해 오류가 생긴 경우도 있다. 이 다양한 오류들을 바로잡고 사실 관계를 실제와 최대한 가깝게 복원해 내기 위해서는 가능한 한 관련 자료들을 많이 찾아내고 이들을 서로 비교하는 한편 교과서 편찬에 관계했던 여러 단체들의 움직임과 이들 사이의 역학 관계를 살피는 작업이 필요해 보인다. 때에 따라서는 알려진 사실들에 근거하여 공백으로 남아 있는 부분을 추론하거나 이를 전체 문맥 속에서 새롭게 정리해야 하는 경우도 있다.

이 글이 논의의 대상으로 삼고자 하는 것은 조선어학회가 펴낸 중등용 국

---

1   강진호 외, 『국어 교과서와 국가 이데올로기』, 글누림, 2007.
     차혜영, 「국어 교과서와 지배 이데올로기―1차~4차 교육과정기 중·고등학교 국어교과서를 대상으로」,
2   남민우, 「미 군정기 국어교육계의 구조와 의미 연구」, 『국어교육학연구』 24집, 2005.

어 교과서이다. 이 글은 교과서 편찬의 중심에 있었던 조선어학회와 좌파 계열의 문인들이 주축이 되어 만든 문화 단체인 조선문화건설중앙협의회(이하 문건협) 사이의 역학 관계 속에서 이 문제를 다룰 것이다. 기존의 연구들은 중등용 국어 교과서의 제재 선택과 관련하여 이병기나 이태준의 역할에는 주목했지만 그들의 배후에 있었던 조선어학회와 문건협에 대해서는 비중 있게 다루지 않았다. 나중에 자세하게 살피게 되겠지만, 조선어학회는 그저 국어 교과서 편찬위원회를 구성해 놓고 그들에게 제재 선택을 일임한 것으로 보이지는 않는다. 국어 교과서뿐 아니라 교과서 편찬 전반에 걸쳐 조선어학회는 상당한 영향력을 행사했고, 이것이 다른 학술단체들의 반발을 불러일으키기도 했다. 한편 진보적 민주주의를 이념으로 내세우면서 다양한 형태의 이론 투쟁과 계몽 사업을 이끌었던 문건협은 해방 직후의 긴요하고도 시급한 과제였던 교과서 편찬 문제에도 깊은 관심을 가지고 있었다. 이들은 교과서 편찬 방침에 반발했던 제 단체들을 규합하여 국정교과서편찬연구위원회를 결성하였으며, 이 일 이후 국어 교과서 편찬에 상당히 깊이 관여한 것으로 보인다.

조선문학가동맹(문건협의 실세 그룹이었던 '조선문학건설본부'가 확대 개편하여 만든 단체)의 기관지였던 『문학』 창간호에는, 국정교과서편찬연구회의 결성을 통해 기존의 교과서 편찬 방침에 일정 정도 수정을 가하게 되었다는 내용의 기사가 실려 있다. 이 기사는 교과서 편찬 과정에서 여러 차례의 수정과 보완, 편찬에 관여했던 단체들 사이의 힘겨루기 양상이 있었음을 짐작하게 한다. 이 글은 기존의 연구에서 주목하지 않았던 이 부분을 살펴봄으로써 조선어학회가 펴낸 중등용 국어 교과서 편찬 과정의 일부를 복원하고, 아울러 교과서 편찬과 관련해서 잘못 이해해 온 사실들을 부분적으로 시정해 보고자 한다.[3]

---

3 이 글에는 교과서 편찬에 관여했던 단체와 기구들이 여럿 등장한다. 이들은 해방기의 특수한

2. 교과서 편찬과 조선어학회의 역할

해방 직후 미 군정청의 교과서 편찬에 관여했던 기구와 단체들을 이야기 하자면, 군정청 학무국의 편수과와 학무국 자문기구인 조선교육심의회의 교 과서분과위원회, 그리고 조선어학회를 들 수 있다. 편수과와 조선교육심의 회 교과서분과위원회가 학무국에 속해 있는 기구였던 데 비해 조선어학회는 민간 차원의 학술단체였다. 미 군정기에 교과서가 편찬된 과정과 실상을 제 대로 이해하기 위해서는 이들 사이의 관계를 우선 파악할 필요가 있다.

조선어학회가 군정청의 교과서 편찬에 관여하게 된 것은 동 학회가 해방 이후 학교 교육에 쓸 마땅한 교과서가 없는 현실을 직시하고 국어 교재를 비롯하여 각종 교과서를 만드는 일에 다른 어떤 단체보다 발 빠르게 대처했 기 때문이다. 조선어학회는 군정이 실시되기 전인 1945년 8월 25일 긴급 총회를 열어 "교과서가 없이 공부 못하는 초등·중등학교의 시급한 사태에 대처하기 위하여, 교육계·문필계·언론계 등 여러 방면의 협력을 얻어 우 선 임시 국어 교재를 엮기로" 결의하였고, 며칠 후인 9월 1일 한글 교재『한 글 첫 걸음』과『초등국어 독본(상)』원고를 탈고하였으며,[4] 이튿날에는 국어 교재 편찬 위원회를 만들어 일반용으로 우리말 입문과 초등 및 중등학교용 교재 편찬 계획을 세우도록 하였다. 이런 가운데 교과서를 새로 편찬할 시간 과 인력이 부족했던 군정 당국은 이와 관련한 일을 조선어학회에 맡기는 대 신 발행권을 넘겨받았고, 편찬 작업이 완료된 교과서를 출판하여 전국 학교

사정 때문에 다양한 이름으로 불리었는데, 논의의 편의를 위해 다음의 명칭으로 통일하여 사용하기로 한다.
조선교육심의회, 조선교육심사위원회, 교육심의회 → 조선교육심의회
국어 교과서 편찬위원회, 국어 교재 편찬위원회, 국어 교본 편찬위원회 → 국어 교과서 편찬위원회
국정교과서편찬연구위원회, 교과서편찬연구위원회 → 국정교과서편찬연구위원회
4   이응호,『미군정기의 한글 운동사』, 성청사, 1974, 266쪽.

에 무상으로 배부하였다.[5] 조선어학회는 언급한 교과서들 외에 공민 교과서도 추가로 편찬하였다.

학무국과 조선어학회의 관계가 이와 같았기 때문에 조선어학회의 수장이었던 최현배가 편수과의 업무를 맡게 된 것은 어쩌면 당연한 일이었을 것이다. 학무국 부국장을 지낸 오천석의 회고에 따르면 최현배가 편수과장에 취임한 것은 9월 19일의 일이다.[6] 이어서 조선어학회의 회원이었던 장지영이 10월 1일 편수과장보로 학무국에서 일하게 된다.[7] 이 둘의 취임 시기가 조선어학회에서 교과서 편찬 계획을 세운 시기와 비교하여 사이가 별로 뜨지 않음을 고려할 때 편수 방향을 정하는 데 조선어학회의 의견이 상당한 정도로 반영되었으리라 짐작할 수 있다. 편수과의 구성에 대해서는 잘 알려져 있지 않은데, 조선어학회와 관련이 있는 인사들이 여럿 포진해 있었고 여러 가지 일들을 주도적으로 이끌어 갔던 것으로 짐작이 된다. 이는 "교과서 편찬에 있어서 特記하여야 할 점으로는, 한글을 專用하다싶이 하여 漢字를 극도로 제한한 일과, 橫書를 단행한 일이다. 당시 編修局에는 그 幹部로 朝鮮語學會의 회원들이 있어 이 방침을 고집"[8]했다는 오천석의 회고라든지, 조선어학회와 긴밀한 관계에 있었던 이병기와 조지훈이 중등국어교본을 만드는 일에 관계한 사실 등을 통해 분명하게 확인할 수 있다.[9]

---

5   김동석, 「해방기 어문운동이 문학에 미친 영향—문인들의 반응을 중심으로」, 『어문논집』 54, 2006, 391쪽.

6   오천석, 『한국신교육사』, 현대교육총서출판사, 1964, 384쪽.

7   한글학회 편, 『한글학회 100년사』, 한글학회, 2009, 688쪽.

8   오천석, 앞 책, 394쪽.

9   이병기는 1930년 한글맞춤법 통일안이 발표될 당시 제정 위원으로 활동했고, 1935년에는 조선어 표준어 사정위원이 되었으며, 1942년 조선어학회 사건에 연루되어 일경에 피검, 함흥 형무소에서 1년 가까이 복역하였다(강진호, 「반공 이데올로기와 '국어' 교과서」, 강진호 외, 『국어 교과서와 국가 이데올로기』, 글누림, 2007, 150~151쪽). 조지훈은 조선어학회의 큰사전 편찬 일을 도왔고, 조선어학회 사건 때 검거되어 신문을 받기도 했으며, 해방 후에는 조선어학회에

한편 조선교육심의회는 학무국이 요청하는 교육 현안문제와 필요하다고 인정되는 교육 현안에 대한 자문을 전담하기 위해 만든 모임이다. 조선교육심의회가 만들어진 날짜에 대해서는 연구자들 사이에 이견이 있어서 11월 15일[10]과 23일[11]이 언급되고 있지만, 몇몇 정황으로 볼 때 늦어도 10월 말 이전에는 대략의 윤곽이 잡혀 있었다고 보는 편이 적절해 보인다. 문화건설 중앙협의회에서 교과서 편찬 과정에 문제를 제기하며 제 학술단체들의 회합을 요청했다는 내용의『자유신문』10월 26일자 기사에 '조선교육심사위원회'가 언급되어 있기 때문이다(이 당시 신문들은 조선교육심사위원회와 조선교육심의회를 구분 없이 사용했다).[12] 조선교육심의회 아래에는 모두 10개의 분과가 있어서 각각 교육 이념(제1분과), 교육 제도(제2분과), 교육 행정(제3분과), 초등교육(제4분과), 중등교육(제5분과), 직업 교육(제6분과), 사범교육(제7분과), 고등교육(제8분과), 교과서(제9분과), 의학교육(제10분과) 등을 전담했는데, 교과서 분과위원회의 경우 최현배, 장지영, 조진만, 조윤제, 피천득, 황신덕, 김성달, 웰치가 위원으로 참여하였다.

조선교육심의회 산하 분과들을 일별해 보면 교과서 분과위원회는 그 성격이 다른 분과와는 조금 다르다는 점이 느껴진다. 각각의 분과가 교육과 관련

관계하면서(『한글학회 100년사』에는 조지훈이 제34대(1945.8.26.~1946.2.3.) 출판부 간사, 제35대(1946.2.4.~1946.9.8.) 출판부 이사(1946년 4월에 교체)를 역임한 것으로 되어 있다)『한글』복간과 국어·국사 교본 편찬을 도왔다. 이에 대해서는 조지훈,「나의 역정—詩酒 半生 自敍」,「내 시의 고향—나의 詩作 노트」,「해방 전후의 추억—시의 배경을 위한 自敍」,『문학론』조지훈 전집 3, 나남출판, 1996,「화동(花洞) 시절의 추억—그날의 조선어학회」,『수필의 미학』조지훈 전집 4, 나남출판, 1996 참조.

10 한준상,「미국의 문화침투와 한국교육」, 박현채 외,『해방전후사의 인식 3』, 한길사, 1987, 576쪽.

11 이응호, 앞 책, 313쪽; 손인수,『미군정과 교육 정책』, 민영사, 1992, 170쪽; 이종국,『한국의 교과서 출판 변천 연구』, 일진사, 2001, 179쪽.

12 김동환,「『문장』지와 국어교육」,『한국근대문학연구』20, 2009, 9쪽에는 조선교육심의회의 발족 일자가 9월 23일로 나와 있는데, 출처가 명시되어 있지 않다.

된 여러 업무들을 분담하고 있는 형태라면, 교과서 분과위원회의 업무는 분과 전체에 두루 관련이 있어 보인다. 초등·중등·고등교육에 대한 논의를 하면서 교과서에 대한 논의만큼은 교과서 분과위원회에 일임한다는 것은 이상하다. 교과서 분과위원회의 업무가 편수과의 업무와 상당 부분 겹쳤으리라는 점도 이 모임의 필요성을 의심스럽게 한다. 국어 교과서 편찬위원회의 위원이었던 최현배, 장지영, 조윤제 등의 이름이 올라와 있는 것을 보면 이 위원회가 교과서 분과위원회로 재편된 것일 수도 있겠다.

교과서 편찬에 관여한 기구와 단체가 여럿이다 보니 때로는 누구의 소관인지 불분명한 채로 일이 진행되거나 비슷한 성격의 업무를 각각의 모임에서 제각기 논의하는 경우들이 있었던 것 같다. 일례로 『가람 일기』를 보면 이병기가 편수관이 된 후 자신이 맡은 업무의 하나로 '국어 교과서 편찬위원회'와 관련한 일을 적은 대목이 있는데,[13] 그 내용을 보면 그가 위원회 구성과 관련하여 사람들을 만나고 교섭하는 일을 주도적으로 처리하고 있을 뿐 아니라 이 일을 편수과의 소관으로 이해하고 있을 뿐 조선어학회와 관련해서는 아무런 이야기도 하고 있지 않다. 짐작건대 이병기의 입장에서는 이를 편수과의 일로 여겼거나 굳이 어느 편의 일이라고 구분 지을 필요를 느끼지 못했던 것으로 보인다. 그런가 하면 교과서 편찬 과정에서 격론이 벌어졌던 한자 폐지 문제의 경우는 조선교육심의회 교과서 분과위원회와 본 회의에서는 물론이고, 국어 교과서 편찬위원회에서도 별도로 논의가 되었다. 교과서에서의 한자 폐지와 관련하여 교과서 분과위원회에서 최종 결정된 사항들은 조선어학회 이사회 회록에 기록되어 있기도 하다.[14]

이런 일련의 정황들을 볼 때 분명하게 확인할 수 있는 것은 조선어학회의

---

13 이병기, 『가람일기(Ⅱ)』, 신구문화사, 1976, 565~566쪽 참고.
14 한글학회 50돌 기념사업회 편, 『한글학회 50년사』, 한글학회, 1971, 418쪽.

뚜렷한 존재감이다. 위에 언급한 기구와 단체들은 모두 최현배를 연결고리로 하여 이어져 있고, 조선어학회와 그 회원들이 각각의 기구들에서 핵심적인 역할을 하고 있다. 그렇다면 교과서 편찬과 관련한 여러 일들에서 조선어학회가 압도적인 영향력을 행사했을 가능성이 높다. 그리고 적어도 1945년 10월 말까지는 이런 상태가 지속되었을 것이다. 교과서 편찬이 일개 학술단체와 그 회원들에 의해 좌우되었다고 가정한다면 여타의 학술단체들이 이에 반발했으리라고 쉽게 예상할 수 있을 것이다. 1945년 10월 29일 조선문화건설중앙협의회(이하 문건협)가 중심이 되어 국정교과서편찬연구위원회가 결성된 것에 주목해야 하는 이유가 여기에 있다. 국정교과서편찬연구위원회의 결성으로 인해 기존의 교과서 편찬 방침에 여러 가지로 수정이 가해지기 때문이다.

3. 국정교과서편찬연구위원회 결성 전후

1945년 10월 문건협에서는 교과서 편찬 과정에 이의를 제기하며 제 학술단체들의 회합을 요청한다. 아래는 10월 26일자 『자유신문』에 실린 기사이다.

신국가 건설에 중대 과제의 하나인 교육대책에 관하야 현재 군정청 학무국 내에 설치된 교육심사위원회(教育審査委員會)에서 몇 분의 편수관리로 하여금 각 학교에 사용될 국정교과서(國定教科書)를 편찬 중에 잇스며 문화건설중앙협의회에서도 루차 교과서 재료 제공을 요청한 바 잇섯스나 이 문제의 중대성에 감하여 보수적 독단적인 방침을 일척하고 학술(學術) 문화(文化) 교육(敎育) 각 단체의 합의적 검토에 의한 기본방침을 수립하고저 二九일 오후 三시 회합을 가지리라는데 의안과 모히는 단체는 다음과 갓다.
議案

一. 敎育審査委員會에 對한 對策

二. 國定敎科書 編纂에 對한 件

出席團體

朝鮮學術院, 朝鮮語學會, 朝鮮地理學會, 震檀學會, 社會科學硏究所, 朝鮮敎育革新同盟, 朝鮮社會敎育協會, 朝鮮新聞記者協會, 英語學會, 朝鮮文學建設本部[15]

회합이 이루어진 10월 29일 출석단체들은 국정교과서편찬연구위원회를 결성하고, "宋錫夏, 李定根, 李源朝, 金永鍵 제씨로 하야곰 七일 별항의 결의문을 군정청 학무 당국에 제출케" 하기로 결정한다. 결의문의 내용과 참여 단체를 중심으로 기사의 일부를 보이면 아래와 같다.

一. 敎科書編纂에 關하야 初等中等學校의 各 科程에 亘해서, 學務當局과 民間 各 學術 文化 敎育 及 個人의 專門家들을 廣範한 範圍로 網羅해서 共同委員會를 組織해 가지고, 敎科書編纂의 基本方針을 大衆的으로 討議 決定한 뒤에, 다시 各 專門委員會를 組織해, 當該 專門課目의 編輯에 當하도록 하기를 建議함.

一九四五年 十一月　日

敎科書編纂硏究委員會(構成團體)

朝鮮學術院, 朝鮮敎育革新同盟, 美術敎育硏究會, 震檀學會, 朝鮮社會敎育協會, 朝鮮文化建設中央協議會, 朝鮮地理學會, 朝鮮中等敎育協會, 朝鮮文學建設本部, 朝鮮社會科學硏究所, 英語學會, 朝鮮新聞記者協會[16]

국정교과서편찬연구위원회의 결성과 관련하여 이응호는 각급 학교용 국정

---

15 「國定敎科書 編纂 協議─文建서 學術敎育團體를 招請」, 『자유신문』, 1945.10.26.

16 「敎育文化의 基礎工作─敎科書編纂共同委員會 結成 建議」, 『자유신문』, 1945.11.9.

교과서의 편찬을 진행하면서 "문교부는 여러번 문화건설중앙협의회에게 교과서 편찬에 관계되는 재료 제공을 요청하였다. 그러나 문화건설중앙협의회로서는, 너무나 중대한 과업이었기에, 학술·문화·교육의 각 단체의 합의적 검토로 기본 방침을 세우기 위하여"[17] 회의를 가졌다고 적고 있다. 교과서 편찬과 관련하여 문교부에서 먼저 문건협에 협조를 요청했고, 이에 문건협이 제 학술단체에 회합을 요청했다는 것이다. 이는 후대 연구자들에게도 그대로 받아들여지고 있으나[18] 올바른 해석이라 보기는 어렵다. 『자유신문』에 실린 기사의 문구가 애매하기는 하지만, 교과서 자료 제공을 요청한 것은 학무국이 아니라 문건협이라 보는 것이 적절해 보인다. 기사에 "문화건설중앙협의회**에서도**(강조: 인용자) 루차 교과서 재료 제공을 요청한 바 잇섯스나"라고 되어 있는 것을 보면, 짐작건대 문건협에서 교과서가 어떻게 편찬되고 있는지 그 내용을 알려 달라고 요청했거나 교과서에 들어갈 작품들을 추천하려 했던 것이 아닌가 여겨진다. 제 학술단체들에 대한 문건협의 회합 요청은 교과서 편찬 과정에 이의를 제기하기 위함이었다. 이는 조선문학가동맹(문화건설중앙협의회에서 핵심적인 역할을 했던 '조선문학건설본부'의 후신)의 기관지인 『문학』에 실린 다음 기사에서 분명하게 드러난다.

新國家建設의 重大課題의 하나인 啓蒙問題는 文盲을 退治함이 急先務임은 勿論이어니와 解放直後에 나타난 事實은 一部에서 保守的, 獨斷的方針으로 各學校에 使用될 國定敎科書編纂을 非民主主義的으로 專行하야 그것이 **民主主義**國家建設科程에있어서 끼칠弊害를 念慮하여 우리 文學者들은 解放된 우리民族文化의 基礎工作인 敎育文化의 첫樹立은 **進步的民主主義**를 科學的批判아래 敎育對策의 基本方針으로 하기爲한 各學術, 文化, 敎育諸團

---

17 이응호, 앞 책, 299쪽.
18 김태웅, 「신국가건설기 교과서 정책과 운용의 실제」, 『역사교육』88, 2003, 74쪽.

體의 合意機關設置가 緊要타고 認定하고 朝鮮學術院, 震檀學會, 朝鮮社會科學研究所, 朝鮮地理學院, 朝鮮教育革新同盟, 朝鮮社會教育協會, 朝鮮中等教育協會, 朝鮮初等教育建設會, 英語學會, 美術教育研究會, 朝鮮新聞記者會와 함께 一九四五年十月二十九日 「國定教科書編纂研究委員會」를 結成하고 爾來 그 獨斷的專行의 拒否運動에 努力했으며 또 이것을 與論化하고 直接建議도 해서 그들로하여금 臨時用編纂만을 許容하고 本來갖었든 方針에다 많은 修正을 함에 이르도록 活動하였다. 또 앞으로 前記委員會의 機能을 擴大强化시키여 文學者로서 加一層積極的啓蒙活動에 協調할 計劃을 하고 있다.[19]

조선문학가동맹 측의 주관적인 해석이 개재해 있을 가능성을 배제할 수는 없지만, 위 기사 내용으로 판단하건대 1945년 당시 문건협은 교과서 편찬이 일부에 의해 "보수적, 독단적"으로 이루어지고 있다고 판단하였고, 이에 문제를 제기하였으며, 제 학술단체들이 모여 만든 국정교과서편찬연구위원회도 사실상은 문건협이 주축이 된 모임이었음을 알 수 있다. 편수과와 거기서 핵심적인 역할을 했던 조선어학회 입장에서 국정교과서편찬연구위원회의 결성은 매우 곤혹스러운 일이었을 것이다. 이는 편수과의 편수 방침에 대한 전면적인 반발을 의미하기 때문이다. 제 학술단체들이 문건협의 회합 요청에 기꺼이 응한 것은 이들이 학교에서 사용할 교과서를 조선어학회와 그 회원들이 주축이 되어 있는 편수과에서 '독단적으로' 만들고 있다는 데 의견을 같이했기 때문일 것이다. 문건협에서 회합에 초청한 단체들의 명단과 국정교과서편찬연구위원회가 결성된 당일 회합에 참석한 단체들의 명단을 비교해 보면 조선어학회가 빠져 있는 것을 확인할 수 있는데, 이런 맥락에서 본다면 조선어학회가 참석하지 않은 이유를 짐작하기란 그리 어려운 일이 아

19 「朝鮮文學家同盟 事業 槪況 報告」, 『문학』 창간호, 1946.7, 151쪽.

니다.

이미 언급한 것처럼 조선어학회는『한글 첫걸음』,『초등국어교본』외에 공민 교과서도 만들었다. 앞의 두 책은 그나마 조선어학회의 성격에 맞는 것이어서 크게 문제될 것은 없다 해도 공민 교과서라면 사정이 달라진다.『한글학회 100년사』에는 조선어학회에서 공민 교과서를 편찬하게 된 사정을 다음과 같이 설명하고 있다.

> 교과서란 것이 다른 간행물과는 달라서 활자 하나하나에도 교육적 배려가 있어야 한다.
> 그런데, 한글학회가 국어학도 아니요, 국문학도 아닌 전연 부문이 다른 공민과의 교과서를 편찬한다는 것은 당치도 않은 일이다. 그러나, 광복된 새 나라에 시급히 요구되는 교육이 국어 교육뿐만이 아니었다. 일제의 굴레에서 풀려 나와 과거에 받은 노예적 교육을 하루 속히 벗기 위해서도 새 나라의 새 국민이 되기 위해서도 공민 교육이 필요했었다.
> 여기서 군정청 학무국은 광복 직후 혼란한 시기에 돌연 공민 교과서를 편찬할 능한 사람을 얻기가 힘들어, 국어 교과서를 편찬하는 한글학회에 공민 교과서의 편찬까지도 의뢰하게 되었다. 그리하여, 한글학회는 초·중등 공민 교과서 5종을 엮어 광복 직후 긴급히 요구되는 공민과 교육에 크게 이바지하였던 것이다.[20]

"공민 교과서를 편찬할 능한 사람을 얻기가 힘"들어 이를 조선어학회가 맡게 되었다는 것은 어디까지나 조선어학회 측의 편의적인 해석이라 해야 옳을 것이다. 이미 학무국이 설치된 마당이었다면 편수과도 있었을 테고, 그렇다면 편수과에서 맡아 하면 될 일을 조선어학회에서 했다는 것은 아무래도

---

20 한글학회 50돌 기념사업회 편, 앞 책, 303쪽.

이해하기 어렵다. 공민 과목과 관련이 있는 학술단체의 입장에서 볼 때, 어학 단체인 조선어학회에서 공민 교과서를 편찬하는 것은 일종의 월권행위로 여겨졌을 테고, 이러한 불만이 국정교과서편찬연구위원회 결성에 영향을 미쳤을 법하다. 다른 과목들에서도 이와 비슷한 일이 있었을 가능성이 크다. 국사 교본의 경우가 좋은 예가 된다.

1947년에 간행된 『진단학보』의 휘보를 보면, 1945년 9월 17일 "軍政廳 當局과 宋錫夏, 趙潤濟, 孫晉泰委員 會見의結果 國史教科書及地理教科書 編輯의 委囑을 受諾"했다는 기록이 있다. 9월 21일과 11월 각각 "國史教科書의 原稿"와 "地理教科書 原稿"를 군정청에 제출했다는 기록도 있다.[21] 이 기록대로라면 진단학회가 국정교과서편찬연구위원회에 참여한 것이 조금 의아하게 느껴질 수 있다. 진단학회는 군정청과의 협의를 통해 국서 교과서를 만들기로 하였고, 작업도 이미 진행 중이었던 만큼, 편수과의 일 처리가 독단적이라고 비판할 만한 뚜렷한 이유가 없었다. 국정교과서편찬연구위원회에 참여함으로써 추가적으로 얻어 낼 수 있는 것이 있었으리라고 생각할 여지도 적다. 그렇다면 진단학회가 여기에 동참한 이유는 무엇일까.

이를 짐작할 만한 단서가 있다. 미군정기 학무국이나 문교부(학무국의 후신)의 이름으로 나온 국사 교과서는 크게 둘이었다. 하나는 초등용 국사 교본이고 다른 하나는 중등용 국사 교본이다. 이 두 책의 발행과 관련하여 편수국의 『편수시보』에서는 "과도 정부(過渡政府) 학무국 편수과(編修科)에서는 (중략) 4278년(1945년-인용자) 9월부터 초등학교 국사 임시 교재 편찬에 착수하여 그해 12월 이의 완료(完了)"를 보았으며, "중등학교의 국사 교재도 시급(時急)함을 인식하고" "4278년 12월 무렵에 권위(權威) 있는 학술단체라고 자타가 공인하는

---

21 『진단학보』 15, 1947, 151, 152쪽.

진단학회(震檀學會)에 집필을 위촉하여, 4279년 1월 이의 완성을"[22] 보았다고 적고 있다. 이 기록은 다음 두 가지 점에서 문제적이다. 진단학회에 국사 교본의 집필을 위촉한 날짜가 『진단학보』의 기록과는 차이가 있고, 초등용 국사 교본의 경우는 진단학회가 아니라 편수국에서 편찬한 깃으로 되어 있기 때문이다. 만약 이것이 사실이라면 진단학회에서 국정교과서편찬연구위원회에 참여한 이유를 설명하기가 훨씬 쉬워진다.

초등용 국사 교본의 저자가 누구인가에 대해서는 상당한 논란이 있어 왔다. 군정청 학무국에서 황의돈이 역사 편수관으로 근무했던 사실을 들어 황의돈이 저자라고 주장하는 견해가 있었는가 하면, 위에 언급한 『진단학보』의 휘보 등을 근거로 하여 진단학회에서 이 책을 펴냈다고 주장하는 견해도 있었다. 최근의 한 연구에서는 해방 직후 교육행정 조직 내에서의 황의돈의 역할과 비중, 그리고 초등용 국사 교본이 1946년에 발행된 황의돈의 『중등조선역사』와 내용 체계와 서술 내용이 유사함을 볼 때 황의돈이 저자라고 보는 것이 더 적절해 보인다는 견해를 피력한 바 있다.[23] 초등용 국사 교본의 역사 서술 체제라든지 내용에 관한 부분은 이 글이 다루는 영역 밖의 것이어서 논외로 하더라도, 국정교과서편찬연구위원회의 결성 과정을 분석해온 이제까지의 논의를 염두에 둔다면 황의돈을 저자로 보는 것이 옳지 않은가 여겨진다. 이렇게 추정해야만 다음과 같은 사실들이 일관성 있게 설명되기 때문이다.

황의돈은 진단학회와는 아무 관련이 없는 인물이었다. 황의돈이 초등용 국사 교본의 저자임이 분명하다면, 초등용 국사 교본의 편찬 작업은 진단학

---

22 대한교과서주식회사 편, 『대한교과서사 1948~1983』, 대한교과서주식회사, 1988, 87, 88쪽, 재인용.

23 김봉석, 「초등 국사교본의 특징과 역사인식」, 『사회과 교육』 제47권 1호, 2008 참조.

회와 무관하게 진행되었을 가능성이 높다. 진단학회가 1945년 9월 17일 군정청으로부터 국사 교본의 집필 의뢰를 받은 것과는 별개로, 편의상 그랬는지 어떤 알력 관계 때문에 그랬는지는 알 수 없으나, 아무튼 실제 작업은 편수과에서 독자적으로 진행해 나갔으리라는 것이다. 국사 교과서 편찬 과정에서 진단학회가 배제되었다면, 이는 진단학회가 국정교과서편찬연구위원회에 참여해야 할 충분한 이유가 된다. 짐작건대 진단학회는 국정교과서편찬연구위원회 결성을 통해 국사 교과서 편찬 과정에 이의를 제기하고, 이 일에 자신들이 적임자임을 주장했을 가능성이 높다. 편수과 입장에서는 국정교과서편찬연구위원회의 요구를 무시하기 어렵고, 군정청이 진단학회와 협의한 것도 있어 그 요구를 수락했던 것이 아닐까 여겨진다. 어쩌면 1946년에 발행된 황의돈의 『중등 조선역사』는 진단학회의 이런 이의 제기가 없었다면 『초등 조선역사』에 이어 중등용 국사 교본이 되었을지도 모른다.

국정교과서편찬연구위원회의 결성은 조선어학회와 이를 제외한 제 학술단체들 사이에 분명한 갈등 관계가 존재했음을 알려준다. 진단학회의 예에서 보듯, 이 일을 계기로 편수과의 교과서 편찬 방향에는 어느 정도의 수정이 가해졌을 가능성이 높다. 가장 먼저 작업에 착수했던 교과서 가운데 하나인 국어 교과서도 예외일 수는 없었다. 이미 편찬이 완료된 초등용 국어 교과서는 어찌할 수 없었지만, 편찬 진행 중인 중등용 국어 교과서의 경우는 외부의 요구를 일정 부분 받아들여야만 했던 것이다. 무엇보다 국정교과서편찬연구위원회 결성에 주도적인 역할을 했던 문건협에서 가장 큰 관심을 가졌던 것이 국어 교과서였다. 국어학적 지식과 관련된 문제는 별개로 하더라도, 국어로 쓰인 작품을 고르는 일에 관해서라면 이는 마땅히 자신들이 맡아서 할 일이라 여겼을 가능성이 높다. 문건협의 실세 그룹이었던 조선문학건설본부는 임화, 김남천, 이원조 등 계급문학을 대표하는 문인들은 물론이고 이태준, 박태원, 김기림 등 이른바 순수문학 쪽 문인들까지 아우르는, 해방기 문단에서 가장 비중 있는 조직이었기 때문이다.

4. 국어 교과서 편찬위원회의 구성과 변화

조선어학회에서는 국어 교과서 편찬을 위해 국어 교과서 편찬위원회를 만들었다. 『한글학회 50년사』의 기록을 따르면 위원 구성은 다음과 같다.

> 이희승(집필), 이태준(집필)[24], 장지영(집필), 이호성(집필), 윤성용(집필), 이숭녕(집필), 정인승(집필), 윤재천(집필), 윤복영(집필), 방종현(심사), 이세정(심사), 양주동(심사), 조병희(심사), 주재중(심사), 이극로(위원), 최현배(위원), 김윤경(위원), 김병제(위원), 이은상(위원)[25]

국어 교과서 편찬위원회가 만들어진 날짜는 1945년 9월 2일이지만, 이때의 구성이 위의 것과 동일했는지는 확언하기 어렵다. 1945년 9월 3일에 발행된 『매일신보』에는 조선어학회에서 "우리의 말을 널리 알리기 위하여 李克魯, 崔鉉培, 李熙昇, 鄭寅承 이밖에 교육관계자 등 18명이 교재편찬위원회를 열고 일반용으로 우리말 입문과 초등학교용으로 상·중·하의 세 가지, 중등학교용으로 상·하의 두 가지 교재를 편찬하기로 되어 우선 8일 오전 10시에 입문편의 교재와 초등 정도 초보 교재를 상정하여 인쇄하도록 되었다."[26]는 기사가 실려 있다. 이극로, 최현배, 이희승, 정인승 네 사람의 이름이 양쪽 모두에 보이고 인원수도 정확하지는 않지만 대강 비슷한 것을 보면, 위의 명단이 9월 2일의 그것과 크게 다를 것 같지는 않다. 1945년

---

24 원문에는 '이태종'이라 되어 있으나 여러 연구들에 의해 오기임이 확인되었기에 바로잡았다.
25 한글학회 50돌 기념사업회 편, 앞 책, 303쪽.
26 「조선어학회, 교재편찬위 구성하고 교재 편찬」, 『매일신보』, 1945.9.3.

12월 30일에 발행된 『초등 국어교본 한글교수 지침』에도 이와 비슷한 명단이 있다. 편찬위원회 구성 일자는 1945년 10월 9일로 되어 있다.[27]

국어 교본 편찬위원(소속)	분과별 위원
김병제(조선어학회), 김윤경(조선어학회), 박준영(한성상업학교), 방종현(조선어학회), 장지영(조선어학회), 정인승(조선어학회), 조병희(경성서부남자초등학교), 조윤제(진단학회), 주재중(매동국민학교), 최현배(조선어학회), 양주동(진단학회), 윤복영(협성학교), 윤성용(수송국민학교), 윤재천(청량리국민학교), 이극로(조선어학회), 이세정(진명고등여학교), 이승녕(평양사범학교), 이태준(조선문화건설중앙협의회), 이호성(서강국민학교), 이희승(조선어학회), 이은상(국문학 저술가)	교본 起草委員 1. 『초등 국어 교본』 기초위원 윤복영, 윤성용, 이호성(책임) 2. 『중등 국어 교본』 기초위원 이승녕, 이태준, 이희승(책임) 3. 『한글 첫걸음』 기초위원 장지영, 정인승(책임), 윤재천 교본 심의 위원 방종현, 조병희, 주재중, 양주동, 이세정 『초등 국어 교본』 삽화 집필 담당 이희복(경성사범학교부속국민학교) 이봉상(경성여자사범학교부속국민학교) 한글 교수 지침 담당 — 이호성

교과서 편찬이 완료될 때까지 이 구성이 그대로 계속 이어진 것 같지는 않다. 국정교과서편찬연구위원회가 결성된 이후 국어 교과서 편찬위원회에 몇 명의 위원이 더 추가된 것으로 보이기 때문이다.

11/2(금) 국어교과서 중학교의 것은 내가 편수의 주임을 맡았다. 초등, 중등 기타 국어 교과서 편수(編修)에 대한 토의를 문예, 학술, 교육단체를 망라하여 하자 하고, 나는 문화건설협회(文化建設協會)에 가 이원조(李源朝)군을 보고 상의하니, 게서 여러 문화단체와 이미 이 문제를 의논하고 건의문(建議文)을 지었다 하며 그 건의문을 낭독하여 들린다. 그 취지가 편수과(編修科)의 생각과 부합하였다. 서로 좋다 하고 나는 게서 위원 다섯만 추천해 달라고

---

27 남민우, 앞 글, 271~272쪽.

부탁하였다.[28]

　이병기가 편수과의 편수관으로 일하기 시작한 것은 1945년 10월 30일이다. 이병기는 자신이 중등용 국어 교과서의 편수 주임을 맡았다고 적고 있는데, 초등용 국어 교과서 편찬회의에도 참석을 하고, 초등용 국어 교과서에 들어갈 시조를 짓기도 했던 만큼 그의 일이 중등용 국어 교과서 편찬에만 한정되지는 않았을 것이다. 중등용 국어 교과서를 정정(1945.12.27. 일기)했다고 적은 것으로 보아 중등용 국어 교과서 편찬 과정에서 그가 맡은 역할 또한 컸으리라고 짐작된다. 이런 이병기의 이름이 국어 교과서 편찬위원회에 들어가 있지 않다면, 반대로 여기 이름이 올라가 있지 않은 다른 사람들 가운데도 교과서 편찬 과정에서 상당한 역할을 한 경우가 있으리라고 보아야 할 것이다. 이미 언급했듯이 앞의 편찬위원회 명단은 10월 9일을 기준으로 작성된 것이므로 그 이후의 변화에 대해서도 생각해 보아야 하고, 편수과 소속이었거나 기타 외부 단체 구성원들의 역할에 대해서도 그 가능성을 열어두어야 하리라는 뜻이다.

　이런 맥락에서 위의 일기를 읽으면 흥미로운 사실을 발견할 수 있다. 다만 조금 주의해서 읽을 필요가 있다. 이미 살핀 것처럼 "초등, 중등 기타 국어 교과서 편수에 대한 토의를 문예, 학술, 교육단체를 망라하여 하자"는 입장을 먼저 표명한 것은 문건협이었고, 그렇게 해서 제 학술단체들을 모아 결성한 것이 국정교과서편찬연구위원회였다. 이원조는 국정교과서편찬연구위원회에서 합의한 내용을 군정청 학무과에 전달할 예정이었고(실제 이를 전달한 것은 11월 7일이었다), 두 사람이 만난 시점에는 이미 건의문이 완성되어 있었다. 따라서 "초등, 중등 기타 국어 교과서 편수에 대한 토의를 문예, 학술, 교육단체

28　이병기, 앞 책, 562~563쪽.

를 망라하여 하자"는 생각이 이병기 자신의 것이었다고 보기에는 무리가 있다. 편수국에서 국정교과서편찬연구위원회의 생각을 이병기에 알려준 것이거나, 당일 이병기가 건의문을 읽고 그 내용을 옮겨 놓은 것으로 보아야 사리에 닿는다.

이병기가 만난 사람이 하필 이원조였다는 것도 생각해 보아야 한다. 이원조가 국정교과서편찬연구위원회의 결성 과정에서 주도적인 역할을 했다는 것은 이미 살핀 바다. 이병기는 의견을 구할 수 있는 여러 사람 가운데 하나로 이원조를 만난 것이 아니라 처음부터 작정하고 이원조를 만났던 것으로 보아야 한다. 이원조를 만난 데는 적어도 두 가지 의도가 있었으리라 짐작된다. 이원조는 국정교과서편찬연구위원회 결성을 주도적으로 이끌었던 인물이다. 편수과에서는 이병기를 내세워 국정교과서편찬연구위원회의 반발을 어느 정도 누그러뜨리고자 했을 것이다. 이원조는 또 문건협의 실세이기도 했다. 문건협에서 가장 큰 관심을 가지고 있었던 것이 국어 교과서 편찬이었다면, 그를 통해 문건협 소속 문인들을 국어 교과서 편찬위원회에 포함시킴으로써 교과서 편찬이 독단적으로 진행되고 있다는 일부의 평가를 희석시킬 수 있으리라 생각했을 것이다.

이날 이병기는 이원조에게 위원 다섯을 추천해 달라고 부탁하였다. 그 후의 일에 대해서는 다음과 같이 적어 놓고 있다.

11/23(금) 국어교과서(國語敎科書) 편찬위원회의 추천된 분들을 교섭하러 문예건설중앙협의회(文藝建設中央協議會)를 가 임화(林和), 이태준(李泰俊), 김남천(金南天)군을 보고, 보전(普專) 손진태(孫晉泰)군을 보고, 휘문(徽文) 박노갑(朴魯甲)군 보았다.[29]

---

29 위 책, 565쪽.

02 미군정기 국어 교과서의 편찬 과정에 대하여   51

이원조를 만나고 3주 후 이병기는 "국어교과서 편찬위원회의 추천된 분들을 교섭"하기 위해 다시 한 번 문건협을 방문한다. 이날 이병기는 임화, 이태준, 김남천과 손진태, 박노갑, 모두 다섯 사람을 만났다. 애초에 이원조에게 추천을 의뢰한 위원이 다섯이었기에 이들이 그 다섯일 수도 있겠으나 몇몇 정황으로 볼 때 그럴 것 같지는 않다. 한 연구에서는 이 일기를 언급하면서, 아직 채워지지 않은 위원회의 자리를 채우고자 이병기가 이원조 등과 상의를 하였고, 애초에 말한 다섯 명이란 복수 추천을 의미하며, 추천된 다섯 명 가운데 이태준을 선택했으리라고 추정하고 있다.[30] 그러나 이미 살핀 것처럼, 이태준은 이 이야기가 있기 훨씬 전부터 국어 교과서 편찬위원회의 위원으로 활동하고 있었다. 이태준이 국어 교과서 편찬 일을 보게 된 것과 이날의 만남 사이에는 아무런 관련이 없다. 같은 맥락에서 이병기가 추천된 다섯 명 가운데 이태준만 선택했다는 주장 역시 기각될 수밖에 없다. 이태준이 이미 국어 교과서 편찬위원으로 있었다면 새로 추천된 위원은 이태준이 아닌 다른 누구여야 한다. 이날 이병기가 만난 임화나 김남천이 그들 가운데 일부인지는 확언할 수 없지만, 이태준 외에 다른 누군가가 국어 교과서 편찬위원으로 추가되었다고 보는 것이 여러 모로 타당해 보인다. 조선어학회가 국정교과서편찬연구위원회의 요구를 받아들이는 차원에서 이원조에게 위원 추천을 의뢰한 것이라면, 다섯 명 전부가 편찬위원으로 들어갔을 가능성도 배제할 수 없다. 이병기의 다음 일기가 그 증거가 될지도 모르겠다.

> 12/10(월) 군정청(軍政廳) 202호실서 국어교본(國語敎本) 편찬위원회를 하였다. 모인 이가 30명. 한자 폐지 문제를 토의타가 4시간 만인 오후 6시 반에 파하였다. 다시 다음 회로 미뤘다.[31]

---

30 김동환, 앞 글, 11~12쪽. 강진호, 앞 글, 151쪽 역시 이 해석을 받아들이고 있다.

『가람 일기』에서 확인할 수 있는바, 이날의 모임은 추천 위원 추가에 관한 이야기가 있고 난 이후 첫 번째로 열린 편찬위원회였다. 이병기는 모인 이의 수가 30명이었다고 적고 있다. 10월 9일자 기준으로 국어 교과서 편찬위원회의 위원 숫자가 21명이었음을 고려한다면, 적어도 9명은 새로운 얼굴이었다고 보아야 한다. 이 9명 가운데 일부는 이원조가 추천한 문건협 측 인사들이었을 가능성이 있다. 이날의 회의 분위기를 보면 그런 것이 느껴진다.

이날 회의에서 논점이 된 것은 교과서에서의 한자 폐지 문제였다. 4시간 가까이 토의를 했으나 합의점을 찾지 못하였다. 편찬위원회는 12월 17일과 19일, 두 번에 걸쳐 이 문제를 다시 다루지만 여기서도 결정을 보지 못한다. 교과서에서 한자를 빼자는 것은 최현배를 위시하여 조선어학회에서 강력하게 주장해 오던 바였다. 이는 각계 인사들의 반발을 샀고, 조선교육심의회 교과서 분과위원회 및 본 회의에서도 이 문제를 놓고 격론이 벌어졌다. 같은 일이 국어 교과서 편찬위원회에서도 벌어진 것인데, 이날의 일이 조금 의아하게 느껴지는 것은 이 모임이 있기 이틀 전 교과서 분과위원회 차원에서 이 문제에 대해 매듭을 지었기 때문이다. 교과서 분과위원회에서는 조윤제의 반대를 물리치고 교과서의 한자 폐지를 다수결로 통과시켰고, 이를 본 회의에 상정하기로 하였다.[32] 그렇다면 국어 교과서 편찬위원회에서 이 문제

---

31 이병기, 앞 책, 565, 566쪽.

32 『한글학회 50년사』에는 12월 8일의 이 모임이 조선교육심의회 본 회의 자리였다고 되어 있다. 하지만 조윤제가 주장한바 이 자리가 교과서 분과위원회였고, 자신은 끝까지 한자 폐지에 반대했으며, 다수결로 결정할 수밖에 없는 상황에서 기권한 다음 이를 본 회의 때 재론하자고 했으며(조윤제, 「국어 교육에 있어서의 한자 문제」, 『조선교육』, 제1권 제2호, 1947.6.; 이길상·오만석 공편, 『한국교육사료집성-미군정기편3』, 한국정신문화연구원, 1997, 151쪽 참고), 본 회의에서 몇 차례 결정이 연기되었고, 1946년 1월 24일에 열린 제8회 조선교육심의회 본 회의의 주요 의제 가운데 하나가 한자 폐지 논의였다는 사실(「제8회 조선교육심의회, 의무교육안 당면 문제 심의」, 『동아일보』, 1946.1.25. 참고) 등을 고려한다면, 이날의 모임은 교과서 분과위원회 자리였다고 보는 것이 더 적절할 것 같다. 참고로 1946년 3월 5일자 『조선일보』의 사설에는 조선교육심의회에서 한자 폐지안이 채택된 것이 3월 2일이라고 되어 있다(「한자

를 새삼스레 다시 논의할 이유는 없어 보인다. 그런데도 이 문제가 다루어졌다면, 그 이유는 이미 한자를 폐지하고 한글로만 국어 교과서를 만들기로 전제하고 모임을 시작했는데, 예상치 않게 이 문제가 논란이 되었기 때문이라고 생각해 볼 수도 있다.

더욱이 애초에 국어 교과서 편찬위원회를 만든 것이 조선어학회였고, 인적 구성 역시 이들을 중심으로 되어 있었던 것을 염두에 두면, 무려 4시간 동안이나 이 문제를 놓고 씨름했다는 사실 자체가 이날 회의가 매우 특별했음을 알려주는 방증일 것이다. 조선어학회 측 사람들은 당연히 한자 폐지에 적극적으로 찬성하는 입장이었을 테고, 그렇다면 새로 편찬위원이 된 사람들 가운데 상당수가 교과서에서의 한자 폐지를 반대했다고 볼 수밖에 없다. 그렇지 않았다면 논의 자체가 성립되지 않았을 것이다. 문건협 측 인사들은 대체로 조선어학회 중심의 한글운동에 반대하는 입장이었다.[33] 한자 폐지 반대를 주장한 사람들 가운데 일부가 문건협 소속 문인들이었으리라 짐작할 수 있는 이유이다.

같은 맥락에서 국어 교과서 편찬위원이 추가된 이후 교과서 편찬 방침을 놓고 두 단체가 팽팽하게 맞섰을 가능성도 생각해 볼 수 있다. 기존의 연구들은 중등용 국어 교과서 편찬 과정에서의 이태준의 역할에 대해 이야기하고 있지만, 문건협에서 이태준 외에 새로 위원을 추가하려 했다면, 이는 이태준만의 힘으로는 교과서의 방향을 다른 쪽으로 돌려놓기가 쉽지 않았다는

　　전폐 시비」, 『조선일보』, 1946.3.5.).

33 다음을 참고할 수 있다. 김남천, 「문학의 교육적 임무」, 『문화전선』 창간호, 1945.11.(1945년 9월 29일 조선문학건설본부 주최 해방기념문예강연회 발표 원고), 이원조, 「문학과 언어 창조」, 『신문예』 창간호, 1945.12.(1945년 10월 9일 조선어학회, 진단학회, 조선학술원, 조선문화건설 중앙협의회 공동으로 주최 한글날 기념 강연회 발표 원고의 수정본), 이태준, 「국어 재건과 문학가의 사명」, 조선문학가동맹 편, 『건설기의 조선문학』, 조선문학가동맹 중앙집행위원회서기국, 1946(1946년 2월 8일 조선문학가동맹 주최 제1회 전조선문학자대회 발표 원고).

뜻일 것이다. 조선어학회의 편찬 방침에 어느 정도의 수정을 가하기 위해서는 적어도 거기에 맞먹을 만한 힘이 있어야 했으리라는 것이다.

이런 가능성을 열어 놓지 않으면, 가령 임화의 경우를 제대로 설명하기가 어렵다. 국어 교과서에는 문건협 소속 작가들의 작품이 상당수 들어가 있다. 이들 가운데 정치적인 색깔을 노골적으로 드러내고 있는 작품은 별로 없다. 한 연구에서 주장하고 있듯이, 이는 좌익 측 문인들의 작품을 싣기는 해야겠고, 정치색을 뚜렷이 드러낼 수는 없으니 문학성을 명분 삼아 비교적 온건한 작품을 실은 결과일 수도 있겠다.[34] 그러나 이런 설명만으로는 이해할 수 없는 작품이 있는데 그것이 바로 임화의 「우리 오빠와 화로」이다. 평론가 김기진이 '단편서사시'로 불렀던 이 시는 1930년대 계급시를 대표하는 작품으로, 정치색이 매우 뚜렷하게 드러나 있다. 임화가 우리 문단을 대표하는 문인 가운데 한 명이었다고는 해도, 좌와 우 어느 쪽으로도 치우치지 않으려 했던 조선어학회에서 이 시를 싣는 것을 쉽게 동의했을 것 같지는 않다. 짐작건대 문건협이 강하게 요구를 했고, 상당한 논쟁을 거친 후 겨우 실리게 되지 않았을까 여겨진다. 그리고 이런 추정이 사실이라면 문건협에서 이 시의 수록을 강하게 주장한 이유는 다른 데 있지 않았을 것이다. 「우리 오빠와 화로」는 이원조의 「팔월십오일」과 더불어 문건협의 정치적 이념인 진보적 민주주의에 부합하는 몇 안 되는 작품 가운데 하나였던 것이다.

이렇게 보았을 때 최초의 국어 교과서가 중도적 성향을 지니게 된 것은 조선어학회의 중도적 성격과도 관련이 있겠지만, 무엇보다 조선어학회와 문건협간의 힘겨루기의 결과라 보는 편이 더 적절할 듯싶다. 선행 연구들이 분석해 놓은 대로, 단정기를 지나면서 국어 교과서가 노골적으로 우익적 편향을 드러내게 된 이유도 같은 맥락에서 이해할 수 있다. 정치적인 형세의 변

---

34 이러한 입장에 대해서는 김동환, 앞의 글 참조.

화가 가장 중요한 이유로 작용했겠지만, 문건협의 주축을 이루었던 문인들 대부분이 월북하여 이런 흐름을 제어할 수 없었던 것도 중요한 이유가 되었을 것이다.

5. 나가며

이상의 논의를 통해 해방 후 최초의 국어 교과서가 편찬되는 과정에서 생긴 일련의 일들을 살펴보았다. 교과서 편찬 전반에 걸쳐 조선어학회가 주도적인 역할을 하고 이에 반발하면서 제 학술단체들이 국정교과서편찬연구위원회를 결성하면서 생긴 일들과, 이 일 전후로 국어 교과서 편찬위원회에 생긴 변화들을 재구성해 보았다. 『문학』 창간호에는 국정교과서편찬연구위원회 활동을 통해 본래의 방침에 많은 수정을 가하도록 하였다는 내용의 글이 실려 있다. 수정이라 할 만한 외적 변화들은 일부 확인할 수 있지만, 구체적인 내용을 확인하기 어려운 것들도 많이 있다. 이어지는 논의들을 통해 이 부분들을 채워 나갈 수 있기를 기대한다.

이 글에서는 자세하게 다루지 않았지만, 교과서의 "임시용 편찬"만 허용하도록 했다는 내용은 사실로 확인할 수 있다. 1946년 1월 24일에 열린 조선교육심의회 본 회의에서 논의된 주요 의제 가운데 하나가 바로 편찬 중인 교과서를 국정으로 채택할 것인가 여부였다. 이날 회의는 합의를 보지 못한 채 끝이 났고, 이후에 있었던 몇 번의 회의에서도 사정은 달라지지 않았다. 조선교육심의회 활동이 마무리된 1946년 3월까지도 편찬 중인 교과서들을 국정으로 한다는 이야기는 나오지 않았다. 진단학회에서 펴낸 중등용 『국사교본』의 경우는 말할 것도 없고, 조선어학회에서 펴낸 여러 교과서들도 마찬가지였다. 『한글학회 50년사』와 이후의 자료들에는 조선어학회가 펴낸 국어 교과서에 대해 '국정'이라고 적어 놓은 경우도 있지만 이는 사실이 아니다.[35] 다만 이 기록은 국어 교과서를 비롯하여 몇몇 교과서를 국정으로 채택하자는 논의가 있었음을 실증해 주는 자료 역할은 할 수 있을 것이다. 『문학』의 기사가 사실이라면, 당시의 교과서들이 '임시'라는 꼬리표를 떼어낼 수 없었던 데는 국정교과서편찬연구위원회를 앞세운 문건협의 반대가 한몫을 했다고 할 수 있다. 해방 이후 교과서 편찬 과정에서 문건협을 주목해야 하는 이유 가운데 하나가 여기에 있다.

국어 교과서는 한 번에 편찬이 마무리되지 않았다. 여러 차례의 수정이 이루어졌고, 수록된 작품의 구성에도 여러 차례 수정이 있었던 것으로 짐작된다. 『한글 학회 100년사』에서는 중등 국어 교과서 상권의 편찬 완료 시점을 1946년 1월로 잡고 있지만,[36] 그 이후에도 계속해서 수정이 이루어졌다고 보는 것이 적절하다. 일례로 조지훈은 중등용 국어 교과서 맨 첫 과에 실린 글 「무궁화」를 언급하면서, 해방 직후 시골에서 아이들을 가르치기 위해 쓴 이 글이 『주간 소학생』에 실려 교과서에까지 오르게 되었다고 회고하고 있는데,[37] 이것이 사실이라면 『주간 소학생』이 창간된 1946년 2월 무렵까지도 교과서 편수가 마무리되지 않았다고 보아야 한다. 최초의 국어 교과서가 어떤 과정을 거쳐 현재의 모양에 이르게 되었는지 세세하게 규명하기는 어렵다. 애초에 어떤 글이 들어가 있었는지 그 가운데 어떤 작품들이 빠졌는지, 지금 실려 있는 작품들은 어느 시점에 수록이 결정되었는지, 이 과정에서 결정적인 역할은 한 것은 누구인지 밝혀내기가 쉽지 않다. 다만 교과서 편찬에 관여한 편찬위원들의 구성과 변화, 그리고 여기에 관여한 단체들의 역학 관계와 여러 움직임을 보면서 그 과정을 조금이나마 재구성해 볼 수

---

35 이병기의 경우도 『가람 일기』에서 국어 교과서에 줄곧 '임시'라는 말을 붙이고 있다.
36 한글학회 편, 앞 책, 584쪽.
37 조지훈, 「해방 전후의 추억—시의 배경을 위한 자서(自敍)」, 앞 책, 214쪽.

있을 따름이다. 이 글은 이런 문제의식이 낳은 결과 가운데 일부이다.

　이 글은 조선어학회와 문건협의 역학 관계 속에서 국어 교과서 편찬 과정을 재구성하였다. 국정교과서편찬연구위원회가 결성된 이유와 배경, 결성 이후의 변화 등을 살폈지만, 문건협이 편찬 중인 교과서에 이의를 제기했던 근본적인 이유에 대해서는 살피지 않았다. 예를 들면 문건협은 편찬 중인 교과서가 문건협이 민주주의 국가 건설에 폐해를 끼칠 우려가 있다거나, 교과서에서 민족주의적인 경향과 파시즘적인 징후가 보인다고 평가하고 있는데, 이런 문제의식이 어디서 온 것인지, 구체적으로 어떤 경향의 작품들이 문제가 된 것인지, 이와 유사한 형태의 다른 어떤 논쟁이 두 단체 사이에 있었는지 등에 대해서는 논의하지 못했다. 이는 다음의 과제가 될 것이다.

03

동아시아 근대화론과 근대성론의 차이
-김사량 텍스트의 다시 읽기-

박은희

1. 식민지에 의한 '근대화'와 '근대성'의 담론

해방 후 식민지 유산 처리와 친일파 청산을 제대로 이행하지 못한 한국과 관동대지진 이후 소위 '일본적 시스템'이 현재까지 작동되고 있는 일본, 현 시점에서 보여지는 한일 양국의 정치 상황은 밝지만은 않다. 여기서 논하고자 하는 식민지 근대화론과 식민지 근대성론의 차이는 이와 같은 문제의식에서 출발하고 있다. 본고는 1930년대 말에서 한국전쟁 발발 직후까지 가장 암울했던 시기 활동했던 작가 중의 한 사람인 김사량(1914~1950)[1]과 그의 텍스

---

1   김사량의 본명은 김시창(金時昌). 1914년 조선 평안남도 평양의 유복한 가정에서 태어났다. 아버지는 보수적인 사대부였고 어머니는 미국에서 교육을 받은 적 있고 평양시내와 '만주'땅에서 백화점을 경영했던 자본가였다. 경제적으로 부유했던 가정에서 자란 김사량은 처음에는 미국

유학을 꿈꾸었다고 한다. 1931년 평양고등보통학교 재학 시절 졸업을 불과 몇 달 앞두고 일본군 배속장교 배척운동을 벌이다 반일동맹휴학 주모자로 지목되어 퇴교당한다. 그 해 12월 교토제국 대학 법학부에 재학중이던 형 김시명(金時明)의 소개로 일본으로 건너가 사가고등학교(佐賀高等學校)에 입학한다. 1936년 4월 도쿄제국대학 문학부 독문학과에 진학한다. 그해 10월 프롤레타리아 문학운동에 가담하여 활동하던 중 사상불온으로 경찰에 검거되었다. 1939년 김사량은 도쿄제국대학을 졸업한다. 그 무렵부터 조선과 일본을 오가며 이중언어를 사용한 활발한 창작활동을 시작한다. 1941년 일본에서 '사상범예방구금법'에 의해 예비 검속되어 50일간 구류된다. 그때 남방군의 종군작가가 될 것을 강요받았지만 거부하였다. 1943년 일본군의 보도반(報道班)으로 중국에 파견되었다가 연안(延安)으로 탈출하여 팔로군의 종군기자로 참여하였다. 1944년부터 조선대동공업전문학교에서 독일어교사로 재임하였다. 1945년 2월 재중조선출신학도병위문단(在支朝鮮出身学徒兵慰問団) 일원으로 중국에 파견되었다가 5월 연안 화북조선독립동맹(華北朝鮮独立同盟) 조선의용군에 가담한다. 광복후 조선의용군 선견대에 가담하여 귀국한 후 북한으로 돌아왔다. 1946년 3월 북조선예술가총연맹의 국제문화부 책임자가 되었고, 6월 노동법령의 실시에 따라 평양 특수화학공장에 파견되었으며, 같은 시기 평안남도 예술연맹 재조직에 따라 위원장에 취임하였다. 1950년 6·25전쟁이 발발하자 조선인민군 종군작가로 참가, 그해 10월 인민군의 1차 후퇴 때 강원도 원주 부근에서 심장병으로 낙오한 뒤 소식이 끊어졌다. 그 후 행방불명으로 사망한 것으로 추정된다.

김사량의 작품활동으로는 1936년 鶴丸辰雄, 梅沢次郎, 新谷俊郎, 沢開進, 中島義人 등과 함께 동인지 『제방(堤防)』을 발간하여 그 해 9월 일본어로 쓴 처녀작 「토성랑(土城廊)」을 발표하였다. 1937년 3월, 『제방』 제4호에 「빼앗긴 시(奪はれの詩)」를 발표하고 『도쿄제국대학보 (東京帝国大学新聞)』 20일호에 소설 「윤첨지(尹参奉)」를 발표하였다. 김사량의 본격적인 창작활동이 시작된 시점은 1939년 6월, 에세이 「밀항」(조선어)을 조선의 종합잡지 『조광』에 김시창이란 본명으로 게재한 이후부터였다. 그해 9월 에세이 「에나멜 구두의 포로 (エナメル靴の捕虜)」를 『문예수도(文藝首都)』에, 평론 「독일의 애국문학」(조선어)를 『조광』에 발표한다. 그해 10월 단편소설 「빛 속으로(光の中に)」를 『문예수도』에 발표, 평론 「독일과 대전문학」(조선어)을 『조광』에 발표한다.

1940년 2월 『조광』에 장편소설 「낙조」(조선어)를 연재하기 시작하였고, 같은 해에 재일 조선인 교사와 조일혼혈(朝日混血) 조선인 소년의 정체성 찾기의 과정을 그린 소설 「빛 속으로」가 '아쿠타가와상(芥川賞)' 후보에 오른다. 같은 해에 소설 「천마(天馬)」를 『문예춘추(文藝春秋)』에, 소설 「기자림(箕子林)」을 『문예수도』에, 소설 「풀이 깊다(草深し)」를 『문예』지 조선문학 특간호에, 에세이 「현해탄 밀항 (玄海灘密航)」을 『문예수도』에, 소설 「무궁일가 (無窮一家)」를 『개조(改造)』에, 평론 「조선문화통신 (朝鮮文化通信)」을 『현지보고(現地報告)』에, 기행문 「산가 세시간」 (조선어)를 조선의 잡지 『삼천리』에 각각 발표하였다. 1941년에는 평론 「조선문학과 언어문제」(조선어)를 『삼천리』에, 소설 「광명 (光冥)」을 『문학계(文学界)』에, 소설 「유치장에서 만난 사나이」 (조선어)를 조선 문학지 『문장(文章)』에, 소설 「도둑 (泥棒)」을 『문예』지에, 에세이 「고향을 그리다 (故郷を想ふ)」를 『지성(知性)』에, 소설 「벌레 (蟲)」를 『신조(新潮)』에, 소설 「향수 (郷愁)」를 『문예춘추』에, 소설 「코 (鼻)」를 『지성』에 발표하였다. 1942년에는 소설 「물오리섬 (ムルオリ島)」을 조선의 어용잡지 『국민문학(国民文学)』에 발표한다. 1943년부터 장편역사소설 「태백산맥 (太白山脈)」을 『국민문학』에 연재하기 시작하였다. 1940년트 읽기를 통해 '협력'과 '저항', 더 나아가서는 식민지에 의한 '근대화'와 '근대성'에 대해 고민해보려고 한다.

한국의 근대는 크게 보면 식민지 경험과 국가(국민)의 형성과정으로 구성되어 있다. 서구적 근대를 한국 근대의 모태로 간주하는 일련의 선행연구는 대부분 '식민지 근대화론'에 근거하여 의론을 전개하고 있다. '식민지 근대화론[2]'은 일제는 폭력적이고 잔혹한 지배를 행사했지만 한반도를 근대화시킨 점도 인정해야 한다는 논리다. 식민지 근대화론은 기본적으로 근대에 대한 긍정적인 평가에서 그 담론이 시작되고 있다. 근대화를 모든 사회가 당위적으로 거쳐야 할 필수적인 방향 혹은 발전단계로 인식하고 있기 때문에 전근대로부터 근대로의 연속선 상에서 고민할 수밖에 없다. 식민지 근대화론을 주장하는 학자들은 조선 후기를 내재적 파탄에 의한 해체로 보고 '자본주의 맹아론' 혹은 '내재적 발전론'에 대해 반박하고 있다. 한국 식민지 근대화론의 대표주자로 불리우는 안병직, 이영훈 등을 포함한 일군의 경제학자들은 조선왕조의 멸망이 외세의 강력한 공격에 의해서라기보다는 자체의 무능함과 체력 방전에 의해 스스로 해체되었다고 해도 무방할 정도로 심각했다고 주장한다. 또한 그들은 식민지 시기에 축적된 자본주의적 제도와 인적 자본을 1970년대 이후 급격하게 이루어진 한국 경제성장의 핵심적 요인으로 파

첫번째 일본어 소설집 『빛 속으로』가 도쿄에서 발간되었고, 1942년 두번째 일본어 소설집 『고향』이 교토에서 발간되었다. 1947년 해방 2주년을 기념하여 장편보고문학 『노마천리』를 평양 양서각에서 발행하였고, 1948년에는 조선인민출판사에서 『풍상』을 간행하였다. 해방 후 김사량은 평양으로 돌아와 북한 권력의 '민주개혁'을 적극적으로 지지하며, 소설 〈마식령〉 〈차돌이의 기차〉 〈칠현금〉 등의 소설을 발표했다. 1946년에는 산속에서 생활하며 쓴 희곡 〈호접(蝴蝶)〉이 단성사에서 극단 아리랑에 의해 공연되었고, 1946년 8월 28일 북조선노동당 창립대회에서 김일성을 그린 장막극 〈뇌성〉이 공연되었다. 1955년 북한과 1973년 일본에서 『김사량전집』이 나왔고, 1989년 남한에서 작품집 『노마만리(駑馬萬里)』를 펴냈다.

2　'식민지 근대화론'은 일제강점기에 일본 학자들에 의해 정체성론의 일환으로 주장되기도 했지만 한국에서는 1950년대 이후 일소되었다. 이 이론은 그 뒤 일본 우익 정치인들만 간헐적으로 주장하고 있었으나, 1980년대 이후 뉴라이트 계열의 안병직, 이영훈에 의해 부활되었다.

악한다. 이러한 주장의 기저에는 오늘날 보여지는 남한의 '성공'과 북한의 '실패'가 식민지 시기의 자본주의적 유산을 어떤 방식으로 계승했는지에 의해 좌우되었다는 현대적 논리에 의한 판단이 놓여있다. 조경달은 이에 대해 "이와 같은 논리는 확고한 근대주의에 입각한 것이며 이를 끝까지 추궁하여 본다면 제국주의를 옹호하는 방향으로 귀착되어버리는 수 밖에 없다[3]"고 지적한바 있다.

이러한 '식민지 근대화론'에 대한 비판으로 '식민지 근대성론'이 등장한다. '식민지 근대성론'은 '식민지 근대화론'과 달리 근대를 긍정적으로 보는 것이 아니라 그것을 비판하는 입장에서 이루어진 논리이며 따라서 종래 늘 있었던 지배와 저항, 이항대립적 구도가 비판받고 식민지 권력의 헤게모니가 성립되었다고 지적하고 있다. 식민지 근대성이라는 개념을 고려해 보면 근대성과 식민지성이 상호 침투된 것에 한해서 식민지적 근대성도 근대성의 일부로 간주할 수 있다. 물론 식민지적 근대성은 매우 복잡한 개념이다. 그것은 식민지 지배의 구체적 상황 속에서 서구적 근대성과 대비되는 형태로 개념화되고 있다. 또한 식민지적 근대성은 그 자체, 역사의 틀 속에서 이중성을 띠고 있다. 하나는 식민지화를 용인하는 것으로 역사주체 형성의 의미를 경시하는 주체구성 과정이 결핍된 근대성이고 다른 하나는 식민지화에 대항하면서 부정적 측면에서의 주체구성 과정을 고집하는 근대성이다. 이는 침략세력과 식민지 권력에 의해 주체화의 계기가 왜곡되는 과정에 역사주체로서 자신의 방향성을 어느 곳에서 찾을 것인가 하는 문제와 연관된다. 즉 근래의 식민지 근대성에 관한 연구는 근대의 특수성이 아니라 근대 그 자체의 보편성을 집어내고 낡은 근대를 젊은 비평적 시각에서 재구축하려고 하는

---

3 조경달, ≪식민지조선의 지식인과 민중≫, 유지사, 2008년, 1쪽. (趙景達, 『植民地朝鮮の知識人と民衆』, 有志舍, 2008年, 1頁.)

경향이 짙다.

'식민지 근대화론'과 '식민지 근대성'의 차이에 대해 강내희는 다음과 같이 지적한 바 있다. "두 입장은 식민지 사회도 근대화가 가능하다고 본다는 점에서 유사한 점이 있기는 하지만, 근대성 평가에 있어서는 분명히 노선이 다르다. 식민지 근대화론은 근대성을 이념으로서 수용하는 반면, 식민지 근대성 논점은 근대성을 비판적으로 검토하고 있기 때문이다. 근대성에 대한 기본 태도라는 측면에서 보면, 식민지 근대화론은 '식민지 근대성' 테제보다 식민지 수탈론에 더 가깝다. …… 근대화, 자본주의화를 보편적 가치로만 여기는 것은 근대성의 양면성 혹은 복잡성을 축소하는 문제가 있다. 억압과 탄압, 수탈과 착취의 자행이 없는 식민지배는 없을 것이다. 그러나 물적 기반 없는 수탈 행위는 불가능하다는 점에서 이 수탈에 '발전'의 측면이 있다는 사실을 인정할 필요도 있다. '식민지 근대성' 테제는 이런 양면성을 포착하려는 시도이며, 모순의 관점에서 자본주의화 과정을 이해하려는 것이다.[4]" 유선영은 식민지 근대화는 "A(식민 지배) + B(근대화) = AB(식민지 근대화)"인 반면 식민지 근대성은 "A+B=C(식민지 근대성)[5]"로 그 차이를 정리한 바 있다. 즉 식민지 지배론과 근대화의 이념을 그대로 동시에 수용한 것이 식민지 근대화론의 핵심요점이라면, 식민지 수탈론과 근대화론의 한계를 극복하기 위한 제3의 학술적 입장을 제시한 것이 바로 식민지 근대성론의 테제인 것이다. 식민지 하에 한반도의 경제 성장이 촉진된 사실은 부정하기 어렵다. 그러나 그것은 일본제국이 자국의 이익을 위해 추진한 것이었으며 그 이득 역시 대부분 일본으로 돌아갔다. 당시 조선인들의 입장에서 보면 식

---

4 강내희, 「한국의 식민지 근대성과 충격의 번역」, 『문화과학』, 제31호(2002년 가을), 74~97쪽.
5 유선영, 「황색식민지의 서양영화 관람과 소비의 정치, 1934~1942」, 공제욱·정근식 편, 『식민지의 일상 지배와 균열』, 문화과학사, 2006년, 53쪽.

민지 시대의 경제 발전은, 결코 발전이 없는 발전이라고 할 수 있다.

여기서 근대성과 식민지성을 둘러싼 논의를 언급한 이유는 김사량 텍스트의 시대배경을 상세히 파악하기 위함이다. 작가가 처한 시대적 상황이 어느만큼 텍스트 속에 침투되어 있는지는 분석에 직접적인 영향을 미친다. 특히 식민지라는 특수한 역사 공간은 결코 가볍게 지나칠 수 없는 텍스트 분석의 전제다. 김사량 문학은 깊은 민족적, 정치적 자의식 위에 구축된 것이다. 그러나 그것은 민족주의자의 문학이 아니라 민족을 의식하면서도 그 굴레를 넘어서려 한 보편주의자의 문학이다. 이는 그의 작품 속에 깃든 시대적 고뇌에서 반영된다. 김사량 문학을 다시 읽는다는 것은 식민지 경험을 재해석하는 새로운 시선과, '근대성'과 '식민지성' 그리고 저항과 협력에 대한 고민을 필요로 한다.

2. 김사량 문학과 식민지성의 중층성

포스트콜로니얼리즘의 영향을 받은 식민지 근대성론의 기저에는 민족주의를 상대화하려고 하는 문제 의식이 두텁게 깔려 있다. 하지만 식민지 권력의 헤게모니와 '식민지 공공성'을 과대 평가하는 것은 하나의 문제점이기도 하다. 민중사적 지평에서 보면 당시 민중들이 '식민지 공공성'에 얼마만큼 포섭되었는지에 대한 의문을 제기할 수 밖에 없다. 이러한 맥락에서 보면 당시 민중들이 식민지 권력에 얼마만큼 동의하였는지에 대한 의문도 그냥 지나칠 수 없다. 근대성도 식민지성도 쉽게 내면화하지 못했기 때문에 혹은 내면화할 수 없었기 때문에 저항과 협력, 그리고 그 사이는 식민지 권력의 헤게모니를 해석할 경우 꼭 필요한 키워드로 사용되고 있다. 식민지사는 저항과 협력이라는 이항대립 구도안에서만 해석되는 것이 아니라 저항과 협력, 그리고 그 사이의 또 다른 형태로 해석해야만 하는 의제인 셈이다. 사상학적 측면에서 보면 프라톤은 이 '사이'를 '코라(chora)', 데리다는 이를 '차연'(differnce), 마이스터 엑카르트는 이를 '작은 성(little castle)'이라 이름하였다. '사이(between-ness)'는 그 중층성, 다양성, 다중성, 복잡성을 정해진 타자로 외연화하여 이름하는 것이 아니라, 여러 요소들의 내면 가장 깊은 곳에 잠재되어있는 다양다중의 애매모호성으로 표상화되고 있다. 또한 니체의 '자아의 다중성(multiplicity)' 역시 이런 '사이'의 현상학적 표현인 셈이다. 식민 지배 속에서 살아가는 조선인들은 당시 일본의 법질서 속에 있는 이상 모두 대일협력을 강요받은 존재들인 것이다. 다만 협력의 범위와 수위가 서로 다른 계급과 계층에 따라 여러 가지 형태로 표현되었던 것 만큼 그 '사이'의 형태는 복잡다양하고 변화무쌍한 것으로 나타난다. 같은 맥락으로 '친일파'와 '대일협력자'라는 개념의 차이는 분명한 바, 결코 같은 의미로 해석해서는 안된다.

이러한 관점에서 보면 김사량 작품세계는 문학적 측면에서 식민지 경험을 가장 잘 반영한 텍스트라고 할 수 있다. 김사량은 일제의 탄압이 극심하던 문학의 암흑기인 1940년대, 민중에 대한 애정과 식민지 지식인의 고뇌를 그려나갔다는 점에서 평단의 주목을 받았다. 특히 소설 ≪빛 속으로≫는 아쿠다가와상 후보에까지 올랐지만 그 후 일제의 가혹한 탄압을 피해 중국 태항산 항일 근거지로 탈출하여 일본과 맞서 저항한 작가였다. 하지만 한국에서 김사량에 대한 논의는 1990년대에 들어서야 본격적으로 진척되었다. 그에 대한 논의가 미진했던 이유를 살펴보면 첫째, 김사량 문학작품의 텍스트상의 문제다. 해방이전에 발표된 김사량 문학의 대부분은 일본어로 되어 있고, 주로 일본 독자를 향해 일본문단에 발표되었다. 이 점으로 인해 한국에서 진행된 문학연구에서는 김사량 문학의 귀속문제가 우선적으로 해결되어야 했었다. 둘째, 김사량의 사상적, 정치적 행보로 인한 이유다. 그는 사회주의 사상을 지닌 문학가로 해방 직전 일본 제국주의 통치를 피해 연안으로 탈출하였으며 조국광복을 맞아 잠시 남으로 돌아온 후 다시 고향인 평양으로 월북하였다. 또한 한국전쟁 때는 북한군의 종군기자로 참전하여 전장에서 실종, 사망하였다. 김사량의 이러한 성향은 남북분단이라는 특수성과 분단문학사가 안고 있는 제한성으로 말미암아 긴 시간동안 기피의 대상이 되어왔었다. 그는 길지 않은 문단생활이었지만 많은 작품을 남겼다.

소설은 그 시대의 역사적 배경, 상황 및 작가의 가치관과 밀접한 연관을 가지고 있으며 텍스트는 그 자체로 존재하는 것이 아니라 그 사회적 환경에 따라 생성된다. 현실적인 사회에서 이룰 수 없는 인간의 꿈, 욕망 등을 상상적인 세계에 대입함으로써 문학적 쾌락을 느끼는 것이다. 다만 문학은 사회적 결여나 결핍을 부정적으로 그리는 경우가 많다. 한 사회가 어떠한 모순과 갈등을 드러내고 있는가, 사회적 제도화의 과정에서 어떤 권력이 행사되고 있는가, 이 사회를 사는 인간들의 모습은 어떠한가. 그들이 아파하고 있다면 그 이유는 무엇인가 하는 문제에 대해 소설은 늘 커다란 관심을 보인다. 김사량은 ≪빛 속으로≫라는 단편소설이 아쿠타가와상 후보작으로 선정된 이후 ≪어머니께 드리는 편지≫라는 형식으로 아래와 같은 글을 남겼다.

나는 자신의 작품이면서도 ≪빛 속으로≫에는 어찌 해도 산뜻한 느낌을 받을 수가 없었습니다. 거짓이다. 아직도 나는 거짓을 말하고 있다, 글을 쓰는 도중에도 나는 자신에게 말했습니다. 얼마후 그 일에 관하여 선배와 친구들한테서도 여러 가지로 지적받았습니다. 나는 잠자코 있을 수밖에 없었습니다. …… 이제부터는 더욱 진실된 이야기를 쓰지 않으면 안된다고 몇번이고 다짐했습니다[6].

---

6   ≪어머니께 드리는 편지≫ ≪문예수도≫ 1940년 4월호 발표(「母への手紙」『文芸首都』, 1940年 4月.『金史良全集 IV』, 河出書房新社, 1973年. 105—107頁.)

당시 "대일협력"이 강요된 현실에서 문학활동을 해야 했던 김사량의 의식의 저변에는 무엇이 깔려있을가. 그가 차마 말하지 못한 것은 무엇이었으며, 씌어진 것(écriture)은 어떠한 위장의 방식을 선택하였을가. 또한 그가 말하는 '진실'과 '거짓'은 무엇이며 침묵과 저항, 친일과 전향의 경계를 넘나드는 작가적 양심은 어떤 것이었을가. 김사량 작품에서 보여지는 복합적인 정서를 '식민지성의 중층성(重層性)'으로 해석할 수 있다. 김사량 소설에서 보여지는 주인공의 번뇌와 자괴감, 그 안에 내포된 식민 지배에 의한 억압 이양의 논리 즉 식민지 중층성을 간과해서는 안된다. 그의 또 다른 소설 ≪천마≫(1940년 6월)에서 그려진 주인공 현룡의 모습, 역시 피식민지 지식인으로서의 고민과 갈등을 여실히 보여주고 있다. 주인공 현룡의 파멸은 소설의 결말 부분에서 상징적으로 제시되고 있다.

「鮮人！」
「鮮人！」
と騒ぎ出したように聞えたのである。彼は怯えたようにいきなり耳を塞いで逃げ出しながら叫んだ。
「鮮人じゃねえ！」
「鮮人じゃねえ！」
彼は朝鮮人であるがための今日の悲劇から胴ぶるいしてでも逃れたかったのであろう。(中略)「この内地人を救ってくれ、救ってくれ！」
彼は息をぜいぜいさせながら喚くのだった。そして又他の家へ飛んで行き大門を叩きつける。
「開けてくれ、この内地人を入れてくれ！」
又駆け出す。大門を叩く。
「もう僕は鮮人（ヨボ）じゃねえ！　玄の上竜之介だ、竜之介だ！　竜之介を入れてくれ！」

どこかで雷がごろごろと唸っていた[7]。

　소설은 현룡의 광기어린 모습을 클로즈업하며 막을 내린다. 이는 현룡에 대변되는 일부 피식민지 지식인들의 광기어린 모습을 형상화하고 있다. 현룡은 자신을 '玄の上竜之介'로 자칭하고 있다. 조선인인 현룡은 자신을 '여보'가 아닌 '내지인'으로 지칭하며 스스로 조선인이 '아님'을 필사적으로 항변하고 있다. 이는 친일파 지식인들의 파멸의 원인이 어디에 있는 것인지, 그들의 복합적인 정서 안에 식민지성의 중층성도 내포되어있다는 것을 다시 한번 상기게 한다. 그 원인을 들여다보면 하나는 시대적 상황과 배경, 다른 하나는 그 자체의 내적 논리에 있다. 지금까지 많은 선행연구는 이러한 내적 논리를 '능동적'/'자발적'인 것으로 해석하고 있다. 예하면 임종국은 친일파로 규탄된 지식인의 반수 이상은 강제가 아니라 자신들의 의지에 따라 능동적으로 행동하였다고 지적하고 있다[8]. 김재용도 ≪친일문학의 내적 논리≫에서 '그들은 일제의 강요에 의해서라기보다는 자발적인 협력을 행했다. 즉 친일문학은 자발적인 것이기 때문에 그곳에는 내적 논리가 존재한다[9]'고 지적했다.

　소설의 결말부분에서 보여진 현룡의 광기는 타자와의 관계 (기대) 속에서 생성된 자신의 욕망을 절망적으로 표현한 것이다. 제목에서 읽어낼 수 있듯이 현룡은 하늘을 날아예는 천마가 되기를 꿈꾼다. 여기에서 피지배자의 '무지'를 뛰어넘어 '문명화'된 '국어'작가로 일본문단에서 활약하려고 하는 그의 욕망이 상징적으로 표현된다. 그러나 여기서 주의깊게 보아야 할 점은 현룡의

7　≪김사량전집2≫ 166—167쪽. (『金史良全集Ⅱ』, 河出書房新社, 1973年, 166—167頁.)
8　임종국 편, ≪친일논설선집≫(실천문학사, 1987년)을 참조.
9　김재용 외, ≪친일문학의 내적논리≫, 도서출판 역락, 2003년, 6쪽.

욕망은 하나의 사회적 산물이며 '친일파'라는 결과에 도달하는 역사적 과정이라는 점이다. 그의 욕망은 자신에게 부족한 것을 바라는 과정이라기보다는 식민지 조선이라는 공간이 요구하는 것에 응답하는 과정이기도 하다. 이는 그의 욕망이 자기 내부로부터가 아니라 식민지라는 사회구조내에서 생겨난 것이기 때문이다. 라캉이 제기한 유명한 정설, '나는 내가 생각하는 곳에 존재하지 않고, 내가 생각하지 않는 곳에 존재한다'는 말이 의미하듯이 주체의 욕망은 자아의 욕망이 아닌 타자의 욕망으로 생성되고 표현된다. 친일파를 표방하는 현룡에게 자아반성이 있다면 그 구도 속에 존재하는 '주체'와 '타자'의 관계를 우선 살펴보아야 할 것이다. 주체는 상징계 안에서 잃어버린 것의 가치(더 정확히 말하면 가치로 인지되는 것)만을 응시하고 그 결핍과 결여에 대해 불만을 토로하지만 다른 관점에서 이를 보면 욕망은 늘 하나의 선택만을 강요받기 때문이다. 현룡은 비굴함을 무릅쓰고 일본인 소설가와의 만남을 기대하고 있다. 그가 '온전한 일본인'이 되려고 하면 할수록 일본인 소설가들의 비난과 멸시는 더욱 거세진다. 그런 차별 속에서 현룡은 '왜'라는 질문을 던진다. '왜'라는 의혹은 결국 현룡이 무엇을 욕망하느냐 하는 물음의 제기가 아니라 일본인 소설가들이 욕망하는 것이 무엇이냐 혹은 그들에게 결여된 것은 무엇이냐 하는 물음의 제기로 이해할 수 있다. 현룡의 주체로서의 결여가 본질적인 것이듯 사실 일본인 소설가들의 결여나 결핍 또한 본질적인 것이다.

식민 지배에 의한 억압 이양의 논리는 피식민지 지식인들에게만 적용되는 논리가 아니라 식민지 지식인들에게도 똑같이 적용되고 있다는 점을 간과해서는 안된다. 호미 바바가 ≪문화의 위치≫에서 제기했듯이 모방에는 또 다른 의미의 저항도 담겨져 있다. 따라서 지배자는 피지배자 앞에서 그들을 완전히 지배하려는 욕망과 동시에 온전한 모방이 이루어질까 하는 두려움을 함께 느낀다. 이는 모방을 요구하면서도 차별화된 전략을 통하여 '본체'의 정통성과 우월성을 인식시키고 지배의 정당성을 확보하려는 이유 때문이다. 지배자에게 있어서 피지배자의 완전한 모방 혹은 온전한 동화는 하나의 커다란 위협으로 작용할 수 있다. 때문에 지배자는 부단히 권력의 헤게모니를 위한 새로운 타당성을 찾아내고 그것에 의해 또 다른 차이를 만들어 내려고 한다. 이와 같은 지배자에 의한 모방의 강요와 차별의 생성, 이를 둘러싼 끊임없는 순환은 식민지 지배를 유지하기 위한 필수 조건이다. 피식민지 민중은 지배자의 문화와 담론에 대하여 그 '정당성'과 '정통성'을 본질적으로 이해할 여유와 자격을 가지지 못한 상태로 지배자의 틀 안으로 흡수되고 만다. 그 과정에서 적절한 모방(순응과 동화)을 하도록 폭력적인 강요를 당하며 그 결과 지배자의 논리에 점유되어버리고 부적절한 모방(친일 혹은 대일협력)을 통하여 자신을 표현하려고 시도할 수도 있다.

소설 ≪천마≫에서 보여진 현룡의 꿈을 단순한 '신분 상승'을 위한 개인적 심리형성의 문제로 환원시키는 해석에는 기존 논리의 정당성에 동조하는 위험성이 내포되어 있다. 이는 피식민지 지식인의 욕망의 문제이며 그 해석은 일본인 소설가와의 관계성에 얽매여 있다. 인간은 타자와의 관계 속에 존재한다. 그리고 그러한 관계에 의해 성립된다는 식의 해석에는 모종의 트릭이 숨겨져 있다. 관계라고 하는 것은 애초에 실체적인 것이 아니었다. 인간이 욕망하는 존재로 무엇인가를 갈망하거나 누군가를 모방하려고 하는 행위가 그러한 관계를 만들어내고 있다. 또한 관계는 특정된 질서로 이해하기 쉽지만 사실 그러한 이해마저 욕망에 의해 만들어지고 있다는 점이다. 즉 욕망이 있기 때문에 관계가 성립된다. 따라서 친일문학 연구에 있어서 자연발생적인 '자아로부터의 자발성'뿐만 아니라 식민지 조선이라는 특수한 역사적 공간이 생성시킨 '타자에 의한 자발성'으로서의 욕망도 살펴볼 필요가 있다고 본다. 또한 '타자에 의한 자발성'을 '자아로부터의 자발성'으로 전향시켰는지 아니면 거부했는지에 따라 친일을 위한 '자발성'의 질적 차이는 엄연히 존재한다.

당시 식민지 조선의 일부 지식인들은 무한 삼진이 일제의 손에 넘어가자 일본의 식민지 정책을 지지하고 천황을 찬양하는 문장을 발표하면서 협력의 길을 걷기 시작했다. 그들은 과거의 관념에 매달리지 말고 현실을 보아야 한다고 주장하면서 기득권 확보와 출세를 위해 자발적으로 식민지 체제에 가담하였다. 여기에는 조선은 식민지가 아니라는 자아기만의 의식이 작용하고 있다. 독립이 불가능한 상황에서 피지배자로 차별받고 살기보다는 "내지인"으로 동등한 대우를 받으면서 사는 것이 일종의 "해방"이라는 자아기만이다. 그러한 자아기만 역시 욕망의 한 형태인 셈이다. 그들은 '나는 누구인가'라는 질문보다 '나는 어떻게 살아야 하는가'라는 질문에 강하게 사로잡혔다. 친일파가 궁극적으로 조선의 것을 전부 부정하고 일본인이 되기를 강변하였을 때 그들의 내면에는 어떤 의식이 작용하고 있었을까. 자신의 욕망의 정당성을 주장하기 위해 그들은 픽션을 만들어 내려고 했을 것이다. 그것은 자아이해를 위한 최초의 정당성인 셈이다. 거기에는 개화사상 이래의 문명화론, 아시아주의, 사회진화론 등과 같은 상상된 것들이 굴절된 형태로 깊게 삽입되어 있다[10].

3. '민족의 것'과 '새로운 것'

일본어로 창작된 김사량의 유일한 장편소설 ≪태백산맥≫(1943년 2월-10월)은 미완성작임에도 불구하고 많은 해석의 공간을 남겨놓은 작품이다. 소설의

---

10 박은희, 〈김사량 문학의 특수성과 동아시아적 보편성〉, ≪한국학연구≫ 제29집, 인하대학교 한국학 연구소, 2013년, 97-99쪽 참조.

시공간적 배경은 김옥균의 갑신정변 실패후, 이후를 기약하기 위해 마을사람들을 이끌고 태백산맥으로 향한 윤천일 부자의 이야기를 주로 다루고 있다. 조선후기 격동기를 사실적으로 묘사했으며 화전민들의 삶에 대한 의지와 애환을 적절히 묘사한 작품으로 향토애와 민중의식이 잘 어우러진 소설이다. ≪국민문학≫에 게재되었다는 사실만 제외하면 조선의 당시 상황을 역사 사실에 견주어 작품화한 의미있는 소설이라는 안우식의 평가가 인상깊은 작품이다.

김사량은 소설에서 아리랑 민요[11]를 여러 군데 도입한다.

> アリアリラン　スリスリラン
> アラリガ　ナンネーエ
> アリラン峠を越え越え行く
> いとしい君の　帰りには
> 言の葉も　口に咥へ
> 口だけ　にんまり
>
> アリアリラン　スリスリラン
> アラリガ　ナンネーエ
> アリラン峠を越え越え行く
> それ　見やさんせ　見やさんせ
> 妾を見やさんせ

11　실 아리랑 민요는 ≪태백산맥≫의 역사적 배경이 된 갑신정변 무렵 민중들 사이에서 널리 불리지 않았을 가능성이 크다. 아리랑은 요릿집과 기방에서 더 불려진 노래였다. 1920년대 중엽 나운규의 영화 ≪아리랑≫이 선풍적인 인기를 모으면서 주제가 '신아리랑'도 대중적으로 널리 알려졌다. 강렬한 민족주의와 자유주의를 영상화한 ≪아리랑≫은 아리랑 붐을 일으키게 된다. 그후 일제는 총독부와 문화자본을 이용해 아리랑을 검열하고 삭제하였다. 1943년에 발표한 김사량의 ≪태백산맥≫에서는 여러 차례에 거쳐 아리랑 민요가 등장한다.

霜の師走に　花咲いたやう
妾を見やさんせ[12]

　이 작품에서 아리랑의 에크리튀르를 만나는 것은 우연이 아니다. 주인공 윤천일은 '새로운 조선'을 꿈꾸며 스스로 '새로운 조선인'으로 거듭나려 한다. 윤천일에게 있어서 '새로운' 개체의 발견은 무엇을 의미하는 것일까. 식민지 시대를 살아가는 조선인 지식인들에게 있어서 개인의 발견은 근대성의 획득이라고 할 수 있다. 어네스트 겔너의 근대론에 의하면 민족주의는 근대국가나 자본주의와 같은 '근대성'을 가져온 여러 현상들에 의해 생성되었다. 이러한 민족주의는 '민족'을 형성하였고 그 요건으로 민족정체성, 민족주권 등 근대성을 표방하는 개념을 생성시켰다. 이와 동시에 민족의 문화적 경계와 정치적 경계를 일치시키려는 민족주의의 정치원리가 등장한다. 일본제국의 지배 하에서 피지배민족의 자아확립은 제국의 영역에서 민족 고유의 영역을 분절하면서 '민족정체성'을 분명히 하는 일이었다. 김사량 소설에서 보여진 아리랑 민요의 도입은 제국의 강요와 핍박에도 그대로 원형을 유지할 수 밖에 없는 피지배자의 고유성과 주체성을 선명히 드러내고 있다. 아리랑은 일본어 표기로 씌여도 아리랑(アリラン)으로 발음된다. 여기서 은폐할 수도 변화할 수도 없는 에크리튀르로서의 '아리랑'의 번역 불가능성이라는 일차적인 관점이 착목된다. 이는 번역 불가능한 '한(恨)'이나 기표이자 기의로서의 '아이고'와 같은 조선 고유의 단어를 연상시킨다. 이처럼 민족정체성과 깊은 연관이 있는 단어가 텍스트 공간에서 주어진 의미작용 외에 상기시키는 다양한 상상의 폭은 무엇보다 흥미롭다.

　식민지 시대는 서구의 근대 이성이 자민족중심적인 보편성을 타자에 밀어

---

12 ≪김사량전집2≫ 309쪽. (『金史良全集Ⅱ』, 河出書房新社, 1973年, 309頁.)

붙힘과 동시에 타자의 존재에 의해 그 순수성과 정통성이 위협받는 복잡한 담론의 형성지점이다. 근대적 사고방식을 선명히 보여줄 키워드는 진리, 중심, 정체성, 그리고 통일성을 예로 들 수 있다. 일본 근대 철학자들은 일본적 혹은 동양적이라고 불리는 그 무엇을 구성하려는 의도 하에 서구 근대에 대한 일본의 정신적 독립을 원했다. 메이지시기 일본 철학자들이 시도한 개별의 초월은 이런 맥락에서 이해된다. 태평양 전쟁기간 '근대의 초극'과 '세계사적 입장과 일본' 좌담회에 참석한 교토학파 철학자 니시타니 게이지(西谷啓治)는 일본의 침략 전쟁을 '절대적인 초월의 장'으로 파악하였다. 니시타니의 전쟁철학은 당시 일본 지식인들의 보편적인 인식을 어느 정도 반영한다. 당시 일본 철학자들의 논리를 조금 더 세속적으로 말하면 죽음의 미의식이다. 자기 소멸을 자기 초월로 미화하고 그것을 일종의 미적 완성이라고 보는 경우, 그것이 근대 일본의 전쟁철학의 핵심이었다. 이런 경향은 특히 교토학파에서 강하게 보여지는데 이는 전쟁미화 혹은 전쟁숭배를 위한 분명한 제국주의 사상이 내포되어있었던 것이다. 일본제국주의는 국가 단위의 돌파를 시도했다. 일본의 이른바 대동아전쟁은 자기 논리에 따르면 '완전한 평화와 행복'을 위한 윤리적 전쟁으로 탈바꿈한다. 이런 구조가 개인 단위에서 재현될 때 개인의 희생은 국가라는 거대한 이상 혹은 상상의 공동체와 일치됨으로써 보다 높은 수준의 '개체의 초월'을 요구한다. 개별을 초월한 절대적 가치나 이념, 이는 하나의 표상으로 간주된다. 여기서 '표상' 개념이 중요하다. 표상은 두 가지 의미로 나눌 수 있다. 하나는 표상 자체가 본질인 경우다. 다른 하나는 표상은 하나의 현상으로 본체 혹은 본질은 따로 존재하는 경우다. 절대성을 말할 경우, 당연히 두 번째 의미로 사용한다. 근대 일본 정신의 본질은 개개인의 도덕정신보다는 오히려 그것을 포용하는 형식, 즉 통일성에 있었던 것이다.

≪태백산맥≫에서 보여지다 싶이 윤천일에게 있어서 '민족의 것'이란 화전민들의 일상과 그 속에 깃든 정서였다. 여러 가지 풍습과 미신, 빈곤 속에서 허덕이는 화전민들의 정신적 지주 또는 그 일상적인 표현이 바로 그가 말하는 '민족의 것'이다. ≪태백산맥≫에서 보여지는 산신 신앙은 조선의 토속 신앙에 기초한 것이다. 김사량은 윤천일의 산신 신앙을 통하여 화전민들에게 이상향(理想鄕)을 제시해 주려고 하였다. 허나 그는 산신 신앙을 절대적인 것으로 그리지는 않았다. 다만 '민족의 것'의 원형을 종교신앙을 통해 그려내려는 시도는 소설 ≪풀이 깊다≫에서도 잠깐 보여진 적이 있다.

≪태백산맥≫은 꿈에 그리던 '신천지(新天地)'에 이른 이백명의 화전민들이 윤천일을 둘러싸고 떠오르는 태양을 맞이하는 장면에서 막을 내린다. 주변의 산봉우리를 가르키면서 '아리랑 고개'라고 부르고는 숨을 거둔 윤천일의 마지막 모습이 아주 인상 깊다. 미완성작임을 감안한다면 또 다른 마무리의 가능성도 고민해보겠지만 기존의 결말에만 치중해 본다면 마지막까지 "신천지" 개척의 꿈을 접지 않은 윤천일에게 '새로운 땅'은 어디였을가. 그에게 있어서 '새로움'이란 네오스(neos)였을가 아니면 카이노스(kainos)였을가. 이 해독의 구별은 김사량 문학의 전반을 이해하는데도 큰 작용을 미칠 것으로 짐작된다. 만약 윤천일이 마지막까지 꿈꾸던 신천지를 네오스적인 의미로 해석하면, 끝까지 고유의 것을 지켜내려고 했던 주인공의 흔적을 찾아볼 수 있다. 피지배민족의 작가로서 쓰는 행위에 대한 자유를 빼앗기고 일제의 통제, 검열 밑에서 우회적인 글쓰기만을 고집할 수밖에 없었던 시대적 제한을 감안하면 김사량이 그린 '새로운 땅', 즉 신천지를 꿈꾸는 주인공은 마지막까지 민족의 것을 지키려고 한 민족주의자로 비춰진다. 윤천일에게 있어서 '새로운 것'이란 가장 친숙하고 가장 원초적인 것이었다. 이는 시간의 흐름과 시대의 변화 속에서도 변함없는 것, 즉 화전민의 일상에서 보여지는 고유의

정서, '아리랑 고개'로 표상되는 '새로운 땅'이야말로 '민족의 신천지'라고 주장하는 작가 김사량의 잠재된 의식의 발로이기도 하다. 혹여 '민족의 것'이란 '낡은 것'이고 '오래된 것'이어서 근대의 '문명'을 거슬리는 것이라 할지라도 그 밑바탕에 깔려 있는 깊은 정서, 그것이 어쩌면 가장 소중한 것일지도 모른다는 시사이기도 하다. 따라서 신천지 개척은 민족의 네오스적인 변화일뿐 원초적인 것 또는 본질적인 것은 그대로 계승해야 한다는 뜻으로 읽어낼 수 있다. 안우식은 ≪평전 김사량≫에서 김사량을 저항작가로 평하면서 그의 '민족에 대한 양심', '그가 짊어진 민족적 책임'에로의 자각 등에 대해서 언급한바 있다[13]. 이와 같은 작가적 평가는 네오스적인 해석을 가능케 한다. 안우식의 김사량 평가는 민족의 정체성에 대한 긍정적인 의식을 바탕으로 하고 있다. 이와 같은 민족성을 전제로 한 비평 탓일가 많은 선행연구에서 보여지다 싶이 김사량 소설의 주인공들은 자신의 민족적 정체성에로의 귀속 의식 속에서 갈등하고 있을 수밖에 없다.

하지만 만약 윤천일이 꿈꾸던 새로운 세상을 카이노스적 의미로 해석한다면 전혀 상반된 결론에 도달한다. 질적인 변화를 요구하는 '신천지'라면 윤천일이 꿈꾸던 '새로운 땅'은 모든 이데올로기의 지배와 속박에서 벗어나려고 하는 상상의 공간이다. 이 공간은 들뢰즈의 리좀을 연상케 한다. 일제의 강압적 질서에 대한 저항과 대안적 사유로 무질서 속의 질서, 혼돈 속의 평온을 요구하는 것이라면 이는 리좀의 공간이다. 민족이나 국민 등 개념은 근대적 기제에 의해 만들어진 사회적 관념에 불과하다. '민족'이라는 개념을 상상하는 일과, 상상된 '민족'의 틀 안에 사람들을 포섭시키는 일은 동시에 일어난다. 따라서 민족공동체의 탈구축이 완전한 해체를 의미하지 않는 것은 해체의 과정에서 또 다른 형태의 공동체를 구상하고 거기에 같은 의미를

---

13 안우식 『평전 김사량』, 草風館, 1983年, 90쪽.

부여하기 때문이다. 윤천일은 새로운 세상을 꿈꾸고 새로운 민족공동체를 구상하였다. 하지만 그는 마지막 숨을 거두면서 주변 산봉우리를 가리키며 '아리랑 고개'라고 부른다. 이는 그가 바라던 무질서적인 공간의 확립, 즉 탈영토화(탈근대적 사유)가 결국에는 다시 새로운 질서를 확립하려는 재영토화(근대적 사유)로 회귀하였음을 의미한다. 이와 같은 해석은 김사량 소설 전반에서 보여지는 방황과 고민도 어느 정도 제시하고 있다.

김사량 소설의 사상적 경계는 1930년대부터 1940년 전후의 한국문학을 다양한 측면에서 조명해 볼 수 있도록 한다. 이는 식민지 역사의 맥락에서 지극히 불투명한 시대적 기운을 의식함으로써 일제말 경향을 달리 한 작가들 사이에서 보편적으로 나타난 하나의 문학적 스타일이었다. 1941년 2월 14일자 요미우리신문 석간에 발표된 김사량의 에세이를 통해서도 이 점을 보아낼 수 있다. ≪나는 어디까지나 인간이라는 존재를 믿고 싶다. 광대한 세계를 동경하여, (중략) 결코 실망하지 않으리라 생각하고 있다≫. 1930년대 말에 이르러 창작활동을 시작한 김사량은 일제의 검열과 탄압 속에서 협력과 저항으로 양극화 되고 있는 조선인 작가들의 처지를 누구보다 실감하고 있었다. 협력과 저항 속에서 진행되는 협상이라는 양가성이 통합수 없는 시대적 상황에서 그가 할수 있는 것은 당시의 양극화를 그대로 그려내면서 그 속에서 자신의 정체성을 추구하는 것이었다. 즉 네오스적인 의미 작용과 카오스적인 의미 작용의 교차 속에서 윤천일의 '신천지'는 근대성의 구축과 탈구축, 그리고 재구축의 반복을 보여주고 있다.

4. 결론을 대신하여

단편소설 ≪풀이 깊다≫에서 그려지는 화전민은 피식민지 민중 속에서도 최하층에 속해있는 집단이다. 소설은 주인공 박인식의 시선에서 그려진다.

인식은 "무지몽매"한 조선의 화전민에게서 그 어떤 희망을 보아내지 못한 듯 그려지고 있다. 이런 점에서 피식민지 최하층 민중을 지배하는 제국주의와, 민중의 아픔을 외면하고 싶어하는 피식민지 지식인의 시선은 어느 정도 공범관계를 갖고 있다는 결론에 도달할 수 있다. 물론 김사량은 조선 지식인의 소극적 행위를 비판하기 위하여 이 소설을 쓴 것은 아닌 듯 하다. 물론 민중의 자율적 영위를 이해하지 않은 채 그들의 전통에 대한 집착을 비판하는 면도 없지 않아 있지만 그보다 김사량은 협력과 저항의 사이에 서있는 내재된 '소리'를 담고 있는 주인공들에 주목하고 있다. 그들은 텍스트 안에서 자신의 소리를 내는 듯 하지만 사실은 그 소리를 삼키고 있는 것이다. 이는 부정적 모방 속에서 신분상승 혹은 신분유지, 생존유지를 바라는 피지배자들에게 강요된 침묵이다. 또한 식민지 권력의 헤게모니에 의해 생성되고 재생산되는 이러한 침묵은 군수에게도 박인식에게도 그리고 화전민들에게도 동시에 강요된다는 점을 김사량은 강조하고 있다.

무릇 모든 지배에 저항과 협력이 수반되었듯이 식민지 지배도 예외는 아니었다. 일제의 억압적이고 이데올로기적인 권력 장치는 피지배인의 반발과 저항을 초래하는 한편, 부분적인 동의를 통해 피지배인의 협력을 이끌어내기도 했다. 식민지 권력은 근대적 국가 장치를 이용해 피지배인을 협력의 주체로 구성하는 세밀한 메커니즘을 동원하고 있었다. 이에 대해 피지배인은 "민족"을 단위로 저항하거나 협력한 것이 아니라 저항과 협력의 축을 계급, 인종, 문화, 언어 등 다양한 축으로 확장했다. 개인에 따라서 소속된 집단에 의해 저항과 협력의 축은 달라졌던 것이다. 이는 해방전후 한국 근대사상의 일면을 읽어낼 수 있는 중요한 결정점의 역할을 차지하기도 한다.

김사량 문학을 친일 혹은 저항이라는 이항대립 구도 속에서 평가하기는 어렵다. 따라서 그의 문학은 친일문학도 저항문학도 아니라는 결론에 도달한다. 그는 '김사량 문학'이라는 텍스트성을 가능케 하는 저력을 가진 작가임에는 틀림없다. 친일과 저항은 식민지 근대화론과 식민지 근대성론의 대립 구도 속에서 보다 잘 이해할 수 있다. 소설이란 한 작가를 대변하는 개체의 문학이 아니라 한 시대의 흐름을 다시 읽게 하는 텍스트다. 김사량의 매한 편의 소설 속에 깃든 시대적 고뇌를 현재적 시각에서 다시 읽어본다면 단순한 식민지 이론이나 근대성 이론을 뛰어넘는 그만의 개별적 내성(耐性)을 확인할 수 있다.

동시에 김사량 문학을 '재일조선인문학'에 귀속시켜야 하는지 아니면 '한국문학' 혹은 '조선문학'에 포함시켜야 하는지에 대한 논쟁도 사실상 의미 없는 담론이다. '재일'이란 편협한 개념 속에 포함시키는 일이나 '한국' 혹은 '조선'이란 정치적 혹은 국가적 이데올로기를 적용하여 그의 텍스트성을 규정하기에는 어려움이 있다. 김사량 문학은 말 그대로 '김사량 문학'으로 규정함이 그의 텍스트성을 유지하고 더욱 넓고 깊은 해석의 폭을 열어두는 일이다. 그동안 시대적 한계와 정치역학적인 이유로 인해 독자들에게 널리 알려지지 않았던 비운의 작가 김사량, 암울했던 시기 식민지 문학의 지적 저항에 중요한 자산을 보탠 그의 작품에 대한 관심은 앞으로도 지속되어야 할 것이다. 이는 낡은 근대에 대한 젊은 비평의 몫이다.

중세 부르고뉴 묘지(墓地)와 '평화 공간'

이정민

I. 서론

　서양 중세인들에게 묘지는 그리스도교 신자들의 죽음 그리고 사후 구원과 부활이 실현되는 성스러운 공간으로 모양새를 갖추었다. 고대 로마 후기 교회법 학자들과 전례 학자들에게 성스럽고(sanctus) 종교적(religiosus)이며 축성된(sacer) 곳으로 불리던 묘지의 개념은 서양 중세 성직자들에 의해 정교해지기 시작했다. 서양 중세 묘지는 'cimeterium', 'atrium' 드물게는 'septum'이란 명칭으로 불린다. 원래 'atrium'은 '교회의 안뜰'이란 의미를 가지고 있으나 서양 중세에는 일반적으로 묘지를 의미한다. 서양 중세 묘지가 망자들의 사후 구원과 부활이 실현되는 성스럽고 거룩한 장소라는 사실에 비해 살아있는 자들을 위한 삶의 공간으로서의 성격은 상대적으로 간과되고 있다.
　즉, 서양 중세 교회는 파문을 당한 채로 사망한 이들을 교회 묘지에 매장하는 것을 거부하고 동시에 프로방스(Provence)에서는 'claustra', 카탈론느 (Catalogne)에서는 'sagraria'[1]으로 불리는 이른바 세속 공권력이 침투할 수 없는 평화 공간(cercles de paix)을 확보함으로써 살아 있는 자들에게 정치적 · 종교적 · 사법적 영향력을 행사하였다. 서양 중세 교회가 사후 세계에 대한 보장과 구원에 대한 서양 중세인들의 열망을 '위령(慰靈)의 날'과 장례(葬禮)[2]를 통해 끌어갔다면, 세속 공권력이 침투할 수 없는 평화 공간에 대한 고유한 특권, 즉 비호권(le droit d'asile, 庇護權)을 통해 정치적 · 종교적 · 사법적 영역에서 서양 중세인들의 삶을 지배하였다.

테아텔피아(Theadelphia)의 이시스(Isis) 사원(寺院)을 둘러 싼 50쿠데(coudée)[3]나 페페로스(Pephéros) 성소를 둘러 싼 117쿠데에 이르는 특정한 영역[4]에서 알 수 있듯이 고대인들 역시 그들의 사원에서 도주한 노예나 범죄자들에 대한 특정한 보호권을 인식하고 있다. 초기 그리스도교는 이 관습을 이어 받았으며 실제로 교회가 지닌 특정한 보호권 덕분에 다양한 성격의 도망자나 범죄자들이 황제 재판으로부터 벗어나는데 종종 성공하기도 했다. 399년 카르타고에서 열린 공의회에서는 교회로 피신한 자들을 무력으로 끄집어내는 것을 금지할 것을 황제에게 요구하였다.[5] 사실, 고대 후기 교회는 세속 공권력이

---

1 Michel Fixot, Elisabeth Zadora-Rio, *L'église, le terroir*(Paris: CNRS, 1990);Michel Fixot, Elisabeth Zadora-Rio, *L'environnement des églises et la topographie religieuse des campagnes médiévales* (Paris; MSH, 1994).

2 이정민, 「클뤼니 수도원의 '위령(慰靈)의 날'과 장례(葬禮)」, 『중앙사론』, 제46집(2017, 12).

3 coudée는 손끝부터 팔꿈치까지 거리를 뜻하며, 1coudée는 약 52.5센티미터이다.

4 Gustave Lefebvre, "Egypte gréco-romaine", *Annales du service des Antiquités de l'Egypte*, t. XIX(1920); pp.37-65; Paul Perdrizet, "Asile gréco-égyptien et asile romain", *ibid.*, t. XX(1920), pp.252-255.

5 Johannes Dominicus Mansi, *Sacrorum conciliorum novae et amplissima collectio*(Venise: Antonium Zatta, 1759-1798), rééd.,(Paris: H. Welter, 1901-1927), t. III, p. 752, Charles Munier, *Concilia africae. a. 345-a. 525*(Turnhout: Brepols, 1974), *Corpus Christianorum*(149), p.194.

더 이상 종교적 숭배지를 침범할 수 없는 곳으로 만드는데 성공했다.[6] 분명 고대 로마법은 사원의 비호권을 규정하고 있었으며 그리스도교는 비호권의 개념을 계승했으나 아직 특권화 시킨 것은 아니었다. 그러나 사실 피신처를 찾아 든 범죄자들이나 도망자들을 보호한 것은 교회라기보다는 주교였다. 주교는 성 바오로와 초기 교부들의 충고에 따라 자신의 교회로 찾아 온 사람들에게 호의를 가지고 재판에 개입했다. 이러한 측면에서, 팀발(Timbal)은 4세기경 진정한 의미의 비호권은 존재하였다고 보기는 어렵고 오히려 법적 권리와 종교적 보호가 뒤섞인 이중적인 중재에 가깝다고 본다.[7] 419년 11월 21일 교회 대성당 주위 50보(步, Pas) 거리를 세속 권력이 침범할 수 없는 평화 공간이자 보호를 청하는 자들의 피신처로 인정하는 교회의 비호권 관습을 처음으로 밝히고 있다.[8] 이어서 431년 교회에 인접한 모든 부속건물, 즉 안뜰, 주랑(柱廊), 주택과 정원에도 피신할 수 있는 권리를 인정하는 새로운 조항이 덧붙여졌다.[9] 그럼에도 불구하고 교회의 비호권이 작용되는 영역의

---

6 Dominique Iogna-Prat, *La maison de Dieu, Une histoire monumentale de l'Eglise au Moyen Age*(Paris: Seuil, 2006), p.44.

7 Paul Ourliac, "Pierre Timbal Duclaux de Martin:Le droit d'asile", *Bilbliothèque de l'école des chartes*, t. 103(1942), p.228.

8 Constitutio sirmondiana XIII: 《Adque ideo quinquaginta passibus ultra basilicae fores ecclesiasticae venerationis sanctitas inhaerebit. Ex quo loco quisque tenuerit exeuntem, sacrilegii crimen incurrat.》, Theodor Mommsen, Paulus M. Meyer, *Theodosiani libri XVI cum constitutionibus sirmondianis et leges nouvellae ad Theodosianumn pertinentes*(Berlin: Weidmannos, 1954).

9 Mommsen, Meyer, *ibid.*, Code Théodosien, livre IX, 45, 4. Publié in extenso dans E. Schwartz, *Acta conciliorum aecumenicorum*(Berlin: Gruyter, 1924-1926), t.I, pp.61-65.《Pateant summi Dei templa timentibus, nec sola altaria et oratiorium templi circum jectum, qui ecclesias quadripertito intrinsecus parietum saeptu concludit, ad tuitionem confugientium sancimus esse proposita, sed usque ad extremas fores ecclesiaem quas oratum gestiens populus primas ingreditur, confugientibus aram salutis esse praecipimus, ut inter templi quem parietum describsimus cinctum et post loca publica januas primas ecclesiae quidquid fuerit interjacens sive in

크기나 거리에 관한 정확한 설명은 없다. 또한 프랑크 왕들의 법령집과 511년, 538년, 541년과 549년 오를레앙(Orélans) 공의회, 517년 에폰느(Epone) 공의회와 585년 마콩(Macôn) 공의회에서도 지속적으로 비호권의 존중을 재확인하고 있다.[10]

그러나 프랑크 왕국 당시 부르고뉴 공의회들은 묘지와 비호권에 관해 적극적인 관심을 보여주지 않는다. 975년-1100년 사이 부르고뉴 주교들이 모인 약 20여 차례 공의회 중 15 차례의 공의회 관련 문서가 부분적으로 혹은 전체적으로 남아있다. 이중 안스(Anse)와 베르됭 쉬르 르 두브(Verdun-sur-le Doubs) 공의회만 교회의 보호, 즉 비호권을 강조했다. 994년 안스 공의회는 클뤼니 수도원이 가지는 성스러운 권한에 관해서 정의를 내리고 이 수도원 주위의 본당 교회들 목록을 제공했다. 또한 백(伯)들은 클뤼니 수도원 내에 성을 축조할 권리가 없음을 선포했다. 그러나 여기에도 비호권에 관한 언급은 없다. 비호권과 유사한 성격의 교회 면제 특권에 관한 내용만 담겨 있다.[11] 이와는 달리, 오세르(Auxerre) 주교들의 기록에 등장하는 베르됭 쉬르 드 두브 공의회는 평화를 파괴하는 자나 악인을 응징하는 경우를 제외하고는 비호권을 준수하겠다는 기사들의 선서가 등장한다.[12] 하지만 안스 공의회와 베르됭 쉬르 르 두브 공의회를 포함한 부르고뉴에서 개최된 여러 공의회에서도 교회의 묘지 비호권의 구체적인 면적이나 거리에 관한 언급은 없다. 11-12세기를 거치면서 서양 중세 사회는 새로운 변화를 맞이한

---

cellulis, sive in domibus, hortulis, balneis, areis atque porticibus, confugas interioris templi vice tueatur.〉

10　비호권을 언급하는 일련의 공의회는 다음에서 찾아볼 수 있다; *Monumenta Germn. Hist. legum.* section III, concil., t. I, ed. Zeumer, 1893.

11　Didier Méhu, *Paix et communautés autour de l'abbaye de Cluny(Xe-XVe siècle)*(Lyon: Presses universitaires de Lyon, 2001), p. 160.

12　Le concile d'Anse, BNF, *ms. n. a. lat.* 2262, p. 119-120, no 135.

다. 서양 중세 안정기와 더불어 생활공간이 확장되기 시작하였고 교회 주변이나 묘지 부근으로 거주민들이 모여들고 정착을 시작했다. 서양 중세 묘지에 거주지와 시장이 세워지고 길이 만들어지며 상업 활동이 활발해지자 서양 중세 묘지는 살아있는 자들을 위한 삶의 공간으로 발전해나갔다. 무엇보다 서양 중세 묘지 입구에 세워지는 시장은 중세 묘지가 지닌 사회적·경제적·문화적 요소를 반영한다고 할 수 있다. 이것은 서양 중세 묘지의 또 다른 성격을 이해할 수 있는 중요한 배경이 된다. 망자와 살아있는 자들에게 필수적인 공간으로서 자리매김하는 서양 중세 묘지의 특징은 특히 중세 부르고뉴 묘지에서 뚜렷하게 드러난다. 그러나 서양 중세 묘지에 관한 기존 국내 연구는 거의 드물고 서양 중세 교회에 관한 대부분의 연구는 중세 교회의 중앙집권적 질서 운영과 이에 기반을 둔 교황권의 성장과 쇠퇴, 교회 성문법체계의 정비와 정례화된 전례의식 등에 치중되어 있다. 이러한 맥락에서, 본연구에서는 중세 부르고뉴 묘지의 비호권과 묘지 입구에 세워진 시장을 중심으로 서양 중세 묘지의 성격과 역할 그리고 그 역사적 의미를 새롭게 접해보고자 한다.

II. 중세 부르고뉴 묘지와 비호권

1. 서양 중세 묘지와 비호권

비호권은 언제나 존재했으며 종교만이 가지는 권리는 아니다. 교회는 점점 이것을 교회와 국가 사이의 지속적인 관계 속에서 면제 특권(immunitas)과 같은 외부 특권(privilegium fori)으로 발전시켰다. 불안정한 메로빙 왕권은 비호권에게는 유리했다. 도주한 노예와 추격을 당하는 자유민은 성인들의 보호를 받는 피신처인 교회로 찾아들었다. 교황 젤라시오(Gelasius) 1세는 이들을 교회가 받아들이고 보호할 것을 명하였고 프랑크 공의회들에서 이 조항을 발전시켰다.[13] 즉, 교회와 주교좌에서 살인자, 간통인과 강도를 낚아채는 것을 막아야 한다. 범죄자들을 상해나 고통을 주는 일이 없어야 하며 그들이 선서를 위반했다면 파문에 처해질 것이다. 만약 잘못이 있는 노예가 교회로 피신했다면, 그를 거칠게 다루지 않는다는 주인의 맹세를 받고 노예를 되돌려준다. 그러나 그 주인이 맹세를 지키지 않았다면 영성체를 할 수 없다. 반대로 노예 주인의 맹세에도 불구하고 노예가 교회를 나가기를 거부한다면 노예 주인은 노예를 교회로부터 끄집어낼 수 있다.[14]

카롤링 시대의 비호권은 교회의 묘지에 연결되어 있지만 대수도원들의 면제특권(immunitas)과 혼동되기도 한다. 교회와 교회 묘지는 비호의 공간이었고 소송대리인으로부터 벗어날 수 있었다.[15] 일부 학자들은 묘지 관습과 '축성

---

13 Le concile d'Agde en 506, 《De homicidis, adulteris & furibus, si ad Ecclesiam confugrint, id constituimus observandum, quod Ecclesiastici Canones decreverunt, & Lex Romana constituit, ut ab Ecclesiae atriis, vel domo Episcopi, eos abstrahi omnino non liceat, sed nec aliter consignari, nisi ad Evangelica datis sacramentis de morte, de debilitatem & omni poenaarum genere sint securi, ita ut ei, cui reus fuerit criminosus, de satisfactine conveniat. Quod si sacramenta sua quis convictus fuerit violassem reus perjurii non solum a communione Ecclesiae, vel omnium clericorum, verum etiam & a catholicorum convivio separetur. Quod si is, cui reus est, noluerit sibi intentione faciente componi, & ipse reus de Ecclesia actus timore discesserit, ab Ecclesiae clericis non quaeratur》, Rémi Ceillier, *Histoire des auteurs sacrés et ecclésiastiques*(Paris: Veuve D. A. Pierres, libraire, à S. Ambroise, & à la Couronne d'epines, 1768), t. 15, p.670.

14 Le concile d'Agde en 506, 《Servus qui ad Ecclesiam pro qualibet culpa confugerit, si a Domino pro admissa culpa sacramenta susceperit, statim ad servitium domini sui redire cogatur, sed posteaquam datis a domino sacrametis fuerit consignatusm si aliquid poenae pro eadem culpa qua excusatur probatus fuerit pertulissem pro contemptu Ecclesiae, & praevaricatine fidei, a communione Domini & convivio catholicorum extraneus habeatur.》, Rémi Ceillier, *Histoire des auteurs sacrés et ecclésiastiques*(Paris: Veuve D. A. Pierres, libraire, à S. Ambroise, & à la Couronne d'epines, 1768), t. 15, p.670.

15 Pierre Timbal Duclaux de Martin, *Le droit d'asile*(Paris: Sirey, 1939), p.155.

된 땅'에 대한 개념은 성소(聖所)를 둘러싼 공간이 지닌 불가침적 성격을 강화시켰다고 주장한다.[16] 잉크마르 드 렝스(Hincmar de Reims)는 새롭게 만들어지는 교회들은 가난한 자들의 묘지를 위한 안뜰과 울타리로 둘러 싼 공간을 갖추어야할 것을 명시하고 있다.[17] 카롤링 왕들은 비호권을 보다 명확한 규제로 완성시키고자 노력했다. 하지만 9세기를 지나면서도 카롤링 법령집에는 거의 시행된 것이 없다. 3세기 동안 비호권에 관한 기록은 거의 모호하다. 비호권 공간을 열거하고 있기는 하다. 먼저 이름 난 교회, 교회 묘지에서 30보 또는 40보(les passus ecclesiastici), 주교좌 등이 해당된다. 또한 비호권의 영향은 정확하게 명시된다. 피난처는 보호를 청하는 범죄자들이나 도망자들에게 거주지로써 제공되고 비호권을 위반한다는 것은 신성모독이며 면제특권을 파괴한 것으로 처벌받는다. 11세기부터 공중 사기꾼, 비호권을 위반한 자, 유대인들, 이단자들과 파문에 처해진 자들은 처벌을 받지 않는다는 약속이 보장되는 비호권의 보호를 받을 수 없었다.

남부 유럽 공의회에서는 묘지에는 30보를, 대성당 교회에는 60보를 적용하는 것으로 보인다. 고대 로마에서는 1발은 1,85cm 손가락 16개의 길이에 해당되는 29,64cm, 1보는 5발 즉 1,48m에 해당한다. 이 도량형을 기준으로 한다면, 교회 30보는 44.4m로 설명할 수 있다.[18] 12세기 그라티아우스

---

16 Hervé Mouillebouche, "Cercles de paix, cimetières et châteaux en Bourgogne", *Mélanges d'histoire médiévale offerts à Michel Bur*(Langres: Dominique Guéniot, 2009), p. 79. Cécile Treffort, *L'église carolingienne et la mort*(Lyon: Presses Universitaires de Lyon, 1998).

17 In cuius capellae circuitu saepes sit, ut domus dei pro possidbilitte honeste aedificcata cum honestate in circuitu suo consistat et tantum atrii habeat, ubi pauperculi, qui suos mortuos longius effere non possunt, eosdem ibi sepelire valeant.》, Hincmar de Reims, *Collectio de ecclesiis et capellis*, éd. M. Stratmann, *M.G.H., fontes iuris germaniici antiqui in usum scholarum*, t. 14(Hanovre, 1990), pp.75-76.

18 이러한 측량은 E. 자도라(Elisabeth Zadora-Rio)의 연구에 근거한다;Michel Fixot, Elisabeth Zadora-Rio, *L'église, le terroir*(Paris: CNRS, 1990), pp. 11-16.

(Gratianus)는 세비야의 이시도로(Isidore de Séville)의 경우를 근거로 1보는 5발 그리고 1발은 16손가락을 사용하고 있다.[19] 그러나 무엇보다 가장 큰 어려움은 현실적으로 중세의 도량형은 동일하지 않았다는 것이다. 앙시엥 레짐(ancien régime)에서는 엄지손가락 2,707cm와 '접는 자'(pied de roi) 32,48cm가 기준이었다.[20] 12세기 교회법 학자들은 교회 내부에 있는 축조된 성채와 조성된 묘지에 관해서 더 이상 언급하지 않지만 성 둘레에 축조된 예배당의 비호권은 부인했다. 이것은 일종의 신성모독적인 것으로 받아들여지고 있으며 이는 이브 드 샤르트르(Yves de Chartres)의 법령에서도 나타난다.[21] 이는 바로 교황 요한 8세의 허가로 그라티아누스 법령에 포함되었다. 어떤 주해자들은 성 안에 있는 예배당은 공간의 협소함 때문에 30보 비호권을 보장받을 수 없다고 설명한다. 실제로 어떠한 공의회도 비호권에 대한 제재를 설명하지 않는다. 한 가지 분명한 사실은 주교의 허가 없이는 세속인이나 성직자들이 묘지에 어떠한 것도 축조할 수 없다는 것이며,[22] 13세기부터는 이

---

19 Palmus autem quattuor digitos habet, pes sedecim, passus pedes quinque, pertica passus duos, id est pedes decem》, Isidore de Séville, Etymologies, XV, 15–1, PL.(Paris: J.P. Migné; Turnhout: Berpols, 1844–1864), t. 82, col. 555–556.

20 Armand Machabey, *La métrologie dans les musées de provinces et sa contribution à l'histoire des poids et mesures en France depuis le XIIIe siècle*(Paris: Revue de métrologie pratique et légale, 1962); Pierre Charbonnier, *Les anciennes mesures locales du Centre–Est d'après les tables de conversion*(Clermont–Ferrand: Presses Universitaires Blaise Pascal, 2006).

21 Sacrilegium enim commitimur, si quis infregit ecclesiam vel triginta ecclesiasticos passus qui incircuitu ecclesiae fuerint, ver in domibus quae infra praedictoribus passus fuerit(…) Non enim capellae quae infra ambitum murorum castellorum sunt, mittuntur vel ponuntur in hac obervatione.》, Yves de Chartres, PL.(Paris: J.P.Migné; Turnhout: Berpols, 1844–1864),t. 161, *Decreti*, pars III, cap. 98.

22 Lillbonne, Haute–Normandie, 1080년 공의회는 다음의 내용을 밝히고 있다:《Si clericus arat vel aedificat in atrio sine pontificali licentia, episcopis per pecuniam emendetur. Si laicus arat vel edificat in atrio sine pontificali licentia, similter.》, Johannes Dominicus Mansi, *Sacrorum conciliorum novae et amplissima collectio*(Venise:

제재조치는 일반화되었고 전쟁이 발생할 경우에는 완화되지 않았다.

2. 중세 부르고뉴 묘지와 비호권

서양 중세 묘지를 뜻하는 'cimeterium'과 'atrium'은 매장(埋葬)만을 의미하지는 않는다. 때로는 'cimeterium'은 'atrium'에서 행해지는 장례의 한 부분을 의미하기도 한다. 교회 울타리 내부를 의미하는 'septum'이 아주 드물게 기록에 등장한다. 대개의 경우 서양 중세인들은 자신들의 봉헌이 종종 시행된 곳에 묻힐 것을 원했으나 'septum'의 경우 외부 기증자들에게 해당되는 것으로 보인다.[23] 부르고뉴에서는 몇 몇 공의회를 제외하고는 비호권은 거의 언급되지 않는다. 부르고뉴 연대기 작가들이나 역사가들 역시 비호권에 관한 언급은 거의 하지 않는다. 라울 글라베르(Raoul Glaber)는 신의 평화(la paix de Dieu, the peace of God)를 설명하면서 피고인들은 교회 내에서 보호를 찾아야한다고 기술하고 있다.[24] 그러나 많은 도둑이나 살인자들이 묘지를 찾아왔는가에 관한 언급은 없다. 12세기말 피에르클로(Pierreclos) 묘지에 관한 기록 중 세속 영주가 묘지로 피신한 범죄자를 끄집어낼 권리가 없음을 기술하고 있다.[25]

Antonium Zatta, 1759-1798; rééd., Paris: H. Welter, 1901-1927), t. XX, col. 562, c. 18.

23 H. 무이예부슈(Mouillebouche)는 CBMA(Chartae Burgundiae Medii Aevii)에 토대를 9600개의 텍스트를 분석하여 9600개 텍스트 중 'atrium'이 109회, 'septum'이 4회 사용되었음을 설명한다; Hervé Mouillebouche, "Cercles de paix, cimetières et châteaux en Bourgogne", *Mélanges d'histoire médiévale offerts à Michel Bur*(Langres: Dominique Guéniot, 2009), p.88.

24 Raoul Glaber, *Les cinq livres de ses histoires(900-1044)*, publié par Maurice Prou, (Paris: A. Picard, 1886), Liv. IV, cap. V, p. 104.

25 Marie-Camille Ragut, *Cartulaire de Saint Vincent de Mâcon*(Mâcon: Protat, 1864), pp. 384-385.

게다가 중세 부르고뉴 묘지 비호권이 작용하는 구체적인 영역에 관한 설명, 예를 들어, 교회 30보 혹은 40보에 관한 언급은 거의 보이지 않는다. 아마도 'passus'라는 도량형 용어는 부르고뉴 문서에서는 낯선 개념으로 보인다.[26] 앙드레 델레아쥬(André Déléage)는 그의 저서 『부르고뉴의 시골 생활(la vie rurale en Bourgogne)』에서 페르슈(perches)[27]와 발에 관한 기록은 종종 언급되고 있으나 보에 관한 어떠한 기록도 찾아볼 수 없다고 설명한다.[28] 이에 반해, 노르망디(Normandie)의 경우는 좀 더 복잡한 양상이 전개되었다. 1080년 릴본느(Lillebonne) 공의회에서는 새로운 묘지의 길이는 5페르슈(perche)로 정하였다. 1페르슈의 길이가 10에서 18발까지 다양하기 때문에 노르망디에서 사용되는 교회 30보는 결국 50발에서 90발까지 해당된다.[29] 그러나 알렝 구에로(Alain Guerreau)의 연구에 따르면, 적어도 12세기 부르고뉴의 교회 건축가들은 고대 로마 발 도량형을 사용하고 있었던 것으로 보인다.[30] 만약 중세 부르고뉴에서도 고대 로마 발 도량형이 사용되고 있었다면, 1발은 29.64cm, 1보는 5발, 즉 교회 30보는 44.4m, 교회 40보는 59.3m 정도의 거리로 추정할 수 있다.[31]

---

26 Hervé Mouillebouche, "Cercles de paix, cimetières et châteaux en Bourgogne", *Mélanges d'histoire médiévale offerts à Michel Bur*(Langres: Dominique Guéniot, 2009), p.88.

27 1페르슈는 18발에 해당되는 정사각형의 한 면.

28 André Déléage, *La Vie rurale en Bourgogne jusqu'au début du onzième siècle*(Mâcon: Protat frères, 1941), 3vol.

29 Si vero extra villam nova fiat ecclesia, indeque habebit quinque perticas coemeterii⟩, Concile de Lillebonne, Mansi, t. XX, col. 557; Marjorie Chibnall, *The Ecclesiastical history of Orderic Vitalis*(Oxford: Clarendon press, 1969-1980), vol.3, p.30.

30 Alain Guerreau, "Remarques sur l'arpentage selon Bertrand Boysser(Arles, vers 1400-1410)", *Campagnes médiévales: l'homme et son espace. Etudes offertes à Robert Fossier*(Paris: Publication de la Sorbonne, 1995), pp.87-102.

31 이러한 측량은 E. 자도라(Elisabeth Zadora-Rio)의 연구에 근거한다; Michel Fixot, Elisabeth Zadora-Rio, *L'église, le terroir*(Paris: CNRS, 1990), pp.11-16.

G. 뒤비(Duby)가 주목한 바와 같이, 부르고뉴에서 교회 비호권은 공권의 요소이기도 하다.[32] 기사나 가신들은 묘지 내부에 미래의 성을 위한 탑이나 울타리 등을 축조하면서 묘지의 면제 특권을 강화하고 지키는 것이 자신의 의무이자 권리라고 생각할 수 있다. 클뤼니 수도원장 오동(Odon)의 『훈화(exemplum)』에서는 적들을 피해 샤르리외(Charlieu) 교회로 피신한 어느 가신의 일화[33]와 자연스럽게 성벽이 본당 교회와 묘지를 보호하고 있는 성 내부에 위치한 고대 건축물인 쉬엥(Suin)과 루르동(Lourdon) 묘지에 관해서 언급하고 있다. 성 안에 자리를 잡은 교회와 묘지에 관한 기록으로는 생 베니뉴(Saint Bénigne)에 있는 생 뱅상(Saint Vincent) 교회를 들 수 있다. 이 교회는 912년 디종(Dijon)에서 랑그르(Langres) 주교 가르니에(Garneir)가 노르망디 공격에 피신하고자 축조한 생 베니뉴(Saint Bénigne)에 있는 교회와 묘지에 있는 집들을 복구하기로 하여 성 안에 자리를 잡게 된 것이다.[34] 또 다른 예로, 1147년 몽 라수아(Mont-Lassois) 묘지에 위치한 집 한 채를 몰레므(Molesme) 수도원에 기증한 경우[35]나 1095년-1115년 고스베르트(Gosbertus)가 자신의 집 한 채를 짓겠다는 조건과 함께 베르망통(Vermenton) 묘지를 기증한 일화는 중세 부르고뉴 묘지가

---

32 G. Duby, *La société aux XIe et XIIe siècles dans la région mâconnaise*(Paris: Ecole Pratique des Hautes Etudes, 1953; rééd.1971), p.177.

33 Odon de Cluny, *Collationnes*, livre 2, ch. 11. Martin Marrier, André Duchesne, *Bibliotheca cluniacensis*(Paris, 1614).

34 Robert Floz et Jean Marilier, *Chartes et documents de Saint Bénigne de Dijon, prieurés et dépendances: des origines à 1300*(Dijon: Société des Annales de Bourgogne, 1986), t. I, n° 163, p. 177.

35 Archives départementales de la Côte-d'Or, 7H 254;《Porro domum Marjot in atrio Montis-Lassonis sitam, quam dominus Matheus prefate Molismensis, quoquo modo possit acquirere, concedit, simili modo confirmo.》, Maximilen Quantin, *Recueil des pièces pour faire suite au Cartulaire général de l'Yonne: XIIIe siècle*(Auxerre: Société des sciences historiques et naturelles de l'Yonne, 1873), t. I, n°CCLXXIII; Molesme, II, n°198.

망자들뿐 아니라 살아있는 모든 이들에게도 친숙한 공간이었음을 알 수 있다.[36]

III. 중세 부르고뉴 묘지와 '살아있는 자들'

1. 중세 부르고뉴 묘지와 신의 평화

신의 평화(la paix de Dieu)와 신의 휴전(la trêve de Dieu) 공의회에서도 교회와 교회 주변 공간에 대한 보호를 주요 관심으로 다루고 있다. 1027년과 1045년 툴루즈(Toulouges) 공의회와 1054년 나르본(Narbonne) 공의회에서는 성지(聖地)와 '교회 30보(xxx passuus ecclesiasticos)'를 지킬 것을 요구하였다.[37] 그러나 1050년 생 질(Saint Gilles) 공의회에서는 '보(passus)'가 아닌 '덱스트르(le dextre, dextros)'[38]라는 단위를 사용하고 있다.[39] 교황 니콜라우스(Nicolas) 2세가

36　Notum sit omnibus quod Gosbertus Capellus, [...] dedit Domino et Sanctae Mariae Molismensi ecclesiam de Vermenton et omnem decimam totius laboris vel nutrimenti monachorum, et totum feodum quod pertinet ad presiteratum, et atrium totum seu justiciam, nichil sibi in eo retinens praeter unanm aream, in qua domum propriam sibi construeret, vel cuilibet ex hominibus suis cui eam vellet dare, IIIIer denarios census monachis inde persolvendo.》, ibid., t. II, n° XIX; Molesme, I, n° 61.

37　Concile de Toulouges de 1027: Dom Bouquet, *Recueil des historiens des Gaules et de la France*, nouvelle édition sous la direction de M. Léopold Delisle(Paris: Imprimerie Royale); Concile de Narbonne de 1054, c. 11: Johannes Dominicus Mansi; *Sacrorum conciliorum novae et amplissima collectio*(Venise: Antonium Zatta, 1759-1798; rééd., Paris: H.Welter, 1901-1927), t. XIX, col. 827-829.

38　덱스트르(le dextre)는 10세기 루실롱(Roussillon)과 카탈루냐(Catalogne)에서 사용된 도량형이다. 1덱스트르는 온(l'aune, 1,188m)과 발(le pied)과 같은 중세 도량형이며 11세기경 1덱스트르는 6온과 2보에 해당된다고 기술하고 있으나 지역에 따라 그 길이는 동일하지가 않다. 오늘날 덱스트르의 정확한 길이에 관한 프랑스 학자들과 스페인 학자들의 연구가 지속되고 있다. 예를 들면, 루실롱에서는 7,768m, 랑그독(Languedoc)에서는 약 6m, 그리고 카탈루냐에서는 2,76m와 2,88m 사이로 추정한다.

39　infra terminum XXX dextrorum circa ecclesias positum》; Johannes Dominicus Mansi, *Sacrorum conciliorum novae et amplissima collectio*(Venise: Antonium

1059년 라트란(Latran) 공의회에 참석한 골(Gaules)의 주교들에게 보낸 편지에서도 묘지들의 경계를 대(大)교회로부터 60보, 예배당이나 소(小)교회로부터는 30보로 정해야한다는 것을 분명히 밝히고 있다.[40] 이 편지에서 밝히는 30보 또는 60보는 이브 드 샤르트르의 교회법령의 준거가 되었다.[41] 몇 년 후, 이것은 그라티아누스의 교회 보호에 관한 글에도 이어지고 있다.[42]

1027년과 1045년 툴루즈에서 열린 신의 평화 공의회는 성을 축조하거나 약탈이나 강도짓을 하는 이들이 모인 교회를 보호하는 권리를 박탈하였다.[43] 또한 1045년 나르본 공의회에서는 신의 휴전운동을 성을 축조하는데 이용하는 행위를 금지하고 교회 주변 30보 내에서는 어떠한 폭력도 용납될 수 없으며 이를 위반할 경우 벌금을 부가할 것을 밝히고 있다.[44] 1068년 카탈루냐의 비크(Vich) 공의회는 성이 있는 곳이거나 차후 성이 축조될 곳에 있는 교회들을 신의 평화로부터 면제시켰다.[45] 이러한 원칙들은 1095년 클레르

Zatta, 1759-1798, rééd. Paris: H. Welter, 1901-1927), t. XIX, col. 844.

40 De confiniis ceometeriorum, sicut antiquitus a sanctis Patribus statutum est, statuimus ut major ecclesia per circuitum LX passus habeat, capellae vero vel minores ecclesiae XXX》, Lettre de Nicolas II(1059), *PL.*, t. 143, col. 1314

41 *Sancti Yvoni opera omnia, PL.*, t. 161. *Decreti*, pars III, cap. 104.

42 *Decretum Gratiani*, éd. Justi Henningii Boehmer, PL.(Paris: J.P.Migné, Turnhout: Berpols, 1844-1864) t. 187, 1861.

43 Ecclesias autem illa in hac defensione non ponimus, in quibus castella facta sunt aut erunt: eas vero ecclesias in quibus rapores vel fures praedam vel furta congregaverunt, vel malefaciendo inde exierunt, aut illuc redierunt.》, Concile d'Elne-Toulouges de 1027: Bouquet, t. XI, p. 510.

44 Concile de Narbonne, c. II: Johannes Dominicus Mansi, *Sacrorum conciliorum novae et amplissima collectio*(Venise: Antonium Zatta, 1759-1798, rééd. Paris: H. Welter, 1901-1927), t. XIX, col. 829-830.

45 Haec est pax confirmata ab episcopis et abbatibus et comitibus necnon vicecomitibus in episcopata Ausonae. Scilicet ut ab ista die et deinceps nullus homo ecclesiam neque spatum neque mansionem quae in circuitu ecclesiae sunt aut erunt usque ad triginta ecclesiasticos passus invadat. Ecclesias autem illas in hac defensione non ponimus in quibus castella facta sunt vel erunt.》, Concile d'Ausa(Vich),

몽(Clermont) 공의회에서도 앙주(Anjou)백과 함께 평화 조약을 통해 재확인되었다.

> 교회와 묘지들은 신의 평화 안에 머무를 것이다. 만약 누군가 주교의 명령 없이 새로운 건물을 축조하거나 기존의 건물을 파괴한다면, 그는 신의 평화를 위반한 것이며 위반한 자를 제거하는 자는 어떠한 벌도 받지 않을 것이다."[46]

이처럼, 11세기 신의 평화 공의회에 따르면, 교회를 둘러 싼 30보폭 경내는 모든 군사적 공격으로부터 면제된 피신처이자 평화 공간이었다.[47] 그러나 1041년경 툴루즈 공의회나 1095년 클레르몽 공의회에서는 이것을 유감스럽게 여기는 것처럼, 봉건 세속영주들이 교회 영역과 평화 공간에 자신들의 성을 축조하고자 시도하고 있다.[48] 뿐만 아니라 중세 부르고뉴 묘지를 둘러싼 수도원들 사이에서도 갈등이 발생하기도 한다. 11세기 디종의 생 베니뉴의 묘지를 둘러싸고 생 베니뉴 수도원과 생 에티엔느(Saint-Etienne) 수도원 사이에 첨예한 분쟁이 발생했다. 생 베니뉴와 생 엔티엔느의 수도승들은 사비니르

Johannes Dominicus Mansi, *Sacrorum conciliorum novae et amplissima collectio*(Venise: Antonium Zatta, 1759-1798, rééd. Paris: H. Welter, 1901-1927), t. XIX, col. 1073.

46 Ecclesiae cimiteria omnino sunt in pace Domini. Si qui novam munitinem in illis extruxerit, postquam fuerit submonitus ab episcopo, si non destruxerit, pacem Domini violabit, et quicumque eam delebitm nihil forisfaciet.》, Concile de Clermont, Johannes Dominicus Mansi, *Sacrorum conciliorum novae et amplissima collectio*(Venise: Antonium Zatta, 1759-1798, rééd. Paris:H. Welter, 1901-1927), t. XX, col. 912, c. 5.

47 Gabriel Fournier, *Le château dans la France médievale, essai de sociologie*(Paris: Aubier-Montaigne, 1978), pp.282-286.

48 Toulouges, Pyrénées orientales, arr. Perpignan, chef-lieu de canton: Mansi, t. XIX, p. 483, Clermont: Johannes Dominicus Mansi, *Sacrorum conciliorum novae et amplissima collectio*(Venise: Antonium Zatta, 1759-1798, rééd. Paris: H. Welter, 1901-1927), t. XX, p. 912.

세(Savigny-le-Sec) 묘지에 필요한 모든 건물과 각자의 영주 저택을 짓는 것을 명시하고 있다. 하지만 창고는 반드시 묘지 밖에 마련하는 원칙에 동의했다.[49] 그러나 생 에티엔느 수도원은 교황에게 이 수도원 묘지를 성 안으로 이전할 것을 청하였다. 이에 맞서 생 베니뉴 수도승들은 자신들의 묘지를 지키기 위해 6세기 위조문서를 조작하는 등 모든 노력을 총동원하였다.[50] 결국 1095년 프랑스를 방문한 교황 우르바누스 2세는 신의 평화를 계승하는 원칙과 의지를 명백히 표명하면서 망자들뿐만 아니라 살아 있는 자들에게도 성스러운 땅을 보호할 것을 제안하고 앞으로 조성될 방대한 묘지를 축성하였다.[51] 이 같은 교황 우르바누스 2세의 태도는 교회 내 평화 공간에 대한 교회의 명확한 입장과 의지를 재확인한 것으로 해석할 수 있을 것이다.

2. 중세 부르고뉴 묘지와 시장

중세 부르고뉴에서 사용되는 '묘지'는 살아있는 자들에게도 폭 넓게 사용되는 단어이다. 현실적으로 중세 부르고뉴 묘지들은 망자들뿐만 아니라 살아있는 자들에게 중요한 생활공간으로서 역할을 담당하였다. 기욤(Guillaume de Sercey)은 교황 에우제니우스(Eugène) 3세에게 손에루아르(Saône-et-Loire) 북쪽

---

49 Domus et que sunt domni necessaria infra atriu, habebunt monachi, et extra atrium graneam, curtilum et necessaria.》, Savigny-le-Sec, Georges Chevrier et Maurice Chaume, *Chartes et documents de Saint Bénigne de Dijon, prieurés et dépendances; des origines à 1300*(Dijon: Bernigaud et Privat, 1943), tome II, n°393, 25 mai 1100.

50 L'abbé Bougaud et Joseph Garnier, *Chronique de Saint-Bénigne*(Dijon: Drantiere, 1875), p. 63; Georges Chevrier et Maurice Chaume, *Chartes et documents de Saint Bénigne de Dijon, prieurés et dépendances; des origines à 1300*(Dijon: Bernigaud et Privat, 1943), t. II, n° 326와 327.

51 André Vauchez, *Lieux sacrés, lieux de culte, sanctuaire: approches terminologiques, historiques et monographiques*(Rome: Ecole Française de Rome, 2000), pp.197-213.

경계에 위치한 이고르네이(Igornay)에 있던 2개의 본당 교회 중 자신의 성 안에 있는 교회를 예배당으로 강등시켜 줄 것을 부탁했다.[52] 과거에는 2개의 교회 본당에 사람들이 가득 찼었으나 전쟁과 역병으로 인구가 감소하였고 2개의 교회 중 한 교회만이 2개의 공동묘지를 소유하고 있었으므로 2개의 교회 중 하나만을 유지하는 것이 효율적일 것이라고 판단한 것으로 보인다. 몇 달 후, 오툉 주교 로랭(Rolin)과 교황특사는 새로운 교회 생 생포리엥(Saint Symphorien)과 공동묘지를 축복하러 왔다.

중세 묘지는 주거지, 가게와 길 등이 모두 포함된, 한마디로 교회나 수도원의 공권력으로 운영되는 생활공간이기도 하다.[53] 9세기경 거대한 묘지 입구에는 디종 시장들이 즐비했다.[54] 서양 중세인들에게는 묘지는 낯설거나

---

52 1441년 6월 10일 문서, 《Exponitur Sanctae Vestrae pro parte devoit oratoris vestri Guillermi de Sercey illustrissimi principis domini ducis Burgundie consiliarii et scutiferi ac domini loci de Ygournay, Eduensis diocesis, necnon devoti oratoris vestri parrochianorum parrochie dicit loci, quod licet antiquitus dicta parrochia populis habundaret et propter illorum commoditatem due ecclesie, unicam tamen parrochia ecclesiam facientes, cum duobus cimiteriis et per unum rectorem gu-bernari solite fuerint antiquitus insitute atque consecrate, una videlicet in fortalicio dicti loci, et alia satis prope quasi ad unum tractum cum dimidio basiliste, que antiquitus per ipsos parrochianos congrue poterant sustentari; attamen occasione guerrarum et aliarum pestilenciarum que ibidem viguerunt, populus ibidem adeo est diminutus quod ambas ecclesias hujusmodi nequeant commode sustinere et illarum onera supportare...》, Henri Denifle, *La désolation des églises, monastères et hôpitaux en France pendant la guerre de Cent ans*(Paris: Picard et fils, 1897), Original: archives du Vatican, supplique à Eugène IV, n° 729, p. 339.

53 Ernest Champeaux, "Les cimetières et les marchés du vieux Dijon", *Mémoires de l'Académie des Sciences, arts et Belles-Lettres de Dijon*, 4e série, t. X(1906); Georges Chevrier et Maurice Chaume, *Chartes et documents de Saint Bénigne de Dijon, prieurés et dépendances; des origines à 1300*(Dijon: Bernigaud et Privat, 1943), t. II, n° 344.

54 Ernest Champeaux, "Les cimetières et les marchés du vieux Dijon", *Mémoires de l'Académie des Sciences, arts et Belles-Lettres de Dijon*, 4e série, t. X(1906), p,40.

두려운 장소라기보다는 일상의 한 부분으로 자연스럽게 받아들였을지 모른다. 시장은 일요일과 부활, 디종의 성 베니뉴 축일, 성모 대축일과 성 베드로와 성 바오로 축일 등에 열렸다. 상인들은 중세 묘지에서 존재하는 비호권의 경계를 넘어서지 않도록 자신의 영역을 철저히 제한하였다. 874년 9월 12일 샤를르 대머리(Charles le Chauve)왕이 랑그르 이작(Isaac) 주교에게 디종 시장에 관한 권리를 비준하였고,[55] 887년 샤를르 뚱보(Charles le Gros)왕이 생 에티엔느에게 자신이 소유한 시장에 관한 권리를 양도했다. 1015년 로베르왕(Robert le Pieux)에게 디종이 양도되었으나 생 에티엔느는 시장에 관한 권리를 유지하였으며 11세기 중반까지 시장에서 포도주를 자유롭게 판매하는 권리를 가지고 있었다.[56] 묘지가 망자들의 휴식만을 위한 공간이 아니라는 것을 보여주는 또 다른 예가 바로 묘지 내에서 시행되는 포도주 독점 판매권이다. 이 권리는 수도원에게 경제적 이익을 가져다주는 중요한 수입원이다. 12세기말까지 묘지 시장은 열렸으며 거주민들을 불러 모았다. 그 결과 묘지 시장은 본당 교회를 형성하였다.[57] 디종은 성 둘레 묘지와 시장으로 구성되었으며 새롭게 만들어진 본당들은 본당 묘지만큼 분할되는 오래된 대규모의 디종 묘지의 일부라도 보존하고자 하였다.[58] 1004년 오툉 주교 고티에(Gautier)

---

[55] Archives départementales de la Côte-d'Or, Maximilen Quantin, *Recueil de pièces pour faire suite au Cartulaire général de l'Yonne: XIIIe siècle*(Auxerre: Société des sciences historiques et naturelles de l'Yonne, 1873), t. I, n°229.

[56] Quicumque vero de ctientela sancti libram panis integram vel dimidiam de curia sumebat, emere et vendere in foro absque reditur, qui, vulgo ventae dicitur, libere poterat et in domo sua vel aliena vinum proprium.》, L'abbé Fyot, *Histoire de l'église abbatiale et collégiale de Saint-Étienne de Dijon, avec les preuves et le pouillé des bénéfices dépendant de cette abbaye*(Dijon: J. Ressayre, 1696), p.58, n° 400.

[57] Ernest Champeaux, "Les cimetières et les marché du vieux Dijon", *Mémoires de l'Académie des Sciences, arts et Belles-Lettres de Dijon*, 4e série, t. X(1906), p.63.

는 본(Baune) 묘지 경계를 로베르왕이 제안한 것처럼 정하고자 하였다.[59] 이처럼 본당 교회들이 분할되지 않았다면 시장이나 장례를 통해서 재원을 마련할 수 있는 묘지를 둘러싼 교회들의 경쟁이 치열해질 수밖에 없었을 것이다. 디종의 묘지 시장에 비해, 『샬롱의 생 마르셀 수도원의 문서집(Cartulaire du prieuré de Saint-Marcel-lês-Châlon)』의 한 문서에서도 알 수 있듯이 샬롱의 묘지 시장에 관한 권리(justitia de cimiterio)는 오랜 기간 동안 유지된 것 같지는 않다.[60] 중세 부르고뉴 묘지 시장들이 디종의 경우처럼 활발한 경제 활동의 중심지로 성장한 것으로 보기는 어렵다. 그러나 한 가지 분명한 사실은 적어도 중세 부르고뉴 묘지가 살아있는 자들을 위한 공간으로 인식되고 있으며 교회의 공권력으로 운영되는 또 다른 교회 공간이었다는 것이다.

IV. 결론

서양 중세 묘지는 그리스도교들의 영적 공동체를 이끌어가는 현실적이고

---

58 이러한 묘지의 감소는 11세기부터 나타나는 일반적인 현상이다. 아키텐느와 가스고뉴의 주교 니콜라우스 2세의 편지는 교회 묘지들은 60보 그리고 예배당은 30보로 정할 것을 밝히고 있다.

59 quod vero sepulturae superfluum videtur, monachorum inibi Deo servientium deserviat usibus, ea conditione, ut sicut memoratas res per cartae traditionem habet, sic hanc terram, in qua Ecclesia sita est, cum rebus per praeceptum regale firmatis, per succedentia saecula possideat. Statuimus ergo, ut neque Rex, neque Dux, neque Episcopus, neque alia per cujuscumque sit dignitatis, quicquam de praescriptis rebus sancto Benigno concessis auferre praesumat, sed omnis dispositio.》, Ernest Petit, de Vausse, *Histoire des ducs de Bourgogne de la race capétien*(Paris: Librairie le chevalier, 1885), n°1, p.341.

60 《quatinus, et de nobis et de omnibus hominibus sancti Marcelli fratres inibi si injuste quid egerimus justitiam accipiant. Tantummodo de nostrorum hominom tortura clamore nobis perlata si nos facere voluerimus, ipsimet justitiam ex integro accipiant.》, *Cartulaire du prieuré de Saint-Marcel-lês-Châlon, publié d'après les manuscrits de Marcel Canat de Chizy*(Chalon-sur-Saône: L. Marceau, 1894), n°72, p.69.

구체적인 새로운 형태의 연결체이며 망자와 살아있는 자들을 끈끈하게 이어주는 기억의 장소였다. 교회 묘지에 매장된다는 사실은 사후 세계에 대한 안녕과 영혼 구원의 확증이자 살아 있는 자들을 교회로 연결시킬 수 있는 현실적인 장치였다. 뿐만 아니라 서양 중세 묘지는 살아있는 자들에게는 일상을 제공할 수 있는 공간이었으며 교회를 포함한 봉건 세속 영주와 기사들의 현실적인 관심의 대상이 되었다. 서양 중세 묘지가 지닌 세속 공권력이 침투할수 없는 평화 공간에 대한 특권이자 보호 의무를 뜻하는 비호권은 서양 중세인들의 정치적·종교적·사법적 영역의 삶을 지배하였다. 또한 서양 중세 묘지의 평화 공간은 살아 있는 자들에게는 경제 활동의 장소이자 축제와 소통의 공간이었다. 이른바, 구원과 부활에 대한 믿음과 확신을 뜻하는 교회 묘지에 매장될 수 있는 자와 배제되는 자를 구분하는 교회의 선택과 중세 안정기를 거쳐 증가하는 거주지와 이에 따라 변화하는 일상이 진행되는 서양 중세 묘지의 평화 공간은 이렇듯 이중적인 성격을 지니게 되었다.

서양 중세 묘지의 평화 공간이 지닌 비호권과 살아 있는 자들의 일상이 특히 중세 부르고뉴 묘지에서 뚜렷하게 드러난다. 이것은 11-12세기를 거쳐 성장하는 경제 활동과 이에 따른 일상의 변화가 부르고뉴에서 빠르게 진행되기 때문이다. 부르고뉴의 일부 성들은 오랜 묘지나 요새화된 수도원에서 유래한다. 또한 카롤링 시대의 요새로부터 출발하는 성들과 구릉이나 언덕 위에 축조된 새로운 성들이 있고 묘지에서 출발하는 성들도 있다. 신의 평화 공의회는 중세 묘지를 비호권과 면제의 공간으로 완성시켰으나 11세기 중반 이후 점점 그레고리우스 개혁과 더불어 교회와 묘지를 분리시키는 결과를 가져오기도 하였다. 11-12세기 몇 몇 세속인들은 교회 묘지에 관한 권리를 여전히 가지고 있었다. 이는 그레고리우스 개혁 이전부터 상속되어 오던 권리이다. 때로는 분쟁이 발생하기도 하였는데 1117년 생 베니뉴 수도원과 아르토우드 드 마레이(Artaud de Marey) 사이에서 일어난 묘지를 둘러싸고 갈등과 같은 경우가 종종 있다.[61] 또한 1035년 베르나르(Bernard)라는 이는 생장구(Saint Gengoux)의 묘지에서 가지고 있던 잘못된 관습부과조를 포기하기도 했다.[62]

중세 묘지 비호권에는 과용의 부작용이 따를 수 있다. 때로는 교회들은 강도들의 소굴이 되기도 하고 묘지들을 통제하려는 영주들은 명실상부한 성채를 축조할 수도 있다. 특히 가스코뉴(Gascogne) 영주들은 자신들의 교회와 묘지들을 건설하는 것을 머뭇거리지 않는다.[63] 이 경우 묘지 내에 건물을 축조하는 이유는 단지 비호권을 보호하기 위함이 아니라는 것을 쉽게 알 수 있다. C. 트레포르트(Trefffort)에 따르면, 카롤링 시대부터 묘지는 판결을 내리고 증서를 작성하는 일상적인 법정이기도 했다. "이처럼, 아주 구체적이고 실제적으로 조상들로부터 이어지는 영주들의 권위는 묘지에 잠든 이들로부터 나온다."라는 표현처럼,[64] 묘지 내에 위치한 고귀한 영주들의 무덤은 조상들에 대한 기억과 보호를 청하는 이들을 연결시키는 매개체일 수도 있다. 이른바 중세 부르고뉴 묘지는 거룩한 종교적 명분을 지닌 독자적인 사법적 특권인 비호권과 살아있는 자들을 위한 일상을 제공하는 이중적 공간이자 그리스도교적 세계관을 지탱해주는 토양이었다.

---

61 Georges Chevrier et Maurice Chaume, *Chartes et documents de Saint Bénigne de Dijon, prieurés et dépendances; des origines à 1300*(Dijon: Bernigaud et Privat, 1943), t. II, n° 455.

62 Auguste Bernard, Alexandre Bruel, *Recueil des chartes de l'abbaye de Cluny*(Paris: Imprimerie nationale, 1876–1903), n° 2905.

63 Michel Lauwers, *La mémoire des ancêtres, le souci des morts: morts, rites et société au Moyen Age(diocèse de Liège, XIe–XIIIe siècles)*(Paris: Beauchesne, 1997), pp.154–159.

64 *Ibid.*, p.159.

05

계몽의 반계몽화
-알렉산드르 2세 통치기의 출판 정책-

김용환

I. 서론

알렉산드르 2세의 통치기는 러시아사에서 '대개혁기(Период великой реформы)'로 일컬어질 만큼 농노제 폐지를 비롯해 군사, 재정, 교육, 지방 및 도시 자치, 사법, 검열 등 다양한 분야에 걸쳐 개혁정책이 시행되었다. 이것은 크림 전쟁을 통해 자각된 러시아의 후진성을 극복하고 서구 수준의 근대화를 이루어내기 위한 것이었다. 특히, 1861년 2월 19일 농노해방령에 따른 농노제 폐지는 농민의 자유로운 이동을 법적으로 보장하는 획기적인 조치였다. 노동력을 보유한 자유민의 대량 생성은 향후 러시아의 자본주의적 발전 노정에서 중요한 변수가 되었다.[1]

농노제 폐지로 농촌과 도시 간의 관계가 강화되면서 상업적, 법률적 요소의 중요성이 증대되었다. 농민들은 읽고 쓰는 능력의 필요성을 인식하게 되었고, 일상에서 독서의 의미는 더욱 커지게 되었다. 그러나 인구의 압도적 다수를 차지했던 농민계층은 독서와 유리되어 있었고 실제 읽을 수도 없었다. 읽기의 기술적 전제인 문해력(文解力)이 갖추어지지 않았던 것이다.[2]

이에 따라 무지한 인민의 문맹타파를 위한 집중적인 활동이 사회 전반적으로 전개되었다. 다양한 이념을 배경으로 한 지식인 계층, 교회와 정부도 이 대열에 합류했다. 일요학교, 교육부학교, 병사학교, 지주학교, 교구학교, 지방자치학교 등 여러 형태의 문해교육기관이 등장했고, 전국의 도서관 체계가 확대·정비되었다. 결과적으로 교육받지 못한 계층의 문해률과 독서인구가 증대된다.[3] 이로써 봉건적 구습, 종교적 전통에 의한 무지, 미신, 도그마에 지배당했던 인민의 몽매를 이성의 빛으로 비추어 밝혀 자유사상, 과학

---

1 변화에 따른 불가피한 동요가 수반되었지만 개혁 정책은 지속되었다. 이로 인해 러시아 사회의 자본주의적 발전이 본격화되었다. 그러나 개혁의 범위와 결과를 놓고 계층 간 갈등이 심화되었고, 1866년 4월 4일 혁명세력에 의한 황제 암살 미수 사건이 발생했다. 이후 정부 정책은 반동으로 선회했다. 1866년 암살 미수사건 이후 15년 동안 혁명주의자들의 테러가 12차례나 감행되었다. 1881년 3월 1일 오후 알렉산드르 2세는 페테르부르크 예카테리나 운하 부근에서 '인민의 의지' 당원 이그나티 그리네비츠키가 던진 폭탄에 의해 서거했다. 알렉산드르 2세 통치기와 개혁정책에 대해서는 다음의 논저 참조. Д.К. Бурлака, Александр II: pro et contra. СПб., 2013; Б.В. Виленский, Судебная реформа и контрреформа в России. Саратов, 1969; П.А. Зайончковский, Отмена крепостного права в России. М, 1964; Л.Г. Захаров а, Александр II и отмена крепостного права в России. М, 2011; В.Г. Чернуха, Крестьянский вопрос в правительственной политике России (60-70-е гг. XIX в.). Л., 1972; В.В. Форсова, "Военная реформа Александра II." Вестник российской академии наук, № 9, (1995); Ben Eklof, John Bushnell and Larissa Zakharova(eds.), Russia's Great Reforms, 1855-1881. Indiana University Press, 1994; 기연수, "알렉산드르 2세의 개혁(改革)에 관한 고찰(考察) -개혁의 성격규명을 중심으로," 『국제지역연구』 제8권 1호, 2004, pp. 107-134; 오두영, "알렉산드르 2세의 사법개혁," 『인문연구』 제55권, 2008, pp. 539-570.
2 И.И. Фролова (ред.) Книга в России 1861-1881. Т. 3. М., 1991. с. 69-70; 김용환, "알렉산드르 2세 시기 러시아 독자에 대한 소고," 『중소연구』 제39권 4호, 2015/2016, p. 371.
3 김용환, op. cit., p. 375.

적 지식, 비판적 정신을 보급하고, 인간의 존엄을 자각시키는 본격적인 계몽운동이 펼쳐지게 된다.

러시아에서 계몽의 단초는 표트르 대제에 의한 개혁과 강제적인 서구화에 의해 조성되었지만, 다수 역사학자들의 견해로는 예카테리나 2세 치세에 러시아의 계몽사조가 태동했다고 본다.[4] 프랑스 계몽주의자들과 교류한 예카테리나 2세를 중심으로 궁정 내 계몽그룹들이 가지고 있던 견해에 상반되는 독자적인 여론이 생성되면서 서구화가 러시아에 미치는 사회·도덕적 영향과 미래의 전망에 대한 논의가 활성화되었다. 계몽의 비판적인 시각으로 러시아 내에 광범위하게 번져있는 문제들을 성찰하게 되었고, 국가 체제를 지탱하고 있는 전통적인 통치 방식과 제도 속에서 문제의 근원을 찾게 되었다. 이로써 정치적 반대 세력이 형성되고 이는 전제정의 진로를 가로막는 장애가 되었다. 그 결과 야기된 정치적 탄압은 전제정부와 지식층의 불협화음을 초래하게 했다.[5]

19세기 러시아에서는 이른바 '인텔리겐치아'라는 지식인 계층이 형성되었다. 이 용어는 "조국의 미래에 대한 책임과 인민에 대한 채무의식을 느끼고 있는 교육받은 사람들"이라는 의미로 사용된다. 이들 '교육받은 사람들'이 모두 똑같은 견해를 가지고 있었던 것은 아니었지만, 적어도 '인민의 계몽'과 '반동에 대한 투쟁'이라는 목표를 공유하고 있었다.[6] 19세기 후반, 계몽의 세례를 받은 인텔리겐치아들은 서로 상치하기도 하는 이념적 기반과 동인들 속에서 인민의 세계관 형성에 특정한 이념적 감화를 주기 위해 노력했다. 이

4   A. Walicki, *A History of Russian Thought. From the Enlightenment to Marxism.* Oxford University Press. 1978. pp. 1-2.

5   Фролова, Указ. соч., с. 13-14.

6   А. Валицкий, *История русской мысли. От просвещения до марксизма.* М., 2013. с. 9-10.

과정에서 인쇄매체가 적극적으로 활용되었고, '인민을 위한 도서(книги для народа)'로 통칭되는 출판물이 확산되기 시작했다.[7]

'인민을 위한 도서'는 인구의 다수를 차지하는 농민을 비롯해 교육받지 못한 계층을 대상으로 한 출판물의 총체로서 저렴한 가격, 적은 분량, 적절한 정보, 교훈성, 굵고 거친 활자와 화려하지만 조잡한 삽화 등 기존의 일반 도서와는 구별되는 특징들을 가진다. 이러한 특징들은 통속적인 간행물, 이른바 루보치나야 리테라투라(лубочная литература)[8]와 상당히 유사하다. 그러나 내용의 측면, 다시 말해 인민의 계몽을 위한 목적으로 편찬되었다는 점에서 통속물과는 확연히 구분된다. 형식상의 유사성은 인민에게 친숙한 매체적 특성을 활용해 접근성을 높이고 보급을 확산시키기 위한 구상에서 비롯되었다.

이 글에서는 '인민을 위한 도서' 자체에 대한 논의보다는 '인민을 위한 도서'에 대항하기 위해 알렉산드르 2세 정부가 선택한 일련의 정책에 주목하여 그 구체적 내용과 의미를 고찰하고자 한다. 이를 위해 본문에서는 먼저 '인민을 위한 도서'와 연관된 출판활동을 소략하게 일별하고, 이에 대한 대응으로서 전제정의 출판정책을 검토할 것이다. 이를 통해 알렉산드르 2세 정부가 궁극적으로 의도한 인민 계몽의 실체를 파악할 수 있을 것이다.

---

7 '인민을 위한 도서(книги для народа)'라는 개념은 러시아사에서 정립된 용어라기보다, 프롤로바(И.И. Фролова), 블륨(А.В. Блюм), 켈리네르(В.Е. Кельнер), 파트루셰바(Н.Г. Патрушева), 레이트블라트, 벨로프, 페트렌코 등 일련의 서지학자와 역사연구가들이 통용하고 있는 용어이다. 이와 관련한 연구로 다음의 논집이 대표적이다. Книга в России. 1861-1881. М., 1988-1991. Т. 1-3. 덧붙여 이글에서 '인민'이라는 용어는 농민, 노동자, 소시민 등 피지배계층을 총괄하는 의미로서 '나로드(народ)'를 옮긴 것이다.

8 내용이 조잡하고 삽화의 비중이 큰 값싼 대중 간행물의 통칭이다. 18세기 중반 경 등장했다.

II. '인민을 위한 도서'의 생성과 확산

통속적인 간행물을 제외하면, 19세기 중반까지 러시아에서 특별히 인민을 대상으로 한 출판은 일반적이지 않았다. 18세기 말 노비코프(Н.И. Новиков)를 비롯한 러시아 계몽사조의 대표적 인물들에 의해 출판된 도서들이 농민들에게 보급되기도 했지만 양적으로 미미한 수준이었다.

이후 1840년대 오도옙스키(В.Ф. Одоевский)와 자블로츠키-데샤톱스키(А.П. Заблоцкий-Десятовский)에 의해 발행된 문예작품집 〈농촌독서(Сельское чтение)〉는 출판물을 통한 인민 계몽의 대표적 사례이다. 〈농촌독서〉는 1843-1848년 총 4권이 간행되었는데 그 발행부수가 2만 부에 달했다. 당대의 문학비평가 벨린스키(В.Г. Белинский)가 높이 평가한 바와 같이 〈농촌독서〉의 발행과 보급은 "인민 계몽의 시작을 본격적으로 일깨운 사건"이었다.[9]

〈농촌독서〉가 인민 대중에게 큰 반향을 일으키자 전제정부도 인민을 위한 출판에 관심을 보이기 시작했다. 1850년 니콜라이 1세는 교육부 장관 시린스키-시흐마토프(П.А. Ширинский-Шихматов)에게 인민을 위한 친정부적 출판물의 부재에 대해 질타했다.[10] 지배계층의 주요 인사들은 체제 유지와 황제의 통치 이념에 부합하는 간행물을 인민에게 보급하는데 적극적으로 나섰다. 시종(камергер) 리보프(Н.Н. Львов)의 도서들, 시종무관장 골리친(С.П. Голицын)의 소책자 『인쇄된 진리(Печатная правда)』가 폭넓게 보급되기 시작했다.[11] 당대의 유명 작가이자 언론인 살티코프-셰드린(М.Е. Салтыков-Щедрин)은 농민들을 미숙아이자 전 러시아 땅을 동요시킨 범죄자로, 지주 귀족들을 농민의 은인으

---

9   В.Г. Белинский, *Полн. собр. соч.* Т. 9. М., 1955, с. 301.

10 А.М. Скабический, *Очерки истории русской цензуры(1700–1863)*. СПб., с. 357.

11 С.П. Голицын, *Печатная правда*. СПб., 1858.

로 규정한 이 도서들에 대해 "사이비 인민 도서"라는 표현으로 신랄하게 비판했다.[12] 피사레프(Д.И. Писарев)도 "이와 같은 책으로는 앞으로의 미래에 그 어떤 문제도 해결해 나갈 수 없을 것이며, 계몽의 선한 의지로 인민에 봉사하고자 하는 사람들의 행보에 아무런 도움이 되지 않는다"[13]고 평가절하 했다.

1860년대는 다양한 이념적 배경의 인텔리겐치아 그룹들이 계몽을 목적으로 인민과 직접적으로 접촉하고, 향후 러시아의 진로를 탐색하던 시기였다. 60년대 초에 조직된 다수의 문해위원회(комитет грамотности)와 단체들은 문해교육과 함께 문맹에서 벗어난 인민을 위한 도서 발행을 계획하며, 과연 무엇이 인민에게 필요한지, 그래서 어떤 책들을 발행해야 하는지에 대해 논의했다. 그들에게 출판활동은 일요학교(воскресеная школа), 독서실(читальня) 조직 등과 함께 인민의 의식을 감화시키는 중요한 수단으로 간주되었다. 그러나 '인민을 위한 도서' 출판에 대한 문제는 수요에 대한 정확한 정보나 구체적인 분석 없이 논의되었고, 출판활동은 저조했다.

페테르부르크 문해위원회(С-Петербургский комитет грамотности)는 총 17종의 도서를 발행했는데, 대부분 문해 교사들을 위해 편찬된 것이었다. 모스크바 문해위원회(Московский комитет грамотности)는 70년대 중반 고골(Н.В. Гоголь), 투르게네프(И.С. Тургенев), 톨스토이(Л.Н. Толстой) 등의 단편들로 구성된 6종의 도서를 발간하는데 그쳤다. 지방에서의 출판활동도 미미한 수준이었다. 개혁으로 조성된 젬스트보 체제에서 각 지방자치단체의 출판활동은 자체 회의록,

---

12 М.Е. Салтыков-Щедрин, *Полн. собр. соч.* Т. 5. М., 1937, с. 336. 살티코프-셰드린 (1826-1889)은 당대 유력한 잡지 〈조국수기(Отечественные записки)〉의 편집장으로 활동했다.

13 Д.И. Писарев, Соч. Т. 1. М., 1955. с. 73. 드미트리 피사레프(1840-1868)는 혁명민주주의자로 체르니셉스키(Н.Г. Чернышевский), 도브롤류보프(Н.А. Добролюбов)와 함께 러시아의 위대한 '60년대인' 비평가로 평가되고 있다.

통계집 발행에 한정되었다. 예외적으로 뱌츠코예 젬스트보(Вятское земство)는 70년대에 일련의 초보 독본, 문학 선집, 학습 교재 등을 간행했다.[14]

한편, 비범한 혁명주의자들, 이른바 '60년대인들(Шестидесятники)'이 '인민을 위한 출판' 문제에 주목하고, 그 방안을 구체적으로 논의했다.[15] 그들에게 '인민을 위한 간행물의 출판과 보급'은 농노해방 이후 러시아의 진로와 연관된 국가 전반의 과제들을 해결하는 기반으로 인식되었다. 이들 '60년대인들'은 인민의 삶과 직접적으로 연관된 현실의 문제들을 다루는 도서를 발행했다. 민속학자 후댜코프(И.А. Худяков)와 작가 네크라소프(Н.А. Некрасов)는 혁명주의 출판 활동에서 대표적 인물이었다.[16]

상업 활동으로 부를 축적한 인사들도 인민 계몽의 대열에 동참했다. 1860년 봄, 페테르부르크에서 '공익조합(товарищество Общественная польза)'이 창립된 것이다. 이 조합은 1858년 말에 설립된 공동 출자 회사 〈스트루곱시코프, 포히토노프, 보도프 상회(Торговый дом С.Д. Струговщиков, Г.Д. Похитонов, Н.И. Водов и К°)〉를 기반으로 조성되었다.[17] '공익조합'의 목표는 단순한 철자책 뿐만 아니라 인민의 도덕적 성장을 촉진하고, 현실의 삶에서 필수적이고 실질적인 정보를 제공할 수 있는 도서를 저가에 보급하는데 있었다.[18]

'공익조합'은 인민이 충분히 이해할 수 있는 언어와 관련 사례에 대한 충실한 정보로써 편찬된 과학, 역사, 문학, 생활지침 분야의 도서를 발행했다.

---

14 Фролова. Указ. соч., с. 9-10.

15 '인민을 위한 출판'에 대한 '60년대인들'의 논의는 다음의 저작 속에 구체적으로 조명되고 있다. Базанов В.Г. *От фольклора к народной книге.* Л., 1973; В.В. Прозоров, *Читатель и литературный процесс.* Саратов, 1975; Б.В. Банк, *Изучение читателей в России(19 в.).* М., 1969.

16 И.И. Фролова (ред.), *Книга в России, 1861-1881.* Т. 1. М., 1988. с. 98, 101, 116, 129, 131.

17 Книжный вестник. 1860. № 13-14. с. 133.

18 *Устав товарищества "Общественная польза."* СПб., 1862.

이 도서들은 인민에게 기초적 지식을 전수하고, 세계와 삶에 대한 이해를 촉진했다. 특히, 『토지의 힘에 대한 이야기(Рассказы о силах земных)』, 『농업 생활에 대한 이야기(Рассказы о жизни земной)』, 『인간의 삶에 대한 이야기(Рассказы о человеческой жизни)』, 『보바 코롤레비치의 이야기(Рассказы Бовы Королевича)』 등 사회학자이자 계몽가인 스트로닌(А.И. Стронин)의 저작들은 1870년대 '브 나로드(В народ) 운동' 과정에서 폭넓게 활용되었고, 인민을 위한 도서의 전형으로 간주되었다. 설립 후 3년 동안 '공익조합'은 총 120 종 446,730 부의 도서를 발행했다. '공익조합'의 출판활동은 실용적 지식뿐만 아니라 문학 작품의 사회적 확산에도 기여했다.[19]

이처럼 인민 계몽을 위한 도서출판은 탐색의 단계를 벗어나 점진적으로 발전해 나갔다. 페테르부르크의 발행인 파블렌코프(Ф.Ф. Павленков)의 활동은 지방으로 확대된 계몽적 출판의 대표적 사례이다. 1869년 뱌트카(Вятка)로 추방된 파블렌코프는 유형지에서의 출판활동 금지명령에도 불구하고,[20] 『일목요연한 철자교과서(Наглядная азбука)』를 비롯해 블리노프(Н.Н. Блинов), 파르마콥스키(В.И. Фармаковский) 등 뱌트카 지역 계몽가들의 저작을 수십 종 출판했다.[21] 서지학자 블륨(Блюм)은 그의 활동을 "러시아 계몽 출판 역사의 빛나는 한 페이지였다"[22]고 높이 평가한 바 있다.

이에 반해 다수의 러시아 고전 작품들에 대한 판권을 보유한 대형 출판사

---

19 В.Е. Кельнер, "Народная энциклопедия Александра Стронина: Из истории кн. дела 70-х гг. 19 в." *История СССР*. 1985. № 6. с. 120-127.

20 페테르부르크에서 출판사와 서점을 경영한 플로렌티 파블렌코프는 1867년 피사레프(Д.И. Писарев)의 저서 출간 과정에서 검열에 의해 기소되었으나 방면되었다. 그러나 1868년 피사레프의 장례식에서 행한 조사(弔詞)로 인해 체포되어 페트로파블롭스크 요새 감옥에 수감된 후 뱌트카 유형에 처해졌다.

21 Фролова, Указ. соч., Т. 1. с. 141-145.

22 А.В. Блюм, *Ф.Ф. Павленков в Вятке*. Киров, 1976, с. 8

들은 인민을 위한 도서 발행에 소극적이었다. 일련의 계몽가들이 빛나는 러시아 문학의 성과들을 인민과 나누는 대열에 동참할 것을 요청했지만 거부되었다. 푸시킨(А.С. Пушкин) 저작에 대한 판권을 소유한 이사코프(Я.А. Исаков)만이 3~8 코페이카짜리 '푸시킨 문고'를 단 한 번 발간했을 뿐이었다. 수익을 추구하는 대형 출판사의 경향은 60-70년대 계몽적인 도서출판의 발전에 기여하지 못했다. [23]

한편, 대중잡지와 신문들이 인민을 위한 도서 출판으로 그 활동영역을 확장해 나갔다. 〈문해자(Грамотей)〉, 〈민중언어(Народное слово)〉, 〈미르 통보(Мирской вестник)〉, 〈정교 평론(Православное обозрение)〉 등의 편집부는 지면에 게재되었던 문학작품이나 기사들을 별도로 편찬해 대량 보급했다. 특히, 잡지 〈인민을 위한 독서(Чтение для народа)〉, 〈병사들을 위한 독서(Чтение для солдат)〉는 저렴한 가격으로 50여 종의 도서를 발행했다. [24]

1870년대에 진행된 '브나로드' 운동 과정에서 인민을 위한 도서 출판은 시대의 중요한 과제 중의 하나가 되었다. 인민주의자들(народники)은 '인쇄 매체'를 농민의 의식에 영향을 미치는 강력한 수단으로 인식하고 구비전승문학과 이념적 선전물을 소책자(брошюра)로 형태로 출판했다. 더 나아가, 혁명적 인민주의자(революционеры-народники)들은 국외에서 인쇄한 도서들을 비밀리에 러시아로 반입한 후, 이를 국내에 유통시키기도 했다.

그들은 검열을 피하기 위해 합법적으로 발행된 통속물의 외형과 제목을 모방하고, 발행 관련 정보들을 날조하는 '기만 출판(издательские мистификации)'의 방식을 고안해 내었다. 이 방식에 따라 그들의 불법출판물에는 실제 존재하는 인쇄소와 발행처가 정확하게 적시되었고, 표지의 이면에 날조된 검열

---

23 Фролова, Указ. соч., Т. 3. с. 13.
24 Там же. с. 13-14.

승인 날짜가 기재되었다. 예컨대, 바르자르(B.E. Варзар)의 『교묘한 메커니즘Хитрая механика』[25]은 70년대 인기를 끌었던 통속물 『용감한 처녀 혹은 장난꾸러기의 무서운 복수(Неустрашимая девица или ужасная месть разбойника)』로 위장하여 출간되었다.[26]

인민주의자들이 보급한 간행물은 통속물의 조잡한 그림을 정확하게 복제했을 뿐 아니라, 놀랄 만큼 유사한 활자를 사용해 인쇄된 것이었다. 이러한 '기만 출판'은 국가검열의 억압을 피하기 위해서 뿐만 아니라 원활한 보급을 위한 것이기도 했다. 즉 인민에게 익숙한 통속물의 형태와 최대한 유사하게 제작함으로써 도서 시장의 자연스러운 수용을 의도했던 것이다. 실제, 이 도서들은 통속물 유통의 중심인 모스크바 니콜스카야 거리(Никольская улица)에서 서적상들에 의해 활발하게 거래되었다. 통속 출판물의 특성에 대한 정확한 이해와 정교한 위장은 수년 동안 인민주의자들이 자신들의 간행물을 장애 없이 보급할 수 있도록 했다.

다양한 이념과 동기 속에 전개된 인민을 위한 도서 출판은 사상적 지향점에 따라 경향의 차이는 존재했지만, 인민의 계몽이라는 목표를 공유했다. 블륨, 켈리네르, 파트루셰바 등 일련의 연구자들은 검토한 시기의 인민 계몽을 위한 출판에서 인민주의 진영의 활동이 가장 성공적이었다고 평가한다.[27]

---

25 경제학자이자 모스크바대학교 교수였던 바실리 바르자르(1851-1940)가 1874년 출판한 『교묘한 메커니즘』은 전제정부의 조세정책을 분석하고 비판한 책이다.

26 *Сводный каталог русской нелегальной и запрещенной печати 19 века: Книги и период. издания.* 2-е изд., доп. и перераб. 1981. Ч. 1. № 270. М., с. 55.

27 Фролова, Указ. соч., Т. 3. с. 25.

III. '인민을 위한 도서'에 대한 알렉산드르 2세 정부의 대응

1. 어용단체 지원과 정부자체 출판

1860년대에 전제정부는 인텔리겐치아 계층의 인민 계몽을 위한 출판, 특히 반체제적 이념그룹의 활동에 대응하기 위해 어용단체의 보수반동적 간행물 출판과 보급을 적극 지원했다. 이 시기 '양서보급협회(Общество распространения полезных книг)'는 전제체제의 정당성을 인민에게 전파하는 대표적인 단체로 활동했다.

'양서보급협회'는 1861년 3월 모스크바에서 자선사업가 스트레칼로바(А.Н. Стрекалова)와 모스크바대학교 법학교수 카푸스틴(М.Н. Капустин)에 의해 설립되었다. 협회는 황후 마리야 알렉산드로브나(Мария Александровна)의 후원 하에 활발한 출판 활동을 전개했다. "진정한 러시아의 계몽은 인민의 역사적 보육자인 정교회 밖에서 발전해서는 안 되고, 발전할 수도 없다"라는 인식 속에 협회의 활동은 인민의 "건전한 정신 함양과 강화"를 지향했다.[28] 이와 같은 기본 방침은 협회 설립 초기부터 출판활동의 성격을 실질적으로 규정했다.

협회는 인민을 위한 도서와 아동 도서만을 간행했다. 협회가 발행한 도서의 저자들은 인민을 미숙한 아동과 같이 훈계의 대상으로 간주했다. 협회가 인민을 위한 도서와 아동도서를 하나의 영역으로 통합한 것은 우연이 아니라 인민에 대한 편협한 인식을 보여주는 것이다. 협회는 세련되지 않은 투박한 인민의 언어로 저술된 단편소설들을 비롯해 가정생활, 과학, 지리, 역사 등에 관한 도서들을 출판했다. 협회는 25년의 활동기간 동안 총 500종 2백만 부 이상의 도서를 발행했다.

협회는 도서 발행에 그치지 않고, 도서의 폭넓은 보급에도 관심을 기울였

---

28 *Русская мысль*. 1895. № 12. с. 624.

다. 그 일환으로 1870년 모스크바에 자체 서점을 설립했고, 통속 출판물 유통의 중심인 니콜스카야 거리에도 도서 가판점을 개설했다. 그러나 협회의 도서들은 시장의 관심을 크게 끌지 못했다. 형식과 내용에서 도서의 질은 아주 낮았고, 인민의 취향과 요구를 반영하지 못했던 것이다. 살티코프-셰드린은 협회가 발행한 도서의 "무가치함, 쓸모없음, 따분한 교훈성"을 비판하며 협회를 "모스크바 무익도서 보급협회(Московское общество распространения бесполезных книг)"[29]라고 풍자했다.

어용단체에 대한 출판 지원과 함께 정부는 보수반동적 경향의 간행물을 직접 출판·보급함으로써 혁명주의자들의 반체제적 출판물에 대항하고자 했다. 1872년 시종무관장 트레포프(Ф.Ф. Трепов)를 중심으로 '인민독서 조직을 위한 상설위원회(Постоянная комиссия по устройству народных чтений)'가 설치되었다. 이것은 정부가 조직한 최초의 반혁명적 출판기구였다.

알렉산드르 2세는 "인민의 교화를 위해 그들이 이해할 수 있는 종교적-도덕적 내용으로 종교사, 러시아의 역사, 지리 등 다양한 분야의 강연을 개최"하도록 명령했다.[30] 그 첫 번째 시도로서 페테르부르크의 소금 도시(Соляной городок)[31]에서 독서회가 개최되었다. 이후 위원회는 『소금 도시에서의 독서(Чтение в Соляном городке)』라는 제목으로 특별 시리즈를 발간했다. 사업을 위한 재정은 매년 정부 자금으로 충당되었다.

상설위원회는 '관제국민주의(Теория официальной народности)'의 이념[32]을 기

---

29 М.Е. Салтыков-Щедрин, Указ. соч., с. 163.

30 Л.О. "Книги для народного чтения," *Воспитание и обучение*. 1887. № 8. с. 194.

31 소금도시는 폰탄카(Фонтанка) 강변, 솔랴니(Соляный переулок), 페스텔리(улица Пестеля), 간구츠카야(улица Гангутской) 거리를 경계로 하는 페테르부르크 시 중심가를 일컫는 용어이다. 19세기 중반까지 이 지역 내 각 건물들에 부속되었던 소금창고에서 연유한 명칭이다.

32 관제국민주의에 대해서는 다음의 논저 참조. N.V. Riasanovsky, *Nicholas I and Official*

반으로 인민 의식의 보수화와 맹목적 애국주의를 조장하는 소책자를 다량 출간했다. 이 도서들은 정부 행정망을 통해 전국의 학교와 교회 등에 배포되었다. 상설위원회가 발행한 도서는 판매과정에서 경찰의 통상적인 허가를 취득하지 않아도 되는 특혜가 주어졌다.[33]

2. '인민 독서를 위한 도서출판 문제 특별협의회'

1870년대는 러시아의 기존 질서에 대한 비판적 접근과 통찰 속에 새로운 급진주의와 혁명운동이 전개되었다. 인민에게 혁명을 조장하는 간행물이 확산됨에 따라 당대 보수 반동 세력의 주요 인사들은 그에 대한 대책을 촉구하고 나섰다. 파데예프(Р.А. Фадеев), 메셰르스키(В.П. Мещерский), 보그다노비치(Е. В. Богданович), 키레예프(А.А. Киреев) 등은 황제와 황태자에게 상신하는 서신에서 "보수적 출판활동을 통해 혁명적 저작에 대항해야 할 필요성"을 강조했다.[34]

제3부의 수장(шеф III отделения)[35] 메젠초프(Н.Вл. Мезенцов)는 이 의견들을 수

Nationality in Russia, 1825–1855. Berkeley and Los Angeles: University of California Press, 1969; 황성우, "러시아관제국민주의의 계속성과 그 역할," 석사학위논문, 한국외국어대학교, 1991.

33 인쇄물의 유통에 대한 허가는 지역의 경찰부장이나 경찰서장이 담당했다. 그들은 또한 소매상들의 간행물 유통 상황에 대한 감시·감독권을 보유했다. 김용환, "알렉산드르 2세 시기 러시아검열정책에 대한 연구," 『슬라브학보』 제27권 3호, 2012년, p. 16. 참조.

34 РГИА, ф. 908, оп. 1, 1879 г., д. 397(Записки и письма Р.А. Фадеева); ГА РФ, ф. 677, оп. 1, д. 551(Докладная записка В.П. Мещерского); ф. 109, оп. 1, секр. арх., д. 773(Записка Посьета Валуеву); д. 725(Записка Г. Криллова); ф. 730, оп. 1, д. 1514(Письмо Л. Спичакова); Е.В. Богданович. О мерах, необходимых для уничтожения революционной пропаганды. СПб., 1881; А.А. Киреев. Избавимая ли мы от нигилизма?(Записка, представленная в 1879 г.). СПб., 1882.

35 제3부(III отделение)는 1826년 니콜라이 1세가 비밀경찰 활동을 위해 황제 직속기구인 황제원 내에 만든 기관이다. 체제의 안정적 유지를 목적으로 정치적 불만자, 종교적 분열주의자,

렴해 1878년 1월 특별보고서를 황제에게 상신했다. 그는 현실 상황의 원인을 인민에 대한 급진주의자들의 선전 · 선동의 결과로 분석하며, 기존의 건전한 소책자들을 통해 혁명적 선동에 대항할 수 있을 것이라고 전망했다.[36] 그러나 이후 반년 동안 전개된 혁명운동의 여파로 인해 전제정부는 새로운 조치들을 준비하게 되었다.

1878년 9월에 '인민의 독서를 위한 도서출판 문제 특별협의회(Особое совещание по вопросу об издании книг для народного чтения. 이하 특별협의회)'가 설립되었다. 설립목적은 "불순한 선전 · 선동의 영향으로부터 인민을 보호할 수 있는 '인민을 위한 도서 출판 기관'의 설치를 논의"하는데 있었다. 특별협의회는 황태자 알렉산드르 알렉산드로비치(Александр Александрович)의 관장 하에 재정부, 내무부, 법무부 장관과 제3부 수장, 교육부 차관 등으로 구성되었다.[37]

특별협의회는 "인민에게 깊은 신앙심과 황제에 대한 충성심을 강화하는데 미치는 저가 도서보급의 중요한 효용을 인정하며, 이 사업이 특별한 주의와 극도의 신중함을 요구한다"는데 의견을 같이했다. 특별협의회에서 논의된 내용은 보고서 형태로 1878년 9월 21일 알렉산드르 2세에게 상신되었다. 1878년 9월 25일 알렉산드르 2세는 인민을 위한 도서 출판 계획의 실행을 명령했다.[38]

특별협의회는 본격적인 출판에 앞서 기존의 '인민을 위한 도서'에 대한 분석 작업에 착수했다. 내무부 관리 부나코프(Н. Бунаков)는 1877년부터 1878년에 걸쳐 출간된 183종의 소책자 내용을 검토했다. 이 작업을 기초로 1879년

외국인에 대한 감시 및 정보 수집, 정치범 추방, 국사범 수용을 위한 감옥 운영, 화폐 및 공문서 위조범 기소, 검열 등의 업무를 수행했다.

36 ГА РФ, ф. 109, оп. 1, секр. арх., д. 714, л. 7.
37 РГИА, ф. 776, оп. 1, 1878 г., д. 14, л. 48.
38 ГА РФ, ф. 109, III Отделение, 3-я экспедиция, 1878 г., д. 508, л. 1.

3월 다음과 같은 특별 결정이 채택되었다.

- 인민 대중의 광포함, 국가질서를 훼손한 모든 형태의 반란들로 기억되는 우리 역사의 시기, 라진(Разин)과 푸가초프(Пугачев) 등의 폭동과 참칭자의 시대에 대한 새로운 저작의 발간 및 이전에 발행된 도서와 소책자의 재인쇄를 향후 금지한다.
- 서적상들의 획책으로 인해 문법과 교정 상의 오류, 사실 왜곡으로 넘쳐나는 저작들을 전부 개정한다.[39]

이와 함께 도서의 발행 방식, 내용과 형태, 보급에 대한 기본 지침이 다음과 같이 규정되었다.

- 소책자들은 인민 다수에게 유익한 영향을 행사해야 하고, 인민의 관습과 인식에 통달하고, 인민의 언어에 능통한 인사들의 참여로 정부의 지시에 따라 발행된다.
- 그 내용에서 불온인사들에 의해 보급된 지하출판물에 대한 아주 작은 암시도 결코 허용되어서는 안된다. 이것은 한편으로 무례한 논쟁을, 다른 한편으로 불온물에 대한 호기심을 야기할 수 있기 때문이다.
- 보급의 편리성을 고려하여 공식적인 정부간행물의 양식을 부여하지 않는다.
- 도서의 보급은 서적상을 통한 일반적인 판매, 농촌 교회, 민중 학교 등 기관에 대한 공급, 그 외 농민과 노동자 대중에게 가장 편리하고 적절한 방법과 경로를 활용한다.[40]

---

39 РГИА, ф. 776, оп. 20, 1879 г., д. 86, л. 43, 69, 71.
40 РГИА, ф. 776, оп. 1, 1878 г., д. 14, л. 48-49.

인민을 위한 도서출판 업무는 황태자 알렉산드르 알렉산드로비치가 관장했고, 실무는 내무부, 교육부, 제3부에 위임되었다.

3. 친정부 도서발행에 대한 지원

정부의 인민을 위한 도서 출판 사업에 귀족, 성직자, 농민 등 다양한 계층의 인사들이 참여를 청원했다. 이들 중 선발되어 정부가 의도한 출판활동에 동참한 대표적 사례들을 아래에 소개한다.

스몰렌스크(Смоленск) 출신의 귀족 카르도 시소예프(В.В. Кардо-Сысоев)는 1878년 페테르부르크에서 인민을 위한 농업 잡지 〈농촌담화(Сельская Беседа)〉를 창간한 인물이었다. 잡지 창간 과정에서 스몰렌스크현 젬스트보특별위원회(Специальная комиссия Смоленского губернского земства)는 "최근 다양한 선전가들이 인민 대중에게 러시아의 법과 종교, 도덕 체계의 전복을 조장하는 도서 보급에 진력하고 있다. 이러한 선전활동에 대항해야만 한다"고 강조하며, 동향 인사인 카르도 시소예프에게 발행 자금 지원을 결정했다.[41]

중앙출판청(Главное управление по делам печати)[42]은 농민을 대상으로 특화된 간행물 〈농촌담화〉의 발행 강령을 검토한 후, 잡지의 도덕적이고 교훈적 경향을 인정하며 발행을 허가했다.[43] 〈농촌담화〉는 인쇄용지 2장 분량의 작은 포켓형 잡지로 월 2회 발행되었다. 창간 첫 해 잡지의 내용은 전반적으로 농민 경제의 실질적 문제들과 연관된 것이었다.

---

41 РГИА, ф. 776, оп. 6, 1878 г., д. 372, л. 5; л. 3. (Смоленское земство субсидировало журнал до августа 1879 г.).

42 중앙출판청은 1865년 4월 6일 칙령에 의해 내무부 산하에 설립된 검열최고기관으로 1917년 3월 8일 임시정부의 법령에 따라 폐지되었다.

43 Там же. л. 4.

카르도 시소예프는 국내에 조성된 정치적 위기 상황을 인지하고 1878년 8월 내무장관 티마셰프(А.Е. Тимашев)에게 서신을 보냈다. 이 은밀한 서신에서 그는 혁명주의적 간행물에 대한 대항으로서 인민을 위한 도서 발행 업무에 참여하고자 하는 의사를 강하게 피력했으나 거부되었다.[44] 카르도–시소예프는 1878년 11월 황태자에게 재차 청원을 상신했다.

> 모든 자금과 노력을 동원하여 사회주의–혁명주의자들에 의해 확산되고 있는 선전·선동의 유해한 영향으로부터 농민을 보호해야 합니다. ...... 모든 농가에 헌병을 세울 수는 없으나, 이들 농가에 종교, 도덕적 독서를 선사하는 것은 가능할 뿐 아니라 반드시 필요한 것입니다.[45]

황태자는 카르도 시소예프의 청원을 받아들여 특별명령을 하달했다. 이에 따라 재정부는 〈농촌담화〉가 황제 통치에 대한 우호적 여론 형성에 기여한다는 조건으로 향후 6년간 매년 6천 루블을 지급하기로 결정했다. 이 자금은 내무부 예산으로 지원되었다. 또한 내무부 산하 전 부서는 〈농촌담화〉의 보급에 전적으로 협력해야만 했다. 지방에서의 잡지 보급에 현지사들이 직접 관여했다. 그들은 잡지 보급 현황을 내무장관에게 정기적으로 보고했다. 잡지의 확산을 위해 각종 공장과 노동자 계층이 모이는 모든 선술집 소유주들에게 〈농촌담화〉를 의무적으로 정기구독 하도록 했다.[46]

〈농촌담화〉의 보급 정책에 모든 현지사들이 동의한 것은 아니었다. 예컨대, 카잔 현지사 스카랴틴(Н.Я. Скрятин)은 다음과 같은 보고서를 제출하며 우려를 표명했다.

44 Там же. л. 47–48, 49–49 об.; л. 53.
45 РГИА. ф. 776. оп. 33, 1881 г., д. 18, л. 39; л. 36 об.–37.
46 РГИА. ф. 776. оп. 6, 1878 г., д. 372, л. 75; л. 87.

내 소견으로는, 현재 선술집이나 유사한 장소들에서 노동자 계층들에 대한 잡지나 신문의 보급은 위험한 일이다. 누구에 의해, 어떤 설명으로 인민에게 유익한 내용의 잡지와 신문을 읽게 할 것인지 알 수 없기 때문이다. 잡지 〈농촌담화〉의 구독을 구실로 다른 유해한 지하 간행물이 쉽사리 읽힐 수 있다.[47]

그러나 이러한 이견에도 불구하고 정부는 〈농촌담화〉가 존속한 1882년까지 잡지의 발행과 보급을 적극 지원했다.

카르도 시소예프는 1879년부터 『차르를 위한 삶, 혹은 튀르크족의 포로(Жизнь за царя, или плен у турок)』, 『차르는 해방시켰고, 농민은 잊지 않았다(Царь освободил, а мужичок не забыл)』 등 7종의 친정부, 반혁명적 소책자도 발간했다.[48] 1879–1881년에 발행된 도서들은 재판, 삼판까지 발행되었다. 총 발행 부수는 당대 기준으로 유례없는 60만 부에 달했다. 그는 도서 발행 비용으로 1만 루블을 수령했다.[49]

정부는 출판에 대한 재정적 지원뿐만 아니라 도서 보급의 촉진에도 힘을 썼다. 도서의 지방 운송 시에 제3부의 특별서신이 수반되었다. 소책자 『차르는 해방시켰고, 농민은 잊지 않았다』 보급 당시에 발송되었던 서신에는 다음과 같이 기술되었다.

소책자의 내용은 인민에게 유익하고 가격(6 코페이카)도 적절합니다. 본 간행물의 보급과정에서 카르도 시소예프의 활동에 현지사의 협력을 삼가 요청합니다.[50]

---

47 Там же. л. 88.
48 РГИА, ф. 777, оп. 3, д. 37, л. 2.
49 ГА РФ, ф. 109, оп. 1, секр. арх., д. 2225, л. 5-6.
50 Там же. л. 2-2 об.

현지사들은 카르도 시소예프가 발행한 소책자의 보급 현황에 대한 보고서를 정기적으로 제3부에 상신했다.

한편, 카르도−시소예프 외에도 다수의 인사들이 도서 출판을 위한 자금을 지원받았다. 1879년 11월 농민 삽첸코프(И.П. Савченков)는 내무부로 청원을 상신했다. 청원서에서 그는 다음과 같이 밝혔다.

> 간교한 사회−민주주의자들의 범죄적 선전 · 선동에 분개하며, 소중한 조국에 대한 애국주의의 고매한 정신과 신성한 군주에 대한 공경심을 인민에 심어 줄 수 있는 소책자를 만들고자 합니다.[51]

그는 "국가예산으로 책자를 발행하고, 이를 전국의 인민학교와 농촌 교육기관들에 의무적으로 비치"할 것을 제안했다. 삽첸코프의 청원은 수락되었고, 발행은 카르도 시소예프에게 위임되었다. 책자는 1880년 8월 『차르 존함의 신성함(Святость царского имени)』이라는 제목으로 12,000부 발행되었다. 삽첸코프는 원고료로 200루블을 수령했다.[52]

1880년 주간 정치 · 문학지 〈페테르부르크 신문(Петербургская газета)〉의 편집인 바탈린(И.А. Баталин)은 알렉산드르 2세 즉위 25주년을 기념한 〈인민호외(Народный листок)〉 발행의 대가로 2,500루블을 받았다.[53] 〈인민호외〉 3만 부는 러시아 전역에 무료 배포되었다.[54]

1880년 5월 노브고로트 · 페테르부르크 수좌대주교(митрополит) 이시도르(Исидор)는 이사키예프 사원(Исаакиевский собор) 수장(старось) 보그다노비치(Е.В. Бо

---

51 РГИА, ф. 776, оп. 20, 1880 г., д. 185, л. 1.
52 Там же. л. 1 об., 15.
53 ГА РФ, ф. 109, оп. 1, секр. арх., д. 2225, л. 7.
54 РГИА, ф. 776, оп. 20, 1880 г., д. 212.

гданович)의 친정부적 설교집 발행 지원을 내무부 장관에게 요청했다.[55] 1880년 3천 루블을 수령한 보그다노비치는 1879년부터 발행해왔던 〈이사키예프 사원 강좌(Кафедра Исаакиевского собора)〉 시리즈를 확대했다. 1879년부터 1883년까지 〈이사키예프 사원 강좌〉 시리즈로 47종의 소책자가 출간되었다. 보그다노비치의 주장에 따르면 이 소책자들은 군대, 학교, 교도소, 각종 공장, 병원 등 전 러시아에 수십만 권이 배포되었다.[56]

그러나 결과적으로, 어용발행인에 대한 출판지원정책은 정부의 입장에서 체감할 수 있는 효과를 거두지 못했다. 이들이 출판한 간행물에 대해서는 다양한 비판이 뒤따랐다. 1880년 10월 교육부 학술위원회(Ученый комитет)는 "모든 것이 조야하게 기술되어 있다. 예술적 측면에서 도서들은 더더욱 효용이 적다고 말할 수 있다. 거기에는 모든 것이 날조되고, 목적에 어긋나고, 억지스럽고, 그 어떤 세태의 진리도 나타나 있지 않다"고 비난했다.[57]

1878년 〈조국 수기〉 지면을 통해 한 익명의 비평가는 〈농촌담화〉에 대해 "도덕적 가치를 상실하고 돈벌이와 협잡으로 변질되었다"고 평가했다.[58] 신문 〈미누타(Минута)〉도 "카르도 시소예프는 〈농촌담화〉를 술 마시는 인민들에게 안주로 공급하기 위해 노력했다. 그러나 술 마시는 인민은 안주로 역시 오이를 먹었다"고 풍자하며, 〈농촌담화〉의 무용성을 비판했다.[59]

상술한 사례들을 통해 볼 때, "전제정부의 주문에 따라 저술된, 억지로 짜낸 졸렬한 저작들은 그 어떤 효용도 가져오지 못한 채 정부의 위신을 실추시켰다"[60]는 레스코프의 언급에 동의하지 않을 수 없다.

---

55 Там же, д. 86, л. 78.
56 Богданович, Указ. соч., с. 98.
57 РГИА, ф. 776, оп. 20, 1880 г., д. 185, л. 24, 28, 35.
58 *Отечественные записки*. 1878. № 8. с. 301–302.
59 *Минута*. 1881. 11 июля. с. 157–158.

전제정부는 어용출판활동에 대한 지원과는 별개로 반체제적 출판물의 발행과 보급을 저지하기 위한 조치들을 강구했다. 이와 연관한 정부의 정책은 예방적 검열로써 간행물 출판 과정에서의 엄중한 통제와 검열을 통과했지만 인민의 '읽을거리'로 바람직하지 않은 간행물의 유통 제한 등 크게 두 부분으로 대별된다.[61]

IV. 결론

알렉산드르 2세 시기 개혁과 관련한 국가 정책의 흐름은 크게 두 가지로 대별된다. 그 첫 번째는 정부가 아래로부터의 요구를 수렴해 충족시키는 자유주의적 정책이다. 두 번째는 '관제 국민주의' 이론에 입각한 국가권력의 확립과 사회 민주화 및 혁명의 예방이다. 이러한 모순적 경향은 출판정책에서도 여실히 반영되었다.

국가 전반에 대한 개혁정책이 시행되었던 알렉산드르 2세 통치기의 역동성은 기존체제의 근간이 되는 가치들을 뒤흔들 만큼 강력한 것이었다. 크림전쟁의 패배를 기화로 서구를 극복하기 위해 전제정부가 지향한 근대화의 노정에서 무지한 인민의 계몽은 불가피한 것이었다. 다양한 이념을 배경으로 한 지식인 계층, 교회와 정부가 문맹타파에 동참했다. 그 결과 문맹을 벗어난 인민은 인쇄매체, 특히 '인민을 위한 도서'를 통해 다채로운 정보와 지식을 습득할 수 있게 되었다.

한편, 개혁의 혼란함 속에 계몽주의의 세례를 받은 일단의 진보적 지식인들은 인민 계몽을 위한 수단으로 인쇄매체를 적극적으로 활용했다. 사상적

---

60 Н.С. Лесков, "Заказная литература: Несколько замечаний по поводу образцовой народной книжки." *Исторический вестник.* № 10. 1881, с. 379-392.

61 Блюм, Указ. соч., с. 125-133.

지향점에 따라 경향의 차이는 존재했지만 '인민의 계몽'과 '반동에 대한 투쟁'이라는 목표를 공유했다. 이들이 전개한 계몽적 반체제운동의 과정에서 봉건적 구습과 종교적 전통에 지배당했던 인민들은 세상을 바라보는 새로운 눈을 가지게 되었다. 확대되는 계몽과 점증하는 정치적 위기 속에 정부는 계몽가들의 유해하고 파괴적인 영향으로부터 순수한 인민의 의식을 보존하기 위해 여러 가지 정책을 시도했다.

첫째, 어용단체의 보수·반동적 간행물 출판과 보급을 적극 지원했다. 특히, '양서보급협회'는 전제체제의 정당성을 인민에게 전파하는 대표적인 단체로 활동했다. 이 협회는 정교회의 전통 속에 인민의 건전한 정신 함양과 강화를 지향했다.

둘째, 정부는 인민의 교화를 위한 간행물을 직접 출판·보급함으로써 인민의 체제순응을 의도했다. 이를 위해 최초의 정부공식 반혁명 출판기구인 '민중독서 조직을 위한 상설위원회'가 설치되었다. 또한 불순한 선전·선동의 영향으로부터 인민을 보호할 수 있는 '인민을 위한 도서 출판'의 방안을 논의하기 위해 '인민의 독서를 위한 도서출판 문제 특별협의회'를 설립했다. 정부의 '인민을 위한 도서' 발행은 어용발행인을 발탁하여 출판과 보급을 지원하는 방식으로 실행되었다. 전제정부는 이와 같은 출판정책과 더불어 검열을 통해 반체제적 출판물에 대응했다.

반체제적 계몽운동 진영의 '인민을 위한 도서'에 대항한 전제정부의 '인민을 위한 도서' 출판과 보급 정책은 막대한 자금과 정부 행정망의 활용에도 불구하고 성과를 거두지 못했다. 당대의 비판처럼 전제정부의 주문에 따라 저술된 쓸모없고, 따분하고, 졸렬한 저작들은 그 어떤 효용도 가져오지 못했고, 정부의 권위만 추락시켰다. 검열을 통한 통제정책은 여론의 신랄한 비판 속에 지속적인 저항을 야기함으로써 체제의 불안정성을 가중시켰다. 뿐만 아니라 과도한 검열은 인민의 독서영역을 축소시키고, 당대 출판계와 더 나아가 문화 전반의 발전을 저해하는 요인이 되었다.

결국, 정부가 '인민을 위한 도서' 정책에서 의도한 것은 '관제국민주의'의 이념적 규범 안에 인민의 의식을 가두는 '반계몽을 위한 계몽'이었다. 알렉산드르 2세의 개혁이 반동의 이중성을 드러내었듯이 전제적 국가체제의 안정적 유지와 인민의 계몽은 근본적으로 양립할 수 없는 목표였음을 가늠할 수 있다.

독일 현대사와 시기 설정의 문제

윤용선

I. 들어가는 말

"인류 사회의 변천과 흥망의 과정. 또는 그 기록"[1] – 역사의 사전적 정의
이다. 여기서 역사는 누가 보아도 상당히 먼 과거를 포함해 실로 방대한 시
대를 의미한다. 그러나 영어 history의 어원인 그리스어 이스토리아(istoria)는
본디 '자기 자신의 경험으로부터 얻은 인식'을 의미하는 것으로 과거와 관련
이 없는 단어였다. 그리스의 역사가인 헤로도토스(Herodotus)는 자신의 시대에
일어난 페르시아 전쟁을 기록했으며, 투키디데스(Thukydides) 역시 전쟁을 직
접 경험한 증인들을 상대로 인터뷰한 내용을 토대로 펠로폰네소스 전쟁사를
집필했다.[2] 이처럼 그들은 동시대인으로서 자신이 살았던 시대를 기록했다.

---

1   네이버 표준국어대사전.
2   Jäckel, Eberhard, "Begriff und Funktion der Zeitgeschichte", in ders. und Ernst

그런데 그로부터 2500여 년의 세월이 흐른 오늘날 우리는 이러한 사실을 종종 간과한다. 이스토리아의 차용어인 라틴어 단어 히스토리아(historia) 역시 로마 시대에 '자신이 직접 경험한 역사'를 뜻함으로써 로마의 연대기와 달리 동시대에 관한 서술의 의미가 있었다.[3]

이러한 현상은 아마도 부분적으로 사료 문제와 연관이 있었을지 모른다. 고대에는 이전 시기의 기록이 그리 많지 않았을 것이기 때문에, 동시대를 기록하는 것이 자연스럽고 당연한 것으로 여겨졌을 수 있다. 물론 고대 사회에서는 문서화 된 기록보다 구전이 더 일반적인 정보전달 방식이었다는 점에서 활자화된 사료의 부족을 과거를 기록하지 않은 결정적인 이유로 보기는 어렵다. 예를 들어, 예수의 행적과 가르침을 기록한 신약의 네 복음서가 추종자들의 구전을 토대로 그의 사후에 집필되었다는 것은 잘 알려진 사실이다.[4] 그러나 종교공동체 지도자의 가르침은 입에서 입으로 전해져 내려온다 해도 신빙성이나 권위에 문제가 없었겠지만, 전쟁이나 왕조의 역사를 구전에 근거해 집필하기는 쉽지 않았을 것이다.

중세에도 동시대를 기록하는 고대의 전통은 지속 되었다. 역사가 동시대가 아닌 과거에 주목하기 시작한 것은 근대에 이르러서였다. 에른스트(Fritz Ernst)는 독일에서 이러한 경향이 나타난 시기를 행정에서 기록문화가 확산되기 시작한 13세기 초로 추정한다. 16~18세기에는 밀실정치가 횡행하면서 자료를 수집하기가 쉽지 않았고, 역사 연구가 현안을 다루지 않게 되면서 과거만을 다루는 역사학의 경향이 점차 뿌리를 내리기 시작했다.[5] 이러한 경향

Weymar(ed.), *Die Funktion der Geschichte in unserer Zeit* (Stuttgart, 1975), pp.162–176, p.162.

3 Ibid., p.163.

4 Graf-Stuhlhofer, Franz, *Auf der Suche nach dem historischen Jesus über die Glaubwürdigkeit der Evangelien und die Zweifel der Skeptiker* (Leun 2013), p.40 이하.

은 19세기에 접어들어 온고이지신(溫故而知新)과 역사학의 '과학성'을 강조한 역사주의로 인해 절정에 이르게 되었다. "치열했던 삶이 스스로 고요함을 찾은 뒤에야 비로소 역사는 시작한다 – 모름지기 역사란 저승의 재판 (Todtengericht)인 것이다."[6] 역사주의의 시대에 머나먼 고대 *로마사*를 집필한 몸젠(Theodor Mommsen)이 했던 말이다. 독립적인 학문의 지위를 획득하고자 분투했던 19세기 역사주의는 동시대의 정치로부터 거리를 두려 했고, 이러한 분위기 속에서 역사학자가 동시대에 관심을 보이는 것은 그 자체가 비학문적인 것으로 인식될 만했다.

이처럼 동시대가 아닌 과거만을 다루는 역사학의 전통은 근대 이후에 등장함으로써 그 역사가 그리 길지 않다. 서독에서는 2차 세계대전 이후 동시대에 대한 역사학의 관심이 부활함으로써 19세기를 풍미했던 역사주의적 경향은 종말을 고하고 말았다. 1953년 1월 발행된 *현대사 계간지(Vierteljahrshefte für Zeitgeschichte)* 창간호에 실린 로트펠스(Hans Rothfels)의 선언적인 논문 *사명으로서 현대사(Zeitgeschichte als Aufgabe)*[7]는 전후 서독의 역사학이 장차 동시대의 문제에도 관심을 기울이기를 촉구했다. 선언의 직접적인 동기는 나치 과거였다. 전쟁의 폐허 앞에 망연자실한 서독 사회는 나치 시대를 애써 외면하려 했지만, 역사학은 유례를 찾기 어려운 끔찍한 범죄 앞에서 초연

---

5 Jäckel, "Begriff und Funktion der Zeitgeschichte", p.163; 볼프강 쉬더, 「현대사란 무엇인가?」, 『독일연구』 제3호(2002), 139–156쪽, 2002년 5월 22일 성균관대 강연, p.146. 그러나 역사주의의 시대에도 현대사가 엄연히 존재했다고 보는 견해도 있다. 슐린(Ernst Schulin)은 에른스트의 주장에 이의를 제기하는데, 랑케(Leopold von Ranke)는 최근 (neuere) 역사를 최신(neueste) 역사와 구분했으며, 1815년 이후에는 후자에 '우리시대의 역사(Geschichte unserer Zeit)'를 추가했다고 본다.(Jäckel, "Begriff und Funktion der Zeitgeschichte", p.164에서 재인용)

6 Hockerts, Hans Günter, "Zeitgeschichte in Deutschland. Begriffe, Methoden, Themenfelder", in *Historisches Jahrbuch*, 113. Jg.(1993), pp.98–127, p.100.

7 Rothfels, Hans, "Zeitgeschichte als Aufgabe", in *Vierteljahrshefte für Zeitgeschichte*, 1. Jg.(1953), 1. Heft(Jan.), pp.1–8.

할 수 없었다. 장차 독일의 근현대사 연구는 모두 나치 시대에서 출발해야 할 판이었고, 그러한 의미에서 현대사 연구는 일종의 '사명'으로까지 인식되기에 이르렀다.

그러나 19세기 역사주의 이래로 방법론에서 지속적으로 인식의 지평을 넓혀온 서독 역사학이 동시대를 연구하기 위해서는 이론적으로 방법론적으로 정지작업이 선행되어야 했다. 현대사가 서독 역사학에 새롭게 부여된 '사명'이라 해도, 연구 방법의 논의는 별개의 문제였다. 이러한 상황에서 로트펠스의 논문 *사명으로서 현대사*는 전후 서독에서 현대사에 관한 관심을 환기함과 동시에 방법론적 논의에 불을 붙였다. 여기서 *현대사 계간지*는 장차 이러한 논의가 이루어지는 공간 역할을 할 것이라는 기대를 자아냈다.

일반적으로 현대사의 방법론적 딜레마로 두 가지 점을 지적하는데, 역사가가 자신의 세계관과 역사관을 형성한 동시대를 역사로 서술하는 문제와 거의 모든 국가가 채택하고 있는 정부 문서 30년 열람 제한으로 인한 사료 부족 문제이다.[8] 첫 번째 문제에서는 역사 서술의 객관성과 공정성이 흔히 문제로 지적된다. 그러나 오늘날 역사학에서 역사가의 세계관이나 당파성은 역사 인식과 서술의 출발점으로 간주 된다는 점에서 그 점은 이제 논란의 대상이 아니다. 역사란 역사가가 현재 가진 문제의식과 관점에 의해 재구성되는 과거라는 점에서 크로체(Benedetto Croce)의 말처럼 "모든 전정한 역사는 현재의 역사이다."[9] 사료 문제에서도 현대사는 다른 시대사와 비교해 결코 불리한 조건에 있지 않다. 오늘날 매스 미디어와 디지털 저장기술의 발전으로 인해 현대사 연구의 현장에서는 사료 부족이 아니라 30년간 침묵하는 정

---

8 쉬더, 「현대사란 무엇인가?」, pp.139-140.
9 김기봉, 「1989/1990년 이후 현대사를 바라보는 새로운 시각과 쟁점」, 『역사학보』 153(1997.3), 255-279쪽, 258쪽; 최성철 「현대사란 무엇인가? 독일 역사학계에서의 담론들을 중심으로」, 『한성사학』 제14집(2002), pp.89-112, p.89에서 재인용.

부 문서 이외의 방대한 자료의 처리가 오히려 문제가 되는 실정이다.[10] 따라서 현대사 자체를 의문시하는 방법론적 비판은 오늘날 더는 논의의 대상이 아니다.

독일 현대사에 관한 논의가 갖는 역사학적 의미는 당연히 현대사에 대한 인식의 지평을 넓히는데 있다고 할 수 있다. 오늘날 역사학의 한 분과로 자리 잡은 현대사 역시 다른 시대사와 마찬가지로 여러 가능성과 동시에 일정한 한계를 갖고 있는데, 이러한 점을 살펴보는 것은 현대사를 이해하기 위해 요구되는 기본 전제이다. 동시에 현대사에 관한 이론적 논의를 추적하는 것은 20세기 독일사를 이해하는 과정이기도 하다. 현실이나 사실로부터 유리된 이론은 존재할 수 없으며, 독일의 현대사 논의도 20세기 역사를 토대로 진행되었기 때문이다.

이 글에서는 독일 현대사를 둘러싸고 제기된 여러 문제와 논의를 아래와 같은 문제들을 중심으로 정리해보고자 한다.

현대사는 다른 시대사와 본질적으로 차이가 있는지

현대사의 가능성과 한계

동시대의 역사인 현대사에서 시간의 경과에 따른 시기 설정의 문제

독일 현대사의 여러 전환점들

독일 현대사에서 1945년의 의미와 이를 둘러싼 논쟁

II. 독일 현대사에 관한 논의

서독에서 현대사가 하나의 학문분과로 자리 잡기까지는 1952년 뮌헨에서 문을 연 현대사 연구소(Institut für Zeitgeschichte, 이하 IfZ)가 중요한 역할을 했다.[11]

---

10 Goschler/Graf, *Europäische Zeitgeschichte seit 1945*, pp.18–19; 쉬더, 「현대사란 무엇인가?」, pp.142–143; Hockerts, "Zeitgeschichte in Deutschland", pp.106–107.

이보다 5년 전인 1947년에 건립된 '나치 시대사 독일연구소(Deutsches Institut für die Geschichte der nationalsozialistischen Zeit)'가 IfZ의 전신이었다는 점에서, 서독의 현대사 연구는 2차 세계대전 종전 직후 나치 과거와 학문적으로 대면하려는 의도에서 시작되었다고 볼 수 있다. 물론 당시 서독 역사학계 전체가 이에 동의한 것은 아니었다. 한편에서는 서독 역사학이 과연 나치 시대를 학문적으로 논할 자격이 있는지에 대한 비판이 제기되었고, 다른 한편에서는 나치 시대 연구가 연합국의 탈나치화 및 재교육 정책의 일환이 아니냐는 불만이 표출되기도 했다.[12]

IfZ의 설립 이듬해에 *현대사 계간지*가 창간되었다. 창간호의 서두를 장식한 논문 *사명으로서 현대사*에서 로트펠스는 현대사를 '동시대인들의 시대이자 이 시대를 학문적으로 다루는 것(Epoche der Mitlebenden und ihre wissenschaftliche Behandlung)'[13]으로 정의함으로써 서독의 역사학이 1920-40년대에 천착할 것을 촉구했다.

논문에서는 현대사의 필요성과 함께 방법론적 정당성에 대한 논거가 제시되었다. 현대사란 역사서술에서 중립성을 담보할 수 있을 만큼 '무르익은 역사(geschichtsreif)'가 아니라는 지적에 대해 로트펠스는 가치 중립적인 역사서술이란 환상에 불과하다고 반박했다. 그는 역사서술에서 객관성은 지켜야 하고 지킬 수 있지만, 역사가의 가치중립성은 불가능하다고 본다.[14] 여기서 그는 역사서술에 내재한 현재성을 지적했다. 그가 보기에, 역사란 '일어난 것

---

11 뮌헨 현대사연구소 설립의 배경과 설립을 둘러싸고 서독 역사학계와 정치권 사이에서 벌어진 논쟁과 갈등에 관해서는 Jäckel, "Begriff und Funktion der Zeitgeschichte", pp.169-170; 송충기, 「역사의 정치화, 정치의 역사화: 독일 〈현대사 연구소〉 설립을 둘러싼 논쟁」, 『대구사학』 제86집(2007), 213-235쪽 참고.

12 Hockerts, "Zeitgeschichte in Deutschland", p.101.

13 Rothfels, "Zeitgeschichte als Aufgabe", p.2.

14 Rothfels, "Zeitgeschichte als Aufgabe", p.5.

(Geschehenes)'을 의미하지만 동시에 '일어난 것을 지적으로 현재화(geistige Vergegenwärtigung von Geschehenem)'[15]하는 것이기도 했다. 로트펠스는 역사가란 '역사에서 현재적인 것(Gegenwärtiges in der Geschichte)'과 '현재에서 역사적인 것(Geschichtliches in der Gegenwart)'[16]에 의미를 부여해야 한다고 봄으로써 현재와 유리된 역사를 부정했다.

코젤렉(Reinhart Koselleck) 역시 엄밀한 의미에서 모든 역사가 현대사라고 본다. 즉, 과거는 이제 존재하지 않으며 미래는 아직 존재하지 않으므로 모든 시간이란 본질적으로 현재이며, 따라서 모든 역사는 현재라는 시간적 지평 위에서 이루어진 구성물이므로 인식의 차원에서는 현대사라고 본다.[17] 이처럼 역사와 현재의 불가분성을 전제하면, 역사서술에서 가치중립성이란 애당초 존재할 수 없으며, 역사가 재구성된 과거인 이상 역사가의 당파성이란 없어서는 안 될 구성 요소이다.

그 경우 역사와 현재의 시간적 거리의 길고 짧음은 특별한 의미가 없다. 역사학의 과학성을 추구하며 실증과 객관성을 금과옥조로 여긴 역사주의 시대를 살았던 랑케(Leopold von Ranke)조차 역사가와 대상 사이에 놓여있는 시간상의 거리에 큰 의미를 두지 않았다. "역사적 공정성은 대상의 멀고 가까움이 아니라 개인적인 관심이나 현재의 영향에 의해 기분이 좌우되는 정도에 달려 있다. 이를 모르는 사람은 먼 역사이건 가까운 역사이건 간에 역사를 자신의 판타지로 채우고, 자신이 상상한 대로 관찰하며, 자신의 당파성대로 만든다."[18] 이처럼 역사의 진리를 믿어 의심치 않았던 랑케조차도 역사서술

---

15 Rothfels, "Zeitgeschichte als Aufgabe", p.1.
16 Rothfels, "Zeitgeschichte als Aufgabe", p.2.
17 Koselleck, Reinhart, "Begriffsgeschichtliche Anmerkungen zur 'Zeitgeschichte'", in V. Conzemius (ed.), *Die Zeit nach 1945 als Thema kirchlicher Zeitgeschichte* (Göttingen, 1988), p.19, 최성철, 「현대사란 무엇인가?」, p.92에서 재인용.

에서 역사의 길고 짧음은 괘념치 않았으며 역사가의 심성이나 자세를 중요하게 여겼다.

랑케가 지적한 대로, 역사가와 역사의 거리가 가까울 경우 역사가는 감정에 치우친 나머지 냉정함을 잃을 가능성이 있다. 부르크하르트는 1871년 독일 통일에 열광한 프로이센 역사학계를 두고 "아담 이래로 세계사 전체가 독일의 승리로 채색되고 1870/71년으로 방향을 정하게 될 것"이라고 조롱했다. 그는 이러한 '목적론적 역사(Tendenzhistorie)'가 독일 역사 전체를 획일화할 수 있다고 우려했다. 그러나 이러한 문제는 동시대 역사만의 문제는 아니며 정도의 차이는 있지만 다른 시대사에서도 발견된다. 예를 들어, 오늘날에도 여전히 역사가는 14~17세기에 자행된 마녀사냥 앞에서 냉정함을 유지하기가 쉽지 않다.[19]

역사가가 중시하는 것은 시간의 경과보다 과거의 의미이다. 역사적 주제나 사건은 '시대적 연관성(zeitliche Kohärenz)'을 갖는 경우에만 역사가의 관심을 끌며 역사에 이름을 올린다. 예를 들어, 1961년 베를린 장벽 설치와 1962년 쿠바 미사일 위기는 거의 같은 시기에 벌어져 냉전을 격화시킨 주요 사건들임에도 오늘날 독일 현대사에서 후자는 전자만큼 주목을 받지 못한다.[20] 물론 쿠바 역사에서는 정반대 현상이 나타날 것이다. 또 다른 예를 보자. 동독의 역사는 독일 통일 이후 나치 체제에 이어 '두 개의 독재' 또는 '두 개의 현대사'로 규정되며 연구 붐을 맞았다. 그러나 동독사는 독일 통일 후 30여 년이 지난 오늘날 독일 현대사에서 점차 존재감을 상실하고 있으며, 나치 독재만이 여전히 현대사의 굳건한 지위를 지키고 있다.[21] 나치 과거는 시기적

---

18 Jäckel, "Begriff und Funktion der Zeitgeschichte", p.173.
19 Hockerts, "Zeitgeschichte in Deutschland", pp.110–111.
20 Sabrow, Martin, *Die Zeit der Zeitgeschichte* (Göttingen, 2012), p.12.
21 쉬더, 「현대사란 무엇인가?」, p.156.

으로 동독사에 앞서있음에도 불구하고 '시대적 연관성'으로 인해 특별하게 인식되고 있는 것이다.

역사가가 주제를 선택하는 기준이란 역사와 현재 사이에 놓여있는 시간의 거리가 아니라 역사적 대상이 역사가(현재)에게 기억과 인식을 할 만한 가치를 내재하는지 여부이다. 이렇게 보면, 모든 역사란 현재에 어떤 의미가 있을 때 비로소 역사가의 펜을 통해 부활하며, 따라서 현대사는 단지 동시대를 연구 대상으로 한다는 점에서만 특이할 뿐 역사서술에 현재를 투영한다는 점에서는 다른 시대사와 다를 바가 없다.

'시대적 연관성'은 현대사의 시간적 범위마저 결정한다. 현대사의 기준은 동시대인의 존재 여부가 아니라 집단적 기억이나 공론화의 정도에 의해 규정된다. 예를 들어, 프랑스에서 마지막까지 생존한 1차 세계대전 참전용사가 2008년 세상을 떠났다고 해서 이제 그 전쟁을 현대사에서 제외해야 한다는 주장은 당연히 설득력이 없다.[22] 현대사로서 1차 세계대전의 의미와 중요성은 동시대인의 존재 여부와 상관없이 현재에 의해 규정된다. 이러한 예는 한국에서도 찾아볼 수 있는데, 한국 현대사의 첨예한 쟁점 중 하나인 1919년 및 1948년 건국론의 대립은 동시대를 직접 경험한 이들의 상이하고 대립적인 기억들 사이에서 벌어지는 갈등이 아니다. 주지하다시피, 대한민국 건국의 시점을 둘러싼 갈등은 후세대의 집단정체성과 관련되어 있으므로 현실정치적으로 중요한 의미가 있다.

물론 현대사는 다른 시대사와 달리 역사가 개인이 이러저러하게 관련을 맺고 있는 동시대가 서술대상이 된다는 점에서 독특하다. 모든 역사는 역사가의 주관적 재구성이라는 한계를 뛰어넘을 수는 없지만, 현대사의 경우는 역사가가 역사를 직접 체험하고 역사와 직간접적으로 관련되어 있다는 점에

---

22 Sabrow, *Die Zeit der Zeitgeschichte*, p.12.

서 재구성에 내재한 주관성이 다른 시대사의 경우보다 더 선명할 수 있다. 현대사는 다른 시대사와 비교해 역사가의 주관성이 좀 더 강하게 드러난다고 보면, 현대사의 특징은 동시대적인 과거라는 시간적 특수성에 있는 듯이 보인다. 그러나 이러한 특수성은 현상에 불과하고, 현대사의 본질적 특징은 다른 곳에 존재한다. 이와 관련해, 예켈은 현대사란 로트펠스의 정의처럼 '동시대인들의 시대'라는 시기의 문제라기보다 '특정한 주체와 역사의 관계 (das Verhältnis eines Subjektes zur Geschichte)'를 표현하는 개념이며, 현대사의 방법론적 문제 역시 이로부터 비롯된다고 보았다. 그가 보기에, '동시대인의 시대'라는 로트펠스의 정의는 현대사를 지나치게 일반화하는 것으로, 이보다는 '그의, 나의, 우리의 현대사'처럼 개별성과 특수성을 드러내는 정의가 필요하다고 본다.[23] 그가 말하고자 했던 바는 현대사의 경우 다른 시대사의 경우보다 더 많은 역사들이 존재할 수 있다는 점이었다.

고쉴러(Constantin Goschler)와 그라프(Rüdiger Graf)는 역사의 비완결성(Unabgeschlossenheit)을 현대사의 특징으로 지적한다. 즉, 현대사는 다른 시대사와 달리 종결되지 않은 채 진행 중이기 때문에 수정되고 보완될 가능성이 더욱 크다는 것이다. 물론 모든 역사는 항상 수정되고 보완되지만, 현대사의 경우는 사건의 잠정적인 종결조차도 알 수 없다는 점에서 다소 극단적인 경우라고 본다.[24] 같은 맥락에서 예켈은 진행 중인 역사에 대한 역사가의 '불완전한 지식'을 현대사의 난제로 지적하며 부르크하르트(Jacob Burckhardt)를 인용했다. 부르크하르트는 현대사란 계속 진행하게 될 것의 시작을 다루는 것이므로 얼마 안 있어 드러날지도 모르는 여러 사실로 인해 연구결과가 하루아침에 무용지물이 될 수도 있는

---

23 Jäckel, "Begriff und Funktion der Zeitgeschichte", pp.171-172.
24 Goschler, Constantin/Graf, Rüdiger, *Europäische Zeitgeschichte seit 1945* (Berlin, 2010), p.18.

위험성을 지적했다.[25] 이렇게 보면, 현대사는 역사가가 역사적 사건의 결과를 알고 있는 고중세사나 근대사와 비교해 분명 불리한 여건에 놓여있다.

자브로(Martin Sabrow)는 현대사의 비완결성 문제를 좀 더 구체적으로 들여다 보며, 완결되지 않은 사건이나 주제는 현대사에 포함할 수 없다고 보았다. 그는 동시대에 일어난 사건이나 현상 중에서도 완결되거나 종결 단계에 접어 든 것은 현대사로서 엄연한 역사로 볼 수 있지만, 아직 진행 중이어서 현재와 분리되어 있지 않은 것은 *현재사*(*Gegenwarts*geschichte)로 보아야 한다고 주장한다. 물론 그는 편의상 '현재사'라는 용어를 사용할 뿐 이를 역사로 보지 는 않는데, 그 이유는 '현재사'에서는 역사의 전제 조건인 '동시대의 행위규범 (zeitgenössische Handlungsnormen)'과 '후대의 평가 기준(nachzeitige Deutungsmaßstäbe)'의 분리가 가능하지 않기 때문이다. 그는 현대사의 경우 역시 관점의 변화 (Blickpunktwechsel)를 위해 요구되는 일정한 시간의 경과가 필요하다고 본다. 그 가 보기에, 관점이 변해야만 체험(Erleben)과 이해(Verstehen)가 분리되는데, 이러 한 관점의 변화가 없는 상태에서 역사서술이란 불안정한 사변에 그치고 만 다.[26]

현대사는 다른 시대사와 비교해 방법론적으로 유리한 조건을 갖기도 한다. 현대사의 경우 역사가는 대상과 '공간적으로, 언어적으로, 문화적으로 근접' 해 있으므로 어떠한 간섭이나 매개 없이 대상에 직접 다가갈 수 있다. 게다가 역사가가 '동시대인의 기억 안에만 흔적을 남기는 사실'을 깊이 있게 이해할 수 있는 것도 현대사만의 장점이라 할 수 있다.[27] 마이네케(Friedrich Meinecke)는 문서로 된 사료가 '시대의 분위기가 내쉬는 숨결(Hauch der Zeitatmosphäre)'을 결

---

25 Jäckel, "Begriff und Funktion der Zeitgeschichte", p.173.
26 Sabrow, *Die Zeit der Zeitgeschichte*, p.15.
27 Jäckel, "Begriff und Funktion der Zeitgeschichte", pp.173–174.

코 대신할 수 없다고 보았다. *히틀러와 스탈린(Hitler and Stalin: Parallel Lives)*의 저자 벌록(Alan Bullock)은 그들의 시대를 직접 경험한 것이 집필 과정에서 큰 도움이 되었다고 회고했다.[28] 말하자면, 현대사와 역사가 사이에 놓여있는 지근(至近)의 거리는 숲의 모습을 조망하는 것은 어렵게 하지만 숲속에 있는 나무들은 매우 자세하게 볼 수 있게 해준다.

마지막으로 현대사는 구술사(Oralhistory)가 유일하게 가능한 시대사이다. 현대사에서는 역사가가 자신의 체험을 서술할 수 있지만, 시대를 체험한 증인의 증언을 바탕으로 역사를 서술할 수도 있다. 이 경우 동시대인의 체험(Erleben)과 현대사가의 인식(Erkenntnis)이 항상 일치하는 것은 아니다. 게다가 종종 시대의 증인은 직접적인 체험의 권위로 무장한 채 역사가의 주장을 반박해 그의 천적이 되기도 한다.[29] 역사가는 동시대인의 증언을 포함한 모든 사료를 일종의 원자재로 간주하고 사료비판이라는 가공처리를 한 후 비로소 역사서술 안으로 끌어온다. 이 과정에서 체험과 인식 사이에 분리가 발생하는데, 베버(Max Weber)는 그 원인을 다음과 같이 설명했다. "'체험'은 항상 '대상(Objekt)'이 되고 나면 '체험' 단계에서는 알지 못하는 관점(Perspektiven)과 맥락(Zusammenhänge)을 갖게 된다." 이러한 과정을 통해서만 체험은 역사가 되며, 과거 한때의 환희나 절망이 인식으로 전환한다.[30]

---

28 Hockerts, "Zeitgeschichte in Deutschland", p.115.
29 Kraushaar, Wolfgang, "Der Zeitzeuge als Feind des Historikers? Neuerscheinung zur 68er-Bewegung", in *Mittelweg* 36(1999), 8, pp.49-72; Plato, Alexander von, "Zeitzeugen und historische Zunft. Erinnerung, kommunikative Tradierung und kollektives Gedächtnis in der qualitativen Geschichtswissenschaft - ein Problemriß", in Bios, 13(2000), pp.5-29.
30 Hockerts, Hans Günter, "Zugänge zur Zeitgeschichte: Primärerfahrung, Erinnerungskultur, Geschichtswissenschaft", in *Aus Politik und Zeitgeschichte*, B 28/2001, pp.15-30, p.20.

III. 현대사의 시기 설정에 관한 논의

로트펠스는 1917/1918년을 현대사의 기점으로 보는데, 이 시기에 '새로운 보편사적인 시대가 모습을 드러내기 시작했기' 때문이다. 여기서 '보편사적인 시대'란 냉전을 의미했다. 즉, 1917년은 러시아 혁명이 일어난 해이고, 1918년은 미국이 1차 세계대전에 참전함으로써 마침내 국제정치에 발을 들여놓은 해로, 냉전의 두 주인공인 소련과 미국이 세계사의 무대에 데뷔한 해를 현대사의 기점으로 보자는 주장이다.[31] 논문이 발표된 1953년은 냉전이 절정을 향해 치닫고 있었고, 당시로서는 절대 흔들리지 않을 것처럼 보였던 구조로서 냉전은 세계의 정치, 경제, 사회, 문화 등에 커다란 영향을 끼쳤고, 서독의 대외정책과 국내정치까지 지배할 만큼 막강했다는 점에서 현대사의 기점을 1917/1918년으로 보자는 그의 제안은 충분히 납득할 만했다.

로트펠스가 냉전을 '보편사적인 시대'로 규정한 이유는 냉전의 갈등 구도가 19세기 민족국가 시대와는 달리 개별 국가의 경계를 넘어 마치 종교개혁 이후 두 진영으로 나뉜 유럽처럼 지구촌을 양분했기 때문이다. 이러한 이유에서 그는 현대사 연구가 국제적인 차원을 간과하거나 벗어나서는 안 된다고 보았다.[32] 그러나 냉전 시대 연구에서 국제적인 차원을 강조한 그의 주장은 '동유럽 문제(Ostfragen)'나 '동유럽 정책(Ostpolitik)'으로 표현된 나치 독일의 동

---

31 Rothfels, "Zeitgeschichte als Aufgabe", pp.6-7.
32 Rothfels, "Zeitgeschichte als Aufgabe", p.7. 냉전시대에 대한 사적 논의에서 국제적인 차원의 중요성을 강조하는 로트펠스의 입장은 한국전쟁에 대한 한국사회 일각의 기억과 관련해 시사하는 바가 크다. 한국의 보수 세력이 한국전쟁에 대한 북한의 책임을 묻는 태도는 이 전쟁이 마치 외부의 어떠한 간섭도 없이 김일성의 독단적인 결정에 의해 일어났다는 인상을 불러일으킨다. 한반도의 분단과 뒤이은 한국전쟁은 철저하게 냉전의 산물이었고, 냉전 시대에는 중심부인 미국과 소련이 주도하는 갈등과정에서 주변부에 허용된 결정권은 사실상 거의 없었다는 점은 잘 알려진 사실이다. 이러한 맥락에서 냉전이 막을 내린지 30여 년이 지난 오늘날까지도 한국 전쟁에 대한 기억을 끊임없이 재생산해내는 한국 보수 세력의 태도는 다분히 비역사적이다.

유럽 팽창에 매달리던 당시의 독일 역사학을 연상시킨다는 비판에 직면하기도 했다. 게다가 냉전사의 거시적 측면을 강조하다 보면, 나치 시대에 관한 연구에서 드러난 문제가 반복될 수 있다는 우려가 제기되었다. 즉, 나치즘을 낳은 원인으로 대중의 등장, 탈가치, 탈기독교 등과 같은 근대적 요소들을 부각하다 보면, 아우슈비츠, 가해자, 희생자, 동조자 등과 같은 미시사나 구체적인 역사는 부지 부식 간에 하찮은 것이 되고 만다는 것이다.[33] 마찬가지로 냉전 시대 역시 거시적 혹은 국제적 차원에서만 바라보게 되면, 이 시대가 '동시대인의 시대'임에도 불구하고 미시적 세계가 간과될 수 있다는 비판이었다.

그러나 나치의 박해를 피해 미국 망명길에 올라야 했던 유대계 역사학자인 로트펠스는 서독의 현대사에서 냉전이 중심에 있다는 것을 충분히 인식했음에도 불구하고 암울했던 1945년 이전 독일사 앞에서 초연할 수는 없었다. 그래서 그는 그동안 서독 역사학계에서 서자 취급을 받았던 바이마르 시대를 연구하는 것이 '현대사의 사명'이며, '위험한 충격의 시대'였던 나치 시대에 관한 연구는 '독일 학문의 피할 수 없는 책무'라고 보았다.[34]

1917/1918년 기점론은 적어도 1970년대까지 학계에서 별다른 이의 없이 수용되었다. 그러나 1971년에 현대사의 기점을 1917년에서 1945년으로 이동해야 한다는 주장이 제기되었다. 현대사의 시기 설정에서 로트펠스의 권

---

33 Wirsching, Andreas, "'Epoche der Mitlebenden' - Kritik der Epoche", in *Zeithistorische Forschungen/Studies in Contemporary History* 8 (2011), pp.150-155, pp.152-153. 호커츠는 동시대인의 체험과 역사학적 인식의 간극이 발생하는 문제를 차원화(Dimensionierung)의 전략을 통해 해결할 수 있다고 보았다. 특정 시대를 차원을 달리해 분석함으로써 다양한 관점을 얻은 후 이들을 결합해야 한다는 것이다. 거시적 차원에 주목하는 구조사와 미시적 차원을 다루는 일상사는 상호 보완관계가 있다고 본다.(Hockerts, "Zugänge zur Zeitgeschichte", p.20)

34 Rothfels, "Zeitgeschichte als Aufgabe", p.2, p.8.

위에 처음으로 이의를 제기한 역사학자는 슐린으로, 그는 그동안의 시간 경과를 염두에 두고 1945년을 기점으로 제시했다.[35] 그의 뒤를 이어 여러 역사학자가 나름의 논거에 따라 몇 개의 기점을 제안했다.[36]

그러나 특정한 시점을 기점으로 설정하는 것이 현대사의 본질과 맞지 않는다고 보는 비판도 제기되었다. 예켈은 기점의 이동을 제안하는 슐린과 달리 기점을 설정하는 것 자체에 동의하지 않았다. 현대사가 로트펠스가 정의한 것처럼 '동시대인들의 시대'라면, 현대사는 기점 설정이나 서술에서 오히려 일반화를 피해야 하며, 동시대인들의 개별적이고 다양한 경험과 기억을 드러내는 것이 바람직하다고 보았다. 로트펠스와 그의 세대에게는 1917년이 기점일 수 있을지 모르지만, 다른 동시대인들에게는 그렇지 않을 수 있다는 것이 예켈의 지적이었다.[37] 일반화를 추구하는 이론을 분석의 도구로 삼는 사회학이나 정치학과 달리, 역사학에서는 다양한 역사적 사례가 다양한 역사가의 주관적 해석과 결합해 다양성이 배가된다. 더구나 현재와 연결된 현대사의 경우는 이러한 다양성이 다른 시대사의 경우보다 더 크다는 점에서 예켈의 지적은 차분히 숙고해볼 필요가 있다.

예켈의 지적대로, '동시대인들의 시대'인 현대사의 기점은 매일매일 외연이 넓어져 어느 시점이 되면 동시대인의 범주도 바뀌게 되면서 적절치 않은 기준이 되고 만다. 실제로 독일에서는 1917년과 1945년에 이어 1989년이

---

35 Schulin, Ernst, "Zeitgeschichtsschreibung im 19. Jahrhundert", in Festschrift für Hermann Heimpel, Bd. I (Göttingen 1971), pp.102-139, p.104, Sabrow, *Die Zeit der Zeitgeschichte*, p.7에서 재인용.

36 독일 현대사의 시기 설정에 대해 새로운 제안을 한 연구들로는 다음과 같다. Hockerts, "Zugänge zur Zeitgeschichte"; Schwarz, Hans-Peter, "Die neueste Zeitgeschichte", in *Vierteljahrshefte für Zeitgeschichte* 51(2003), pp.5-28; Wirsching, Andreas, *Abschied vom Provisorium. Geschichte der Bundesrepublik Deutschland 1982-1990* (München 2006), p.12 이하.

37 Jäckel, "Begriff und Funktion der Zeitgeschichte", pp.171-172.

새로운 기점이 되어야 한다는 주장이 제기되었다. 이에 따르면, 1917~1945년은 현대사의 1단계이고, 1945~1989년 2단계, 1989년 이후는 3단계가 된다.[38] 1945년 기점론은 냉전을 염두에 둔 것으로 로트펠스의 1917/1918년 기점론에 배치되는 것은 아니었다. 후자가 냉전의 기원을 염두에 둔 것이었다면, 전자는 냉전의 시작을 중시한 것으로, 양자 모두 냉전을 현대사의 핵심으로 보았다. 이러한 관점에서 보면, 냉전 시대에 종언을 고한 상징적 사건인 베를린 장벽의 붕괴가 제3의 기점이 되는 것 역시 일관성에서 문제가 없다.

브라허(Karl Dieter Bracher)는 '두 개의 현대사' 개념을 제시했다. 그는 현대사가 두 개가 된 것은 전후(戰後) 나타난 '세대교체'와 '경험 및 기억의 변화' 때문이라고 보았다. 그에 따르면, 1914~1945년이 '구 현대사(ältere Zeitgeschichte)'이고 1945년 이후가 '신 현대사(neuere Zeitgeschichte)'가 된다. 그가 보기에, 두 현대사는 각각 고유의 맥락과 시대의 내적 요소들을 지닌 채 분명하게 구별되면서도 밀접하게 결합해 '서로 마주치고, 서로 다투며, 서로 겹친다'.[39]

호커츠는 1945년 이후 현대사를 둘러싸고 나타나는 세대 간의 차이를 다음과 같이 지적했다. 구세대는 대부분 '구 현대사'의 위기와 파국을 뒤로하고 일어선 서독의 역사를 성공의 역사로 긍정적으로 평가했다. 반면에 전후 세대는 풀뿌리 민주주의(Räteherrschaft)에서 경제민주주의에 이르기까지 바이마

---

38 Sabrow, *Die Zeit der Zeitgeschichte*, p.8; Goschler/Graf, *Europäische Zeitgeschichte seit 1945*, p.17) 그러나 좌파 일각에서는 1945년 기점설이 서독을 나치 과거와 분리시키려는 의도를 담고 있다는 비판이 제기되었다.(Sabrow, p.8; Goschler/Graf, p.16.)

39 Bracher, Karl Dietrich, "Doppelte Zeitgeschichte im Spannungsfeld politischer Generationen", in Hey, Bernd/Steinbach, Peter (ed.), *Zeitgeschichte und politisches Bewußtsein* (Köln, 1986), pp.53–71, pp.56–57, Hockerts, "Zeitgeschichte in Deutschland", pp.105–106에서 재인용.

르 공화국의 거대한 실험의 역사에서 서독체제가 필요로 하는 이념을 찾았고, '신 현대사'에서는 나치 시대의 잔재를 찾음으로써 서독 체제를 의혹의 시선으로 바라보았다. 게다가 통일 이후에는 동독 역사가 추가됨으로써 세 개의 현대사가 존재하는 형국이 되었다고 본다.[40]

그러나 시간의 경과가 반드시 현대사의 외연 확장과 그에 따른 기점의 이동을 유발하지 않는다는 견해도 존재한다. 집단 기억에 관한 이론을 최초로 정립한 프랑스의 사회철학자 알박스(Maurice Halbwachs)의 이론에 근거해, 개인의 기억은 '소통적 기억(kommunikatives Gedächtnis)'의 형태로 가족이나 주변 인물들을 통해 전승된다는 주장이 1990년대 독일에서 제기되었다. 이에 따르면, 집단 기억은 전 세대의 기억이 세대를 초월해 후세대의 고유한 경험세계와 결합해 생겨난다는 것이다. 이를 현대사에 적용해보면, '동시대인들의 시대'는 이러한 '기억으로 전환(memorial turn)'으로 말미암아 후세대의 시대로 거듭나게 되면서 시간을 초월하게 된다고 본다. 예를 들어, 스필버그 아카이브(Spielberg-Archiv) 같은 증인 아카이브(Zeitzeugenarchive)는 현대사가 '동시대인들의 시대'에 국한되지 않도록 하며, 나치 시대를 직접 경험한 증인의 생생한 증언은 '기억으로 전환'을 통해 '소통적 기억'으로서 나치 과거를 간접 경험한 2차 증인 집단을 만들어낸다. 이를 통해, 죽음이라는 인간의 물리적 한계에 의해 규정되는 '동시대인들의 시대'는 시간상으로 열려있는 '동감하는 이들의 시대(Epoche der Mitfühlenden)'로 전환한다.[41]

이처럼 '소통적 기억'은 동시대인의 생애만큼만 길어야 할 현대사의 생명을 더 연장해준다. 1789년을 기점으로 보는 프랑스 현대사(Histoire con-

---

40 Hockerts, "Zeitgeschichte in Deutschland", p.105

41 Baer, Ulrich, "Einleitung", in ders. (Hg.), *"Niemand zeugt für den Zeugen". Erinnerungskultur nach der Shoah* (Frankfurt a. M., 2008), pp.7-13, p.12 이하, Sabrow, *Die Zeit der Zeitgeschichte*, pp.9-10에서 재인용.

temporaine)는 '소통적 기억'을 보여주는 대표적인 사례 중 하나이다. 오늘날 공화주의가 국가 정체성이자 정치종교인 프랑스에서 혁명에 대한 집단 기억 은 시대를 초월해 이 시기를 여전히 동시대로 간주한다. 그러나 무려 230년 전부터 현대사가 장기 지속하고 있다 보니 2차 세계대전이 발발한 1939년 이후를 지칭하는 '현재사(histoire du temps present)'[42]라는 새로운 시대 개념이 만 들어지기도 했다.[43]

그렇다면 현대사의 종점은 언제, 어떻게 설정되어야 마땅한가? 앞서 언급 한 바대로, 독일에서 현대사의 기점에 관한 논의는 나치 시대의 절대적 위상 으로 인해 일정한 테두리 안에 국한되기는 하지만[44] 활발하게 이루어져 왔 다. 이에 반해 현대사의 종점에 관한 논의는 기점의 경우보다 덜 주목을 받 은 것이 사실이다. 자브로는 현대사의 종점은 정치, 경제, 문화에서 단절이 발생하는 시점으로 현대사와 현재 사이에 분리가 이루어지는 시기라고 본 다.[45] 그는 현대사의 시기 설정에서 '전환점(Zäsuren)'이 중요한 기준으로 작용 한다는 견해이다. "현대사는 스스로 지배할 수 없는 전환점들(Zäsuren)로 이루 어진다." 즉, 전환점은 정치, 경제, 문화 등에서 새로운 규범이 등장하는 시 점으로, 독일에서는 오랫동안 1914년, 1917년, 1945년 등을 이러한 시점으 로 간주했다고 본다.[46]

그러나 그가 보기에 독일 현대사의 전환점은 1930년대 나치 시대, 1973 년 오일 쇼크, 1989년 베를린 장벽의 붕괴 등이다. 1989년 이후의 역사는

---

42 프랑스의 '현재사' 개념은 사건의 완결성 여부를 기준으로 삼는 자브로의 현재사 개념과 구분된다.
43 Hockerts, "Zeitgeschichte in Deutschland", pp.103-104: 쉴더, 「현대사란 무엇인가?」, pp.148-149.
44 쉴더, 「현대사란 무엇인가?」, p.150.
45 Sabrow, *Die Zeit der Zeitgeschichte*, p.16.
46 Sabrow, *Die Zeit der Zeitgeschichte*, p.14.

아직 종결되지 않은 채 진행 중일뿐더러 계속해서 전환점이 수정되어야 하므로 아직 역사의 범주에 포함될 수 없는 현재일 뿐이다.[47] 실제로 서독의 전후 시기는 안보의 위협 속에서도 경제의 지속적인 고도성장기로 규정할 수 있었다. 그러나 이 시기는 1973년 오일 쇼크와 함께 마침내 막을 내리고, 이후 1970년대는 위기의 징후가 뚜렷하게 나타나는 변화의 과정이 시작되었다. 오일 쇼크는 전후 유례를 찾기 힘든 고도 경제 성장기를 구가한 서독 소비 사회가 처음으로 겪었던 경제 위기로, 당시 실시된 자동차 없는 일요일에 텅 빈 아우토반의 모습은 서독 사회에 충격을 주기에 충분했다. 이후 1989/1990년의 베를린 장벽 붕괴와 독일 통일은 유럽의 냉전 질서와 독일의 분단이 마침내 종식되었다는 점에서 현대사의 전환점으로 손색이 없는 시점이었다.[48]

그러나 독일 현대사에서 가장 논란이 되는 시기는 누가 뭐래도 1945년이었다. 1945년의 위상은 연합국 점령 시기(1945~1949)와 아데나워 시기(1949~1963)의 평가에 의해 좌우되었다. 두 시기의 평가를 둘러싸고 서독 역사학계에서는 1970년경 활발한 논의가 이루어졌다. 한편에서는 두 시기를 거치며 '독일의 특수한 길(Deutscher Sonderweg)'과 '서구를 향한 기나긴 도정(Der lange Weg nach Westen)'이 마침내 끝났다는 점에서 1945년은 새로운 시작의 순간이었다고 보았다. 그러나 다른 한편에서는 1945년을 단절이 아닌 지속으로 보고, 보수 정당인 기민연(CDU)의 집권에서 구시대의 복고 현상을 목격하며 정권에 대한 불신을 거두지 않았다.[49] 이러한 관점에서 보면, 1945년은

---

47 Sabrow, *Die Zeit der Zeitgeschichte*, p.16.

48 Sabrow, *Die Zeit der Zeitgeschichte*, pp.14–15; Bösch, Frank, "Umbrüche in die Gegenwart. Globale Ereignisse und Krisenreaktionen um 1979." (2012), in https://zeitgeschichte-digital.de/doks/frontdoor/deliver/index/docId/686/file/b%C3%B6sch_umbr%C3%BCche_in_die_gegenwart_2012_de.pdf, p.12.

49 Hockerts, "Zeitgeschichte in Deutschland", pp.119–120.

기점이 될 수 없었다. 당시의 논쟁은 독일 현대사에서 1945년의 의미가 결코 작지 않다는 사실을 보여주었다.

이러한 상황에서 1982년 콜(Helmut Kohl) 수상이 취임 직후 발표한 현대사 박물관 건립 계획은 다시 커다란 논란을 불러일으켰다. 콜은 1945년을 '우리 국가의 역사(Geschichte unseres Staates)'가 시작된 시점으로 보았다.[50] 그는 박물관 건립을 '유럽적 차원의 국가적 과제(eine nationale Aufgabe von europäischem Rang)'[51]라고 규정함으로써 전후 완전히 '서구'에 통합된 독일(서독)의 역사를 박물관에 전시해 서독의 새로운 정체성을 확립할 필요가 있다고 보았다. 역사학 박사인 콜 수상의 이러한 발상은 전후 서독 역사학계 전반에 걸쳐 확산된 '독일적 역사상(象)의 수정'[52] 경향과 궤를 같이했다. 박물관 설립 찬성론은 1945년 이후 독일의 새로운 정체성이 정립되었음을 내세우며, 박물관은 이러한 정체성을 전시하고 관람객은 이로부터 새로운 정체성을 학습해야 한다고 보았다.

1945년을 단절로 보려 하지 않은 역사학자들은 나치 시대와 분리된 서독의 역사와, 나치 시대가 없는 현대사를 부정했다. 뮌헨 IfZ의 산증인인 브로샤트(Martin Broszat)는 독일 현대사에서 나치 시대는 항상 중심에 있어야 하며, 아니면 최소한 서독의 역사와 같은 비중으로 다루어져야 한다는 생각이었다.[53]

---

50 Kohl, Helmut, "Koalition der Mitte: Für eine Politik der Erneuerung". Regierungserklärung des Bundeskanzlers am 13. Oktober 1982 vor dem Deutschen Bundestag in Bonn. *Bulletin der Bundesregierung* (Presse- und Informationsamt der Bundesregierung) Nr. 93 vom 14. Oktober 1982, p.866.

51 Kohl, Helmut, "Berlin bleibt Brennpunkt der Deutschen Frage", *Süddeutsche Zeitung*, 29. Okt. 1987.

52 전진성, 「서독 현대사 서술의 형성 – 전체주의 이론과의 영향관계를 중심으로」, 『사학지』 제32집(1999.12) 단국사학회, pp.231-251, pp.232-233.

53 Broszat, Martin, *Nach Hitler. Der schwierige Umgang mit unserer Geschichte* (München (1988), p.259. 브로샤트는 IfZ가 문을 연 직후인 1955년부터 학술연구원으로 활동했으며, 1972년부터 1989년 세상을 떠날 때까지 연구소장 직을 맡았다.

코카(Jürgen Kocka)는 역사적 배경을 배제한 역사는 비역사적이고 무의미하다고 보았다.[54] 그러나 보수 진영의 입장은 이와 사뭇 달랐다. 박물관 설립 안을 마련하기 위해 정부에 의해 임명된 보수적인 초기 4인 전문가위원회 위원이 었던 묄러(Horst Möller)는 현대사 박물관이 1945년 이후 서독의 역사만을 위한 공간이므로 나치 시대는 진상이 밝혀진 나치 범죄라든가 이에 대한 연합국의 처벌처럼 서독과 관련되는 한도에서만 다루자는 견해였다.[55] 아무튼, 건립 계획이 발표된 후 무려 12년이 지난 1994년 6월 마침내 개관한 현대사 박물 관 '독일 역사의 집(Haus der Geschichte der Bundesrepublik Deutschland)' 설립을 둘러싸고 벌어진 역사학계의 격렬한 논쟁은 독일 현대사에서 나치 시대와 더불어 1945년이 가진 상징성을 보여주었다.[56]

1945년 기점론은 독일 통일 이후에도 탄력을 받았다. 과거 동독에서는 동유럽의 탄생과 동독의 건국을 가져온 종전의 시점인 1945년을 현대사의 기점으로 보는데 전혀 이견이 없었다. 따라서 1945년 기점론은 통일 이후 동독 역사학의 동의까지 얻게 되었다. 게다가 통일 이후 독일인들에게는 동서독 분단의 역사가 곧 현대사이며, 이 시대의 시작은 당연히 1945년이었다. 나치 시대는 1990년 통일과 함께 완결된 45년간의 분단시대의 존재로 말미암아 현재와 분리된 역사가 되었다. 말하자면, 나치 과거는 이제 어제가 아

---

54 Kocka, Jürgen, "Die deutsche Geschichte soll ins Museum". *Geschichte und Gesellschaft*. Zeitschrift für historische Sozialwissenschaft, 11(1985), pp.59-66, pp.65-66.

55 Möller, Horst, "Das 'Haus der Geschichte der Bundesrepublik Deutschland' in Bonn", *Jahrbuch der historischen Forschung in der Bundesrepublik Deutschland 1985*, pp.57-61, p.60.

56 '독일 역사의 집'에 관한 국내의 연구로는 이동기, 「현대사박물관, 어떻게 만들 것인가? – '독일연방공화국 역사의 집'과 '대한민국 역사박물관'의 건립 과정 비교」, 『역사비평』, 2011년 가을호 pp.243-279; 윤용선, 「박물관의 역사 전시: 집단정체성 형성과 역사정치의 문제」, 『서양 역사와 문화 연구』 제43집(2017), pp.267-291.

니라 그제가 되어 역사의 자격을 갖추었으며, 1945년은 이러한 의미를 지닌 시점이었다.[57]

정치사 중심의 시기 설정 경향은 독일 역사학계 전반에 걸쳐 확산해 있지만 그렇다고 시기 설정을 획일화한 것은 아니었다. 현대사의 시기를 사회학적으로 설정하려는 시도도 있었다. 되링-만토이펠(Anselm Deoring-Manteuffel)은 바우만(Zygmunt Bauman)의 사회학 이론에 기초해 1930-1970년대를 구조에 기초한 '단단한 근대(Feste Moderne)'로, 1980년대에서 현재까지를 네트워크에 기초한 '사라지는 근대(Flüchtige Moderne)'로 본다.[58] 호커츠는 근대화를 현대사의 시점으로 보려는 경향이 나타난 것은 1980년대로 규정한다. 그때까지 현대사의 주된 관심사는 1945년 이전과 이후의 지속과 단절의 문제였다면, 이후에는 협소하게 독일에 고정된 시기 설정의 문제가 포괄적인 근대화 과정의 관점에서 고찰되었다는 것이다. 호커츠는 근대화의 관점에서 볼 때 1950년대 말이 분기점으로 의미가 있다고 본다.[59]

1980년대부터는 식민주의/탈식민주의에 관한 논의와 연구가 활발해지면서 현대사의 시기 설정 기준이 더욱 확대되었다. 20세기 후반 전 세계적으로 나타난 탈식민주의 경향은 유럽사에 심대한 변화를 초래했는데, 탈식민주의의 기원을 찾아 거슬러 올라가면 여러 피식민 국가에서 독립운동의 촉매제 역할을 한 2차 세계대전과 1945년을 만나게 된다. 여기서도 1945년이 등장하지만, 이는 당연히 나치 과거와 무관한 시점이다.[60]

---

57 Hockerts, "Zeitgeschichte in Deutschland", p.104, p.160.
58 Doering-Manteuffel, Anselm, Konturen von 'Ordnung' in den Zeitschichten des 20. Jahrhunderts, in Thomas Etzemüller, *Die Ordnung der Moderne. Social Engineering im 20. Jahrhundert* (Bielefeld 2009), pp.41-64. Sabrow, *Die Zeit der Zeitgeschichte*, p.8에서 재인용.
59 Hockerts, "Zeitgeschichte in Deutschland", p.120.
60 Goschler/Graf, *Europäische Zeitgeschichte seit 1945*, p.17.

IV. 맺는말

역사를 먼 과거로 보는 통념으로는 동시대를 다루는 현대사를 선뜻 역사로 인정하기가 쉽지 않은 것이 사실이다. 그 이유는 역사가가 하나의 불완전한 인간으로서 자신이 살고 있는 동시대를 객관적으로 바라보기가 어려울 것이라는 예상 때문이다. 그러나 이러한 문제는 역사학을 과학이라고 여겼던 19세기 역사주의나 심각하게 보았을 뿐, 모든 역사를 역사가가 재구성한 과거로 보는 오늘날에는 더 이상 문제가 되지 않는다. 역사가와 역사적 대상 사이에 놓여있는 거리는 역사 서술의 객관성과 무관하며, 이 점에서 현대사는 다른 시대사와 다르지 않다.

현대사가 안고 있는 문제는 역사가의 가치중립성이 아니라 종결되지 않은 역사를 다룬다는 데 있다. 사건의 결과를 모른 채 역사를 서술하고 논한다는 것은 모험에 가깝다. 물론 다른 시대사의 경우도 기존의 주장이나 학설이 새로운 사실이나 해석을 통해 뒤집히는 것을 피할 수 없다. 그러나 현대사의 경우는 이러한 위험성이 상대적으로 크다고 볼 수 있다. 그러나 사료를 통해서만 소통해야 하는 고중세사 및 근대사와 달리, 사료 외에 역사가의 체험이 가미되는 현대사는 매우 구체적이고 현장감이 살아있는 서술이 가능하며, 그러한 의미에서 현대사 서술은 동시대가 과거가 되어버린 먼 훗날 그 자체가 값진 사료가 될 수 있다.

시간은 흐른다는 섭리 앞에서 현대사의 기점과 종점은 항구적일 수 없다. 이러한 문제 역시 다른 시대사의 경우에도 적용되지만, 현대사는 특성 상 좀 더 빈번하게 이러한 문제에 봉착할 수밖에 없다. 그래서 독일에서는 현대사의 기점을 세분하자는 안이 – 1914년 또는 1917/1918년, 1945년, 1989년 – 점차 받아들여지고 있다. 그러나 현대사가 '동시대인들의 시대'라고 해서 반드시 그들과 함께 소멸하는 것은 아니다. 역사적 대상이나 사건이 세대를 초월해 '시대적 연관성'을 가질 경우 '소통적 기억'을 통해 형성되는 집단 기억의 형태로 후세대에 전달됨으로써 동시대성을 상실하지 않는데, 공화주의의 나라 프랑스에서는 230년 전에 일어난 프랑스 혁명이 아직도 현대사의 기점으로 인정받고 있다.

현대사는 동시대인들에게 동시대에 일어난 일을 역사적 방식으로 이해하도록 해준다. 이에 부응해 전후 독일 현대사의 기능은 나치 과거사의 정리에 있었다는 점에서 정치적이고 대중교육적인 성격을 띠었다. 그러나 독일 현대사를 정치사가 아니라 근대화 과정으로 보려는 시각도 존재했으며, 이에 따르면 1945년보다 서독 경제가 전후 회복기에 들어선 1950년대 말이나 1973년 오일 쇼크가 중요한 분기점이 된다. 사회학적 시기 설정은 현대사를 보다 풍부하게 하는 것은 사실이지만, 나치 시대라는 미증유의 역사 앞에서 존재감을 드러내기가 쉽지 않다.

나치 시대가 현대사의 핵심으로 자리하는 한, 기점에 관한 논란의 정점에 있는 시점은 단연코 1945년이다. 독일의 분단을 가져온 냉전은 서독의 유럽 통합을 촉진했다. 이러한 관점에서 보면, 1945년은 서독이 독일의 보수 전통이나 나치 과거와 결별하고 자유민주주의적인 유럽의 일원으로 거듭나는 시점이었다. 그러나 그러한 관점은 좌파 진영에서 전후 서독 사회가 나치 과거와 결별하려 한다는 의혹을 불러일으킬 만 했다. 게다가 나치 시대와 분리된 현대사는 서독의 건국을 낳은 역사적 배경을 배제한다는 점에서 비역사적으로 보일만 했다. 1960년대에는 서독에서 구시대의 권위적 국가가 부활한다는 비판이 제기됨으로써 1945년은 단절을 의미하는 기점의 지위를 상실할 위기에 처하기도 했다.

나치정부의 유럽 프로파간다, 1939-1945*

신종훈

1. 서론

역사가 슐체(Hagen Schulze)가 사유의 대상으로서의 '유럽'을 "지속적으로 변화하는 집단적이고 상상적인 스케치"[1]로 정의했듯이 유럽인들은 고대 이후 유럽사의 각 시대마다 유럽에 대한 구체적이고 다양한 생각들을 발전시켜왔다. 사유되어진 유럽으로서의 '유럽이념(idea of Europe)'은 스스로의 역사를 가질 수 있었고, 그 역사 속에서 유럽이란 이름은 원래의 지리적 명칭의 의미를 넘어서 문화적, 경제적, 정치적인 차원을 함축하는 개념으로까지 의미가

---

* 이 연구는 2018년도 경상대학교 연구년제 연구교수 연구지원비에 의하여 수행되었음.

1 Michael Gehler, *Europa. Ideen Institutionen Vereinigung* (München, 2005), p. 13에서 재인용.

확장되었다. 동시에 '유럽'은 그것을 구성하는 개별적 단위들을 포괄하는 하나의 전체, 즉 일종의 상위공동체로서 사유될 수 있었다.[2]

개별적인 정치단위들을 포괄하는 상위공동체 유럽에 함께 속해 있다는 유럽인들의 자의식은 중세 말 이후부터 20세기에 이르기까지 지속적으로 제안되었던 수많은 유럽통합구상들의 이념적 기반과 영감의 원천이 되었다.[3] 유럽통합의 구상들은 유럽사의 내재적이고 유서 깊은 전통을 이룰 수 있었고 세계대전을 통해 파국을 경험한 유럽인들이 20세기 후반 새로운 유럽질서의 구축을 고민하고 있었을 때, 그들의 사유가 소환할 수 있었던 역사적 기억뿐만 아니라 새로운 유럽이 담기게 될 형식까지 제공해 주었다는 점에서 유럽통합을 위한 기름진 토양 역할을 할 수 있었다.[4] 그러나 동시에 극단적 민족주의를 구현하였던 히틀러(Adolf Hitler)의 나치정부도 한 동안 유럽통합의 구상을 만지작거리면서 상위공동체로서의 유럽이념을 정치화했다는 사실에서 우리는 소위 민족주의의의 대안으로서의 '유럽주의' 속에 내재되어 있는 심각한 위험요소도 함께 발견할 수 있다.

나치의 유럽구상과 관련된 주제를 다룬 한국학계 기존의 연구는 최용찬의

---

2 유럽이념의 역사를 다루는 연구서들로 다음의 것들을 소개할 수 있다. Rolf Hellmut Foerster (Hrsg.), *Die Idee Europa 1300-1946. Quellen zur Geschichte der politischen Einigung* (München, 1963); Kevin Wilson/Jan van der Dussen (eds.), *The History of the Idea of Europe* (London/New York, 1993); Heikki Mikkeli, *Europe as an Idea and an Identity* (London/New York, 1998); Derek Heater, *Europäische Einheit Biographie einer Idee* (Bochum, 2005); 장-바티스트 뒤로젤(이규현, 이용재 역), 『유럽의 탄생(L'idée d'europe dans l'histoire, 1965)』 (지식의 풍경, 2003).

3 푀르스터(Rolf Hellmut Foerster)에 의하며 1306년부터 1945년까지 유럽사에서 약 180여건의 유럽의 정치적 통합계획들이 제안되었다. Rolf Hellmut Foerster, *Europa. Geschichte einer politischen Idee* (München, 1967).

4 신종훈, 「유럽정체성과 동아시아공동체 담론 - 동아시아공동체의 정체성에 대한 비판적 질문」, 『역사학보』 221 (2014), pp. 239-244; Wolfgang Schmale, *Geschichte und Zukunft der Europäischen Identität* (Stuttgart, 2008), pp. 24-25 비교.

최근 글이 유일할 정도로 불모에 가깝다.[5] 최용찬의 연구는 히틀러 '유럽 신
질서'의 구체적 내용의 규명보다는 전쟁 포스터를 통한 유럽 신질서의 이미
지화, 즉 시각적 담론화 문제에 연구의 무게중심을 두고 있다. 따라서 나치
정부 유럽구상의 실체에 관한 구체적 내용들은 여전히 연구를 통해 보완될
필요가 있고, 이 글은 그러한 요구에 부응하려는 한 시도로 볼 수 있을 것이
다. 제2차 세계대전 기간 동안 나치정부의 유럽구상을 핵심 주제로 삼고 있
는 이 글의 문제의식은 전체주의 체제 역시 유럽이념을 패권적 주장을 위해
도구화했을 뿐만 아니라 프로파간다로서 유럽통합 구상이 한 동안 나치주의
의 중요한 이데올로기로 기능했다는 역사적 사실에서 출발하고 있다.

이 글을 통해 필자는 나치정부가 어떠한 배경에서 유럽을 도구화했고, 프
로파간다로 사용한 유럽구상이 어떠한 내용들을 가졌으며, 유럽구상의 강조
점들이 전쟁이 경과하면서 어떻게 변해 갔는가하는 질문들을 해명함으로써
나치정부 유럽구상의 역사적 맥락화 및 그에 대한 평가를 시도할 것이다.
'나치주의 유럽관'이란 제목을 붙인 2장에서는 동시대 유럽통합 운동에 대한
나치주의의 입장 및 나치정부의 인종주의적 유럽관의 내용을 설명할 것이
다. '나치 전쟁 프로파간다로서의 유럽구상'이란 제목을 가진 3장에서는 전
쟁기간 동안 프로파간다로 도구화되었던 나치정부 유럽구상의 다양한 내용
들을 분석할 것이다. 마지막으로 결론에서는 유럽통합사의 맥락에서 나치정
부의 유럽구상이 가지는 의미에 관한 필자 나름의 견해를 피력할 것이다.

2. 나치주의 유럽관

나치주의는 근본적으로 극단적 독일민족주의 강령이었지 유럽 국가공동체

---

5   최용찬, 「히틀러의 유럽통합 방안과 전쟁 포스터의 이미지 전략」, 『통합유럽연구』 제9권 (2018),
     pp. 87–113.

들의 조화로운 삶을 모색하는 프로그램, 즉 '유럽'을 위한 프로그램은 아니었다. 인종주의와 생활공간 확보를 목표로 삼고 있는 "피와 땅(Blut und Boden)" 이데올로기에 초국가적인 유럽공동체가 들어설 자리는 애초에 없었다. 그러한 이유로 히틀러는 1933년 독일에서 정권을 장악한 이후 간전기에 유럽통합을 위해서 노력하였던 모든 유럽운동 단체들의 활동을 독일에서 금지함으로써 연방적(federal) 혹은 국가연합적(confederal) 유럽을 창설하려는 간전기 유럽운동에 대한 분명한 적대감을 드러내었다.[6] 같은 맥락에서 히틀러는 간전기 유럽운동의 새로운 지평을 열었던 쿠덴호베-칼레르기(Richard Coudenhove-Kalergi)의 범유럽운동[7]에 노골적인 거부감을 감추지 않았다. 히틀러는 범유럽(Paneuropa)과 같은 개념들을 인종적 혼종을 통해 독일을 전복하려는 유대적인 시도로 간주하였고, 쿠덴호베-칼레르기를 인종적 혼탁과 잡종의 한 예로 비난했을 뿐만 아니라 그의 범유럽이념을 혼혈 잡놈의 사상이라고 폄훼하였다. 심지어 1938년 3월 오스트리아 병합 이후 히틀러는 빈에 소재하던 범유럽출판사에서 쿠덴호베-칼레르기의 모든 출판물들을 불태우면서 범유럽운동을 탄압하기까지 하였다.[8] 그 외에도 히틀러는 1929/30년 정부의 차원에서 최초로 제안된 브리앙(Aristide Briand)의 연방주의적인 '유럽연방연합' 창설안[9]도 그것이 독일민족을 탈민족화하려는 수단에 지나지 않는다고 비판하였다. 독일

---

6 Gerhard Brunn, *Die Europäische Einigung von 1945 bis heute* (Stuttgart, 2002), p. 26.

7 쿠덴호베-칼레르기의 범유럽운동에 관한 연구로 다음의 논문을 언급할 수 있다. 신종훈, 「쿠덴호베-칼레르기와 간전기 범유럽운동」, 『통합유럽연구』 제9권 (2018), pp. 57-86.

8 Wilson/van der Dussen (eds.), *The History of the Idea of Europe*, p. 107; Vanessa Conze, *Richard Codenhove-Kalergi. Umstrittener Visionär Europas* (Zürich, 2004), p. 48; Walter Göhring, *Richard Coudenhove-Kalergi. Ein Leben für Paneuropa* (Wien, 2016), p. 123.

9 브리앙의 유럽연방연합 창설안에 관한 연구로 다음의 논문을 언급할 수 있다. 박단, 「아리스티드 브리앙의 '유럽연방연합' 구상」, 『통합유럽연구』 제9권 (2018), pp. 31-55.

인에게 가능한 많은 권력과 영토를 요구하는 독일 민족주의 입장에서 볼 때 브리앙이 제안한 유럽적 차원의 국가공동체는 장애요소로 작용할 뿐이었다.[10] 제국에 의한 지배라는 생각에 갇혀 있었던 나치 지도부 인사들 역시 연방적인 유럽구상을 위한 역사적 기회가 실제로 제공되었다고 생각하지 않았다.[11]

나치 이데올로기 제공자였던 로젠베르크(Alfred Rosenberg)는 1932년 '위기와 유럽의 재탄생'이란 제목으로 행한 강연에서 전통적인 유럽의식을 파괴하려는 시도를 하였다. 그에 의하면 유럽의 새로운 질서, 즉 유럽통합은 모든 국가들의 동등권을 보장하는 동일한 원칙이라는 추상적 전제 위에 세워질 수 없었다. 그는 소국들은 대국들의 우월권을 인정하는 조건 하에서만 생존할 수 있는 권리를 가진다고 주장하면서 기존의 유럽운동을 비판하였다.[12] 1934년 '위기와 유럽의 새로운 건설'이란 제목의 강연에서 로젠베르크는 '유럽'을 부정하면서 '민족'의 중요성을 강조하였다:

"유럽이념을 흑백 논리를 가지고 분명하게 공식화하는 것은 불가능하다. 한때는 그러한 유럽을 가졌다고 믿었다; 사람들은 중세를 가리키며 천년 동안 하나의 사고와 세계관을 가진 통합된 유럽이 있었다고 말했다. 그러나 내 생각에는 (...) 우리는 이러한 소위 중세의 통일된 유럽이 후 세대의 구성물이라는 사실을 확인하게 된다. (...) 우리는 모든 유럽 민족들이 추상적 유럽 이념을 함께 공유하고 있다고 믿을 수 없다. (...) 오늘날 우리가 시작해야 할 지점, 신념, 사실은 민족이라는 현실이다. 민족주의는 오늘날 지난 세기

---

10 Paul Kluke, "Nationalsozialistische Europaideologie", Vierteljahrshefte für Zeitgeschichte (1955), pp. 240-275, 여기서는 p. 243.

11 Walter Lipgens (Hrsg.), *Europa-Föderationspläne der Widerstandsbewegungen 1940-1945* (München, 1968), pp. 8-9 (각주 17).

12 Wilson/van der Dussen (eds.), *The History of the Idea of Europe*, p. 127.

그 어느 때보다 더 큰 활력을 가지고 있다. (…) 내 생각에는 한 민족이 자신의 민족주의 이념을 드러내는 방식이 문화사적이며 정치적인 유럽사를 결정적으로 구성한다."[13]

그러나 로젠베르크는 전쟁 중 동방장관을 역임하면서 유럽을 프로파간다로 이용할 필요성이 생기자 이전의 자신의 주장을 버리고 나치주의가 진정으로 유럽사상을 발전시켰다는 억지 주장까지 내세우게 된다.[14]

나치정부가 유럽구상을 프로파간다로 본격적으로 도구화하기 이전에도 '유럽'에 대한 논의가 나치의 이데올로기에서 완전히 배제된 것은 아니었다. 히틀러는 1937년 11월 23일 연설에서 유럽을 '독일민족의 게르만제국(Das Germanische Reich Deutscher Nation)'과 동일시하면서 독일이 유럽을 한 번 얻은 적이 있었지만 그것을 단지 잃어버렸을 뿐이라고 말함으로써 유럽을 다시 얻겠다는 의지를 표명하였다.[15] 아주 드물게 히틀러가 유럽의 개념을 언급했을 때, 대부분의 경우 유럽은 '대게르만제국(groß ergermanisches Reich)'의 인종주의 및 동유럽으로의 팽창이라는 생활공간 이데올로기와의 연관성 속에서 언급되었다.[16] 잘레브스키(Michael Salewski)에 의하면 게르만화의 도그마는 나치의 정치적 영향력의 범위를 결정해야만 했고, 그러한 이유로 유럽질서에 대한 논의가 현실적으로 요구되었다.[17] 히틀러가 1920년대부터 쉬지 않고 생활공

13 Foerster, *Europa. Geschichte einer politischen Idee*, p. 311.
14 볼프강 슈말레 (박용희 옮김), 『유럽의 재발견』(을유문화사, 2006), p. 169; Wilson/van der Dussen (eds.), *The History of the Idea of Europe*, p. 127.
15 Hans-Dietrich Loock, "Zur Grossgermanischen Politik des Dritten Reiches", Vierteljahrshefte für Zeitgeschichte (1960), pp. 37–63, 여기서는 p. 37.
16 Wilson/van der Dussen (eds.), *The History of the Idea of Europe*, p. 107
17 Michael Salewski, "National Socialist Ideas on Europe", Walter Lipgens (ed.), *Documents on the History of European Integration Vol. 1 Continental Plans for European Union 1939–1945* (Berlin/New York, 1985), pp. 37–55, 여기서는 pp. 37–38.

간을 위한 북방혈통 민족들의 투쟁과 유럽의 다른 국가들에 대한 지배를 강조한 것은 이런 맥락에서 이해될 수 있을 것이다.

동시대 유럽구상들과 차별화된 사유를 가졌던 히틀러에게 유럽은 단지 정복의 대상에 지나지 않았고, 히틀러 유럽질서의 핵심은 인종적 기초 위에서 동쪽으로 확대된 대게르만제국[18]의 창설을 의미할 뿐이었다. 전쟁 초기 군사적 성공과 병행하면서 '유럽의 신질서' 문제를 논의하기 위해 1940년 5월 26일 창간되었던 주간지가 '유럽'이란 이름 대신 '제국(Reich)'이란 잡지명을 선택했던 것도 같은 맥락에서 이해될 수 있을 것이다.[19] 히틀러는 1941년 9월 8-10일 사이 측근들과의 대화에서 인종적 유럽에 대한 분명한 정의를 내렸다. 그에 의하면 "유럽은 지리적 개념이 아니라 인종적인(blutmäßig)인 개념"이며 "게르만족의 세계와 슬라브족 세계 사이의 경계"가 유럽과 아시아의 진정한 경계였다. 따라서 "그 경계를 우리가 원하는 곳으로 정하는 것은 우리의 의무"라고 강조하였다. 이 발언에 의하면 동쪽으로 확장되는 게르만제국의 경계가 인종적으로 정의된 유럽과 아시아의 최종경계가 되며 슬라브족은 유럽에서 제외되어야 했다. 히틀러는 이 같이 유럽을 독일민족의 게르만제국과 동의어로 만든 이후 전쟁 프로파간다로서 '유럽' 개념을 사용하는

---

18 립겐스(Walter Lipgens)는 전쟁 중 다듬어진 대게르만제국이 중심이 되는 나치의 유럽질서를 다음과 같이 요약하고 있다: 노르웨이, 덴마크, 스웨덴, 네덜란드, 플랑드르, 왈론, 스위스 등 북서유럽의 게르만 인종의 국가들은 '독일민족의 게르만 제국'에 속주로 편입될 것이다; 프랑스는 구제국 영토였던 로트링겐과 대부분의 부르군트 지역을 상실하고 북부 프랑스로만 축소된 위성국의 지위를 가질 것이다; 게르만 독일인들의 생활공간은 동쪽으로 확장되며, 동유럽 슬라브족의 열등인종(Untermensch)은 확장된 생활공간에서 종속된 지위를 가질 것이고 그곳 인구의 절반가량은 시베리아로 추방될 것이다; 남유럽의 슬라브 족은 인종적으로 정의된 히틀러의 '유럽'에서 제외될 것이며, 위성국의 지위를 가지면서 게르만제국에 의해서 정치, 경제적으로 통제되고 종속된 삶을 영위하게 될 것이다; 이탈리아, 스페인, 포르투갈 등도 종국에는 위성국의 지위를 가질 것이다. Lipgens (Hrsg.), *Europa-Föderationspläne der Widerstandsbewegungen*, p. 10.

19 Kluke, "Nationalsozialistische Europaideologie", p. 250 비교.

하는 것을 허락하였다.[20]

3. 나치 전쟁 프로파간다로서의 유럽구상

적어도 전쟁 전까지 나치는 동시대의 유럽구상들 자체를 부정하였고 생활
공간 확보에 무게중심을 두었던 나치의 외교적 노선에 유럽적 수사는 거의
존재하지 않았다. 나치 엘리트들의 입에서 '유럽의 신질서', '유럽경제공동
체', '유럽국가연합', 운명공동체로서의 유럽 등과 같은 유럽구상 또는 유럽
이념에 대한 호소가 등장하기 시작하는 것은 전쟁 수행을 위한 프로파간다
의 필요성 때문이었다.[21] 전쟁 프로파간다로서 유럽이 선전 될 때에도 유럽
에 대한 정부차원에서의 일관된 구상은 존재하지 않았고, 나치정부 엘리트
들마다 필요에 따라서 강조점을 달리하는 다양한 선동들이 여러 분야에서
병립하고 있었다.[22] 뿐만 아니라 전쟁의 경과에 따라서 유럽 프로파간다의
성격과 강조점도 조금씩 달라지고 있었음을 확인할 수 있다. 각 시기마다 경
미하게 구별되는 특징들을 구별하기 위해 이 장에서는 나치의 유럽 프로파
간다를 1) 전쟁 초기인 1939년-1941년, 2) 소련침공부터 스탈린그라드 전

---

20 Lipgens (Hrsg.), *Europa-Föderationspläne der Widerstandsbewegungen*, p. 9;
    Marie-Louise von Plessen (Hrsg.), *Idee Europa. Entwürfe von Ewigen Friden*
    (Berlin, 2003), p. 276.
21 나치는 전쟁을 전후하여 유럽대륙에 대한 무제한적인 지배에 대한 정당화, 점령지 부역자들에게
    동기부여, 점령국들로부터 인적, 물적 자원들의 동원, 전선과 후방의 국민들의 사기 고조 등의
    목적을 가지고 '유럽'을 선전구호로 도구화했다. Franz Knipping, *Rom, 25. März 1957.
    Die Einingung Europas* (München, 2004), p. 36; Gehler, *Europa*, p. 114; Wilson/van
    der Dussen (eds.), *The History of the Idea of Europe*, p. 108, 110.
22 예를 들어 괴벨스는 독일과 이탈리아의 리더십에 의해 통합된 유럽, 즉 대륙블록으로서의
    유럽을 강조하였고, 괴링과 제국경제부는 유럽의 새로운 경제적 질서 창출을 통한 점령지역의
    경제적 착취에 관심을 가졌고, 히믈러는 게르만제국 질서를 강조하였고, 외무부는 한때 유럽
    국가연합 창설안을 지지하였다. Kluke, "Nationalsozialistische Europaideologie", p.
    267; Salewski, "National Socialist Ideas on Europe", p. 39; 슈말레, 『유럽의 재발견』,
    p. 174 등을 비교.

투까지인 1941년-1943년 초, 3) 전쟁 말기인 1943-1945년 등 세 시기로
구분하여 설명할 것이다.

(1) 1939년부터 1941년까지 나치 유럽 프로파간다

전쟁 발발 무렵으로 추정되는 외무부장관 리벤트로프(Joachim von Ribbentrop)
에게 제출된 익명의 내부문서에는 "작금의 전쟁은 유럽의 자유와 통합(통일)
을 위한 전쟁이기도 하다"고 언급하고 있다. 그 문서는 전쟁 목표를 다음과
같이 열거하였다: "유럽 국가들을 위한 지속적이고 보장된 평화의 확립. 경
제적 압박과 비유럽 국가인 영국과 미국의 간섭으로부터의 안보. 유럽을 유
럽인에게로. 볼셰비키주의 문제들에 대한 유럽적 차원의 공동 대처. (…) 유
럽 국가들의 평화롭고 자유로운 협력을 통한 유럽 분파주의의 극복. (…)
."[23] 전쟁목표의 대외 선전을 위한 외무부의 내부 입장을 정리한 것으로 간
주되는 이 문서에는 어렴풋이 유럽적 수사가 등장하고 있었다. 그러나 전쟁
이 "유럽의 자유와 통합을 위한 전쟁이기도 하다"는 수사는 전쟁 초기에는
한 동안 더 이상 사용되지 않았다. 전쟁 초 예상을 넘어서는 빠르고 압도적
인 군사적 성공으로 인해 아마도 나치 공식 외교는 이러한 성공에 근거한
정치적 질서의 비전을 제시할 체계적 준비를 마련할 수 없었던 것 같다.[24]

물론 나치는 노르웨이, 덴마크, 네덜란드 등 점령지에서 '대게르만제국'이
라는 프로파간다를 지속적으로 사용하였고,[25] 이러한 선동은 일정부분 점령

---

23 "Note for the Reich Foreign Minister (prob. Sepember 1939)", Lipgens (ed.),
   Documents on the History of European Integration Vol. 1, pp. 55-56. 날자가
   명기되지 않아 1939년 9월에 작성된 것으로 추정되는 이 문서는 내용상 1943년 작성된 문서일
   가능성도 배제할 수 없다. (p. 55 각주 1). 슈말레(Wolfgang Schmale)는 이 문서의 내용을
   늑대가 양의 탈을 쓰고 선한 척 한다고 비난하였다. 슈말레, 『유럽의 재발견』, p. 179.
24 Salewski, "National Socialist Ideas on Europe", pp. 42-43.
25 Loock, "Zur Grossgermanischen Politik des Dritten Reiches", p. 37 비교.

지 부역자들에게 동기부여를 제공할 수 있었지만,[26] 전쟁 초기에 정치적 차원에서 건설적인 유럽구상에 대한 선전은 강조되지 않았다. 1940년 괴벨스(Joseph Goebbels)는 선별된 언론인들과의 대화에서 다음과 같이 말했다:

"오늘날 누군가가 당신들은 새로운 유럽에 대하여 어떤 생각을 가지고 있는가라고 묻는다면, 우리는 모른다고 대답해야만 한다. 물론 우리는 구상을 가지고 있다. 그러나 우리가 그 구상을 말로 표현하면 적들만 양산하게 될 뿐이다."[27]

같은 맥락에서 소련과의 전쟁을 진지하게 고려하던 1940년 하반기에 나치정부는 약속으로 간주될 수 있는 어떠한 내용도 언론이 언급하는 것을 금지하면서 한 동안 유럽구상과 신질서에 관한 보도를 자제하라는 지침을 내렸고, 1940년 하반기에 일간지와 잡지들에서 정치적 성격의 유럽구상에 대한 논의는 사라졌다. 이 기간 동안 대외적으로는 독일이 유럽의 신질서를 우선적 목표로 삼고 투쟁하는 것이 아니라 독일의 생존문제를 위해서 싸운다고 선전하였다.[28]

그 결과 1940/41년 전쟁 초기의 '유럽 신질서' 프로파간다는 당시 4개년 계획과 관련하여 현실적 문제가 되었던 경제적 구상에 초점을 맞추고 있었다. 4개년 계획 전권위임자였던 제국원수 괴링(Hermann Göhring)이 유럽 경제적 구상을 위한 첫 번째 실마리를 제공하였다. 조속한 승리를 기대하였던 괴링은 1940년 6월 22일 경제부장관 풍크(Walter Funk)에게 하달한 지령을 통하여

---

26 예를 들어 1940년 9월 25일 나치의 도움으로 노르웨이에서 정권을 장악할 수 있었던 노르웨이 나치당(Nasjonal Samling) 당수 크비슬링(Vidkun Quisling)은 범게르만 연방의 기초 단계로서 노르딕 연방의 창설을 스스로 제안하기까지 하였다. Vidkun Quisling, "Memorandum concerning Settlement of Relations between Norway and Germany", Lipgens (ed.), *Documents on the History of European Integration Vol. 1*, pp. 77–80.

27 Gehler, *Europa*, p. 112에서 재인용.

28 Kluke, "Nationalsozialistische Europaideologie", pp. 258–259.

전쟁에서 승리한 이후 점령지역의 경제적 수탈을 가능하게 만들 독일 경제의 재조직화 계획을 마련할 것을 명령하였던 것이다.[29] 이 지령을 수행하기 위해 경제부는 북유럽과 서유럽 국가들의 점령에 의해서 제공된 경제적 가능성들을 조사하였고, 그 과정에서 경제적 성격을 가진 '유럽 신질서' 구상이 서서히 모습을 드러내었다.

유럽경제의 재조직 안을 마련하기 위해 7월 22일 소집된 경제부 내부 회의는 통화문제, 원료와 식량 조달문제, 자급경제문제, 대외교역문제 등 당면한 유럽경제의 중요한 세부 사항들을 검토한 후 독일의 전후 경제적 목표는 생활수준의 향상과 상당한 정도의 경제적 자유를 확보하는 것이라는 결론을 내렸다.[30] 이 회의가 논의를 위한 기본 문서로 사용한 제국수상청(Reichskanzlei)의 각서는 "독일의 리더십 아래 유럽경제의 재조직을 위한 기반"이 마련되었고, 독일은 "경제적 팽창의 길을 추구할 수 있으며", 유럽에 "거대경제공간"이 마련될 것이라는 등의 언급을 하고 있다. 이 문서는 또한 명확하게 정의되지는 않았지만 "독일이 지휘하는 유럽경제공동체" 또는 "중부유럽경제연합" 등과 경제공동체의 개념까지도 사용하고 있었다.[31]

경제부 장관 풍크가 1940년 7월 25일 경제부 내부 논의의 결과를 정리하면서 '유럽의 경제적 재조직'이란 제목으로 행한 연설은 나치의 점령국가들에게 전후 유럽 경제질서를 위한 공식적인 청사진으로 받아들여졌다. 이 연

29 Lipgens (ed.), *Documents on the History of European Integration Vol. 1*, p. 57 각주 1.

30 "Meeting at Reich Economic Ministry: Reorganization of European economy (22 July 1940)", Lipgens (ed.), *Documents on the History of European Integration Vol. 1*, pp. 60-65.

31 "Reich Chancery memorandum: Organization of the German Economy (9 July 1940)", Lipgens (ed.), *Documents on the History of European Integration Vol. 1*, pp. 57-59.

설에서 풍크는 점령지역의 저항을 불러일으키지 않으려고 유럽경제지역 내에서 경제활동의 자유를 보장한다는 언급을 함으로써 괴링 지령의 약탈적 성격을 은폐할 정도로 조심스러웠다.[32] 풍크의 연설은 점령국의 많은 사람들에게 전후 나치 독일에 의해서 조정되는 경제적으로 통합된 대륙질서의 가능성을 믿게 만드는 효과를 발휘할 수 있었다.[33] 풍크 연설은 경제적 유럽 신질서의 핵심이 기존의 불안정한 양자적 지불체제를 제국마르크가 중심이 되는 고정환율 체제에 기반을 두는 안정적인 다자적 지불체제로 대체함으로써 세계경제에서 강화된 유럽의 대외무역체제를 구축하는 것에 있다는 점을 시사하였다. 또한 풍크는 현 상태에서는 관세동맹이나 통화동맹 같은 인위적인 구조의 창설은 바람직하지 않으며, 통화, 신용, 생산, 교역 등 경제정책의 모든 영역들에서의 협력을 통해 유럽 국가들 사이에서 강력해진 "경제공동체의 감정"이 생기는 것에 만족하였다.[34] 이 처럼 풍크의 구상으로 대표될 수 있는 전쟁 초 나치의 유럽 프로파간다는 경제적 성격의 유럽 신질서 구상에 방점을 두고 있었다.

(2) 1941년부터 1943년까지 나치 유럽 프로파간다

1941년 6월 22일 나치의 소련 침공은 나치의 정책이 유럽통합 이념을 고려하는 것을 가능하게 했다는 점에서 유럽에 관한 나치 이데올로기 역사에서 가장 중요한 전환점을 제공했다. 거대공간경제를 강조한 전쟁 초기의 경제적 신질서 프로파간다는 여전히 유효하였지만, 소련의 침공을 정당화 하

---

32 Walter Funk, "The economic reorganization of Europe (25 July 1940)", Lipgens (ed.), *Documents on the History of European Integration Vol. 1*, pp. 65-71.
33 Wilson/van der Dussen (eds.), *The History of the Idea of Europe*, p. 107 비교.
34 Funk, "The economic reorganization of Europe", pp. 65-71.

160   글로벌 시대의 기억과 서사

는 방송을 통해 히틀러가 이 전쟁이 소련에 대한 독일제국의 투쟁에만 머물지 않고, 볼셰비즘에 맞선 모든 유럽국민들의 방어전쟁이라고 주장함으로써 볼셰비즘에 대항한 공동의 운명을 가진 유럽의 십자군 전쟁이라는 새로운 프로파간다가 만들어졌기 때문이다.[35] 이에 부응하면서 나치의 선전부도 6월 30일 이 전쟁을 "볼셰비즘에 대항하는 전체 유럽의 궐기"로 포장하였고 "유럽이 유일무이한 연대 속에서 공동의 적을 향해 진군"하는 이 전쟁에서 히틀러는 유럽과 유럽문명을 이끄는 군대의 지도자로 찬양되었다.[36] 이후 하루도 빠짐없이 유대적인 볼셰비즘으로부터 유럽을 구한다는 선전은 미디어를 통해 지속적으로 환기됨으로써 나치 프로파간다의 핵심 내용이 되었다.[37]

소련 침공을 계기로 등장하는 이시기 나치 유럽 프로파간다의 새로운 특징은 전쟁 전 나치 지도부가 부정하였던 통일된 유럽, 즉 상위공동체로서의 전통적 유럽이념에 호소하기 시작했다는 점이다. 이때 유럽의 미래에 대한 모델을 제공한 것은 오래된 유럽의 제국 이념, 즉 독일민족의 신성로마제국이었다.[38] 12세기 동방의 무슬림에 맞선 십자군 원정으로 인해 나치 생활공간 이데올로기의 원초적 상징이 될 수 있었던 신성로마제국의 황제 바바로사(Barbarossa)가 소련 공격의 작전명이 됨으로써 바바로사작전은 동방으로 향하는 십자군 전쟁, 즉 신성한 전쟁이라는 이데올로기의 겉옷을 걸치게 되었다. 나치는 정당한 폭력으로 미화된 십자군 전쟁에 대한 유럽 기독교 세계의 집단적 기억과 바바로사 정신을 환기시키면서, 유대적 볼셰비키주의자들로부터 유럽을 방어하기 위한 전쟁을 '거룩한 전쟁'이자 유럽의 생존을 위한

---

35 Salewski, "National Socialist Ideas on Europe", p. 48.
36 Kluke, "Nationalsozialistische Europaideologie", p. 259.
37 최용찬, 「히틀러의 유럽통합 방안과 전쟁 포스터의 이미지 전략」, pp. 95-105 비교.
38 Plessen (Hrsg.), *Idee Europa*, p. 270.

전쟁으로 승화시켰던 것이다.[39] 이러한 맥락에서 이제 유럽은 한편으로는 유대적이며 아시아적인 볼셰비키의 위협으로부터, 다른 한편으로는 그들과 동맹한 앵글로 아메리칸의 포위로부터 벗어나기 위해 독일의 리더십 아래에서 운명적으로 통합한 국가들의 총합을 의미하는 것으로 선전되었다.[40] "유럽 전체와 문명화된 인류 전체를 위한 투쟁"이라는 히틀러의 선동을 통해 나치는 소련과의 전쟁에 참여한 스페인, 이탈리아, 슬로바키아, 헝가리, 루마니아, 핀란드 등에서 동원된 병사들이 그들이 유럽을 위해 싸운다는 생각을 주입시킬 수 있었다.[41]

이 시기 외무부에서 홍보담당을 맡았던 메게를레(Karl Megerle)가 언론에 내린 유럽 관련 지침들은 유럽의 미래에 대한 공격적이거나 논쟁적인 프로파간다가 긍정적인 내용으로 대체되어야 한다는 것을 강조하고 있다. 언론을 위한 외무부의 지침에는 거대지역 경제를 강조하는 기존의 프로파간다 외에 대륙의 숙적인 영국과의 전쟁이 유럽의 통합을 위한 전쟁이며, 연방적 기초 위에 조직된 유럽에서 개별주의가 극복될 것이며, 서구문명의 보존과 부흥, 즉 "영원한 유럽(Europa eterna)"을 위해 정치적 문화적 아메리카주의의 침략을 퇴치해야 하며, 볼셰비즘 문제 해결을 위해 유럽 차원의 단결이 요구된다는 등의 내용도 포함하고 있다. 그 외에도 점령국 국민들에게 향하는 메시지로서 통일성을 가지게 될 평화로운 유럽에서 모든 유럽의 국가들이 정당하고 합당한 위치를 가지게 될 것이라는 보도지침도 포함되어 있었다.[42] 유사한

39 Gerard Delanty, *Inventing Europe. Idea, Identity, Reality* (London, 1995), pp. 112-113.

40 Salewski, "National Socialist Ideas on Europe", p. 48.

41 Wilson/van der Dussen (eds.), *The History of the Idea of Europe*, p. 110.

42 Karl Megerle, "Positive themes for press and propaganda (27 September 1941)", Lipgens (ed.), *Documents on the History of European Integration Vol. 1*, pp. 86-89; Karl Megerle, "'European themes'" (prob. autum 1941), Lipgens (ed.),

맥락에서 1941년 11월 25일 반-코민테른 협정의 연장을 위해 행한 연설에서 외무부 장관 리벤트로프 역시 이 전쟁에서 "역사상 처음으로 유럽이 통합의 길을 가고 있다"는 사실을 강조하면서 새로운 유럽의 비전을 언급하였다.[43] 이시기 외무부 내부에서는 모호하지만 '유럽통합'의 수사가 프로파간다로 등장하는 것을 확인할 수 있다.

히틀러 역시 한편으로는 1941년 10월 25일 이탈리아 외무부 장관 치아노(Galeazzo Ciano)와 만난 자리에서 "비록 희미하기는 하지만 (...) 동유럽에서의 전투를 배경으로 하는 유럽적 연대의식은 점점 더 크고 일반적인 유럽공동체 의식으로 변해 갈 것"이라고 언급하면서 동유럽 전투를 통해 유럽적 연대의식이 생겨났다는 발언을 하였다.[44] 그리고 1942년 6월 경 자신의 권력이 절정에 달했다고 생각한 히틀러는 다음과 같이 말했다: "내가 강조하고 싶은 점이 하나가 있다. (...) 그것은 유럽의 이러한 통일이 통합의 신조에 헌신적인 몇몇 정치가들에 의해서가 아니라 무력에 의해서 가능하게 되었다는 점이다."[45] 히틀러는 정치가들에 의한 기존의 유럽통합 구상들을 비웃으면서 무력에 의해서만 유럽통합이 가능하다는 자신의 생각을 자신감 있게 강조하였다.

그러나 다른 한편으로 히틀러 스스로는 독일의 희생자들로부터 자발적인 협력을 기대하는 것을 지나치게 유토피아적이라고 생각했기 때문에 '유럽의

Documents on the History of European Integration Vol. 1, pp. 94-95

43 Joachim von Ribbentrop, "Speech on the prolongation of the Anti-Comintern Pact (26 November 1941)", Lipgens (ed.), *Documents on the History of European Integration Vol. 1*, pp. 90-92

44 Paul Otto Gustav Schmidt, "Record of conversation between the Führer and Count Ciano at Hiltler's headquarters on 25 October 1941 (26 October 1941)", Lipgens (ed.), *Documents on the History of European Integration Vol. 1*, p. 89.

45 뒤로젤, 『유럽의 탄생』, p. 338.

신질서'에 관한 나치 프로파간다의 대안들에 큰 기대를 두지는 않았다.[46] 그러한 이유로 히틀러는 1941년 7월 16일 나치 지도급 인사들과의 회의에서 동유럽의 조직화와 관련하여 유럽이념을 지나치게 강조하는 것을 경계하고 있다. 이 회의에서 히틀러는 소련과의 전쟁에서 독일만 이익을 얻을 것이 아니라 유럽의 모든 국가들이 이익을 함께 나누어 가져야 한다는 내용의 프랑스 언론기사를 언급하면서 독일 프로파간다로 인해서 발생하는 유럽주의에 대한 이웃국가들의 지나친 열광에 우려를 표하였다. 왜냐하면 히틀러가 이 회의에서 언급한 세계에 알려서는 안 되는 진정한 전쟁목표는 점령한 동유럽의 영토에서 이웃국가들과 이익을 나누는 것이 아니라 독일을 위한 "에덴의 정원"을 만드는 것이었기 때문이었다.[47] 히틀러가 1941년 11월 2일 지령을 통해 "나치 철학의 기본 원칙들과 통찰들은 독일 피의 정수로부터 유래한다는 사실과 그것들이 다른 국민들에게 적용될 수 없다는 사실을 결코 잊어서는 안 된다"는 사실을 강조하면서 지나친 유럽적 성격을 가진 외무부 프로파간다 노선에 강력하게 제동을 걸었던 것도 같은 맥락에서 이해될 수 있을 것이다.[48]

(3) 1943년부터 1945년까지 나치 유럽 프로파간다

1943년 초 스탈린그라드 전투에서의 패배는 전쟁의 분기점이 되었을 뿐만 아니라 나치 프로파간다가 더욱 절박해지는 계기를 제공하였다. 전황이

---

46 Salewski, "National Socialist Ideas on Europe", p. 50.
47 Martin Bormann, "Record of meeting on Nazi aims in Eastern Europe (16 July 1941)", Lipgens (ed.), *Documents on the History of European Integration Vol. 1*, pp. 84-86.
48 Adolf Hitler, "Decree (2. November 1942)", Lipgens (ed.), *Documents on the History of European Integration Vol. 1*, pp. 108-109.

독일에게 불리해지면서 유럽 전역에서 상당한 호소력을 가질 수 있었던 나치 프로파간다에 대한 기대도 나치 최종승리에 대한 믿음과 함께 시들어 갔기 때문이었다. 그러나 그럴수록 나치의 프로파간다는 더욱 절박하게 유대적 볼셰비키와 맞선 유럽의 위기와 서구문명의 방어를 강조하였고, 최후의 순간까지 볼셰비키의 속박으로부터 유럽이 해방되어야 한다는 선전은 지속되었다.[49] 히틀러는 1944년 1월 30일 나치 정권장악 11주년 기념연설에서 다음과 같이 언급하였다: "문제의 핵심은 (...) 전쟁이 끝났을 때 유럽을 지배하는 세력이 그들 가운데 가장 강한 세력이 대표하는 유럽의 국가가족이 될 것인지 아니면 볼셰비키 거인이 될 것인지 하는 데에 있다."[50] 이처럼 전쟁에서 패배할 가능성이 점점 커지자 심지어 히틀러까지 "유럽의 국가가족(Völkerfamilie)"이란 개념을 자주 언급하면서 유럽의 연대를 강조할 수밖에 없었다.[51]

괴벨스는 1943년 2월 15일 내린 지령에서 승리를 위해 이웃 국가들로 부터 가능한 한 많은 자원들을 동원해야만 하는 필요성을 언급하면서 동유럽의 국민들이 해방자로서 독일의 승리를 희망할 수 있도록 그들을 짐승이나 야만인이라고 모욕하는 언급을 삼갈 것을 지시하였다.[52] 그리고 3월 9일 괴벨스는 외신기자들에게 유럽의 신질서에 대하여 다음의 원칙들을 천명하였다: 1) 새로운 유럽은 자발적 기초 위에서 구축되고 개별 국가들에 대한 독

---

49 Salewski, "National Socialist Ideas on Europe", pp. 52–53.

50 Adolf Hitler, "Speech on the 11th anniversary of his accession to power (30. Janurary 1944)", Lipgens (ed.), *Documents on the History of European Integration Vol. 1*, pp. 162–163.

51 Kluke, "Nationalsozialistische Europaideologie", p. 270.

52 괴벨스는 심지어 SS의 노선인 유럽을 독일화해야 한다는 강경한 선전은 바람직하지 않다고 지적하기까지 하였다. Joseph Goebbels, "Directive on the treatment of European nations (15 February 1943)", Lipgens (ed.), *Documents on the History of European Integration Vol. 1*, pp. 117–119.

재는 없다, 2) 국가들의 개성은 억압되지 않는다, 3) 외부의 간섭을 방지하기 위해 유럽의 국가들이 강력한 국가들의 보호 아래 연합될 것이다, 4) 유럽의 어떤 국가도 특정한 통치체제를 강요받지 않을 것이다.[53] 괴벨스의 언급처럼 이 시기 나치 프로파간다는 가능한 모든 자원들을 동원할 필요성 때문에 유화적이고 건설적인 연대에 기초하는 유럽의 미래질서를 부각시키려 하려는 특징을 가지고 있었다.

이 시기 리벤트로프는 새로운 유럽에 대한 외무부 입장의 정점을 보여주는 1943년 3월 21일자 문서에서 나치 정부 최초로 유럽 국가연합(confederation) 창설 구상을 제안하였다. 리벤트로프 역시 괴벨스와 동일한 문제의식에서 출발하고 있었다:

"새로운 유럽에 대한 연설, 언론 기사 등등 말로만 하는 것은 이제 선전효과를 희석시킬 것이다. 내가 제안하는 것 같은 실질적 행동이 필요하다. 유럽의 여러 지도자들은 우리에게 새로운 유럽 창설의 구체적 행동을 요구한다. 그들은 볼셰비즘에 대항한 전투 이후에 어떻게 될 것인가를 묻는다. 우리가 지나치게 구체적인 구상을 제안할 필요는 없을 것이다. 유럽의 재조직화는 경제와 정치 영역에 대한 밑그림만 제시하면 충분할 것이다."[54]

이 문서의 부록으로 삽입된 유럽국가연합 구상 초안에 의하면 정치적 자유와 독립을 보장받는 유럽의 19개국 주권국가들이 공동의 운명에 대한 인식에 기초하여 창설하는 유럽국가연합은 유럽의 이익을 방어하고 외부의 적들로부터 유럽을 보호하려는 목표를 가지고 있었다. 또한 국가연합 국가들

---

53 Wipert von Blücher, "Goebbels's 'Principles' for the reorganization of Europe (16 March 1943)", Lipgens (ed,), *Documents on the History of European Integration Vol. 1*, pp. 121-122.

54 Joachim von Ribbentrop, "European conferation (21 March 1943)", Lipgens (ed,), *Documents on the History of European Integration Vol. 1*, pp. 122-127

은 군사적으로 유럽 방위동맹을 결성하며, 경제적 차원에서 국가연합 회원국들 사이에서 점진적인 관세장벽을 제거하는 것, 즉 관세동맹의 창설을 목표로 삼고 있었다.[55]

리벤트로프는 이 구상을 구체화하기 위한 실무위원회로서 '유럽위원회'를 발족 시켰고 위원회의 업무분장까지 설계했다.[56] 외무부는 적어도 1944년 가을까지 유럽국가연합 창설 구상을 내부적으로 포기하지 않았다.[57] 특히 1944년 가을 경 작성된 외무부 내부 문서는 유럽국가연맹 창설에 대한 논의가 외무부 내에서 상당히 진전되었다는 사실을 보여주고 있다: 유럽통합의 필요성과 주권국가들이 공동체로 연합하는 연방적 기초 위에서 유럽문제의 해결의 필요성이 더욱 강조되어 있었고; 초국가적인 기구가 아닌 1년에 1회 이상 소집되는 회원국 대표들의 회의체가 국가연합의 정치적 기구로 기능한다는 정치적 기구에 관한 구상도 있으며; 회의의 결정은 국제연맹과는 달리 만장일치를 필요로 한다는 구체적인 내용까지 적시되어 있고; 그 외에도 경제, 문화, 기술 등의 분야에서의 광범위한 협력을 위한 특별기구들의 설립 필요성까지 기술되어 있다.[58] 이러한 사실들로부터 적어도 외무부는 프로파

---

55 초안에서 언급된 최초의 가입 회원국들은 다음과 같다: 독일제국, 이탈리아, 프랑스, 벨기에, 네덜란드, 덴마크, 노르웨이, 핀란드, 에스토니아, 라트비아, 리투아닝아, 슬로바키아, 헝가리, 루마니아, 불가리아, 세르비아, 그리스, 크로아티아, 스페인 등 19개국. Ibid.

56 유럽위원회의 A팀은 역사적, 지리적, 통계적 자료 수집 및 기존의 역사적 동맹형태를 조사하는 업무를 맡았다. B팀은 유럽 신질서 실현을 위한 법적 문제들을 조사하는 업무를 맡았다. C팀은 유럽문제 프로파간다 관리, 특히 언론의 통제 및 언론과의 협력 문제를 담당하는 업무를 맡았다. Joachim von Ribbentrop, "Establishment of a 'European Committee' (5 April 1943)", Lipgens (ed.), *Documents on the History of European Integration Vol. 1*, pp. 127-132.

57 Cécil von Renthe-Fink, "Note on the establishment of a European Confederation (August 1943)", Lipgens (ed.), *Documents on the History of European Integration Vol. 1*, pp. 138-145; "Draft memorandum on the establishment of a European confederation (autumn 1943)", Lipgens (ed.), *Documents on the History of European Integration Vol. 1*, pp. 150-162.

간다로서의 유럽국가연합 창설 구상을 장래 유럽질서의 현실적인 선택지 가운데 하나로서 이웃국가들에게 실제로 제시하는 것을 진지하게 고민했다는 점을 알 수 있다.

그러나 전황이 치열해 질수록 더욱 조급해져 갔던 히틀러는 1943년 5월 나치 엘리트들에게 "잡동사니 소국들의 무질서는" 가능한 한 빨리 청산되어야 하며 통합된 유럽은 오직 독일인에 의해서만 조직될 수 있다고 언급하면서 특히 외무부의 유럽국가연합 구상을 포함해서 건설적인 성격을 가진 유럽구상들과 거리를 두기 시작하였다.[59] 외무부 정무차관(Staatssekretär) 바이체커(Ernst von Weizcäcker) 역시 유럽의 새로운 질서로서 유럽국가연합 구상 논의가 더 이상 발전할 수 없었던 이유를 '지도자'에게서 찾고 있다. 1943년 5월 2일자 바이체커의 일기에 따르면 히틀러가 그에게 우리의 이웃들은 모두 우리의 적이며, 그들로부터 얻을 수 있는 모든 것을 얻어내어야 하지만 그들에게 어떠한 약속도 할 수 없고 해서는 안 된다고 언급했다.[60] 히틀러는 1944년 정권장악 11주년 연설에서 다음과 같이 언급하였다:

"유럽에서 우리의 위상을 유지할 수 있기 위해서 우리는 독일인들이 살고 있거나 또는 천년 이상 독일제국에 속했으며 제국의 생존을 위해 인종적, 경제적으로 필요한 모든 땅들을 통합해야 한다."[61]

---

58 "Draft memorandum on the establishment of a European confederation (autumn 1943)", Lipgens (ed.), *Documents on the History of European Integration Vol. 1*, pp. 150-162.

59 Kluke, "Nationalsozialistische Europaideologie", p. 267, 269; 뒤로젤, 『유럽의 탄생』, p. 330 비교.

60 Lipgens (ed.), *Documents on the History of European Integration Vol. 1*, p. 125 각주 7.

61 Adolf Hitler, "Speech on the 11th anniversary of his accession to power (30. Janurary 1944)", Lipgens (ed.), *Documents on the History of European Integration Vol. 1*, pp. 162-163.

무력에 의한 통합을 의미하는 히틀러의 유럽통합에 회원국에게 정치적 자유와 독립을 약속하는 유럽국가연합 구상이 들어설 자리는 처음부터 없었던 것이다.

4. 결론

나치주의는 유럽의 통합을 지향했던 전통적인 유럽주의에 원칙적으로 적대적이었지만 나치 정부는 전쟁기간 동안 대내외적으로 유럽이념에 호소하면서 유럽적 차원의 질서 구축을 선전하였다. 나치의 소련과의 전쟁은 서구문명의 방어로 미화되어 유럽이 운명공동체라는 사실을 부각시켰으며, 경제부 장관 풍크는 거대공간경제에 바탕을 둔 대륙차원의 경제적 조직을 '유럽 신질서'로 포장하기도 하였다. 외무부장관 리벤트로프는 선전의 목적을 가지고 독립적인 유럽 국가들이 참여하는 유럽국가연합 구상을 구체화하려는 시도까지 하였다. 이처럼 전쟁기간 동안 적어도 표면적인 내용만 볼 때 건설적이라고 간주될 수 있는 유럽구상들이 나치 정부의 엘리트들에 의해서 도구화될 수 있었다.

그러나 유럽은 무력에 의해서만 통합될 수 있다는 히틀러의 생각은 나치 정부가 선전한 건설적인 유럽구상들이 단지 전쟁에 필요한 인적, 물적 자원들을 동원하기 위한 프로파간다에 지나지 않았음을 보여준다. 결국 나치의 지도층 인사들에게 있어서 '유럽'은 선전구호이자 투쟁구호에 지나지 않았다. 나치가 외친 유럽의 신질서의 핵심은 인종적 기초 위에서 동쪽으로 확대된 대게르만제국의 창설을 의미할 뿐이었다. 나치는 유럽의 이웃국가들에게 노동력의 착취, 개인적 자유의 억압 등과 같은 우월한 게르만 지배인종의 유럽지배 외에는 다른 것을 제공할 생각이 없었던 것이다. 이러한 대게르만제국 구상은 동등한 국가들 사이의 평화로운 공생, 협력 또는 연방적 결합과는 무관한 것이었기 때문에 전통적인 유럽구상들이 추구하였던 유럽통합을 사실상 부정하는 것이었다. 그럼에도 불구하고 크니핑(Franz Knipping)에 의하면 이러한 나치의 유럽구상이 외부를 향해서는 '유럽통합'이라는 구호로 신비화됨으로써 전선의 군인들, 후방의 국민들, 그리고 점령지의 부역자들을 위한 동기부여를 제공할 수 있었다.[62] 이러한 동기부여 때문에 독일과 피점령국가의 많은 군인들은 자신들이 히틀러의 군대에서 유럽을 위해 투쟁한다고 진정으로 생각할 수 있었던 것이다.[63]

물론 겔러(Michael Gehler)가 언급하였듯이 히틀러가 동유럽에서 승리했더라도 유럽통합과 평화는 없었을 것이며, 폭력의 추는 또 다른 곳을 향해 움직였을 것이다.[64] 그러나 역설적으로 들리겠지만 나치정부의 유럽 프로파간다가 동시대의 건설적인 유럽구상 발전에 일정부분 기여를 할 수 있었다. 나치에 저항하였던 레지스탕스 운동가들이 나치 프로파간다의 허상을 인식하고 있었기 때문에 나치의 유럽 프로파간다는 레지스탕스 운동가들이 꿈꾸었던 전후 유럽질서를 반추할 수 있는 거울의 역할을 할 수 있었다. 그 결과 진정으로 평화를 보장할 수 있는 자유롭고 동등한 국가들의 연합을 나치 유럽질서의 대안으로 제시한 레지스탕스 운동가들의 유럽구상이 실제로 1945년 이후 유럽통합을 위한 중요한 역사적 기억과 유럽질서의 형식을 제공해 줄 수 있었다.

글을 맺으면서 민족들의 상이한 인종적 가치를 주장하는 나치주의 도그마가 상위공동체로서의 유럽이념을 도구화하여 유럽통합을 신비화할 수 있었고, 그러한 프로파간다가 효력을 발휘할 수 있었다는 사실을 언급하고 싶다.

---

62 Knipping, *Rom, 25. März 1957. Die Einingung Europas*, p. 36.
63 Walter Lipgens, *Die Anfänge der europäischen Einigungspolitik 1945-1950* (Stuttgart, 1977), pp. 44-45.
64 Gehler, *Europa*, p. 115.

나치의 반유대주의와 반볼셰비즘의 선전이 당시 유럽의 수많은 사람들에게 호소력을 가질 수 있을 만큼 매력적이었다는 사실은 많을 것을 시사해 주고 있다.[65] 홀로코스트가 단지 나치권력에 의해서 강제된 만행으로만 볼 수 없는 유럽적 기억으로 남는 것도 이러한 이유 때문이다. 근본적으로 반유럽주의적인 전체주의 사상이 유럽주의의 겉옷을 입었다는 사실에서, 다시 말해 '유럽이념'이 전체주의 유럽통합 신화의 볼모가 되었다는 사실은 유럽이념 자체에 내재되어있는 폐쇄적이고 독단적이며 자기중심적인 위험요소를 환기시켜 준다. 페기다(Pegida)[66] 같은 독일의 극우주의자들이 지금도 유럽적 애국심에 호소하면서 자신들의 목소리를 높이고 있듯이 이러한 위험요소가 언제든지 재활용 가능하다는 점을 인식할 때, 유럽이념 자체가 상대화되어질 수 있을 것이다.

---

65 Wilson/van der Dussen (eds.), *The History of the Idea of Europe*, p. 110.

66 Pegida는 Patriotische Europäer gegen die Islamisierung des Abendlandes의 약어로서 서구문명의 이슬람화를 반대하는 애국적인 유럽인이라는 뜻을 가지고 있다.

08

세계대전시기 헝가리에 대한 미·소 전시정책(戰時政策)의 변화

김지영

I. 들어가는 말

1989년의 체제전환 이전 소련을 제외한 사회주의 유럽을 구분하는 용어에는 중·동유럽[1], 중부유럽[2], 동·중부 유럽[3], '중부·발칸 유럽'[4] 등이 있

---

* 이 글은 동유럽발칸학(겨울호, 1999)에 실린 글을 수정하고 보완한 것이다.

1 정치적 의미로 서유럽에 대치되는 개념으로서 사용되었다. 과거 사회주의를 경험한 국가들을 통칭해서 부르는 경향이다. 일반적으로 동유럽의 체제전환 이전에는 러시아를 제외한 헝가리, 폴란드, 체코슬로바키아, 유고슬라비아, 루마니아, 불가리아, 알바니아, 동독(DDR)을 지칭한다.

2 1989년 이후 주로 헝가리, 폴란드, 체코, 슬로바키아 등 4개국을 지칭하는 말로 쓰여진다. 이 중부유럽이라는 용어는 독일어의 Mitteleuropa를 번역한 것으로서, 최초로 이 개념이 생성된 시점은 약 200년 전까지 소급할 수 있다. 즉, 나폴레옹 전쟁 후 유럽의 새로운 질서 아래 39개의 독일 공국들이 통일에 대한 사고를 전개하는 과정에서 경제적으로 함께 생존할 수 있는 공동의 공간을 상정하게 되었고, 이 공동의 공간은 독일어를 사용하는 사람들이

다. 이 용어들은 이 지역에 포함되는 나라들의 숫자만큼이나 다의적으로 사용되어왔다. 최근에는 헝가리, 폴란드, 체코, 슬로바키아 4개국을 중부유럽 혹은 비세그라드 4국(V4 국가)이라고 부르는 경향이 강하고, 루마니아와 발칸반도의 나라들을 합쳐 발칸 유럽이라고 지칭하는 경우가 많다. 이 글에서는 전통적인 구분법을 존중하여 동유럽이라는 용어를 사용하기로 한다. 우리나라에서 이 지역에 대한 연구는 대부분 정치적 측면에 중점을 둔 경향이 강했으나 최근에는 역사, 문화 등으로도 연구의 관심이 확장되고 있다. 이는 이 동유럽지역에 대한 연구경향이 냉전적 시각에서 보다 다원적인 시각으로 탈바꿈하는 것으로서 매우 바람직한 방향이라고 볼 수 있다.

이 글의 목적은 그간 소략하게 연구되었던 이 지역의 역사, 특히 동유럽이 탄생되게 되었던 역사적 배경을 검토해 보는데 있다. 주지하다시피 동유럽지역에 대한 보다 정밀한 연구를 위해서는 제1차세계대전과 제2차세계대전 시기 강대국, 특히 미소 양국의 외교정책에 개해 깊이 연구해야할 필요성이 있다. 제1차세계대전의 결과에 의해 해체의 길을 걷게 된 오스트리아─헝가리 제국의 후속국가들이 동유럽의 모태가 되었으며, 2차 세계대전이후 소련의 영향권에 놓이게 된 이들 국가들이 사회주의의 길을 걸으며 동유럽의 이루게 된 것이다. 따라서 오늘날 동유럽 국가들이 민족을 기본으로 하는 개별

거주하는 영역이어야 한다는 점이다. 물론 뚜렷한 개념을 갖고 출발한 것은 아니지만 당시 유행하던 사상들에 비추어 보면 어렴풋이 나마 '중부유럽 개념'이 포함되어 있음을 볼 수 있다. 당대의 철학자인 피히테(1762-1814)도 1800년 Tübingen 에서 출간된 그의 저서 'Der ges-chlossene Handelsstaat'에서 (독일을 제외한) 외부와의 무역관계를 최소한으로 제한하는 자립경제국을 구성할 것을 제안하고 있는데, 아마 이 저서가 '통일된 독일'과 '중부유럽'이라는 개념을 최초로 언급한 책이 아닌가 사료된다. (Romsics 1996, 177-233)

3 주로 영어권에서 많이 쓰이는 용어다. 최근에는 유럽이나 헝가리 학계에서도 자주 사용된다. 헝가리, 폴란드, 체코, 슬로바키아, 루마니아, 발트3국과 핀란드까지도 포함하는 경우가 많다.

4 과거 사회주의권 국가들을 지칭하던 '동유럽'이라는 용어에 대한 대체 개념으로 많이 사용되고 있다. 앞에서 지적한 '동─중부 유럽' 국가들과 구 유고슬라비아 지역의 여러 나라들을 함께 지칭하여 사용한다. (Romsics 1998)

국가로 성립하게 된 계기는 두 번의 세계전쟁과, 그 세계전쟁에 대한 전후 처리과정에서 나타난 강대국들의 결정이었다는 주장은 음미해 볼 가치가 있다.[5]

오스트리아–헝가리 제국의 일원으로써 제1차 세계대전에서 패전의 운명을 맞게된 헝가리는 제1차 세계대전과 제2차 세계대전을 겪으면서 전체 영토의 67 %, 전체 인구의 58 %를 주변국에 할양하였다.[6] 오스트리아–헝가리 제구의 영역 중 헝가리 지역에서 분리된 지역들이 통합bxz 되어 체코슬로바키아, 유고슬라비아가 세워졌고, 트랜실바니아를 병합한 루마니아는 국토가 두 배 가까이 확장되었다. 루마니아는 헝가리로부터 10만 평방킬로미터 이상의 영토를 할양받음으로서 오늘날의 루마니아의 영역을 확보하게 되었는데, 이러한 결과는 현재까지도 양국의 갈등의 원인이 되고 있다. 헝가리와 루마니아의 영토문제에 대한 결정은 제2차 세계대전의 승전국이었던 미국과 소련의 정치적 고려 때문에 이루어졌다. 따라서 헝가리와 루마니아의 관계를 살펴보는데 있어 미국과 소련의 외교정책이 어떠했는지 살펴보는 것은 양국의 관계를 이해하는데 매우 중요하다.

강대국들에 의해 영토의 2/3가량을 주변에 할양해야 하는 운명을 맞이하게 되었던 헝가리의 경우는 우리에게 많은 시사점을 준다. 러시아, 중국, 일본, 미국이라는 세계 최강의 강대국들에 둘러싸여 이들이 주도하는 국제정치적 상황과 현실의 영향을 강하게 받을 수밖에 없는 우리나라는 강대국에 의해 결정 된 헝가리와 루마니아의 관계가 타산지석이 될 수도 있을 것이다.

---

5 김지영, 1999)

6 오스트리아–헝가리 제국내의 헝가리 영토에서 주변 각 나라에게 할양된 면적 : 1. 루마니아 : 102,787km2 (트랜실바니아전역), 2. 슬로바키아 : 49,000km2 (체코와 연합하여 체코슬로바키아 공화국 건설), 3. 보이보디나 : 19,221 km2 (전후 세르비아, 크로아티아 등과 연합하여 유고슬라비아 건설), 4. 루테니아 : 12,639km2 (체코슬로바키아로 통합 후에 우크라이나 즉, 소련으로 통합), 5. 부르겐란드 : 3,967.19km2 (오스트리아로 통합) (Juhász 1988 ,57–81)

이 글에서는 전후 양국의 영토가 확정되는데 결정적인 역할을 한 소련과 미국의 제2차 세계대전 중 전시정책을 살펴본다.

II. 소련의 대(對)헝가리 전시정책

헝가리에 문제 대한 소련의 정책은 시기별로 구분 될 수 있다. 1917년 이후 헝가리에 대한 최초의 소련 외교정책은 레닌에 의해 제창된 국제주의적 원칙이 적용되며 전개되었다. 그러나 헝가리에 대한 외교 정책은 원칙주의에서 시작하여 현실주의로 결정되었다고 해도 과언이 아니다. 소련외교정책의 이러한 변화는 여러 단계를 거치며 서로 혼합되었다. 소련의 초기 대외정책은 마르크스주의 이데올로기를 충실히 따르는 양상을 보였다. 로자 룩셈부르그, 오토 바우어, 칼 카우츠키 등에 의하여 강력하게 제기된 민족문제 논쟁에서 레닌은 카우츠키의 입장을 지지하며 그의 동료들이 '모든 민족이 자신들의 국가를 건설하려하는 경향을 과소평가하고 있음'을 경고하였다. 민족문제에 대한 레닌의 입장은 그의 후임자들보다도 훨씬 더 진일보 한 것이었다.

레닌은 제1차 세계대전이 발발하기 직전에 작성된 논문인 '민족자결을 위한 권리'에서 오스트리아-헝가리 제국을 짜르의 전제 러시아에 비교하였다. 그는 합스부르크 제국이 현재의 오스트리아-헝가리의 2중적 구조에서 독일인과 헝가리인, 슬라브인이 주체가 되는 3중구조적 체제로 제국을 변화 될 수 있다고 보았다. 레닌은 오스트리아-헝가리 제국 내에 존재하는 각 민족들은 연방적 체제를 유지하는 것이 공동의 이익이 되며, 특히 안보 면에서 오스트리아-헝가리 제국의 후속국 들에게 유익할 것이라고 보았다. 그러나 이후 제1차 세계대전 기간 중 민족자결주의와 이와 관련 된 여러 방안들이 광범위하게 제기되면서 레닌 자신도 오스트리아-헝가리 제국의 완전한 해

체와 그에 의한 계승국가들의 성립을 현실적으로 인정할 수밖에 없는 상황
이 되었다.

레닌은 오스트리아-헝가리 제국의 해체가 필연적이며 이는 강대국들의
전시정책과 그들이 후원하는 오스트리아-헝가리 제국내의 민족해방투쟁과
긴밀히 연결되어 있다는 점을 잘 알고 있었다. 그렇기 때문에 오스트리아-
헝가리 제국의 해체이후 '작은 규모'의 제국의 후속 국가들이 그들을 후원하
는 강대국들의 영향력 하에 있을 수밖에 없다는 점을 명백히 알고 있었던
것이다. 또한 레닌은 이 시기 강대국들이 오스트리아-헝가리 제국에 우호적
이지 않다는 점을 잘 알고 있었고, 특히 헝가리에 대해 그렇다는 점을 인식
하고 있었다.[7] 강대국들이 어떠한 방식으로 개입을 하던 간에 오스트리아-
헝가리 제국 내의 민족 분리주의자들에 의한 헝가리의 분할은 레닌과 그의
동료들이 상정한 전후 유럽의 구도와는 판이하게 다른 것이었다.

레닌은 체코와 슬로바키아를 비롯하여 다른 민족세력들이 오스트리아-헝
가리 제국 내에 존재하며, 점진적으로 완전한 민주적 연방을 형성하는 것이
합리적이라고 보았다. 특히 체코의 경우에는 국민여론도 오스트리아-헝가
리 제국의 존속을 지지하는 모습을 보였다. 오스트리아-헝가리 제국 내 다
른 소수민족과는 달리 체코는 오스트리아-헝가리 제국 내에서 비교적 우월
한 지위에 있었으며, 점진적으로 헝가리에 버금가는 자치권을 획득할 수 있
으리라는 기대가 있었다.

헝가리에 대한 소련의 입장은 우호적인 편이었다. 그 이유는 1917년 볼세
비키 혁명당시 1차대전의 포로로 러시아에 잡혀있던 헝가리군인들이 헝가리

---

7   1차대전 중 프랑스의 전시정책은 오르모쉬 마리어 (Ormos Mária)의 '파두아에서 트리아논까지'
    1918-1920' (Padovától Trianonig 1918-1920)을 볼 것. 영역본은 'From Padua to the
    Trianon 1918-1920' Akadémiai kiadó, Budapest, 1990

공산당 지도자인 쿤 벨라의 지도하에 소련의 볼세비키 혁명을 지원하였고, 러시아 혁명이후 최초로 사회주의 혁명이 성공한 곳이 헝가리였기 때문이었다.

헝가리를 포함하여 동유럽에 대한 소련의 정책은 히틀러의 동유럽 장악에 대한 계획(Drang nach Osten)이 가시화 되며 새로운 국면을 맞게 된다. 헝가리 문제, 특히 트랜실바니아 문제에 대하여 소련이 갖고 있던 기본적인 생각은 헝가리가 제1차 세계대전을 통해서 부당하게 헝가리의 영토를 루마니아에 빼앗겼다는 것이었다. 소련 외교문서보관소의 기록에 의하면 당시 트랜실바니아 문제에 대한 소련정부의 판단은 다음과 같다.

> "....트랜실바니아의 병합은 루마니아가 주장하고 있듯이 루마니아와 헝가리, 기타 소수민족들과의 합의에 의한 연합의 성격이 아니라, 합병'이다.....1918년 12월 2일 루마니아는 줄러페헤르바르(Gyulafehérvár) 의회에서 트랜실바니아를 루마니아에 병합하며...루마니아는 앙탕트 세력에 의한 인정된 병합을 시작했다"

소련은 이러한 상황을 불합리한 것으로 보고 있었다. 소련은 트랜실바니아에 거주하고 있는 루마니아인 역시 트랜실바니아를 루마니아에 병합하는 것을 지지하지 않는다는 점을 알고 있었다. 소련이 트랜실바니아에 대해 가지고 있는 기본적인 인식은 트랜실바니아는 전통적인 헝가리의 영역이라는 것이었다. 트랜실바니아 주민들과 대다수의 지식인들은 루마니아로의 합병을 원하지 않았고, 소수의 루마니아 지식인들만이 트랜실바니아를 헝가리로부터 완전히 분리하지 않고 최소한의 자치권을 갖는 '자치주' 형태를 원하고 있었는 것을 소련은 잘 파악하고 있었던 것이다.

소련의 외교사가들은 트리아농 조약에서 루마니아가 트랜실바니아를 획득하게 된 이유를 1919년 헝가리에서 발생한 프롤레타리아 혁명을 루마니아가 저지했기 때문이고, 이에 대해 강대국들이 루마니아에 대한 보상으로 광대한 트랜실바니아 지역을 제공한 것이라고 밝히고 있다.[8]

소련은 제1차 세계대전 이전 시기에 헝가리와 루마니아에 관련된 문제에 대하여 긴급한 현안문제를 갖고 있지 않았다. 이 시기에 있어서 소련은 국경을 맞대고 있는 폴란드와의 관계 정도가 중요한 현안문제였고, 루마니아와는 베싸라비아와 北부코비나에 대한 전통적 이해관계 때문에 주의를 기울이는 정도였다. 소련은 베싸라비아와 北부코비나에 대하여 헝가리와 루마니아의 갈등관계를 이용하여 실제적인 이익을 확보하려는 전략을 갖고 있었다. 헝가리 또한 반 루마니아적인 소련의 정서와 그들의 이해관계를 이용하여 루마니아에 대한 영토협상을 협상을 유리하게 끌고 가려 하였다.

소련과 헝가리의 이러한 의도가 전면적으로 드러나게 된 것은 제2차 세계대전 초기에 프랑스가 독일에 항복하고, 유럽의 전황이 독일에게 유리하게 전개되면서부터이다. 이 시기 소련의 외교정책에 대해 전통적으로 불신이 있었던 헝가리에서는 자국의 이익을 위해서는 그 동안 소련을 불신하였던 태도를 바꾸어야 한다는 의견도 대두되었다. 특히 국제정세를 잘 파악하고 있었던 외교관들에게 이러한 입장을 발견할 수 있다. 이 시기 헝가리의 궁극적인 외교목표는 제1차 세계대전에서 패한 후 루마니아에게 빼앗긴 10여만 평방킬로미터의 트랜실바니아 지역을 회복하고자 하는 것이었다. 이러한 헝가리의 희망을 '실지회복'주의라고 하는데, 이 실지회복 주의는 1920년 트리아농 조약이후 헝가리 외교정책의 일관된 흐름이었다.

헝가리의 외교관들, 특히 신생 소련의 모스크바에서 주 모스크바 헝가리

---

8 Tofik, Iszlamov. Erdély a szovjet külpolitikában a második világháború alatt. in Multunk. 1994. PP.17-50.

공사로 재직했던 융게르트 아르노티 미하이(Jungert-Árnóthy Mihály) 같은 이가 이러한 의견을 가진 헝가리 외교관의 대표격이었다. 그는 헝가리 외무부에 보낸 보고서에서 헝가리가 소련의 입장을 이해하고 그들을 이용하여 헝가리 문제와 관련하여 소련의 지원을 받을 수 있는 가능성을 고려해야 함을 역설하고 있다. 최근 발간된 그의 일기장에는 다음과 같이 기록되어있다.

"...우리가(헝가리) 소련이 베싸라비아에 대하여 이해관계를 갖고 있다는 점을 인식하고 있고, 우리는 트랜실바니아 문제에 대해서 이해관계가 있다는 점을 소련이 알고 있는 상황에서 두 나라가 더불어 루마니아에 대항하는 연합을 형성할 수 있다..."(Jungert 1989, 379)

이 보고에 대하여 헝가리 정부는 고무되기는 하였으나 구체적인 협력안을 구상하지는 않았다. 소련의 영향을 받은 쿤 벨라에 의해 프롤레타리아 혁명이 성공한 경험이 있는 헝가리로서는 공산주의 체제인 소련과 우호적인 관계를 지속하는 것이 오히려 위험스럽다는 정서가 있었다. 따라서 헝가리의 여론은 트랜실바니아 문제에 대하여 소련과 협력하기 보다는 오히려 독일과 이탈리아의 지원을 얻는 것이 좋다는 편이었다. 더 나아가 트랜실바니아 문제의 궁극적인 해결은 서유럽 국가들과의 협력을 통하여 성취하는 것이 합리적이라는 의견이 지배적이었다. 이러한 헝가리의 입장은 1940년 2월 23일 파리와 런던주재 헝가리 공사들이 각각의 주재국 정부에 제출한 메모란둠에도 잘 나타나있다.

".....헝가리는 트랜실바니아를 수복하는 문제에 대하여 무력을 사용하기를 원하지 않으며, 전쟁을 통한 해결책을 원하지 않는다. 그러나 소련의 군대가 루마니아를 침공하는 경우에 동시에 헝가리 군대는 카르파트 산맥까지(全 트랜실바니아 지역을 포함하는)진격할 것이다. 왜냐하면 헝가리 군대가 소련의 진격을 저지해야하기 때문이다. 즉, 소련군대가 발칸으로 진출하는 것을 저지하기 위해서 헝가리 군대가 카르파트 산맥까지 진출해야 하는 것이다. 또한 만약....소련이 루마니아를 공격하지 않고, 루마니아가 도브루자를 불가리아에게 양여 한다면 헝가리는 트랜실바니아로 무장(武裝)하여 진격을 할 수밖에 없다. 이것이 헝가리가 취할 수 있는 최선의 해결책이다..."

이 메모란둠에서는 어떠한 경우에도 헝가리가 소련과 협력하기에는 부적합하며 소련과 더불어 공동으로 무장행동을 하지 않을 것임을 강조하고 있다. 헝가리 외교관들이 이러한 입장을 프랑스와 영국에 제안한 이유는 루마니아와 프랑스, 루마니아와 영국간의 우호적인 관계를 헝가리 외교관들이 잘 파악하고 있었기 때문이다. 즉, 1939년 4월 13일에 루마니아-프랑스, 루마니아-영국 보장협정이 이루어졌고, 이에 따라 헝가리 외교관들은 프랑스와 영국을 적으로 돌리는 우를 범하지 않고자 하였던 것이다. 루마니아-프랑스, 루마니아-영국 보장협정의 핵심적인 내용이 영국과 프랑스가 루마니아의 국경을 보장한다는 점 이었기 때문이다. 헝가리는 트랜실바니아 문제등 국경문제에 대하여 독일의 협조만을 고려하고 있지 않았고 서방국가들과의 협력도 원하고 있었던 것이다.

1940년 6월 독일군이 프랑스를 점령하자, 루마니아는 7월 1일에 스스로 영국과의 보장조약을 무효화하였는데, 그 이유는 독일과 보다 우호적인 관계를 맺기 위한 것이었다. 이러한 상황에서 헝가리 정부는 서방에 대한 호의적 행동을 취할 필요가 없어져 버렸다. 프랑스는 독일에 항복하였고, 루마니아는 영국과의 보장조약을 파기했기 때문에 헝가리로서는 독일과 소련만이 외교적 고려의 대상이었다.

프랑스의 항복과 더불어 소련외교는 중대한 전환점을 맞게 된다. 즉, 현상

유지적 정책에서 현상타파적 정책으로 외교정책의 기조를 변경하여 전시기 간 중 소련의 영토적 이익에 부합하는 적극정책을 펼치게 된다. 프랑스가 독일에 점령된 당일(6월 26일) 자정 경, 몰로토프 소련 외교인민위원은 주 모스코바 루마니아 공사인 다비데스쿠에게 루마니아는 베사라비아와 北부코비나를 소련에 반환하라는 공문서를 전달하였다. 그리고 이에 대한 회신을 24시간 내에 하라고 통첩하였다. 만약 24시간 내에 이에 대한 긍정적인 회신이 없을 경우, 소련군대는 즉시 앞에서 언급한 지역을 점령하겠다고 통보했다. 그러나 사실 루마니아는 베사라비아와 北부코비나를 '점령'한 적이 없으며 이러한 소련의 요구에 어리둥절할 수밖에 없었다.

소련은 요구라기보다는 협박에 가까운 언사를 사용하여 루마니아에 최후 통첩을 보냈다. 루마니아의 입장에서는 소련의 요구를 거절할 만한 아무런 능력이 없었다. 군사적으로나 경제적으로나 루마니아는 소련의 적수가 될 수 없었다. 루마니아 정부는 즉시 그 제안을 수락하였다. 왜냐하면 루마니아는 이미 2개 사단의 소련군대가 '드녜스테르 강'(루마니아와 소련의 국경) 북안에 주둔하고 있으며, 소련 공군은 이미 출격 준비를 완료하고 있었다는 점을 알고 있었기 때문이다. 루마니아는 만약 소련군이 루마니아를 공격하게 되면 불가리아와, 헝가리도 루마니아를 공격할 것이라고 생각하였다.

루마니아는 소련의 통첩을 접수하면서 베를린에 대하여 지원을 요청하였으나 베를린의 대답은 상기 언급된 지역을 소련에게 양도하라는 것이었다. 왜냐하면 이미 1년 전 몰로토프와 리벤트롭은 동유럽의 분할에 관하여 합의하고 있었기 때문이다. 독일은 소련의 베싸라비아와 北부코비나에 대한 집착을 이해하지 못하면서도 몰로토프-리벤트롭 계약에 의하여 소련의 同 지역에 대한 점령을 인정하였던 것이다.[9] 루마니아로부터 긴급한 지원요청을

9   Macartney 1993, 78-90

받은 리벤트롭은 6월 25일 부카레스트의 독일 공사에게 비밀전문을 발송하였다. 전날 이미 모스크바 주재 공사에게도 비밀전문을 보냈는데 그 내용은 베싸라비아 문제에 대한 독일의 공식입장 이었다. 그 내용은 1) 독일은 루마니아의 석유와 농업생산물에 대하여 깊은 관심을 갖고 있으며, 2) 독일은 루마니아 국가의 영역이 전쟁터로 변하지 않게 되기를 강력하게 희망한다는 것이었다. 리벤트롭이 루마니아에 전한 자신의 의사는 평화적인 방법에 의하여 베싸라비아를 소련에 양보하라는 것이었다.

1940년 6월 27일 오전 11시와 12시 사이에 부카레스트 주재 독일 공사는 이와 같은 독일의 입장을 부카레스트 정부에 전달하였다. 같은 날 15시에 베를린 주재 루마니아 공사는 독일의 입장에 대한 루마니아 정부의 공식적인 수용 의사를 전달했다. 그 내용은 평화적인 방법에 의하여 베싸라비아를 소련에 양도하며 독일의 루마니아에 대한 관심(석유와 농업생산물에 대한)을 이해한다는 내용이었다. 루마니아 정부는 루마니아가 독일의 요구를 수용하면 추후 독일이 루마니아를 지원할 것이라고 생각했다.

베싸라비아와 북 北부코비나가 소련에 병합되고 난 후, 헝가리는 7월 2일 크리쉬토프 요제프 모스크바 주재 헝가리 공사를 데카노조브(소련 외교 부인민위원)에게 보내 헝가리 문제에 대한 소련의 반응을 타진하였다. 소련의 입장은 매우 미온적인 것으로서 이 문제에 대한 명확한 회답을 피하였다. 헝가리는 루마니아와 소련이 전시상태에 들어간다면 즉시 자국군을 루마니아에 파병할 준비를 갖추고 있었다. 헝가리의 군사력은 그 자체로서는 미약하였지만 소련과 연합한다면 루마니아에게는 큰 위협이었다. 헝가리는 소련과 루마니아의 갈등 관계가 트랜실바니아를 회복할 수 있는 기회라고 판단하고 있었다. 이점이 헝가리가 잠시나마 소련에 호의를 갖게 되었던 이유이다.

소련과 루마니아 문제가 평화적으로 해결됨으로서 헝가리와 루마니아의 갈등에 대하여 군사적으로 해결할 가능성은 사라졌다. 헝가리로서는 소련의 군사적 지원 없이는 독자적으로 루마니아 군대를 이길 수 없었기 때문이다. 헝가리는 어떠한 방식으로든 루마니아와 관련된 문제에 대하여 소련의 지지 입장을 받아내고 싶어 했다. 헝가리 측에서 다각도로 외교적 노력을 진행한 후, 몰로토프는 7월 4일 헝가리와 루마니아 갈등관계에 대하여 헝가리의 입장을 지지하는 내용이 담긴 성명을 발표하였고, 이 내용을 헝가리에 전달하였다. 그 내용은 다음과 같다.

> 1) 소련은 헝가리가 루마니아에 요구하는 지역에 대하여 헝가리의 권리가 있음을 인정
> 2) 헝가리와 루마니아가 분쟁상태에 접어들면 소련은 간여하지 않음

이 성명을 기점으로 헝가리와 소련의 관계는 한층 우호적인 국면으로 접어들었다. 이러한 분위기에 편승하여 모스크바의 헝가리 외교관들은 1940년 7월 29일 소보이예프 외교인민위원회 제1서기에게 다음과 같은 내용을 요구하였다.

> ".... 만약 헝가리와 루마니아의 군사적 갈등이 일어났을 시에 현재 루마니아 군에 배속되어 있는 헝가리 장교들이 헝가리에 대한 전쟁을 거부하고 소련 지역으로 넘어가려고 시도하는 경우에 소련 정부가 이들을 헝가리 정부에 인도해 달라..."

또한 외교관들은 9월에 비신스키 민족보위상과 대화를 통하여 소련과 헝가리의 관계가 우호적이며 형제적인 단계에 있다고 언명하였다. 소련과 헝가리의 관계가 외견상으로는 '발전된' 양상을 보이면서 소련에 대한 헝가리

의 국내 여론도 매우 호전되었다. 당시 최대일간지인 '민족의 소리(Népszava) 지에는 다음과 같은 기사가 실려 있다.

"…..과거의 경험을 뒤로하고, 우리 헝가리 민족과 소련 인민은 공동의 이익을 향하여 나아가고 있다. 1000년간 우리의 영토였다가 강대국에 의하여 강제로 빼앗긴 우리의 땅, 트랜실바니아가 소련 인민의 형제적 호의에 힘입어 우리에게 되돌아 올 날도 그리 멀지 않은 것이다. …우리는 이 새로운 관계가 결실을 맺을 수 있도록 최대한의 성의를 표해야 하는 것이다.…"(Népszava 1940. 7. 25)

이와 같은 헝가리의 분위기는 독일을 자극하기에 충분한 것이었다. 헝가리와 불가리아가 소련과 우호적인 관계를 맺지 않기를 바랐던 히틀러는 헝가리, 불가리아, 루마니아의 지도자들을 뮌헨으로 불러들여 3자 회담을 통하여 3국의 국경문제를 해결할 것을 주문하였다. 독일의 주선에 의해 헝가리와 루마니아 간에 트루누 세베린 회담이 개최되었으나 서로의 입장 차이만을 확인한 채 실패로 끝나고 말았다.

트랜실바니아 문제에 대하여 루마니아는 헝가리 측에 10,000 ㎢의 면적을 제안한 반면 헝가리는 루마니아에게 78,000 ㎢를 요구했기 때문이다. 이 회담 후 헝가리 정부는 모스크바의 도움을 요청하였다. 이 요구에 대하여 몰로토프는 확실한 회답을 주지 않았다. 이러한 헝가리의 움직임을 주시하고 있던 히틀러는 헝가리-루마니아 문제가 심각한 국면에 접어들고 있다는 인식 하에, 또한 더 이상 소련의 간여 여부를 남기지 않으려는 목적으로 헝가리와 루마니아 대표를 비엔나로 불러 '2차 비엔나 중재'를 통하여 이 문제를 해결하였다. 독일의 중재로 헝가리는 트랜실바니아의 일부 지역을 회복하였고, 불가리아는 도부르쟈 지역을 획득하였다. 루마니아는 트리아농 조약에 의해 획득한 영토의 절반을 다시 헝가리에 내주게 되면서, 더 이상 독일을 신뢰하지 않게 되었다. 특히 베싸라비아와 北부코비나 문제 때문에 독일에 대한 서운한 감정을 갖고 있던 시점에서 '2차 비엔나 중재'는 독일과 루마니아의 적대관계를 확정짓는 상징적 사건이 되었다. 이 경험이 차후 파리평화회담에서 루마니아가 소련과 협력하여 반 독일적 입장을 취하는 한 원인이 된다.[10]

소련은 제2차 세계대전 기간 중 헝가리와 직접적인 이해관계가 적었다. 그러나 '2차 비엔나 중재'에서 보인 헝가리의 친 독일적 성향은 소련으로 하여금 헝가리를 잠재적인 적으로 간주하게 하는 원인이 되었다. 소련은 이 시기부터 향후 헝가리와 발생할 수 있는 문제들에 대하여 연구를 시작하였고, 이후 헝가리에 우호적이지 않은 행태를 보이기 시작했다. 그러나 소련의 이 태도의 변화가 단지 '2차 비엔나 중재' 때문이라고만 보기는 어려운 측면이 있다.

헝가리에 대한 소련의 입장 변화에 대한 뚜렷한 원인은 아직까지도 밝혀지지 않고 있으나 1956년 후르시쵸프가 티토와 나눈 대화 속에서 몇 가지 시사점을 찾을 수 있다. 즉, 소련은 헝가리에 대해서 악의를 품고 있지는 않았으나, 전통적인 헝가리의 서구지향성 때문에 헝가리가 소련과 서구라는 두 개의 커다란 적을 상대로 전쟁을 벌여야 했다는 것이다.(Sipos, 1983, 214) 여기에 더하여 헝가리의 입장을 소련에 설명해야 하는 헝가리 공산당의 입지가 워낙 미약했기 때문에 체코나 폴란드의 경우와 같이 공산당이 존재하는

---

10 히틀러가 헝가리-루마니아 문제에 직접 개입한 이유는 루마니아의 유전 때문이었다. 히틀러는 전쟁을 수행하는데 있어 루마니아의 석유가 필수적이었기 때문에 어떠한 경우에서도 루마니아가 전장화 하는 것을 바라지 않았다. 루마니아-헝가리 협상이 진행되는 동안에도 히틀러는 만약의 사태에 대비하여 9월 1일부로 장갑차 부대, 기동화 부대, 공수부대와 공군이 루마니아의 유전지대 보호를 위해 즉시 진격하라는 명령을 하달해 놓고 있었다. (Shirer 1990, 800)

이점을 전혀 활용할 수 없었던 점도 한 원인이라고 할 수 있다. 체코슬로바키아의 경우 베네쉬가 정권을 잡으면서 소련에 대한 우호적인 입장을 보인 반면에 헝가리의 새로운 정부는 명백한 반소정책을 추진하였던 것이다. 한 때 친소적이었던 여론은 '2차 비엔나 중재'에서 나타난 독일과 이탈리아의 위력을 새삼 절감하며 반 소련, 친 독일적으로 변화했다.

이러한 조건아래서 소련은 체코 민족주의의 수호자로 자임하고 나서며 체코와 슬로바키아의 민족운동을 지원하였다. 이 민족운동의 주된 대상은 헝가리였다. 소련은 체코와 슬로바키아를 이용하여 헝가리와 주변국들의 긴장관계를 조성하려 하였으며, 이는 전후 동부 유럽에서 소련의 헤게모니를 완성시키는 주요한 요인이 되었다. 또한 소련은 트랜실바니아 문제에 대하여 초기 헝가리의 입장을 지지했던 정책에서 루마니아의 입장을 강력하게 지지하는 정책으로 선회하였다. 이러한 입장의 변화는 시기별로 소련의 이익에 가장 합당한 선택을 한다는 소련외교정책의 한 특징을 보여주는 것으로서 이는 소련외교 전통이었다.

헝가리와 루마니아 문제에 대하여 최종적으로 소련이 루마니아를 지지한 데는 다음과 같은 몇 가지 이유가 있다. 먼저 트랜실바니아 지역을 루마니아에 병합시키는 것은 소련이 베싸라비아를 병합한 것에 대한 보상적 성격이다. 소련은 직접적 이해관계에 있는 베싸라비아를 얻고, 그 대가로 자신들과 전혀 이해관계가 없는 트랜실바니아를 루마니아에게 양도하게 함으로서 잃은 것이 하나도 없이 실질적인 실리만 취한 셈이 되었다.

제2차 세계대전이 종반부로 접어들면서 동유럽의 국가들의 향후 운명에 대한 강대국들의 논의가 진행되었다. 사실 헝가리와 주변국들의 갈등문제는 유럽의 평화를 위협하는 잠재적인 문제였다. 강대국들에 의한 오스트리아-헝가리 제국의 강제적 해체와 그에 따른 '작은' 규모 국가들이 탄생했다는 현실이 향후 유럽의 평화를 저해하는 갈등요인이 되리라는 점은 대부분의 국가들이 인지하고 있는 상황이었다. 따라서 헝가리와 헝가리를 에워싼 주변 국가들과의 평화로운 공존은 전후 국제질서의 안정적 유지를 위한 핵심적인 사안중의 하나였다. 이러한 이유로 이 지역의 안정화를 위한 여러 방안들이 제시되었다. 먼저 이 지역을 연방화 하여 적과 동지의 구분을 없애는 방안이 나왔다. 이에 대해 소련은 이 연방안에 대해 반대하는 명백한 입장을 밝혔다. 몰로토프가 1943년 6월 7일 영국정부에 보낸 편지에 연방안에 대하는 소련의 입장이 나타나 있다.

> " …폴란드와, 체코슬로바키아, 유고슬라비아와 그리스, 헝가리와 오스트리아를 포함하는 그와 같은 연방을 창설하는 문제에 대하여, 소련 정부는 탐탁해 하지 않으며, 특히 헝가리와 오스트리아가 포함되는 문제를 고려하는 것은 합당하지 않다.." (Notter Fole NA RG 59)

상기 전문에서 헝가리에 대한 소련의 입장이 변경되었음을 확인할 수 있다. 그러나 이러한 소련의 명백한 반대 입장에도 불구하고 영국 외무장관인 이든(Sir Anthony Eden)은 1943년 9월 모스크바의 외무장관 회담에서 동유럽의 향후 장래 문제에 대하여 미국이 상정하고 있었던 '동유럽연방'과 유사한 새로운 '연방안'에 대한 토론을 제의하였다. 그러나 소련은 이 안건이 회의의 제로 상정되는 것 자체를 거부하였다.

몰로토프는 그해 12월 테헤란 회담에서도 소련의 입장을 스탈린을 통하여 처칠에게 전달하였다. 스탈린은 명시적으로 "…오스트리아와 헝가리가 다시 연합하는 것을 보고 싶지 않으며, 그와 유사한 어떤 강력한 단위체가 형성되는 것을 원하지 않는다" (FRUS 1961, 879~880)[11]고 처칠에게 의사를 전했다. 몰로토프는 이 '연방'을 구성하고 있는 국가들이 제1차 세계대전 후 대부분 소련에 대하여 적대적인 자세를 취했던 국가들이기 때문이며, 이 연방이 형성된 후에도 결코 소련에 대하여 우호적이지 않을 것이라는 점을 고려하고 있었다. 그러나 소련의 실제적인 의도는 전 후 평화협상 시에 이 동유럽카드를 사용하려는 것이었다. 즉, 지리적, 정치적으로 소련과 근접한 위치에 있는 동유럽 국가들을 볼모로 하여 전 후 서방국가들과의 협상에서 유리한 고지를 차지하려는 것이 소련의 전략이었다.

미국과의 관계에 있어서도 소련은 절대 양보함이 없이 자신의 의지를 관철시켜 나갔다. 소련은 동유럽 문제에 대하여 미국이 관심을 기울일 여력이 없음을 잘 알고 있었고, 이점을 적극적으로 활용하여 전적으로 자신의 의도에 맞게 협상들을 끌고 나갔던 것이다.

III. 미국의 전시정책 – '동유럽연맹' 구성안과 헝가리 국경선 조정 문제

제2차 세계대전 후 미국의 동유럽에 대한 정책, 특히 오스트리아–헝가리 제국의 해체와 관련하여 미국이 추진했던 정책은 크게 '동유럽 연맹'과 '개별 민족국가 건설' 이라고 볼 수 있다. '동유럽 연맹'안은 동유럽국가들을 하나의 연맹 형태로 재구성하여 이 지역의 안보와 경제적 성장을 고려한 정책이라 할 수 있고, '개별 민족국가 건설'안은 이 '동유럽 연맹안'이 실패로 끝난 후 오스트리아–헝가리 제국의 해체를 기정사실로 받아들이면서, 이 제국을 계승하는 다수의 독립적 민족국가들을 건설하여 이 지역의 평화와 안정을 도모한다는 정책이다.

전자의 경우 제2차 세계대전 기간 중 여러 차례 논의되었던 제안으로서 다양한 시안들이 제시되었지만, 이 지역의 각 민족들의 이해관계가 복잡하

---

11 FRUS : Papers Relating to the Foreign Relation of the United States

게 얽혀 구체적인 결실을 맺지 못하였고, 후자의 경우는 미국이 동유럽지역에 대한 적극적 간섭정책을 포기하며 소련의 주도권을 인정한 배경에서 나온 것으로서 실제 미국의 의도가 거의 반영되어 있지 않다고 볼 수 있다.

미국에서 '동유럽 연맹'안에 대한 최초 구상은 제1차 세계대전 후 허버트 아서 밀러(Herbert A. Miller)에 의해 제기되었다[12]. 그는 발트해로부터 아드리아해까지 이르는 느슨한 정치적 연맹체제를 구상했다. 전쟁을 일으킨 주축국들을 견제하는 완충지대로서, 특히 독일의 범게르만주의에 대항하는 대응세력으로서 이 '연맹'이 기능 할 수 있다는 것이 '연맹론'의 요체였다. 이러한 연맹의 형태로서 오스트리아-헝가리 제국의 해체로 생겨나게 된 '작은 규모'의 민족국가들이 각자의 주권을 보유한 채 사안별로 연맹을 맺는 형태가 제시되었다. 이러한 형태의 연맹을 구성하기 위한 전제조건으로서 오스트리아-헝가리 제국 내의 각 민족들이 민족국가를 건설하는 작업에 미국이 도움을 주어야 한다는 것이 허버트의 생각이었다. 이미 전쟁기간 중에도 충분히 예견되었던 점은 오스트리아-헝가리 제국이 해체된 후 이 지역의 소수민족들이 독립된 민족국가건설을 요구하게 될 것이라는 점이었다. 더욱이 제1차 세계대전을 종결하는 기본원칙으로서 윌슨의 민족자결주의가 주창되면서 이러한 소수민족들의 움직임과 요구는 정당한 것으로 이해되었다.

오스트리아-헝가리 제국의 영역 안에 있던 동유럽의 민족지도자들은 미국의 지지를 바탕으로 민족국가를 건설할 수 있을 것이라고 판단하였다. 그러나 제1차 세계대전의 처리과정에서 미국대표단이 파리 평화회담으로부터 철수하고, 1921년 미국 대통령 선거에서 윌슨이 패배한 후 '고립주의'가 미국의 대외정책의 기조가 되면서 이 안은 사장되고 말았다. 그러나 제2차 세

---

12 이와 유사한 연방, 연맹안에 대해서는 중-동부 유럽의 지도자들을 비롯하여 많은 전문가들의 논의가 오래 전부터 있어왔다. (Romsics 1996)

계대전이 발발하고 연합국의 승리가 예견되기 시작한 1942년부터 전후 유럽질서의 재편이라는 구도아래 '동유럽 연맹'안이 다시 부상하기 시작하였다. 미국은 루스벨트 대통령의 지시에 의해 이미 가동되고 있었던 '외교정책자문위원회'의 주도하에 각 분과별, 소위원회 별로 구체적인 연맹안 구성에 대한 시안들을 작성하였다.

전후 유럽질서의 재편이라는 전략은 철저한 독일의 약화(재무장 방지)라는 대원칙아래 수립되었다. 독일의 동부국경과 소련의 서부 국경사이에 정치적, 군사적 완충지대를 설정하면 향후 발발할지도 모르는 유럽에서의 세계전쟁을 미연에 방지할 수 있다는 관점이 정책 수립의 기조였다. 특히 친 독일세력으로 분류되는 헝가리와 오스트리아가 다시 독일과 연합하는 가능성을 차단하고, 이들을 분리, 소국화(小國化) 하여 최소한 연합국 측의 의도대로 움직일 수 있도록 하자는 것이었다.

독일을 포함하여 헝가리, 오스트리아의 약화는 필연적으로 이들을 둘러싸고 있는 주변 국가들의 협력과 간섭을 초래하는 것이었다. 따라서 이 문제에 대하여 직접적 이해관계를 갖고 있는 오스트리아—헝가리 제국 영역내의 동유럽지도자들의 의견이 고려되었다. 동유럽의 지도자들도 전후 자국문제에 대하여 가장 강력한 영향력을 행사할 수 있는 주체가 미국임을 파악하고 있었기 때문에 어떠한 방식으로든 영향력을 행사하려 노력하였다.

미국과 동유럽 국가들과의 상호 이해에 의해 제기된 연맹안은 제안자에 따라서 크게 4 가지로 나누어 볼 수 있다. 이 연맹안을 제시한 정치가들은 폴란드 출신의 블라디스와브 시코르스키(Wladislaw Sikorski), 체코 출신의 에드바르드 베네쉬(Edward Benes), 오스트리아—헝가리제국의 왕위 계승권자인 합스부르크 오토(Otto von Habsburg), 헝가리의 티보르 에크하르트(Tibor Eckhardt)와 야노쉬 펠레이니(Janos Pelenyi) 등이었다.

런던의 폴란드 망명정부 수반이었던 시코르스키는 기본적으로 발트해로부터 시작하여 아드리아해까지 이르는 발트 3국(라트비아, 리투아니아, 에스토니아)과 독일과 소련사이에 놓여있는 중부유럽 지대의 국가들이 참여하는 '느슨한 연맹'의 주창하였다. 이 연맹의 특징은 경제적 협력관계에 중점을 둔 것으로서 정치적 연합체의 성격은 다른 연맹안에 비하여 약한 편이었다.

체코의 정치가인 베네쉬는 2개의 연맹안, 즉, 유고슬라비아와 그리스가 중심이 된 '발칸연맹안'과 폴란드와 체코슬로바키아가 중심이 되는 '중부유럽연맹'안을 제안하였다. 이 안은 헝가리를 제외한 상당수의 동유럽망명정부 지도자들로부터 지지를 받고 있었다. 특히 1942년 1월 15일의 유고슬라비아-그리스 우호조약과 같은 해 1월 19일의 폴란드-체코슬로바키아 기본 협정은 그와 같은 연맹을 구성하기 위한 기초를 마련해주는 의미가 있었다.(Shirer 1990)

합스부르크 대공의 제안은 구 합스부르크 제국 내에 존재하였던 오스트리아, 헝가리, 보헤미아, 슬로바키아, 트랜실바니아, 크로아티아로 구성되는 '다뉴브 연방'의 구성이었다. 이 연맹안의 기본 정신은 구 합스부르크 왕가의 왕조체제와 제 민족들 간의 민족국가 건설이라는 민족적 열망을 조화시키는 것이었다. 이 안은 정치제도적 관점에서 민주주의를 보장하고, 소수민족의 권리를 강화한 측면이 있기는 하지만, 실제적으로는 오스트리아-헝가리 제국의 부활을 목적으로 하는 것이었다. 또한 합스부르크 자신이 이 연방의 실권을 쥐려했던 의도도 내포되어있었다. 헝가리 출신의 정치가들인 에크하르트와 플레이니의 제안은 3개의 느슨하게 짜여진 연방적 단위를 구상하고 있었다. 그것은 발칸 연맹, 폴란드-발틱 연맹, 그리고 다뉴브 연맹으로서 합스부르크 대공에 의해 구상되었던 연맹안과 유사한 점이 많았다. 오스트리아와 더불어 제국을 건설했던 헝가리의 입장에서는 기본적으로 오토 합스부르크의 제안과 많은 부분에서 공감대를 형성하고 있었다.

미국의 '정치소위원회'는 각 제안들을 안보와 경제적 생존능력이라는 두 개의 관점에서 검토했다. 안보에 대한 고려는 새로운 연방이 잠재적인 독일 또는 러시아의 공격, 심지어는 1939년에 있었던 것과 같은 독-소 연합에 대한 균형세력으로서 존재할 수 있게 하는 것이었다. 경제적 생존능력에 대한 고려는 국내 시장을 형성할 수 있는 적정 규모의 '단위체'들을 설립하는 것이었다. 연방이 너무 세분화 된 지역적 단위로 구성되거나, 경제지리적 관점에서 산업별 연관성이 적은 지역으로 묶여지게 되면 독자적인 경제적 생존이 어려워진다는 점을 '정치소위원회'는 잘 인식하고 있었던 것이다. 또한 기능적으로 묶여진 경제체제는 이 지역에서 보여지는 사회적 긴장상태를 해소하고, 민주주의적 정치체제를 수립하는 근간이라고 생각하였다.(Romsics 1991) 이와 같이 '위원회'의 활동 초기부터 이들이 안보와 경제에 관한 사항을 가장 중요한 변수로 고려하고 있었음을 볼 때, 향후 건설될 이 연합체의 성격이나 영역이 보다 실질적인 힘을 갖는 강한 '단위체'를 상정하고 있었음은 명백하다. 안보 문제 해결에 대한 미국의 집착은 암스트롱이 지적하듯이 '유럽의 평화를 정착시키는데 가장 기본적인 요소'라고 간주되었다. (Welles 1944, 255-256)

'정치소위원회'의 입장은 헝가리 출신의 에크하르트와 플레이니가 제안한 '3개의 느슨한 연맹안'과 상치되는 것이었다. 또한 오토 합스부르크 대공의 '연맹안'과도 양립할 수 없는 것이었다. '정치소위원회'의 기본적 관점은 합스부르크 왕국과 헝가리는 전쟁의 주축국으로서 이들이 다시 연합하려는 어떠한 시도도 바람직하지 않은 것으로 간주하고 있었다. 즉, 합스부르크 왕국과 헝가리를 중심으로 하는 새로운 질서의 재편은 결국 '구질서'의 부활과 다를 바 없는 것이었고, 친 독일적인 이러한 연맹을 존속시킨다는 것은 설사 그것이 독일과 연합하지 않는다 하더라도 잠재적으로 유럽 분쟁의 원인이 될 수 있다고 보았던 것이다.

최종적으로 '정치소위원회'에서 심도 있게 고려된 안은 시코르스키와 베네쉬의 제안이었다. 시코르스키의 안은 정치적으로는 개별국가의 주권과 독립성이 최대한으로 보장되는 경제적 협동체의 성격이 강했는데, 안보적 고려와 더불어 경제적 자립능력을 갖춘 연맹체의 존재를 구상하던 '정치소위원회'에게는 매우 호의적인 제안이었다. 베네쉬의 안은 이 지역을 두 개의 커다란 영역으로 분할한다는 점이 요지인데, 이 두 제안은 1942년 6월 19일 '정치소위원회'의 최종 검토를 거쳐 다음과 같이 정리되었다.

> "....이 지역의... 구조는 연방의 형태가 되어서는 안되고, ...제한된 목적 하에 법률적 권한을 갖지 않는 기구에 의해 통제되는, 느슨하게 짜여진 독립된 주권국가들의 연맹적 형태로서 구성되어야 한다. 임시로 이 연맹은 중부유럽의 모든 국가와, 러시아와 독일 사이에 놓여있는 동유럽, 북으로는 에스토니아를 포함하고, 서쪽으로는 오스트리아, 남쪽으로는 그리스를 포함한다....."

이 연맹의 효과적인 운영과 회원국들의 분쟁 시 이를 조정할 목적으로 을 위하여 '항소법원'과 공동의 안보 문제에 대처하기 위한 '연합방위군'의 창설이 제안되었다. 이 시안은 당시 이 지역의 지도자들로부터 비교적 지지를 받았으나, 구체적인 국경선 확정 문제에 이르러 난관에 봉착하고 말았다. 공동의 이익을 지키는 연맹의 창설이라는 원칙에는 대부분 수용하였으나, 영토, 국경, 인구 등의 실무적인 문제에 들어가서는 상호간에 한치의 양보도 없는 팽팽한 긴장의 연속이었다. 이 당시의 분위기는 '위원회'의 위원이었던 맥코믹(Anne O'Hare McCormick) 보고서에 다음과 같이 기록되어 있다.

"......모든 사람들이 연방에 대하여 호의를 갖고 있었다. 그러나 연방의 영역에 대한 문제에서는 모두가 의견을 달리 하였다. 그 한 예로서 다뉴브 지역 대표들은 ...만약 발칸인들이 이 연방에 참여하게 되면 그들의 낮은 경제적 생활수준 때문에 다뉴브 지역 전체의 생활수준이 하락하게 될 것이라고 우려하고 있었고, 발칸 지역의 대표들은 다뉴브 지역과 발칸 지역이 연방적 형태로 구성되면 이 연방에서 자신들의 우위권이 보장되지 않을 것이라고 생각하였다......"(Notter File, May.23.1942)

이 연맹의 성립에 대한 최종 보고서에 대하여 초기 이 지역 연구를 주도하였던 노터(Notter), 모슬리(Mosley) 등은 이 보고서가 구체적으로 해결책을 제시하고 있지 않으며, 특히 존재하지도 않는 '동유럽'이라는 지역을 대상으로 했다는 점에서 전면 재고되어야 한다고 주장하였다. 그들에 의하면 애당초 '동유럽'이라는 지역은 존재하지도 않는다. 왜냐하면 이 지역을 하나의 단위체로 묶어주는 어떠한 내적 공통분모도 없다는 것이다.

역사적으로 이 지역의 민족들은 상이한 발전과정을 거쳤고, 언어적으로도 최소한 8개 이상의 언어[13]가 쓰이고 있고, 종교적으로도 최소한 4개[14] 이상이 형태적으로 구분되어 있기 때문에 하나의 단위체로 연합한다는 것 자체가 불가능하다는 것이다. 이와 같은 반론에 대하여 '정치소위원회'는 1943년 최종안으로서 두 개의 연맹안 즉, '발칸'연맹과 '북부'연맹이라는 대안을 제시하였다. 그러나 이 제안 역시 헝가리와 체코, 슬로바키아 문제에 걸려 성사되지 못하고 말았다. 최종적으로 논의된 안이 '남독일-오스트리아-다뉴

---

13 헝가리어, 체코어, 슬로바키아어, 핀란드어, 폴란드어, 루마니아어, 세르비아어, 크로아티아어, 그리스어 등 여기서 체코어, 슬로바키아어, 폴란드어, 세르비아어, 크로아티아어 등은 모두 슬라브어에서 기원되었으나 형태적으로 차이점이 존재한다. 헝가리어와 핀란드어는 핀-우랄어에 기원하고 있고, 루마니아어는 로망스어에 기원하고 있다. 이외에도 이 지역에는 독일어, 에스토니아어 등 여러 종류의 언어 사용자들이 존재하고 있다.

14 카톨릭, 그리스정교, 신교, 무슬림교 그리고 정교의 일종인 보고밀교 등이 존재하고 있다.

브' 연맹이었다. 이 안은 오토 합스부르크 대공의 제안과 매우 유사한 형태를 보이고 있었는데, 독일을 포함하는 문제에 대하여 소련과 최종적으로 합의해야 한다는 난관에 봉착하게 되었다. 결국 '정치소위원회'는 중부–동부 유럽 지역에 걸쳐있는 이 문제는 미국의 독자적 결정에 의해 추진될 사안이 아니라는 점을 인식하고, 소련의 의중을 관망하여 결정하기로 하였다. 이러한 결정의 이면에는 동유럽 출신 정치가들의 집요한 로비와 이에 따르는 비생산적인 토의들이 장기화되면서 미국 스스로가 이 문제에 대한 소련에 위임하고자 했던 경향이 있다. 또한 미국이 이 지역에 대해서 직접적인 이해관계가 적었기 때문에 능동적으로 문제 해결에 참여하지 않으려 했던 점도 간과할 수 없다.

1943년을 기점으로 해서 미국은 중–동부 유럽 문제에 대하여 독자적인 해결책의 모색이라는 입장에서 소련의 입장을 고려한 해결방안의 강구라는 입장으로 변화하게 된다. 바우만(Bowman)은 이때부터 소련의 관점에서 동부유럽의 재편 문제에 대한 분석을 시작하였다. 그는 유럽문제에 대해서는 소련의 입장과 의지, 협력이 전제되지 않는 한 결론을 내릴 수 없다고 판단하였다. 따라서 그 동안 동유럽연맹을 상정하면서 고려하였던 두 개의 적대세력 즉, 독일과 소련에 대하여 관점을 변경하여야 할 필요성이 있음을 주장하고, 주로 독일의 위험성에 대하여 강조하는 경향을 보이기 시작하였다. 이러한 미국의 입장은 영국에도 그대로 전달되어 동유럽에 대한 영국 외교정책의 기조가 되었다.

1943년 말부터 미국의 외교는 동유럽에 관한 스탈린의 견해에 대하여 점차적으로 공식적인 동의를 표하기 시작했다. 테헤란 회담에서 루스벨트는 폴란드 국경 문제에 대한 소련의 요구를 수용하였으며, 다른 나라들에 대한 소련의 안보적 고려에 대해서 이해를 표명하였다. 이러한 분위기는 미 국무성과 국방성 내의 정책입안자들에 대하여 동유럽 문제에 대한 관심을 회피하는 결과를 낳았다. 1943년과 1944년에 발간된 양 부처의 보고서에는 "오스트리아를 포함하는 발칸지역의 문제는 미국정부의 합당한 행동영역에서 벗어나 있음"을 명백히 보여주고 있다.(Kertesz 1985, 62-63) 모스크바 회담과 테헤란 회담의 과정에서 동유럽에 관한 문제에 대해서는 소련의 견해가 가장 중요한 변수로 고려되기 시작하였으며, 후일 계속되는 전 후 협상과 국경 조정 협상 시에 소련이 우위권을 확보하는 계기가 되었다.

헝가리의 국경문제에 대해서는 '지역소위원회(Territorial Subcommittee)'에서 주로 다루어졌는데, 기본적으로 지역소위의 관점은 민족구성의 원칙에 따라 전 후 국경선을 확정한다는 것이었다. 패전국 헝가리에 대한 '지역소위원회' 관점은 헝가리가 전쟁을 일으킨 주축국이 아니라 '위성국'이었다는 것이다. 따라서 헝가리 문제를 해결하는데 독일과 같은 기준을 적용하는 것은 헝가리에 대하여 너무 가혹하다는 인식을 갖고 있었다. 그러나 이러한 관점은 실제적으로 파리평화회담이나 여타 국경조정 회의에서 거의 고려되지 않았다.

루스벨트를 비롯한 정부고위관료들은 주축국으로서 미국에 대해 선전포고를 한 핀란드, 불가리아, 루마니아, 헝가리에 대해서 이들이 '침략자'가 아닌 '희생자'로 간주하고 있었으며, 그들의 선전포고를 심각하게 받아들이지 않고 있었다.(Romiscs, 1991, 15) 이러한 미국의 관점에 대한 소련의 입장은 매우 강경한 것으로서 독일과 그 협조세력을 약화시키는것이 전후 유럽에서 소련의 입지를 강화하는 최선의 방책이라고 상정하였다. 또한 이러한 소련의 입장은 강력한 독일의 재건을 무엇보다도 저지하려 하였던 프랑스의 도움을 받아 동유럽 문제에 대한 대세를 이룸으로서 미국의 입장이 반영되지 못하였다.

미국이 준비한 헝가리의 국경선은 제1차 세계대전과 제2차 세계대전을 겪으면서 조정된 헝가리의 국경선을 기본적으로 인정하는데 있었다. 즉, 트리아농 조약에 의해 헝가리로부터 루마니아에 할양된 트랜실바니아 지역의 일부를 다시 헝가리에 반환하는 것이었다. 즉, 인구 구성비에 의하여 헝가리인이 다수인 지역은 헝가리에게 되돌려 준다는 것이었다. 이에 의하면 유고슬라비아 북부의 보이보디나 지역, 체코슬로바키아의 루테니아 지역, 트랜실바니아의 북, 동부지역이 헝가리에 편입되게 되고, 외국인으로 살고 있는 약 300만의 헝가리인들 중 약 250만 이상이 그들의 조국에서 살 수 있게 되는 것이었다. 만약 트랜실바니아의 일부지역이 헝가리로 되돌려 질 수 없다면 그에 대안으로서 헝가리와 루마니아 두 나라로부터 직접적 영향을 받지 않는 독립적인 '트랜실바니아 국가'를 창설하자는 것이었다.

이 제안은 1943년 헝가리의 정치가인 버이취 질린스키가 제안한 '자주적 트랜실바니아 건설안'과 매우 유사한 것으로서 스위스와 같은 형태의 연방체를 상정하고 있었다. 이러한 미국의 제안은 헝가리 입장에서는 패전국으로서 얻을 수 있는 최대치였다. 그러나 이 제안은 최종적으로 미국의 공식입장으로 채택되지 못하였다. 그 원인은 소련과 루마니아의 비밀협상에 기인하는 것이었다. 즉, 루마니아가 베사라비아와 北부코비나를 소련에 할양하는 대가로 소련은 트랜실바니아 전체를 루마니아가 병합하는데 이의를 달지 않는다는 이해가 양국 간에 이루어져 있었던 것이다. 결국 미국은 헝가리의 국경문제에 대해서도 소련의 입장과 견해를 존중하는 쪽으로 결론을 내리고, 이 후 헝가리 문제에 대한 언급을 회피하였다.

소련에 의하여 적국으로 규정된 헝가리에 대한 미국정부의 최종적인 입장은 1944년 5월 26일 회의에서 추인 된 지역소위원회의 보고서 '적성국의 처리: 헝가리'에 나타나있다. 이 보고서에 의하면 체코슬로바키아와 헝가리, 유고슬라비아와 헝가리, 오스트리아와 헝가리 간의 국경문제는 현재의 상태로 유지한다는 것으로 결정이 났고, 트랜실바니아 문제는 아예 언급이 빠져 있었다. 이미 이 시점에서 트랜실바니아 문제는 헝가리나 미국 두 나라 모두에게 결정권이 없었던 것이다. 헝가리뿐만이 아니라 체코슬로바키아도 자신들에게 되돌려 지기로 약속되었던 루테니아(카르파티아 지역)가 소련의 영토로 병합되는 과정을 지켜 볼 수밖에 없었다.

IV. 나가는 말

헝가리와 동유럽 문제에 대한 소련과 미국의 전시정책은 양 대 강국의 전시목적과 이해에 의해 집행되었다. 초창기 동유럽에 대한 관심과 향후 새 질서의 편성에 관심을 갖고 있던 미국이 태평양전쟁의 심화와 더불어 동유럽 문제에 대해서 손을 놓게 됨으로서 이 지역의 운명은 거의 소련에 의해서 결정되었다. 전쟁기간 중 비교적 정밀한 대비책을 준비하고 있던 미국은 이 지역문제에 대한 주도권을 소련에 넘김으로서 전후 이데올로기적 세계분할을 초래한 원인을 제공하기도 했다. 이는 미국외교정책의 한계일 것이다. 또한 지리적으로 정치적으로 먼 거리에서 일어난 '남의 나라' 일 이었기에 미국의 포기가 쉽게 이루어 졌는지도 모른다. 헝가리 문제에 대하여 나름대로 헝가리의 입장과 상황을 이해하고 있던 미국은 결국 실리적 관점에서 헝가리 문제를 포기하고 말았던 것이다. 물론 여기에는 동맹국으로서 유럽에서 전쟁을 수행하고 있는 소련의 입장도 고려했음은 분명하다. 그러나 중-동부 유럽문제에 대한 소련의 의도를 간파하지 못하고 결국 소련의 의도대로 놀아난 점은 미국외교의 맹점이라 할 수 있겠다.

소련은 자국의 이익에 철저히 부합하는 외교정책을 구사함으로서 힘의 외교가 취할 수 있는 전형을 보여주었다. 비단 자신과 직접적인 이해관계가 걸려있는 유럽 전체 문제뿐만 아니라 실제적 이해관계가 적은 나라들에 대해서도 이용가치라는 측면을 최대한 고려한 외교행태를 보였던 것이다. 트랜실바이나 문제에 대해서 소련은 자신들의 이익을 취하는 입장에서만 헝가리를 이용했다고 할 수 있다. 소련은 트랜실바니아 문제에 대해 개입할 권리나 이유가 없었으나, 베싸라비아를 자신들이 획득하면서 트랜실바니아를 그에 대한 보상으로 루마니아에 할양하도록 하는데 동의했던 것이다. 당시 소련의 외교정책에 있어서 트랜실바니아에 거주하는 250만 헝가리 인의 존재는 트랜실바니아 문제 해결에 있어 전혀 고려의 대상이 아니었다. 소련의 외교문서에 트랜실바니아 바니아 관련 문제가 놀라울 정도로 적게 언급되어 있다는 사실에서 소련외교 방향을 짐작할 수 있다.

1989년의 체제전환 이후에 그동안 잠재되어 있었던 이 지역의 민족 간의 갈등 문제가 폭력적, 폭발적 양상으로 으로 들어나게 된 데에는 원인 제공자들인 강대국들의 행태에 대해가 주된 원인이었음을 인식하게 된다. 헝가리의 운명과 마찬가지로 한국도 이와 크게 다르지 않다. 특히 제2차 세계대전은 여러 면에서 동유럽 국가들의 운명과 한국의 운명을 비교해 보게 한다. 그리고 많은 지점에서 동일한 결과를 맞아하고 있음을 목도하고 있다. 이러한 측면에서 제2차 세계대전은 아직도 진행형이다.

09

현대 러시아 영화의 서사
-제26회 '키노타브르영화제' 진출작들을 중심으로-

홍상우

I

2015년도 러시아 영화는 2014년도에 발표되었던 안드레이 즈뱌긴체프 감독의 ≪리바이어던(Левиафан)≫과 같은 영화 미학적으로나 주제 면에서 세계 평단의 주목을 받은 작품을 내놓지 못했다. 칸 국제영화제 각본상을 받으며 새삼 자신의 능력을 재확인한 즈뱌긴체프의 영화와 더불어, 현대식 무성영화라는 혁신을 이룩한 알렉산더 코트 감독의 ≪체험(Испытание)≫와 같은 작품은 제작되지 못했지만, '메인 스트림 아트 하우스'라는 용어와 함께 러시아 여성 영화 등장[1]의 신호로 해석되는 ≪내 이름은 무엇인가(Как меня зовут)≫와 같은 작품인 안나 멜리캰의 영화 ≪사랑에 대하여(Про Любовь)≫가 2015년도

에도 상영되어 제 26회 '키노타브르영화제'에서 대상을 차지하였다. 2015년
도에 발표된 러시아 영화 주요 작품들을 살펴보면 다양한 장르에 걸쳐서 각
각 일정 수준 이상의 미학적 성취를 이룬 영화들이 개봉되며, 2014년도에
는 발견할 수 없었던 새로운 성향의 영화도 발표되었음을 알 수 있다.[2]

　2015년도 러시아 영화의 주요 경향을 살펴보면, 영화 역사의 전통적인 장
르인 멜로드라마가 여전히 평단의 지지를 얻었다. SNS 시대 십대 소년 소
녀의 순수한 사랑을 그리고 있는 정통 멜로드라마인 안드레이 자이체프 감
독의 영화 ≪14+≫와 멜로드라마라는 틀 속에서 자연의 불가해한 현상을
다루고 있는 ≪손님≫ 등이 발표되었다. 종교와 정치적인 주제 역시 빠질 수
없는 것이었다. 영화 ≪노코멘트≫[3]는 지역과 종교 분쟁에 대한 새로운 형식

1　25주년을 맞이하여 성대하게 개최된 '키노타브르영화제' 경쟁 부문 진출 작들은 몇 가지 측면에서
　의미있었다. 장편 경쟁 부문에 오른 작품들 중 여성 감독들의 진출이 활발했으며, 결국 작년
　≪스타(Звезда)≫에 이어서 올해 26회 '키노타브르영화제' 경쟁부문에도 연속으로 진출한
　안나 멜리캔(Анна Меликян) 감독은 ≪사랑에 대하여(Про любовь)≫로 대상을 차지하였다.
　Анна Сотникова는 2014년도 키노타브르 영화제 경쟁 부문에 다수의 여성 감독 작품이
　포함된 현상에 대해 "러시아 영화의 뉴 웨이브(Новая волна российского кино)"가 등장했다
　고 주장한다. 그는 "스크린에 자유,에너지, 그리고 단순한 인간의 감정을 위한 자리가 마련되었다.
　개인적인 것이 사회적인 것을 압도하고, 생생한 것이 인위적인 것을 압도하며, 삶이 죽음을
　이기게 되는 것이다. 러시아 영화의 뉴 웨이브가 형성된 것이며, 이것은 여성들, 즉 여성
　감독, 시나리오 작가, 프로듀서, 그리고 배우들의 공이다. 당신은 새로운 진실성을 원하는가?"라
　고 언급하고 있다(Слава богу, ты пришла: Как женщины меняют российское кино).
　http://gigamir.net/womans/fashion/pub873939(검색일:2016.08.14)
2　본고에서는 분석 대상이 되는 각각의 영화를 동등하게 다루지 않았다. 즉 본고에서 거론되는
　영화들에 대한 분석 분량은 영화의 완성도에 따라 차이가 있음을 밝혀둔다.
3　2014, Россия, 107 мин., цвет., 1:2.39, Dolby Digital 5.1
　Автор сценария и режиссер Артем Темников
　Оператор Олег Шуваев
　Художник Ирина Гражданкина
　Музыка Максим Кошеваров, Сергей Зыков
　Монтаж Сергей Иванов
　В ролях: Леонард Проксауф, Александр Новин,
　Дмитрий Журавлев, Сома Пайсел
　Продюсеры Евгений Миронов, Александр Новин,

과 접근을 시도하는 작품인데, 파리에서 일어났던 급진 이슬람 근본주의자와 관련된 비극적인 사건을 배경으로 하고 있다. 또한 영화 ≪구원≫⁴은 젊은 수녀 안나가 히말라야 산맥에 있는 카톨릭 교회를 방문하는 것에 대한 이야기인데, 작품은 정치적인 면을 배제하고 한 수녀의 성찰 과정에 집중하고 있다.

러시아 혁명과 소비에트 시기에 대한 주제도 주목할 만 하다. 뛰어난 미학적 완성도를 자랑하는 알렉세이 표도르첸코 감독의 영화 ≪혁명의 천사들≫은 1930년대 러시아 아방가르드 운동과 지방의 이교도 문화를 접목시키기 위해 오프(Обь) 지역 타이가로 떠났던 예술가들을 주인공으로 내세우고 있다. 영화 ≪소년단원-영웅들≫은 이제는 성년이 된 올가, 까쨔, 그리고 안드레이가 유년시절 소년단원으로 활동했을 소비에트 체제 시기와 소련이 붕괴된 현재를 왕복하고 있다. 이 작품은 성취에 대한 욕망을 상실한 포스트 소비에트 시대의 중년 세대에 대해 이야기하고 있다.

한편 2015년에도 전통적인 작가예술 영화가 꾸준히 제작되었다. 현재 러시아 작가영화를 대표하는 감독으로 평가되는 알렉산더 코트 감독과 바실리 시가레프 감독이 여전한 창작력을 과시하면서 러시아 작가 예술 영화의 저력을 보여주었다. 알렉산더 코트 감독의 ≪인사이트≫는 시각을 상실한 한 인물에 대해서 이야기하는데, 영화를 보는 인간의 기본 감각인 시각을 전면

Ася Темник Jova, Елена Бренькова
Производство Студия «ТРЕТИЙ РИМ»
제 26회 '키노타브르영화제' 장편 경쟁 부문 진출.

4 Россия, 2015, 16+
Производство: Киностудия им. М. Горького, Valday films
Режиссер Иван Вырыпаев
Продюсеры: Сергей Зернов, Светлана Кучмаева
В ролях: Полина Гришина, Каролина Грушка, Казимир Лиске, Ванчук Фарго, Ангчук Фунтсог, Диана Займойска, отец Эдвард, Иван Вырыпаев

에 부각시키거나, 혹은 배제함으로써 순수 영화 언어에 대한 실험을 멈추지 않고 있다. 바실리 시가레프 감독의 영화 ≪오즈의 나라(Страна 03)≫는 일종의 러시아식 새해맞이에 대한 이야기이다. 그러나 영화의 제목이 숫자 03로도 생각할 수 있는 것처럼, 영화는 러시아라는 나라가 구급차를 언제라도 불러야 할 가능성이 있는 사회임을 지적하는 것이다.

개별 작품에 대해서 II장에서 주제별로 보다 상세한 분석을 시도하기로 한다.

II

1. 동반자에서 연인으로, 멜로드라마 전통의 계승과 변형

멜로드라마는 영화 역사에서 고전적인 주제이다. 그만큼 이 주제는 신파적일 수도 있으며, 다양한 변형의 가능성을 지니고 있다는 말이 된다. 이런 의미에서 안드레이 자이체프 감독의 영화 ≪14+≫[5]는 현대판 로미오와 줄리엣으로 정의해도 무리가 없을 것이다.

---

5 5 2015, Россия, 106 мин., цвет., 1:1.85, Dolby 5.1
   Автор сценария и режиссер Андрей Зайцев
   Операторы Кирилл Бобров, Шандор БеркQеши
   Художник Ольга Хлебникíова
   Монтаж Андрей Зайцев, Юля Баталова
   В ролях: Глеб Калюжный, Ульяна Васькýович,
   Ольга Озоллапиня, Алекíсей Филимæонов,
   Дм]итрий Баринов, Дмíтрий Блохин, Анна Рудь
   Продюсеры Ольга Гранина, Андрей Зайцев
   Производство и прокат в РФ
   Киностудия «Сентябрь»
   제 26회 '키노타브르영화제' 장편 심사위원 특별상("사랑의 영원한 가치를 인식하는 브콘택트В контакте 세대에 대한 재능있고 진지한 시선").
   http://www.kinopoisk.ru/film/781432/awards/ (검색일: 2015.11.16)

말하자면, 이 영화는 고전적인 첫사랑에 관한 이야기이다. 『로미오와 줄리엣』의 대립 구조가 가문 간의 갈등이었다면, 이 영화에서는 학교간의 갈등이 주요 대립 구조이다. 영화는 대도시 외곽 지역에서 사는 소년과 소녀에 대해서 이야기하고 있다. 여기서 현대판 러브스토리라는 것은 SNS 속에서 살아가는 소년과 소녀가 세상의 모순과 거리 불량배들의 폭력을 이겨내고 진정한 사랑을 성취해 간다는 의미이다. 즉 여전히 영화는 남녀가 문제 설정 단계에서 시작하여 갈등을 겪고, 동반자 관계를 거쳐서 연인관계로 발전하는 전형적인 서사 구조를 취하고 있는 것이다.

　성년이 채 되지 못한 사춘기 청소년의 지고지순한 사랑은 상투적이고 진부하게 느껴질 수도 있으나, 바로 그 상투적인 진부함 덕분에 젊은 남녀의 멜로드라마가 오랜 세월을 지탱하면서 영화의 주요 장르로 남아 있는 것이다. 게다가 젊은이들의 사랑에서 느껴지는 신선함과 활기찬 분위기, 그리고 아직은 세파에 물들지 않은 순수한 영혼의 만남이라는 고전적인 모티프는 여전히 관객들의 정서에 호소하기에 적합한 것이다.

　영화에서 사랑에 빠지게 된 두 남녀가 극복해야 할 것은 한 두 가지가 아니다. 각자 다니고 있는 학교가, 흔히 십대들 사회에서 그런 것처럼, 서로 적대적이다. 따라서 남녀 주인공이 친밀한 관계를 맺는 것 자체가 학교 동료들에게는 배신이다. 두 사람이 마주하는 어려움은 여기서 그치지 않는다. 그들의 부모는 자녀가 하루가 다르게 성장하고 성숙해 간다는 것에 적응하지 못하며, 자신의 자녀들이 이미 스스로 선택할 권리가 있다는 사실을 수용하지 못한다.

　주인공들 역시 자신의 성숙함과 독립적인 인격에 대한 불신과 회의감에 고통스러워하고, 사랑의 관계를 맺는 순간에 느낄 수밖에 없는 떨림과 두려움에 힘들어하지만, 서로에 대한 억제할 수 없는 십대 특유의 순수한 사랑의 감정과 열정이 모든 것을 압도한다.

영화 ≪14+≫가 전통적인 멜로드라마 전통의 계승이라면, 영화 ≪손님(Гость)≫[6]은 멜로드라마라는 틀 속에서 삶의 불가해한 현상을 바라보려 는 시도를 하고 있다. 이 작품은 멜로드라마의 형식을 갖추면서도 남녀 간의 사랑이라는 주제에만 구속되지 않는다.

이 영화는 원인을 알 수 없는 운석이 떨어지는 장소를 조사하는 젊은 지구물리학자들에 대한 이야기이다. 문명의 흔적을 찾기 어려운 숲 속 깊은 곳에서 그들은 현대 과학으로는 설명할 수 없는 사건에 휘말리게 된다.[7] 산속에

---

[6] 2015, Россия, 105 мин., цвет., 1:2.35, Dolby 5.1
Режиссер Денис Родимин
Авторы сценария Денис Родимин, Ольга Слепцова
Оператор Олег Лукýичев
Художник Ирина Гражданкина
Музыка Владимир Калинин
Монтаж Сергей Иванов
В ролях: Екатерина Стеблина, Арнас Федаравичус,
Лидия Омутных, Владимир Мишуков,
Полина Пушкарук, Максим Битюков,
Мария Шашлова, Андрюс Даряла,
Александр Кононец, Ульяна Лукина,
Екатерина Леонова, Алексей Коваль,
Александр Мезенцев, Кирилл Бобров
Продюсер Сабина Еремеева
Производство Студия «СЛОН»

[7] 7 제 25회 키노타브르 영화제 경쟁 부문에 여성 감독이 대거 등장했다는 특징이 지적되었다. "중요한 발견은 관람 프로그램에 숨겨져 있다. 관례대로 키노타브르 영화제 주요 경쟁 부문에 데뷔작들이 많이 포함되었다. 올해에는 14편의 경쟁 부문 작품 중 6편이 감독의 장편 데뷔작이다. 그러나 더 인상 깊은 것은 주요 경쟁 부문에 포함된 여성 감독들 작품의 수이다. 이들의 작품은 8편으로 전체 경쟁 부문 작품의 절반이 넘는다. 영화제 역사상 전례 없는 일이다"(Российское кино захватывают женщины)
https://www.kinopoisk.ru/news/2405509/(검색일:2016.08.14)
한편 제 25회 키노타브르 영화제 경쟁 부문 작품 중에서 여성 감독의 작품은 Тамара Дондурей 감독의 21 день, Ангелина Никонова 감독의 Велкам хом, Светлана Проскурина 감독의 До свидания мама, Оксана Бычкова 감독의 Еще один год, Анна Меликян

고립된 젊은 두 남녀는 명백히 현대판 아담과 이브이다. 이들은 함께 고난을 겪으면서 갈등하지만, 고통의 과정에서 서로의 사랑을 재확인한다. 즉 영화의 서사는 멜로적인 측면에서 볼 때 전형적인 장르 영화의 서사 구조를 따르고 있다.

〈사진 1〉 영화 ≪손님≫에서 동반자 관계를 먼저 맺게 되는 남녀 주인공

외부와는 고립된 울창한 숲 속에서 주인공들은 현대 과학으로는 설명할 수 없는 사건의 진원지에 오게 된다. 이 세상 것이 아닌 듯한 신비로운 물체는 죽은 것이 아니라, 어떠한 존재, 혹은 인격이며, 그것은 여러 인간들과 교류하려는 것이 분명해진다.

이 외부에서 온 손님을 젊은이들이 추적하는데, 이 손님이 지나쳐간 곳에

감독의 Звезда, Нигина Сайфуллаева 감독의 Как меня зовут, Наталия Мещанинова 감독의 Камбинат надежда, 그리고 Вера Харыбина 감독의 Спроси мен이다.

서 주인공들은 이해할 수 없는 여러 사연들을 겪는다. 결국 이들은 기적과 같은 현상을 경험하고, 심지어는 스스로 기적을 일으키면서도, 그것을 인지하지 못하고 평소대로 행동한다. 기적이 일어난 이후에도 일상 생활에서 사람들이 크게 변한 것이 없다는 점을 감독은 인식하는 듯 하다. 이 작품에서 기적은 일상생활, 즉 결혼식, 음식, 죽음, 건강 등과 관련하여 일어난다. 즉 관객 자신에게도 일어날 수 있는 친숙한 상황들과 관련하여 기적이 일어나는 것이다.

이 작품에서 '손님'은 불가해한 현상을 일으킬 수 있는 낯선 인물을 지칭하는데, 두 젊은 연인들은 이 남자를 만나서 어떻게 그가 그러한 신비한 능력을 지니게 되었는지 규명해야 한다. 여기서 서사는 젊은 학자들의 탐구 조사와 두 사람간의 멜로드라마로 분리되어 전개된다. 이 두 젊은이들은 학술 조사와 낯선 남자를 찾아가는 과정에서 생명을 잃을 위기를 겪기도 한다. 여기서 그들의 사랑은 깊어지고, 그들 자신 또한 정신적으로 성숙하게 된다.

다른 한편으로 SF 장르의 속성을 지니고 있는 이 작품은 장르적 완성도 면에서도 부족한 점도 있다. SF적 상상력에 신비로움이 개입되는 작품은 SF 영화의 특징이지만, 그것이 서사적 완성도를 훼손해서는 안 된다. 이작품에서 SF적 서사를 구성하고 있는 에피소드들이 전체 서사의 문제 해결과 긴밀하게 관련되어 있는지는 확신하기 어렵다. 그러나 최근 러시아 영화에서 보기 드문 장르적 시도와 아트 하우스적 시도가 공존하는 작품이 발표되었다는 점에서 일정한 의미가 있는 작품으로 평가할 수 있겠다.

이런 맥락에서 보면 영화의 의미적 층위는 확산된다. 이 영화는 젊은 주인공들이 제기하는 신의 문제를 다루고 있기도 하고, 일종의 로드 무비이면서, 미스테리이고, 동시에 모험영화이기도 하다. 감독 자신은 이 영화를 "형이상학적 리얼리즘"[8]으로 정의했다.

2. 종교, 정치, 그리고 자기 성찰

영화 ≪노코멘트(No comment)≫⁹는 지역과 종교 분쟁에 대한 새로운 형식과 접근을 시도하는 작품이다. 영화는 파리에서 일어났던 급진 이슬람 근본주의자와 관련된 비극적인 사건을 배경으로 하고 있다. 작품은 이러한 이슬람 근본주의자들이 어떻게 유럽의 젊은이들을 시리아, 체첸, 이라크 등과 같은 분쟁 지역에 참전하도록 유도하는지를 추적하고 있다.¹⁰

영화는 이슬람주의자들과의 교류로 인해 체첸에 참전하게 된 한 독일 청년과 역시 체첸 전쟁에 참전 중인 러시아 장교에 대한 이야기를 하고 있다. 이 작품에서 서사는 두 갈래로 진행되다가 한 지점에서 만난다. 즉 삶의 다양한 장면들을 촬영하는 독일 청년 토마스가 우연히 거리에서 만난 이슬람 여성과 사랑에 빠지게 되면서 아랍어를 배우고, 결국은 부모를 떠나 이슬람교도가 되어 체첸 전쟁에 가담하게 된다. 토마스가 체첸으로 가기 전까지 카메라로 촬영한 장면들이 영화 전반부 서사의 한 축이다. 전반부 서사의 또 다른 축은 체첸 전쟁에 참전 중인 러시아 장교가 전쟁 생활을 촬영하는 부분

---

8 http://www.pravmir.ru/gost-kvest-v-poiskah-neba-1/(검색일:2016.07.15)

9 2014, Россия, 107 мин., цвет., 1:2.39, Dolby Digital 5.1
   Автор сценария и режиссер Артем Темников
   Оператор Олег Шуваев
   Художник Ирина Гражданкина
   Музыка Максим Кошеваров, Сергей Зыков
   Монтаж Сергей Иванов
   В ролях: Леонард Проксауф, Александр Новин,
   Дмитрий Журавлев, Сома Пайсел
   Продюсеры Евгений Миронов, Александр Новин,
   Ася ТемникJова, Елена Бренькова
   Производство Студия «ТРЕТИЙ РИМ»
   제 26회 '키노타브르영화제' 장편 경쟁 부문 진출.

10 http://www.kinotavr.ru/download/2015/kinotavr-2015-catalog.pdf(검색일:
   2015.11.16).

이다. 그는 임무에 충실한 러시아 장교로서 체첸군을 소탕하는 임무를 수행한다. 그 역시 군대 생활을 촬영하는데, 그가 고향으로 되돌아가기로 한 날 대신 원정을 나갔던 동료가 체첸 군의 총격에 의해 사망함으로써 그는 고향으로 돌아가는 것을 포기하고 체첸 군 소탕 작전에 주도적으로 참여한다.

〈사진 2〉 영화 ≪노코멘트≫에서 이슬람 여성과 사랑에 빠지는 독일 청년

한편 독일 청년 토마스가 이슬람 이름으로 개명한 후 체첸으로 왔을 때 여전히 그의 임무는 체첸군의 모습을 촬영하는 것인데, 여기서 두 주인공이 카메라를 통해서 말하는 공간과 상황은 체첸 전쟁이라는 동일한 대상이다. 그러나 한편은 러시아인의 입장이고, 다른 한편은 체첸 군의 입장에서 바라본 체첸 전쟁의 현실이다. 영화는 두 인물 모두의 직접적인 시선이 아닌, 카메라를 통한 시선으로 상황을 묘사하고 있다. 영화는 상반된 두 입장의 차이를 인정하되, 최대한 거리를 두고 상황을 바라보겠다는 것이다. 이 작품은 실화를 바탕으로 구성되었으며, 체첸 어느 마을에서의 전투 후에 방탄벽에서 발견된 특수부대의 비디오카메라로 촬영된 장면들이 삽입되어 있다. 즉 영화는 극영화 형식의 서사전개와 다큐멘터리 형식의 서사 전개를 왕복하고

있다.[11] 영화 제목이 ≪No comment≫인 것은 영화가 어느 쪽에 편중된 판단을 내리지 않겠다는 것이다.

그러나 여전히 이 작품이 주목하는 또 다른 중요한 사실이 있다. 이슬람 처녀와 사랑에 빠져 체첸 전쟁에 참여한 토마스가 자신의 선택이 치명적인 실수였다는 점을 깨달았을 때는 이미 어떤 것도 돌이킬 수 없었다는 점을 카메라는 놓치지 않고 지적하고 있는 것이다.

영화 ≪구원(Спасение)≫[12]은 ≪노코멘트≫와는 달리 정치적인 면을 배제하고 한 수녀의 성찰의 과정에 집중하고 있다. 영화는 젊은 수녀 안나가 히말라야 산맥에 있는 카톨릭 교회를 방문하는 것에 대한 이야기한다. 25살의 안나는 생의 절반 가량을 수도원에서 보냈으며, 다른 나라를 가보는 것은 처음이다. 그녀가 가는 곳은 인도 영토에 속해 있는 티벳의 일부인 라다흐 주 경계 지역이다. 이곳에 오면서 수녀 안나는 전혀 다른 세계, 전혀 다른 문화, 전혀 다른 분위기의 종교를 접하게 된다. 티벳의 신비한 세계와의 우연한 만남은 주인공에게 성찰의 기회를 준다.

형식적으로 이 작품은 모큐멘터리이며, '영화에 대한 영화'[13]이기도 하다. 또한 이 영화는 티벳의 사원을 배경으로 불교와 카톨릭 간의 소통에 대해서도 이야기하고 있다. 감독은 여주인공의 형상을 묘사하기 위해 매우 섬세한 영화 언어를 사용하고 있다. 그녀의 속삭이는 듯한 말투와 낮은 목소리는 그

---

11 http://www.ovideo.ru/film/53942(검색일: 2015.11.16).
12 Россия, 2015, 16+
    Производство: Киностудия им. М. Горького, Valday films
    Режиссер Иван Вырыпаев
    Продюсеры: Сергей Зернов, Светлана Кучмаева
    В ролях: Полина Гришина, Каролина Грушка, Казимир Лиске, Ванчук Фарго, Ан
    гчук Фунтсог, Диана Займойска, отец Эдвард, Иван Вырыпаев
13 http://seance.ru/blog/reviews/spasenie/(검색일:2016.07.17)

녀가 대화를 나누게 되는 사람들, 그녀가 통과해 가는 길, 그녀가 방문하는 시끄러운 시장, 그리고 거기서 그녀가 호흡하는 공기와 대비되고, 그녀의 창백한 얼굴 역시 그녀가 입은 검은 수녀복과 대비된다.

서사적으로 영화는 주인공이 우연히 만난 사람들과 대화를 하는 것으로 구성되어 있다. 안나가 우연히 만난 미국인 여성 히피와 나누는 대화도 그중 하나인데, 여기서 미국인 여성은 인간이 세상의 모든 쓰레기를 흡수하는 공기 청소기와 같은 존재가 되어야 한다고 말한다. 이후 안나가 어떤 연주자와 나누는 대화 역시 의미심장하다. 안나는 무명의 연주자와 대화를 나누는데, 그는 자신이 세계적으로 유명한 그룹 U2의 멤버라고 농담한다. 그러나 그의 농담은 효과를 발휘하지 못한다. 왜냐하면 안나는 그룹 U2를 전혀 모르고 있기 때문이다. 그녀에겐 그가 U2인지 아닌지는 전혀 중요하지 않은 것이다. 여기서 연주자의 농담은 농담으로서의 기능을 상실하고, 무의미한 대화로 느껴지던 그들의 대화가 영화에서 의외의 사건 수준으로 상승하는 결과를 초래한다. 이 때 무명 연주자가 직접 연주하고 노래하는 장면은 어느 유명 그룹보다도 안나에게 감동을 주는 것이 된다.

3. 혁명 문화와 소비에트 유년 시절에 대한 향수

영화 ≪혁명의 천사들(Ангелы революции)≫[14]은 1930년대 러시아 아방가르

---

14 2014, Россия, 113 мин., цвет., 1:1.78, Dolby Digital 5.1
Режиссер Алексей Федорченко
Авторы сценария Алекþсей Федорченк·о при участии
Дениса Осокþина и Олега Лоевского
Оператор Шандор Беркеши
Художники Алексей Федорченко, Артем, Хабибулин
Музыка Андрей Карасев
Монтаж Ромïан Важенин
В ролях: Дарья Екамасова, Олег Ягодин,

212   글로벌 시대의 기억과 서사

드 운동과 지방의 이교도 문화를 접목시키기 위해 오프(Обь) 지역 타이가로 떠났던 예술가들에 대해 이야기하고 있다. 1934년 한트이와 네네츠의 주술사들은 새로운 전통을 수용하길 원치 않았기 때문이다. 이 활동가들 중에는 작곡가, 조각가, 연극 연출가, 구성주의 건축가, 영화감독과 그룹 지도자인 폴리나가 포함되어 있다. 이 영화 역시 실화를 바탕으로 했다. 폴리나가 주도하는 아방가르드 예술가 그룹이 아방가르드 예술을 한트이와 네네츠에게 전파하려는 것이 영화의 주된 서사이지만, 여기서 이 그룹의 가장 큰 욕망은 '하늘을 지배하는 것'이다. 이 욕망은 이들이 타려고하는 열기구를 통해서도 잘 나타나 있다. 하늘을 소유하거나 정복하려는 욕망은 소비에트 러시아 영화 역사에서 꾸준히 묘사되었다. 열기구를 타고 하늘을 나는 장면은 안드레이 타르코프스키의 ≪안드레이 루블료프(Андрей Рублёв)≫에 대한 명백한 오마주이다. 영화의 제목과 내용은 혁명가들의 치열한 삶과 그들의 이룰 수 없는 꿈을 나타내고 있다. 폴리나를 비롯한 아방가르드 혁명가들이 실제 '천사'도 아니며, 그들이 '하늘'을 정복할 수도 없기 때문이다.

마지막 장면에서 실제 인물이 등장하면서 영화는 순간적으로 다큐멘터리가 되는데, 결국 이 작품은 낡은 것을 혁파하고 새로운 것을 도입하려는 세력과 전통과 규범을 지키려는 세력의 대립이라는 보편적인 주제를 이끌어내고 있다.

Павел Басов, Георгий Иобадзе, Алекгсей Солончев
Продюсеры Дмитрий Воробьев, Алексей Федорченко,
Леонид Лебедев
Производство и прокат в РФ
Кинокомпания «29 февраля»

〈사진 3〉영화 ≪혁명의 천사들≫에서 아방가르드 운동에 참여하는 인물들의 하늘을 향한 욕망을 나타내는 쇼트

영화 ≪소년단원-영웅들(Пионеры-герои)≫[15]의 경우, 이제는 성년이 된 올가, 까쨔, 그리고 안드레이가 유년시절 소년단원으로 활동했을 당시와 소련이 붕괴된 지금 현재를 왕복하고 있다. 올가, 까쨔, 그리고 안드레이는 오래 전에 모스크바로 이주했다. 그들은 학교 동창이고, 성공적인 삶을 살고 있다. 올가는 배우이고, 까쨔는 대형 광고 회사에 다니고 있으며, 안드레이는 정치분석가이다. 그들은 고급 자동차를 소유하고 있으며, 별장도 짓고 있다.

15 Россия, 2015, 18+
   Производство: ООО «Кинокомпания «СТВ», мастерская «Сеанс»
   Режиссер Наталья Кудряшова
   Продюсеры: Сергей Сельянов, Наталья Дрозд
   В ролях: Наталья Кудряшова, Алексей Митин, Дарья Мороз, Серафима Выборнова, Никита Яковлев, Варвара Шаблакова

그들은 전형적인 상류 중산층의 생활을 하고 있는 것이다.

그러나 이런 삶이 그들에게 행복이나 만족을 가져다주지 않는다. 모든 것이 정상인 것 같으면서도 무엇인가가 잘못되어 있다는 느낌이 현대 러시아 30대들의 삶의 모티프이다. 그들은 소비에트 시기에 유년기를 보냈으며, 그 당시에 아이들은 스파이가 있다는 것을 믿었으며, 밝은 미래를 꿈꾸고, 공을 세우겠다는 희망을 가지고 있었다. 그런 꿈이 안정적인 삶에 대한 꿈으로 바뀔 것으로는 누구도 예상하지 못했다. 영화는 이제 사람들은 더 이상 위대한 것에 대해 꿈꾸지 않으며, 그저 단순한 삶을 보내고 있다는 점을 지적하고 있다.

영화의 시제는 주인공들이 학교에 입학해서 소년단원이 되기 전후의 소비에트 시기와 성인이 된 현재를 왕복한다. 배우로 활동하고 있는 올가는 어린 시절의 성적인 느낌과 관련한 일종의 트라우마로 인해 고통받고 있으며, 대형 광고 회사에 다니는 까쨔는 중년 남성과 관계를 맺고 있다. 그녀는 어린 시절 올가를 항상 도왔던 것처럼 지금도 올가에게 의지가 되는 인물이다. 반면 안드레이는 집에서는 컴퓨터 게임에만 몰두하며 부인과 소통하려 하지 않는다.

이 작품의 영화 언어 사용은 주로 까쨔와 관련되어 있다. 고르바초프가 '술과의 전쟁' 정책을 실시할 무렵 까쨔는 할아버지가 밀주를 제조한다는 것을 알고, 할아버지를 범죄자로 생각한다. 또한 주변에 스파이가 있는 것으로 생각한 올가는 안드레이 등과 함께 한 남자를 스파이로 오인하기도 한다. 즉 까쨔는 소비에트 시기 교육의 영향으로 어떠한 공적을 세워야 한다는 강박감을 가지고 있었다. 까쨔가 꿈 또는 상상 속에서 거대한 소비에트 스타일의 건축물에 있는 소년단원 영웅들의 기념비처럼 생긴 초상화를 바라보고, 자신이 그 초상화의 인물이 되는 꿈을 꾸는 것이 영웅적 공적에 대한 그녀의 강박을 나타낸다.

영화 말미에 공적을 이루는 것에 대해서 가장 관심이 많았던 까쨔가 도심 폭탄 테러의 희생자가 되는 것은 아이러니하다. 소비에트 시절의 신화와 희망이 무너지고, 대신에 이전에는 상상할 수 없었었던 예측 불가능한 위험성이 도처에 도사리고 있는 것이다. 까쨔를 비롯한 세 인물이 비교적 사회적으로 성공했음에도 불구하고 어떠한 상실감을 느끼는 이유는 바로 이러한 현실 때문일 것이다. 까쨔가 폭탄 테러를 당하기 전 고층 건물 엘리베이터에서 내려가는 모습을 카메라가 롱 테이크로 바라 볼 때, 즉 그녀의 하강을 시선의 절단 없이 바라 볼 때, 그녀에게 닥칠 위기가 예고되는 것이다.

4. 러시아 작가예술 영화의 저력

현재 러시아작가영화를 대표하는 감독으로 평가되는 알렉산더 코트 감독과 바실리 시가레프 감독이 여전한 창작력을 과시하면서 2015년도에도 러시아 작가 예술 영화의 저력을 보여주었다. 알렉산더 코트 감독은 2014년도에 현대판 무성영화 ≪체험≫으로 제 25회 키노타브르영화제에서 그랑프리를 차지한 후, 2015년에는 시각 장애인을 주인공으로 내세운 ≪인사이트(Ин сайт)≫[16]를 같은 영화제 경쟁 부문에 올렸다. ≪체험≫이 카메라의 뛰어난

---

16 2015, Россия, 90 мин., цвет., 1:2.35, Dolby Digital 5.1
   Автор сценария и режиссер Александр Котт
   Оператор Петр Духовской
   Художник Сергей Австриевских
   Монтаж Вадим Красницкий
   В ролях: Александр Яценко, Агриппина Стеклова,
   Филипп Авдеев, Андрей Бильжо
   Продюсер Екатерина Филиппова
   Производство и прокат в РФ
   Кинокомпания «Атлантик»

촬영과 시선으로 묘사되는 시각적 이미지가 강조되는 영화라면[17], ≪인사이트≫는 시각을 상실한 한 인물에 대해서 이야기하고 있는 것이다. 코트 감독은 영화를 보는 인간의 기본 감각인 시각을 전면에 부각시키거나, 혹은 배제함으로써 순수 영화 언어에 대한 실험을 멈추지 않고 있는 것으로 보인다.[18]

---

17 대규모 예산이 투입된 애국주의 성향의 전쟁 영화인 ≪브레드스크 요새(Брестская крепость)≫(2010)의 성공으로 확고한 지명도를 얻게 된 알렉산더 코트 감독이 제작 당시만 하더라도 개봉 여부조차 불투명했던 실험적인 현대판 무성영화를 만든 사실 자체가 관심의 대상이었다. 그러나 알렉산더 코트 감독은 "무성 영화를 만드는 것이 오래 동안의 꿈"이었으며, 이 영화를 대상으로 선정한 제25회 키노타브르영화제 심사위원장이었던 안드레이 즈뱌긴체프 감독은 "러시아 영화가 존재한다는 것을 확인하였다"라고 말했다.(2014.06.08. 20:00. 제 26회 키노타브르영화제 폐막식 녹취록)

18 알렉산더 코트 감독의 ≪체험(Испытание)≫에서 카메라는 자신의 시선을 가능한 편집하지 않고 이동시킨다. 이 영화는 편집을 하지 않은 것 같은 효과를 내는 이음매 없는 편집 방식을 거부하고 있는데, 이것은 통상적인 주류 영화의 문법을 거부한다는 의미이기도 하다. 그렇기 때문에 문제 설정 – 위기.갈등 – 문제 해결 이라는 전통적인 서사 구조도 취하지 않고 있으며, 비범한 능력의 주인공이 가지는 결핍을 채우는 것과 같은 오이디푸스 서사의 일부를 차용하려는 시도도 하지 않고 있다. 왜냐하면 이러한 서사는 기본적으로 일상 언어가 중심이 되는 이야기이기 때문이다. 또한 버즈 아이 뷰 앵글의 빈번한 사용은 무성영화 묘사 방식에 대한 감독의 선호에서 기인한 것 뿐만 아니라, 선대 감독들의 영향에도 기인한 것으로 판단된다. 물론 무성 영화라는 장르적 특성상 효과적으로 상황을 시각적으로 설명해 줄 수 있는 버즈 아이 뷰 앵글의 빈번한 사용은 불가피했을 것이다.
카메라의 시선과 앵글 외에도, 영화의 배경이 카자흐스탄으로 추정되는 초원이라는 점을 고려하여 카메라는 인물들이 살고 있는 공간을 설화와 전설의 분위기가 가득한 세계로 묘사하고 있다. 이때 묘사에서 중요한 역할을 하는 것이 태양, 바람, 나무, 물, 어둠과 같은 자연의 주요 요소들이다. 자유로운 인간 영혼의 자발적인 선택을 너그럽게 수용하는 이 세계가 개별적인 인간 존재의 숭고함을 고려하지 않는 권력의 이데올로기적 세계의 침입, 혹은 그것의 잔혹한 선택으로 말미암아 무참하게 붕괴되는 것이다. 동시에 이영화가 쇼트의 독자적인 시청각적 묘사 구축에 치중하면서도 대상에 대한 적절한 숨김과 드러냄의 교차를 통하여 노출의 완급을 조절하고 있는 것이다.
이 작품은 무성영화라는 특성상 각각의 쇼트에 독립적인 의미를 부여하면서 서사를 전개하고 있다. 그러나 이것이 쇼트와 쇼트 사이의 유기적 연결과 전체 서사의 짜임새가 취약하다는 의는 아니다. 이 작품의 전체 서사 구조를 살펴보면 전반부 쇼트들이 후반부 쇼트들과 논리적으로 연결되어 있어서 전체 서사 진행이 치밀하게 기획된 것임을 알 수 있다.
영화의 서사 구조와 관련하여서는 감독은 일체의 잉여적인 쇼트를 허용하지 않고 있으며, 적어도 서사 전개 문법에 관해서는 쇼트, 신, 그리고 시퀀스에 이르는 전통적인 서사 구축 문법을 따르면서, 전반부와 후반부 쇼트들을 긴밀하게 논리적으로 연결시키고 있다. 주제적인 측면에서 보자면 영화의 분위기는 비관적이다. 영화에서 넓은 초원이라는 열린 공간은 주인공의 영화의 주인공인 파벨 주예프(Павел Зуев)는 시각을 잃고 새로운 인생을 시작해야 한다. 과거 그가 맺었던 모든 관계는 단절되었지만, 어느 누구보다도 많은 것을 볼 수 있는 능력을 지닌 여인을 만나게 된다. 그녀의 이름은 나제쥬다(Надежда)인데, 이 이름은 주인공의 상황과 관련하여 상징적이다. 그녀는 그 지역의 병원에서 일하고 있다. 그녀는 파벨이 삶의 의욕과 현실에 대한 새로운 감각을 되찾을 수 있도록 도와준다. 개성이 강한 두 사람은 사랑에 빠지게 되고, 일시적이지만 행복한 시간을 가지게 된다.

이 작품에서 시력의 상실, 혹은 '보지 못하는 것'은 물리적 의미뿐만 아니라 정신적이고 도덕적인 의미도 포함하고 있다. 영화는 탁구를 치는 주인공의 모습으로 시작하고 끝난다. 이것은 시력을 상실한 주인공의 운명을 나타내는데, 그가 정상적으로 탁구공을 치던 시절이 있었으나, 이제 그는 청력에 의지해서 혼자 탁구공을 치려고 애쓰는 상황에 처하게 된 것이다. 목표물을 맞힐 수도 있고 그 반대일 수도 있는 삶의 이중적인 속성을 그는 정면으로 마주하게 된 것이다.

욕망을 실현하고, 젊은 남녀의 사랑이 피어나는 공간이지만, 결국 그 열림은 비극을 향한 열림이었다. 핵실험이라는 비극적이고 파멸적인 역사적 사건을 가능케 한 열림이기 때문이다. 이 영화는 그토록 아름답고 평화로운 열림이 돌이킬 수 없는 파괴적 열림으로 변할 수 있다는 역사적 사실을 가장 근본적인 영화 미학으로써 묘사하고 있는 것이다.

게다가 이 영화는, 히치콕이 자신의 영화에서 강조한 것처럼, "언제나 시각적인 진술을 하려고 하며, 모든 쇼트는 나름대로 뭔가를 말해야 하고, 다른 모든 쇼트와 연관이 있어야 하며, 그냥 버리는 쇼트라는 것은 없는" 작품이다. 더 중요한 것은 이 작품이 각 쇼트의 의미 구축을 소홀히 하지 않고, 일체의 대사를 배제하고도 짜임새 있는 서사 구축에 성공하고 있다는 점이다. 이런 점에서 알렉산더 코트 감독의 영화 ≪체험≫은 다수 신인감독들이 데뷔작을 발표하면서 등장하여 소위 '러시아 영화의 뉴웨이브' 시기로 규정된 2014년도에 중진 감독의 저력을 보여준 작품으로 평가할 수 있을 것이다.(홍상우, "숨김과 드러냄의 미학, 알렉산더 코트의 영화 ≪체험(Испытание)≫", 『슬라브학보』, 제30권 1호, 2015.03, pp. 467-493.

〈사진 4〉 영화 ≪인사이트≫에서 주인공 시력을 잃은 주인공 주예프의 내면의 갈등을 나타내는 클로즈 업

주예프가 왜 시력을 상실하게 되었는지에 대해서 영화는 설명해주지 않는다. 그가 누구인지는 구체적으로 묘사되지 않고 있으며, 단지 어느 공장에서 일했다는 것, 혼자 산다는 것, 그리고 청바지의 평범한 옷차림에 약간의 돈과 집 열쇠를 소지하고 다닌다는 점 정도만 밝혀진다. 나쟈 역시 특별한 점이 없다. 물론 나쟈를 사랑하게 되는 주예프는 그녀를 실제로 본적이 없다. 젊어 보이지 않는 그녀에게 이미 남편이 있다는 점은 영화 중반부에 가서야 밝혀진다.

그녀의 남편은 아내에게 무관심하며, 아내의 변화를 전혀 눈치 채지 못한다. 그는 부부관계도 거의 원치 않는다. 그에게 아내인 나쟈는 그저 옆에 있어야 하는 동반자일 뿐이다. 이러한 그들의 건조한 관계는 나쟈 남편이 식사를 할 때 분명하게 드러난다. 그가 음식을 먹는 소리가 지나치게 크게 들리면서 관객의 청각을 자극하고, 그렇게 무심하게 식사하는 모습을 절망적으로 바라보는 나쟈의 얼굴은 클로즈 업 된다. 그가 고개를 숙이고 음식을 먹는 소리가 점점 커질수록 그들의 사랑이 끝났을지도 모른다는 환멸감이 화면 전체를 지배한다. 나쟈와 남편간의 관계가 좋지 않다는 것은 그들 사이에 아이가 없다는 점에서도 알 수 있다. 반면 나쟈는 주예프와 관계를 가지고 얼마 지나지 않아서 아이를 가지게 된다. 주예프는 정상인인 나쟈의 남편보다 나쟈의 마음을 더 잘 꿰뚫어 보고 있다. 영화의 제목은 바로 그렇기 때문에 아이러니하게도 시력을 잃은 그에게 해당되는 말이다.

주예프와 사랑에 빠진 나쟈는 결국 남편과 연인 주예프 사이를 오가며 생활해야 하는 처지가 된다. 나쟈는 필요한 경우마다 주예프를 속이고, 남편도 속이지만, 결국 주예프의 아이를 가지게 되고, 주예프를 떠난다. 그러나 여기서 작품의 서사를 추적하기 보다는 가장 중요한 감각을 상실한 주예프가 진정으로 사랑을 하게 된다는 점을 주목할 필요가 있다. 즉 그가 시력을 상실했지만, 대신에 가장 중요한 감정인 진정한 사랑을 얻게 된 것이다.

한편 바실리 시가레프 감독의 영화 ≪오즈의 나라(Страна ОЗ)≫[19]는 일종의 러시아식 새해맞이에 대한 이야기이다. 대도시로 와서 운 좋게 바로 일자리를 얻게 된 레나는 신비스러운 기적과도 같은 일을 체험한다. 그녀는 3층에서 떨어질 뻔 했다가 극적으로 살아남고, 택시에 탑승했을 때, 운전사가 졸면서 핸들을 놓아버린 상황에서도 죽지 않고 살아남는다. 그리곤 시내에서 새해맞이 불꽃놀이를 구경한다.

주인공 레나는 우연히 만난 남자의 집에서 밤을 보내지만, 다음 날 아침 남자의 아내와 딸이 예정보다 일찍 찾아오면서 곤욕을 치르고, 길거리에서

---

19 Россия, 2015, 16+
    Производство: «Белое Зеркало»
    Режиссер Василий Сигарев
    Продюсеры: Софико Кикнавелидзе, Дмитрий Улюкаев
    В ролях: Яна Троянова, Гоша Куценко, Андрей Ильенков, Александр Баширов, Евгений Цыган ов, Владимир Симонов, Инна Чурикова, Светлана Камынина, Юлия Снигирь, Алиса Хазанова, Дарья Екамасова

만난 낯선 남자가 임시로 맡긴 강아지와 함께 생활하게 된다. 이 영화가 캐릭터들을 대하는 특징은 주인공에게 우월한 지위를 가능한부여하지 않는다는 점이다. 카메라는 주인공과 그녀가 만나는 인물들 모두를 거의 동등하게 대우한다. 영화 제목은 당연히 소설『오즈의 마법사』의 신비한 나라인 오즈를 연상시키지만, 다른 한편으로 러시아 문자 모양으로 인해 '오즈(03)가 숫자 03로 읽히기도 한다. 이것은 러시아에서 구급차인데, 즉 영화는 러시아라는 나라는 구급차를 언제라도 불러야 할 가능성이 있는 사회임을 지적하는 것이다.

III

지금까지 살펴본 바와 같이 2015년도에도 러시아 영화계는 다양한 장르에 걸쳐서 일정 수준 이상의 완성도를 성취한 작품들을 제작, 발표하였다. 영화 역사를 살펴볼 때 특정 지역 영화가 장기간에 걸쳐 일정한 큰 흐름을 형성할 수는 있어도, 매년 규칙적으로 일정 수 이상의 걸작들을 배출하기는 거의 불가능하다. 그런 의미에서 볼 때 2015년도 러시아 영화가 2014년도처럼 세계 최고 권위의 영화제인 칸국제영화제 수상작[20]이나, 영화 형식에

---

20 2014년도 칸국제영화제 경쟁부문 각본상을 주장한 안드레이 즈뱌긴체프 감독의 영화 ≪리바이어던≫에는 "뿌리 깊은 부정부패, 관리 앞에서 무기력할 수밖에 없는 보통 사람, 불법적 인 국가 사업 동업자들 사이에서 횡횡하는 뒤봐주기, 돈이 되는 것이라면 물불 가리지 않고 축성에 나서는 교회 등 현대 러시아의 병폐가 고스란히 담겨 있다." 즈뱌긴체프는 이 영화에서 형식적으로는 점프 컷과 관객의 정서에 타격을 강하는 논리적 비약의 편집을 과감하게 사용하면서, 동시에 특정 장면에서는 교과서적인 편집과 기존의 영화 언어 문법에 충실하고 있다. 주인공 니콜라이 주변에 존재하는 가시적, 비가시적 '리바이어던'을 묘사하기 위한 전략적인 선택을 하고 있는 것이다. 서사 전개 측면에서도 영화는 치밀하게 각 쇼트를 연결시키고 있다. 초반에 암시되는 문제 설정은 이후에 전개되는 갈등 또는 위기 부분과 유기적으로 연결되는 것이다. 즉 니콜라이가 맞이해야 할 거대한 권력의 압력은 화면 초반부에 경찰이 그에게 자연스럽게 무료 자동차수리를 요구하면서 예고된 다. 경찰의 일상화된 이러한 요구는 니콜라이에게는 부담스러운 것이지만, 경찰에게는 일상적인 것이다. 게다가 '수리를 하는 일'이 직업인 니콜라이가 정작 자신의 상황을

서 혁신을 이룬 작품들을 발견하기는 어렵다.

그럼에도 불구하고 사회 정치적으로 당면한 문제들을 과감하게 다룬 작품들, 전통적인 드라마를 추구하는 작품들, 소비에트 시기에 대한 재해석과 같은 역사적 관점에 중점을 둔 영화들, 그리고 작가예술영화의 전통을 계승하는 작품 등이 여전히 일정 수준 이상의 완성도를 성취하면서 관객들을 맞이하였다. 또한 2014년부터 본격적으로 시작된 여성 감독들의 강세 경향도 여전했다.

그 어떤 예술보다도 영화는 과거를 바라보면 앞으로 나아가는 예술이다. 영화 역사의 시작은 그 이전에 존재하던 예술들의 총합이었으며, 현대영화도 과거 고전 영화의 재해석과 창조적 계승의 결과이다. 러시아 영화사 역시 이런 맥락에서 예외가 아니며, 거시적인 영화역사 연구를 위해서는 매년 발표되는 주요 작품들에 대한 개괄적인 연구가 선행되어야 할 것이다. 영화 역사 연구란 개별 작가의 작품론, 걸작들에 대한 집중적인 분석, 그리고 일정 시기 작품 전체에 대한 개괄적인 연구가 동시에 진행될 때 학문적 성과를 이룰 수 있기 때문이다. 따라서 본고 역시 최종적으로 현대 러시아 영화사 연구의 일부로 남을 수 있을 것이다.

'수리하지 못한다는 것'은 아이러니하다. 구체적인 특정 장소에서 일어나는 이러한 상황은 러시아에만 국한되는 것이 아니다. 모든 걸작이 그러한 것처럼 이 영화 역시 '개별 묘사' 수준에서 '보편적 일반화'의 수준에 이르고 있다. 이 영화에서 일어나는 각종 사건과 상황이 결코 남의 일처럼 느껴지지 않는다는 것이다.
미국에서 실제 일어난 이야기에 착안해서 영화를 만들기 시작한 즈뱌긴체프는 개인과 권력의 대립이라는 단순한 모티프를 넘어서서 성서와 고전을 아우르는 주제를 포괄하고 있으며, 개별적 묘사와 일반화, 그리고 빼어난 시청각적 묘사로 영화 언어 측면에서 도 높은 완성도를 성취하고 있다. 그는 주제 와 형식 측면 모두에서 누구라도 공감할 수 있는 한 편의 시적 서사와도 같은 비극적 드라마를 만들어낸 것이다. (홍상우, '안드레이 즈뱌긴체프의 영화 『리바이어던』 연구', 한국외국어대학교 러시아연구소, 『슬라브 연구』 30권4호(2014), pp.115-136.

10

히치콕의 영화에서 그려지고 있는 감시, 스펙터클, 그리고 서스펜스
-미국 맥카시즘에 대한 알레고리적 읽기-

김미정

I. 들어가는 말

영국의 무성영화 시대를 주도했던 대표 감독이었던 알프레드 히치콕(Alfred Hitchcock)은 미국 할리우드로 자리를 옮겨 활동하며 최고 전성기를 누리게 된다. 일반적으로 평론가들은 1953년 〈이창〉(*Rear Window*)을 제작하던 시기부터 1963년 〈마니〉(*Marnie*)를 제작하기까지의 10년 동안을 히치콕 감독의 영화여정에서 최고 전성기로 파악한다(김시무 2013, 64). 그런데, 공교롭게도 이 시기는 냉전시대 미국에서 맥카시즘(McCarthyism)과 그 이후의 여파가 맹위를 떨치던 시기와 겹친다. 조지 오웰(George Orwell)의 『1984』에서 가장 잘 묘사되고 있는 감시의 문제는 정신분석적으로 접근할 경우 관음증에 관한 문제가 될 수 있으며, 이것이 정치적 색채를 띤 감시일 경우 푸코식 판옵티콘에 대한 담론으로 연결될 수 있을 것이다. 본 연구에서 필자는 히치콕의 〈이창〉(*Rear Window*, 1954), 〈누명 쓴 사나이〉(*The Wrong Man*, 1956), 〈새〉(*The Birds*, 1963)를 통해 냉전 시기 미국의 감시, 검열의 문제를 다뤄볼 것이다.

감시 내러티브에 관한한 고전이라고 부를 수 있는 〈이창〉은 영화의 제작 당시 정치적 관심사를 반영하고 있다. 당시 의심되는 공산당뿐만 아니라 남녀 동성애자들을 은밀히 감시, 검열하던 미국 정부의 행태를 풍자적으로 고발하고 있는 작품인 것이다. 국가 안보 차원의 감시는 카메라를 합법적으로 감시 용도로 사용함으로써 타인의 사생활을 심각하게 침해하는 병폐를 낳았다. 그런데, 이러한 감시 문화는 영화를 통해 흥미로운 구경거리(스펙터클)가 되어버린다. 감시에 대한 공포가 훔쳐보는 쾌락에 자리를 내어준 셈이다. 하지만, 만약 내 자신이 이 감시의 무고한 피해자라면 어떨까?

예를 들어, 〈이창〉에서 쏘월드(Lars Thorwald)가 무고한 사람이었다면 그의 억울한 입장은 어떠했을까를 다루는 영화가 〈누명 쓴 사나이〉라고 할 수 있다. 〈누명 쓴 사나이〉의 경우, 감시 문제 외에도 1950년대 맥카시즘의 여파로 인한 '자백 열풍' 또한 다루고 있는데, 당시 공산당을 색출하는 마녀사냥에 걸리면 빠져나올 수 있는 유일한 방법은 '자백' 밖에 없었다. 그런데, 이러한 강요된 자백은 심리적 압박감에 의한 거짓 증언일 경우가 많았고, 심리학적 맥락에서 보자면 대단히 뒤틀린 자기 검열의 발현이었다. 냉전시기 미국사회에서 국가 안보라는 미명하에 벌어지던 정부의 과잉 통제에 대해 공공연하게 우려를 표명하던 예술가들 중 한 명이 히치콕이었으며,[1] 특히

---

1   히치콕이 6살 무렵 그의 아버지가 훈육차원에서 히치콕을 잠시 경찰서에 가둔 적이 있는데,

1950년대에 횡행했던 강요된 고백, 감시와 처벌의 문제를 다룬 그의 작품들 중 가장 걸출한 작품이 다큐멘터리 형식을 빌고 있는 〈누명 쓴 사나이〉이다. 그리고 이러한 감시, 검열에 관련된 맥카시즘적 광기와 비논리적인 폭력을 좀 더 첨예하게, 그러나 알레고리적으로 그리고 있는 작품이 〈새〉에 해당한다. 이러한 맥락에서, 본 연구는 감시/검열이라는 주제와 관련하여 히치콕의 〈이창〉, 〈누명 쓴 사나이〉, 〈새〉를 통해 '보는 것이 곧 아는 것'이라는 근거 없는 믿음에 도전하며 '우리는 우리가 보는 것을 과연 온전히 믿을 수 있는지' 반문하는 히치콕의 주제의식을 되짚어 볼 것이다. 히치콕의 영화는 공포와 서스펜스의 맥락에서, 또는 정신분석학적 관점에서 자주 다루어져왔지만 영화가 제작되던 당시의 사회 문제를 반영하는 작품으로 감시/검열의 맥락에서 분석된 경우는 드물기 때문에 이에 본 연구의 차별점이 있다 하겠다. 영화의 관객이 영화의 메커니즘 상 어쩔 수 없이 관음증적 쾌락에 연루될 수밖에 없다면, 히치콕의 세 영화가 이에 대해 어떠한 성찰을 촉구하고 있는지 살펴보는 것이 본 논문의 목표이다.

II. 〈이창〉에서 그려지고 있는 감시, 그리고 스펙타클

많은 비평가들이 지적하듯이 히치콕의 〈이창〉은 '엿보기 행위'로서의 영화 관람(spectatorship) 자체에 대한 알레고리적 작품으로 해석될 수 있다. 실제로 영화에서 다친 다리로 인해 일시적으로 이웃의 사생활을 훔쳐보는 데서 즐거움을 느끼는 주인공 제프(L. B. Jefferies)의 모습이 '극장 의자에 고정된 관객'

그 시절 트라우마로 인해 히치콕은 경찰에 대한 공포와 거부감이 심했던 것으로 알려져 있으며, 1945년에는 실제 FBI가 히치콕을 3달 동안 감시한 적이 있다. 이런 배경 때문에, 그의 작품에서는 경찰 조직과 미국의 법조계 시스템에 대한 그의 불신 및 비판적 시선이 자주 반영되었다(Spoto 1999 참조)

의 모습을 대변한다고 주장되어왔다. 하지만, 작품이 만들어지던 시대적 상황을 고려할 때, 이 영화는 단연코 냉전시기 미국의 감시 문화를 꼬집고 있는 작품이다. 로버트 젠터(Robert Genter) 또한 "〈이창〉에서 제프의 절시증(scopophilia: 훔쳐보는 데서 만족을 느끼는 도착증)은 영화의 제작 당시 FBI, 미 법무부, 그리고 바로 옆 이웃들에 의에 무차별적으로 수행되었던 감시에 대한 완벽한 메타포"라고 주장한다(2012, 131). 사실, 감시 문제를 다루는 영화는 필연적으로 영화 메커니즘과 관련하여 자기반영적일 수밖에 없으며, 히치콕의 영화는 특히 절시증뿐만 아니라 절시공포증(scopophobia: 남에게 보여지는 것에 대한 병적 공포)을 동시에 다루기로 유명한데, 그런 영화 가운데 스크린 안과 밖의 관찰자의 반응에 초점을 두고 '보는 행위'(looking)에서 파생되는 문제를 본격적으로 다룬 작품은 명실상부 〈이창〉이라 할 수 있다.

사고로 부러진 다리를 석고 붕대에 묶고 자신의 방 밖으로 한걸음도 나가지 못하는 제프는 대부분의 시간을 '집 뒤에 난 창문'(rear window)을 통해 건너편 아파트에 사는 이웃들의 사생활을 훔쳐보는데 할애한다. 그의 관음증으로 인해 영화는 두 개의 공간으로 나뉜다. 하나는 제프가 바라보는 스펙터클로 존재하는 세계이며 다른 하나는 그가 살아가는 현실의 세계이다(김경욱 1999, 80).[2]

〈이창〉에서 카메라의 시점은 영화의 대부분의 시간 동안 주인공인 제프의 방에 제한되어있다. 따라서 "자신의 방에 갇혀 전지적 관찰자처럼 행세하고

---

2 맞은편 아파트의 창문 하나하나는 마치 개별적인 영화 스크린처럼 각각의 이야기를 담고 제프의 (그리고 관객의) 눈앞에 펼쳐진다. 스탐(Robert Stam)과 피어슨(Roberta Pearson)은 각 창문들을 통해 진행되는 이야기들이 고전 할리우드 영화의 다양한 장르에서 추출한 것처럼 보인다고 지적한다. 미스 론리하트는 50년대 사회적 리얼리즘 영화에서, 쏘월드는 살인 미스터리에서, 개를 키우는 부부는 코믹 홈드라마에서, 작곡가는 음악 전기 영화에서, 미스 토르소는 MGM 뮤지컬 또는 소프트-코어 포르노에서 볼 수 있다는 것이다(Stam and Pearson 1986, 195-96; 김경욱 1999, 79-80에서 재인용).

있는 제프"(김소연 2010, 20)의 시점을 공유하게 되는 영화 관객은 그의 행동을 단순히 지켜보기만 하는 것이 아니라 그의 '엿보기 행위'에 동참하게 된다. 문제는, 관객이 제프의 입장에 몰입할수록 감시 서사를 다루고 있는 영화의 초점이 관음증적 쾌락을 위한 것으로 변질될 위험이 있다는 것이다. 로렌스 하우(Lawrence Howe)도 지적하듯이, 관객이 제프에게만 일방적으로 동일시를 할 경우, "보여지는 위험"(the risk of being seen)을 말하고자 하는 영화의 논리를 놓치게 된다(2008, 17). 이런 이유 때문에, 사실 영화의 시선이 시종일관 제프의 시선과 같지는 않다. 다시 말해, 카메라의 시점이 곧 제프의 시점인 것은 아니다. 카메라의 시점이 고정되어 있는 듯 한 착각을 일으키는 이 영화에서 히치콕 감독은 교묘한 카메라 기법을 활용해 몇 차례 눈에 띄게 카메라의 시점을 전환하는데, 작품의 주제와 관련하여 이 지점들을 파악하는 것은 매우 중요하다. 감시 서사가 결국 시선의 권력관계에 관한 것이라면, 히치콕이 이 영화를 통해 말하고자 하는 것은 시선의 주체가 가진 권력의 '전복'이기 때문이다.

그래서 주목해야 할 사실은, 관객의 대역(surrogate)이기도 한 제프가 '뒷 창'이라는 대단히 제한적인 프레임을 통해 파편적으로만 보게 되는 이웃들의 이야기를 줄곧 자신의 '관점'에서 읽어내지만 그의 확신에 찬 해석들이 (쏘월드의 사건만 빼고) 모두 틀렸음이 영화의 결론에서 밝혀진다는 것이다. 그는 특히 자신의 '거울상'이기도 한 쏘월드가 병든 아내를 살해했을 것이라는 확신에 점점 과도하게 집착하는 모습을 보이는데 여러모로 임포텐스(성적으로뿐만 아니라 윤리적으로도 무능한 상태)로 그려지는 그가 '훔쳐보기'를 위해 쌍안경과 망원렌즈를 동원하는 모습은 그가 얼마나 자기-중심적이고 시각-중심적인지를 압축적으로 말해준다. 그런데, 간병인 스텔라는 제프가 부러진 다리로 인한 신체적 불리함을 상쇄하기라도 하려는 듯 필사적으로 붙들고 있는 망원렌즈를

'휴대용 열쇠구멍'이라고 부른다. 이는 명백히 히치콕 감독이 장 폴 사르트르(Jean-Paul Sartre [1943] 1983)의 '시선과 타자'를 염두에 둔 레퍼런스이다.

그래서인지, 제프가 연기하고 있는 관음증 환자는 어딘가 뻔뻔스러워 보인다. 사르트르적으로 말하자면 그는 타자를 무조건 객체화시키는 폭력을 행사하면서도 자신은 바라보일 일이 없다고 상상하기 때문이다. 그는 철저하게 안심한다. 자신의 방에 들어앉아 자신의 훔쳐보기 행위에 대해 거북스럽게 생각하지 않는다. 영화 초반 제프의 '훔쳐보기'를 나무라던 스텔라는 뉴욕주가 피핑 탐(Peeping Tom)에게 내리는 형벌이 창문이 없는 감화원에 6개월 동안 갇히는 것이라고 말하지만, 제프는 괘념치 않는다. 제프는 그 자신이 타자에 의해 바라보일 수 있다는 불안감이 없기 때문에 일종의 안락한 상태에 있다.

자신의 안식처에서 시점적 우위를 확보한 채 쏘월드의 범죄 증거를 찾아내기 위해 집요하게 감시를 수행하던 제프이기에, 스탐과 피어슨은 그의 아파트를 "판옵티콘"(그리스어로 '모두'를 뜻하는 'pan'과 '본다'는 뜻의 'opticon'이 합성된 용어로, 죄수들의 일거수일투족을 감시하고 통제하기 위해 제안된 원형 교도소)이라고 지칭한다(Stam and Pearson 1986, 200). 하지만, 모순적이게도 둘의 관계에서 실제로 갇혀있는 인물은 쏘월드가 아니라 감시를 수행하는 제프 자신이다. 그가 아무리 망원렌즈를 동원한다 해도 자신의 방 밖으로 한발자국도 나가지 못하는 한, 그의 시선은 제한적일 수밖에 없다. 만일 제프가 연기하고 있는 것이 데카르트적인 시각 세계이고, 부러진 다리로 인해 자신의 방에 갇혀있는 그의 상태가 사르트르가 말한 유아론(Solipsism)에 비유될 수 있다면, 자신을 훔쳐보는 제프의 시선을 알아차리고 그를(카메라의 눈을) 똑바로 마주 바라보는 쏘월드의 시선은 탈데카르트적 시선, 사르트르의 맥락에서 타자의 응시에 해당할 것이다. 이 응시는 '나'를 놀라게 하고 '수치심'을 느끼게 하는 '타자'의 현전 자체이다.

데카르트식 시각 세계에 균열과 파열을 일으키는 타자의 응시. 그래서 제프의 시선을 되받아치는 쏘월드의 시선은 '뒷 창' 너머의 무언가를 (훔쳐)보고자 하는 제프의 관음증적 시선을 중지시키고 내려놓게 만드는 '타자의 응시'로 해석된다.

'훔쳐보는 자'와 '보여지는 대상'으로 분리된 시간을 보내던 영화 속 인물들이 갑자기 상호 연결되는 지점은 쏘월드가 제프의 시선을 감지했을 때이다. 제프의 연인 리사(Lisa Fremont)가 다리가 부러진 그를 대신해 맞은편 아파트로 건너가 쏘월드의 방에 침입한다. 그녀가 쏘월드의 아내의 반지를 찾아내자마자 집으로 돌아온 쏘월드에게 붙잡히는데, 이내 제프의 신고를 받고 출동한 경찰에 의해 구조되는 동안 리사는 손을 뒤로 하여 제프에게 신호를 보낸다. 이 때 리사가 보내는 손가락 신호가 맞은 편 아파트를 향하고 있음을 알게 된 쏘월드는 자신을 향한 제프의 망원렌즈(실제로 히치콕의 카메라)를 똑바로 마주 바라본다. 그 순간 시선의 권력 관계는 뒤틀리고, 제프는 재빨리 뒤로 물러나 어둠 속으로 숨는다.

중요한 것은 바로 이 장면에서 맞은편 창문, 어쩌면 제프의 망원경을 똑바로 마주 바라보는 쏘월드의 시선이 사실은 카메라를 똑바로 쳐다보는 것으로 처리되었다는 점이다. 히치콕의 영화에서 자주 활용되는 등장인물의 '카

메라를 똑바로 응시하는 시선'은 순간적으로 영화 관객을 영화 속으로 개입시키는 히치콕의 영화기법이다. 말하자면, 〈이창〉에서 '영화에 관한 영화'를 염두에 둔 히치콕이 제프의 반응뿐만 아니라 그 반응을 '보는' 관객의 반응까지 겨냥하고 있는 것이기에, 그간 제프와 함께 쏘월드를 감시하며 그의 관음증적 쾌락에 동참해왔던 영화 관객은 이제 제프가 느끼게 된 당혹감과 수치심을 공유해야 하는 것이다. 하지만, 이 지점이 영화의 '터닝 포인트'라면, 그 의미는 그간 영화에서 스펙터클에 불과했던 스크린 속의 쏘월드와 정면으로 시선이 마주쳤을 때, 흠칫 놀란 영화 관객이 제프 위주의 시선을 내려놓게 된다는 사실에 있다. 다시 말해 그 동안 동일시 해왔던 제프의 시점에서 관객 본인의 시점을 분리시키게 되는 것이다. '나'의 훔쳐보기가 발각된 순간 찰나적으로 디에게시스(diegesis: 묘사된 사건들이 일어난 허구의 세계)적 공간과 관객의 현실의 공간의 경계가 파열되고 쏘월드는 스펙터클에 구멍을 내는 실재적 대상, 왜상적 인물이 되어버린다. 이 타자의 현전으로서 사르트르적 응시와 마주하게 되는 순간이 바로 '수치심'(존재의 열림)을 느끼게 되는 순간이라면, 이 순간 제프와 함께 수행하고 있던 관객의 '나' 중심적인 폭력의 시선은 중지된다.

하지만, 쏘월드는 카메라를 똑바로 마주 바라보는 것으로 그치지 않는다. 제프의 아파트로 건너온 쏘월드가 그와 몸싸움을 벌이는 영화의 클라이맥스 장면은 사르트르가 말한 '시선의 전투'에 해당할 것이다.[3] '보여지는 대상'이었던 쏘월드가 시선을 되돌려줌으로써 '나' 중심적 환상—스크린을 찢는데 그치지 않고 감시자와 감시 대상 사이의 거리를 무너뜨리며 제프의 아파트

---

3 사르트르([1943] 1983)에 따르면 '타자'란 '나를 바라보는 자'이다. 시선의 대상이 되면 물화되는 것이기에, 나와 타자는 '바라봄'과 '바라보임'의 관계에서 투쟁의 관계에 있다. 사르트르는 하나의 시선이 다른 시선과 조우하며 발생하는 권력투쟁 관계를 '시선의 전투'라고 부른다.

로 건너와 그의 방에 들어섰을 때, 그 암실에서의 전투 장면은 마치 왜상적 얼룩이 〈이창〉(*Rear Window*)이라는 영화의 프레임 내부로 갑자기 침입한 효과를 낳는다. 영화 관객인 우리는 이 방안 장면을 더 이상 '뒷 창'(rear window)을 통해 보지 않는다. 제프의 시선이라는 프레임에 갇혀있던 관객의 시선이 이 암실 장면을 통해 탈구되는 것이다.

안전한 어둠 속에 숨어 자신의 정체를 드러내지 않고 빛에 노출된 대상을 훔쳐보던 제프는 쏘월드의 아파트의 불빛이 꺼지고 그가 자신의 아파트로 건너오는 순간 대상과의 차이를 상실한다. 제프의 입장에서 보자면, 쏘월드의 존재로 인해 '나'의 공간은 '타자'의 공간이 되어버린 셈이다. 그런데 쏘월드가 제프의 불 꺼진 방으로 들어섰을 때, 히치콕의 카메라는 '쏘월드-타자'의 응시의 대상을 재빨리 관객이 아닌 제프로 바꾸어놓는다. 다시 말해 앞 장면과는 달리 쏘월드가 카메라의 눈을 똑바로 응시하지 않기 때문에 관객은 그 응시의 직접적인 대상이 되지 않는다. 제프를 응시하는 쏘월드의 시선이 카메라의 시선을 빗겨가는 것으로 처리되었다는 것은 카메라의 시선(관객의 시선과 일치)이 더 이상 제프의 관점이 아니라는 사실을 말해준다. 쏘월드가 제프의 공간으로 들어온 순간 카메라는 제 3자적 관점을 갖게 되고, 따라서 영화 관객은 제프와 쏘월드 사이의 그 '시선의 전투'를 안전한 거리에서 지켜보게 되는 것이다.

영화의 장면 중에서 가장 의미심장한 대목은 제프와의 시선의 전투 장면 이후에 쏘월드가 실제로 제프를 그의 (마치 대리자궁과도 같은) 시각중심적이고 자기중심적인 공간에서 벗어나게 해준다는 점이다. 쏘월드는 제프가 그 동안 내내 자신을 감시해오던 '뒷 창'을 통해 제프를 그의 방 밖으로 밀어내 버린다. 그 동안 단 한 번도 자신의 방을 벗어나 본적 없던 제프는 결국 자신의 아파트로 건너온 (자신은 건너갈 수 없으므로) 거의 더블(double: 짝패)[4]과도 같은 쏘월드에 의해 그간 관음증을 수행해오던 매개체인 '뒷 창' 너머로 추락하게 된다. 그리고 그 동안 카메라의 위치가 제프의 방에 한정되어 있었던 까닭에 제프의 일방적인 관점에 따라 영화를 보아왔던 영화 관객은 그 때 처음으로 제프의 '뒷 창'을 다른 관점에서 볼 수 있게 된다. 비유적으로 말해, 영화 관객은 그 동안의 스스로의 시선을 다른 관점에서 돌아보게 되는 셈이다. 존 벨튼(John Belton)의 말을 인용하자면, "이 '시점의 전환'이 영화 관객인 우리로 하여금 제프의, 그리고 우리 자신의, 관람자로서의 역할을 성찰하도록 만든다. 그 순간, 잠시 동안 영화의 스펙터클은 우리 자신의 '관음증'이 된다"(2000, 15).

모든 것을 '뒷 창'을 통해서만 바라보고, 그에 더해 '휴대용 열쇠구멍'인 쌍안경과 망원경을 동원해 이웃을 염탐하는 제프의 행동이 폭력적인 '인식의 틀짓기'에 비유될 수 있다면 제프와 함께 그의 관점에서 그가 보는 모든 것을 같이 보아왔던 영화 관객은 이제, 히치콕의 영화적 트릭을 통해, 그러한 '인식의 틀짓기' 행위를 돌아보게(성찰하게) 되는 셈이다. 그리고 이러한 '되돌아 봄'의 순간에 관객이 경험하는 것은 '수치심'이다. 이때의 수치심은 잘못된 행위에 자신이 개인적으로 연루되었거나 동참하고 있다는 데서 느끼는 수치심이다. 이러한 수치심을 경험할 수 있을 때, 관객은 유아론적 환상에서 벗어나 타자와의 '미묘한 상호 작용'을 키우기 위해 멈춰서 있는 단계라고도 할 수 있다. 제프는 쏘월드를 마주했을 때 그를 다시 이미지의 세계로 돌려 보내기 위해 상대에게 '빛'을 쏘며 스스로는 눈을 감는 전략을 택했지만, 관

---

4 많은 비평가들이 제프와 쏘월드를 '더블'의 관계에서 해석한다. 예를 들어, 결혼 기피증을 앓고 있는 제프가 쏘월드에게 그토록 집착하는 이유는 그가 자신의 욕망(파트너를 죽이고 싶어 하는 욕망)을 대신 수행해준 인물로 믿고 싶기 때문이라는 것이다. 그런데, 아파트 건너편에서는 쏘월드의 잔소리꾼 아내가 늘 병상에 누워있는 반면, 이쪽 아파트에서는 제프 그 자신이 방안에 묶여있는 신세라는 것이 아이러니하다.

객은 그 시도가 실패하는 것을 지켜보며 어떤 다른 선택을 하게 되는가?

다시, 제작 당시의 시대적 상황을 고려할 때, 〈이창〉이 1950년대 초반 미국사회에 만연했던 맥카시즘 열풍, 그리고 그에 근거해 정부에 의해서뿐만 아니라 국민들 사이에서도 횡행했던 감시와 고발을 비유적으로 꼬집고 있는 작품이라면, 히치콕이 이 영화를 통해 무엇을 말하고자 했는지는 분명하다. 미셸 푸코(Michel Foucault)가 제러미 벤담(Jeremy Bentham)이 소개한 판옵티콘을 "'바라봄'과 '보임' 사이의 비대칭과 불균형, 그리고 차이를 보장해주는 장치"로 이해했다면(푸코 [1975] 2014, 313), 히치콕이 〈이창〉을 통해 재현하고 있는 것은 바로 판옵티콘의 반전이다. 사르트르([1943] 1983)가 『존재와 무』 3부에서 논한 '시선과 타자'의 문제를 염두에 두고 일방향적인 시선의 권력을 역전시켜 보임으로써 판옵티콘식 감시체계의 유효성에 의문을 제기하는 것이며, 이를 통해 당대의 과도하고 기형적인 감시 문화를 문제 삼고 있는 것이다.

III. 〈누명 쓴 사나이〉, 감시/검열로 인해 '강제된 자백'의 스펙터클

'누명 쓴 사람'이라는 주제는 1927년 영국에서 개봉된 〈하숙인〉(*The Lodger*)에서 처음으로 구체화된 후 히치콕의 영화에서 되풀이되는 주제가 된다(김무 2013, 62). 그런데, 이것이 냉전시기 감시/검열의 문제로 연결되면서 탄생한 영화가 제목 그대로 〈누명 쓴 사나이〉(*The Wrong Man*, 1956)이다. 실제 이야기를 모티브로 세미-다큐멘터리 형식을 취하고 있는 이 영화는 사실 냉전초기 맥카시즘의 트라우마를 다루고 있다. 미국 국가안보국에 의한 통제에 대해 대단히 우려하는 입장이었던 히치콕에게 당시 감시/검열을 합법화하려는 맥카시즘은 '모두가 투명한 세계'를 만들려는 신화적 기획으로 여겨졌다.

1947년 미국 트루먼 대통령이 연방정부에서 근무하는 공무원의 로열티

프로그램을 공식적으로 확립하기 위해 행정명령 9835호에 서명한 이후, 전
-공산주의자(ex-Communist)들을 비롯한 많은 미국 공무원들이 충성심 검토 위
원회(loyalty review boards) 앞에서 자신의 과거 행적을 빠짐없이 증언함으로써
미국정부에 대한 충성심을 입증해야 했다(Genter 2012, 129).[5] 미 국무부가 200
명이 넘는 공산당 간첩을 고용했다고 주장하여 1950년대 초반 미국 사회를
레드 콤플렉스에 빠뜨렸던 위스콘신 상원의원 조셉 맥카시는 "본인이 공산
주의자인지 대답하기를 거부한다면, 그것이 바로 그가 공산당원이라는 증거
다"라고 주장함으로써 이러한 '(강요된) 자백 열풍'에 불을 질렀다. 더구나, 이
러한 강제 자백이 위헌이라는 논란을 잠재우기 위해 1954년 미국의회는 '의
무 증언법'을 통과시킨다. 수정헌법 제5조를 들어 자기에게 불리한 증언을
거부하는 것을 막기 위해서였다.

　미국 정부의 입장에서 이러한 '공개 자백'에는 두 가지 목적이 있었다. 첫
째, 순진한 시민들에게 점차 확대되는 이러한 위협에 대해 경고함으로써 냉
전시대 애국심을 고취시킬 수 있으며, 둘째, 국가 안보를 위협하는 죄인들의
영혼을 정화시킨다는 것이 명분이었다(130). 이것은 얼핏 카톨릭에서의 '고해
성사'를 떠올리게 하지만(고해성사의 목표도 죄를 지은 옛 자아를 버리고 새로운 자아로 거듭나기
위한 것), 이 시기 법적으로 강제되던 자백은 다분히 도착적인 것이었다. 이런
배경에서 사회에 만연해진 레드 콤플렉스 때문에 자신이 공산주의자가 아님
을 증명하기 위해 (강요된 것이던, 자발적이던) 공개적으로 자신을 폭로하는 강박증
이 1950년대 미국을 휩쓸었고, 이로 인해 당시는 '미국의 고백시대'(Confession
Era in the United States)로 불리었다.

　젠터에 따르면, 히치콕은 영화감독으로서 커리어를 시작할 때부터 개인으
로 하여금 스스로의 비밀을 폭로할 수밖에 없도록 만드는 정치적이거나 사

5　이후, 당시 시대적 배경 설명은 로버트 젠터(Robert Genter 2012)를 참조.

회적인 압력에 대해 문제의식을 가지고 있었다(131). 그런 그에게 공개 청문회를 통해 공산주의자를 색출하는 과정에서 잇따랐던 강요된 자백 외에도 더 큰 문제로 여겨졌던 것은 시민들 사이에서 자발적으로 이루어지던 강박적이고 신경증적인 고백들이었다. 다시 말해, 사회적 압력으로 인해 진실을 폭로하는 자백도 있었지만, 당시 과잉심문으로 인해 혐의자들이 스스로를 불리하게 만드는 허위 증언을 하는 경우도 부지기수였던 것이다. 미국 법조계 시스템에 대해 불신과 공포를 지니고 있던 히치콕이었기에, 그는 영화를 통해 미국 법조계 권위자들에 의해 남용되고 있는 고압적인 심문 기술을 좀 더 자세히 다룰 필요를 느꼈고, 이런 배경 속에서 만들어진 영화가 바로 〈누명 쓴 사나이〉이다.

실화를 바탕으로 하고 있는 이 영화에서, 주인공 매니 발레스트레로(Manny Balestrero)는 1953년에 강도혐의로 체포된다. 영화의 결말에 다행히 진범이 잡혀서 매니의 무죄는 입증이 되지만, 이 영화를 통해 히치콕이 다루고 있는 것은 미란다 원칙이 아직 확립되기 이전에 횡행했던 심문 전략과 수정헌법 제 5조의 위배, 그리고 무책임하고 관료주의적인 국가기관에 의해 통제되는 세계에서 일관된 정체성을 잃어버린 개인들이 겪어야 하는 고통과 혼란이다 (136). 당시의 시대상황을 고려하여 비유적으로 해석하자면, 〈누명 쓴 사나이〉는 맥카시즘 마녀사냥에 의해 무고한 사람이 체포되었을 때 겪어야 하는 고난을 그 사람의 입장에서 찍은 영화인 것이다. 다시, 앞서 다루었던 〈이창〉과 연결시켜 얘기하자면, 쏘월드가 진짜 범죄자가 아니라 만일 무고한 희생자였다면 어떠했을까를 다루고 있는 것이 〈누명 쓴 사나이〉인 셈이다.

단서를 그러모아 누가 범인인지를 찾아내야 하는 탐정영화와는 반대로 〈누명 쓴 사나이〉는 처음부터 범인으로 지목된 주인공이 자신의 무죄를 증명해야 하는 이야기 구조를 가지고 있다. 주인공인 매니는 화목한 집안의 가장으로서, 성실하고 평범한 이미지의 중년 남성이다. 그런데, 치과치료를 받아야 하는 아내 때문에 비용을 마련하기 위해 아내의 보험회사에 대출을 받으러 갔다가 그의 평범한 일상은 완전히 뒤틀려버린다. 보험회사 직원들이 인상착의가 비슷하다는 이유로 그를 연쇄강도사건의 용의자로 지목한 것이다. 갑자기 체포되어 경찰조사가 이루어지는 내내, 매니는 "제가 무슨 이유로 기소가 된 거죠?"라고 반복해서 묻지만 고압적인 태도의 수사관들은 그를 범인으로 몰아가며 자백을 종용할 뿐, 매니의 질문이나 항변에 제대로 귀기울이지 않는다. 여기서 문제적인 것은 (마녀사냥이 그러하듯이) 그가 범인으로 몰려야 할 아무런 근거나 명확한 증거도 없이, 단지 몇몇 사람들이 그를 지목하고 다른 이들이 이에 동조했다는 이유만으로 매니의 정체는 하루아침에 평범한 시민에서 흉악한 범죄자로 뒤바뀌어 버린다는 것이다. 이후 경찰의 수사 또한 사실여부를 엄밀히 조사하는 것이 아니라, 이미 그가 범인이라고 정해놓은 결론을 확인하는 식으로 흘러간다.

어쩔 수 없이 친척들에게 빚을 져 보석금으로 풀려난 이후, 매니와 그의 아내 로즈는 매니의 무고함을 입증하기 위해 백방으로 노력한다. 하지만 모든 시도가 번번이 무산되자, 절망한 로즈는 결국 정신병원에 입원하기에 이른다. 그런데, 여기서 중요한 것은 로즈가 정신적으로 무너져 내리는 과정이다. 법정공방이 진행되면서 매니의 과거 행적 일거수일투족뿐만 아니라 현재의 궁핍한 재정 상태와 불안정한 가족환경까지 모조리 폭로된다. 그런데다 이에 대한 변호를 준비하는 과정에서 매니와 로즈는 현재의 곤궁을 초래한 모든 과거의 실패들을 떠올리고 그때의 감정들을 재 경험해야만 한다. 매니의 삶의 면면이 파헤쳐지는 동안 평온한 듯 보였던 그의 삶은 새로운 시각으로 되짚어지고 이는 곧 아내 로즈의 자책으로 이어진다. 외부에서 가해지는 감시와 검열의 시선을 내면화한 결과, 모든 것은 자신의 탓이며 자신은

벌 받아 마땅하기에 현재의 상황에서 벗어날 길은 없다고 판단하게 된 것이다. 제대로 먹지 못하고 잠도 못자며 이상증세를 보이는 로즈가 매니와 애기 나누는 장면은 그녀의 피폐해진 심리상태를 그대로 보여준다.

> 로즈: 당신한테 이런 일이 생긴 건 내 사랑니 때문이에요. 당신을 보험회사에 보내지 말아야 했었어요.
> 매니: 사고일 뿐이야.
> 로즈: 나 때문에 대출을 받으러 갔다가 이렇게 됐어요. 전에도 내가 아무것도 몰라서 갔던 거고요. 친척한데 보석금을 빚졌고 대출도 있어요. 오코너씨한테도 빚진 거고요. 모든 게 내가 절약하지 않아서 이렇게 됐어요. 내가 당신을 실망시켰어요.
> (중간생략)
>
> 매니: 로즈. 며칠 동안 재판엔 관심이 없는 것 같아.
> 로즈: 걱정해도 아무 소용없다는 거 몰라요? 당신이 어떻게 해도 유죄로 만들 거예요. 아무리 죄가 없고 아무리 열심히 노력해도 유죄를 받을 거라고요. 그 손에 더 이상 놀아나지 말아요. 클럽에 가지 말아요. 아이들도 학교에 안 보낼 거예요. 여기 앉아서 생각했어요. 문을 잠그고 집에만 있는 거예요. 그들이 못 들어오게 문을 잠가요.

로즈의 사례를 통해 히치콕이 말하고 싶었던 것은 냉전 초기에 만연했던 자기 폭로(self-incrimination)의 심리기저였을 것이다. 당시 맥카시즘에 의해 지목된 사람들 중에는 경찰관들이나 심리학자들의 편파적인 심문에 너무 순종적으로 반응하던 이들이 있었는데, 이에 대해 벌글러(Bergler)와 미얼루(Meerloo) 같은 정신과 의사들은 "무력한 환경에서는 죽음충동에 해당하는 피학 성향이 증가하게 되는데, 법조계 권위자들이 피의자들의 이러한 '무의식적으로

벌 받는 것을 즐기는 경향'을 조종한 결과"라고 진단하였다(Bergler 1949, 81; Genter 2012, 137에서 재인용). 다시 말해, 마녀 재판이 횡행하고 자백을 강요하는 사회적 압력 아래서는 자기검열의 기제가 강력하게 작동하게 되는데, 이때 이루어지는 지속적인 과잉 심문이 피해자의 죄의식을 부추기고, 피학적이고 자기 파괴적인 본능을 일깨운다는 것이다. 고통스러운 자기검열을 겪는 과정에서 수치, 오욕, 자기혐오의 층위가 발가벗겨지면, "나는 벌 받아 싸다. 벌 받아 마땅하다"는 죄의식에 함몰되게 되는데, 1950년대 미국에서 맥카시즘에 의해 조장되었던 자기폭로, 자백 열풍도 이러한 피학 성향이 작용한 것으로, 일종의 자학적인 자기검열의 결과였던 것이다.

다시 영화 얘기를 하자면, 결백을 입증할 방도가 없는 절망적인 상황에서 매니는 신을 향해 기도를 하고, 그 순간 또 다른 남자의 이미지가 스크린 위로 오버랩 된다. 카메라를 향해 걸어오는 남자의 모습은 매니의 얼굴 위로 점차 확대되어 겹치고, 두 남자의 얼굴이 완전히 겹쳐졌을 때 매니의 얼굴이 페이드 아웃되면 남자의 얼굴만 스크린을 가득 채운다.

아이러니하게도 이 장면에서 관객들이 확인하게 되는 것은, 증인들이 하나같이 동일인물로 지목했던 진범이 매니와 전혀 닮지 않았다는 사실이다.

복장이 유사했다는 점 외에 둘이 혼동되어야 할 이유는 전혀 없었던 것이다. 이 영화의 하이라이트이기도 한 이 장면은 한 사회에서 개인의 정체성(identity)이 타인의 규정에 의해서만 정의될 수 있다면, 그것이 얼마나 쉽게 와해되고 조작될 수 있는지를 보여준다. 실화를 바탕으로 한 이 이야기에서 매니의 결백은 진범이 붙잡히면서 증명이 되지만, 만일 진범이 다시 죄를 짓지 않았다면 매니는 영원히 범죄자로 남았을 것이다.

더구나 이 장면이 문제적인 또 다른 이유는, 육안으로 확인되는 두 인물의 '전혀 다름' 이외에 매니 대신 스크린을 가득 채운 이 남자가 진범(the right man)이라고 확신할 이유가 전혀 없다는 사실이다. 두 개의 이미지를 겹쳐서 보여준다고 해서 그것이 절대적 진실을 제공해주는 것은 아니다. 우리는 우리가 보는 것을 온전히 믿을 수 있는가? '두 얼굴이 다르다'는 눈에 보이는 사실 외에 누가 범인이고 누가 범인이 아닌지를 판단할 근거는 무엇인가? 관객인 우리는 그가 또 다른 '누명 쓴 사나이'(the wrong man)가 아니라고 어떻게 확신할 수 있는가? 히치콕이 두 남자의 얼굴이 겹치는 장면을 크게 확대해 보여주는 이유는 둘 사이 닮은 구석이 없다는 사실을 보여주기 위해서이다. 이를 통해, 맥카시즘 마녀사냥에 의해 정당한 이유나 명확한 근거 없이 무고한 피해자가 양산되던 당시 세태를 통렬히 비판함과 동시에, '누구라도 그 피해자가 될 수 있음'을 보여줌으로써 섣부른 프레이밍(framing)의 위험을 경고하고 있는 것이다.

IV. 맥카시 광풍, 그 자가면역적 현상에 대한 알레고리로서의 〈새〉

2001년, 미국 뉴욕에서 9.11 테러가 발생했을 때, 누구도 그것을 한 나라에 국한된 문제로 보지 않았다. 분명 그것은 패권을 행사하고 있는 미국을 뒤흔듦으로써 세계를 겨냥한 테러였기에 전 지구적인 비상사태에 직면해 세계 각국의 사상가들은 그 끔찍한 재앙을 '우리 시대의 문제'로 받아들였고 그 문제에 답하기 위해 함께 고민했다. 특히, 유럽의 대표적인 정치 철학자 자끄 데리다(Jacques Derrida)와 위르겐 하버마스(Jurgen Habermas)는 우리가 '테러의 시대'(a time of terror)를 살고 있음을 선언하였고, 9.11 사태와 관련해 "테러와의 전쟁"이라는 명목으로 반인류적인 행보를 걷고 있던 미국에 대해서는 '자가면역 증후군'(auto-immunity)으로 진단하였다.

소통이 결렬되었다 해서 의견관철을 위해 테러를 행하는 것만큼이나 동태 복수로서 "눈에는 눈, 이에는 이"라는 식의 대응은 자유, 관용, 이성 등 보편적 가치에 기반하고 있는 민주주의의 근간을 뒤흔드는 일이기에 '동반 자살'과도 같은 일이며, 얼굴 없는 적에 대한 공포를 극복하기 위해 누군가를 '악의 축'으로 규정하고 무차별적으로 공격하는 것은 외상적인 기억을 억압하고 잊으려 하는 필사적인 시도일 뿐, 오히려 이겨내야겠다고 주장하는 '괴물성'을 자신 내부에서 키우는 자기모순적이고 자기파괴적인 행위라는 것이다. 실제로 9.11사태를 촉발제로 삼아 피해자임을 자처하여 비상식적인 분풀이를 '정당한 복수'로 탈바꿈 시키는 미국의 행태에 대해 세계 각국이 심각한 우려를 표명했음에도, 미국 부시정권은 9.11 테러를 곱씹으며 '심리적 피해자 되기'를 성취했고, 모든 증오범죄가 그러하듯 가해 원인과 직접적인 관련이 없는 자들에게 가해 원인과의 관련성을 부여하여 증오심을 투사하고, 이를 통해 거짓 복수극의 내러티브안에서 침략전쟁을 수행했다.[6]

그런데, 여기서 데리다가 '자가면역적 현상'으로 정의한 9.11사태에 대한 미국의 대응방식은 이미 미국의 역사 속에서 여러 차례 반복되어 온 것으로, 그 대표적인 사례 하나가 냉전시대 맥카시 광풍이라 할 수 있다. 당대를 살았던 히치콕은 냉전 초기 불안한 정세 속에서 좌익(left-wing)과 우익(right-wing)

---

6   데리다(2013) 참조.

이라는 정치적 이데올로기가 극단적으로 충돌했을 때, 레드 공포의 확산과 함께 서로가 서로를 겨냥했던 비논리적인 폭력을 목격하였고, 당시 공산당 색출이라는 명분아래 벌어졌던 감시/검열에 대한 광기를 〈새〉라는 영화를 통해 알레고리적으로 재현해낸다.[7]

다프네 뒤 모리에(Daphne Du Maurier)의 동명 단편 소설을 원작으로 한 이 영화는 갑작스러운 새의 공격과 그로 인해 사람들이 겪게 되는 재난을 보여준다. 그러나 새가 왜 인간을 공격하는지에 대한 단서는 전혀 제공되지 않는다. 영화 말미에 라디오에서 비상령을 선포하면서도 '원인을 알 수 없는'이라는 단어와 함께 아무런 해답을 제시하지 않은 채 영화는 엔딩 크레딧도 없이 끝난다. 오만한 인간에 대한 자연의 복수라던가, 아들을 독점하고자 하는 모성적 초자아의 폭발이라는 정신분석학적 해석을 비롯해 '왜 새들이 공격하는가'를 설명하려는 기존의 여러 해석들이 있지만, 필자는 본 논문에서 〈새〉를 맥카시 광풍에 대한 알레고리로 읽고자 한다.

영화에서 여자주인공 멜라니(Melanie Daniels)는 샌프란시스코의 새 가게에서 여동생 생일선물로 잉꼬(lovebird) 한 쌍을 사러 온 젊은 변호사 미치(Mitch Brenner)를 만난다. 미치에게 매력을 느낀 멜라니가 그를 대신해 잉꼬를 사 들고 그의 집이 있는 보데가 만으로 찾아가는데, 그때 사람을 향한 새의 공격이 처음 시작된다. 마녀사냥의 희생양 역할을 맡게 될 멜라니를 향한 갈매기의 느닷없는 공격은 그래서 의미심장하다. 험버트(David Humbert)에 따르면, 그녀를 향한 새의 첫 번째 공격은 마녀사냥 메커니즘의 무−논리성을 비유적으

---

7 〈새〉는 제목이 암시하듯, 냉전시기 미국 내 좌익(left wing)과 우익(right wing) 사이의 극심한 전쟁을 비유적으로 가리킨다. 더구나, 〈새〉가 제작되던 당시는 '쿠바 미사일 위기'(1962년 10월 22일~11월 2일의 11일간 소련의 핵탄도미사일을 쿠바에 배치하려는 시도를 둘러싸고 미국과 소련이 대치하여 핵전쟁 발발 직전까지 갔던 국제적 위기("Cuban Missile Crisis," Doopedia 2018 참조))와 함께, 베트남 전쟁의 비극적 전운마저 미국을 강타하였기에 레드 콤플렉스가 극에 달했던 시기였다.

로 보여주기 때문이다(2010, 92). 그녀는 공격받아 마땅해서 공격받는 것이 아니라, 외부적 타자이기 때문에 희생양으로 지목된 것이다. 그래서 영화 초반의 이 장면은 앞으로 전개될 내용의 서곡으로 기능하게 된다.

그런데, 왜 새들은 하필 아이들의 생일 파티에서 처음으로 집단 공격을 하는가? 그리고, 왜 하필 학교에서 새들의 공격이 가장 끔찍하게 그려지고 있는가? 하나 둘씩 점차 모여들어 학교 앞 철골 구조물을 어느새 까맣게 뒤덮어 버리는 새떼의 모습은 이 영화에서 가장 강력한 서스펜스를 일으키는 유명한 장면들 중 하나이다. 또한, 학교에 갇힌 아이들이 새들의 공격을 받기 전에 부르는 노래는 의미심장하게도 넌센스 송(nonsense song)이다. 새들의 공격이 감시, 검열에 관련된 맥카시즘적 광기와 비논리적인 폭력을 알레고리적으로 재현하고 있는 것이라면, 이런 정치 이념이 교육을 통해 아래 세대로 전수될 경우의 넌센스함을 말하고자 한 것이리라. 실제로, 영화의 교실장면에서 선생님이 하는 말을 자동인형처럼 똑같이 따라하는 아이들은 기괴해 보일 정도이다. 학생들이 학교를 벗어나자 새들의 집중적인 공격이 시작되고, 한 아이가 넘어지면서 안경이 산산 조각나는 장면이 클로즈업 된다. 맥컴브(John P. McCombe)도 지적하듯이 히치콕은 이 장면을 통해 이념적 광기가 지배하는 세상에서 아이들마저 그 좌우 이념의 대립에 물든다면 그런 사회에서 어떤 비전을 기대할 수 있겠는지 반문하고 있는 것이다(2005, 76).

이러한 '비전 없음'에 대한 경고와 함께, 이념적 프레이밍, 그리고 공산당 색출을 위해 온 국민이 서로에 대한 감시자가 되어버린 세태를 꼬집고 있는 장면은 영화에서 가장 그로테스크하게 그려진다. 프레임에 대한 비유로서의 창문을 꿰뚫어버린 새의 시체, 그리고 사람의 눈을 집중적으로 공격하는 새떼, 그 중에도 두 눈이 쪼아 먹힌 채 죽어 있는 이웃 농부의 시체는 이와 관련해 가장 강력한 메타포라고 할 수 있다.

한편, 히치콕의 영화에서는 '관객의 눈을 향한 공격'이 유독 자주 그려지는데, 이들 장면도 그러한 맥락에서 해석될 수 있다. 이것은 얼굴, 특히 감각의 제 1기관인 '눈'과 관련하여 관객과 스크린 사이의 대면(the face-to-face encounter)을 통해 관객에게 어떻게 윤리적인 입장을 취해야 하는가를 직접적으로 묻는 히치콕 특유의 영화 기술이다. 다시 말해, 관객의 관망적 응시를 문제 삼으면서 영화에서의 '윤리적으로 바라보기'를 '타자를 윤리적으로 바라보기'의 문제로 연결시키는 실험적인 영화기법이다. 비유적으로 말해, 〈싸이코〉(Psycho, 1960)에서 노먼 베이츠의 칼이 샤워 스크린을 찢듯이 히치콕의 영화적 기법이 영화 속 세계와 현실 사이의 장벽을 베어 가를 때 관객은 더 이상 안전한 거리에서 관음적인 시선으로 느긋한 영화구경을 즐길 수 없게 된다. 알프레드 히치콕이 '서스펜스의 거장'이라고 불리는 이유가 여기에 있는데, '서스펜스'(suspense)란 히치콕이 고안하고 발전시킨 내러티브 테크닉으로 관객이 단순히 '보는' 것을 넘어서 서사적 상상력을 동원해 스크린에 나타나지 않는 정동(affects)을 생산함으로써 관객 스스로 영화적 요소로 개입하게 되는 공감각적 경험을 일컫는다.

다시 영화 얘기로 돌아가서, 사람들이 모여 새의 공격의 원인을 토론하는 카페장면에서 '새 박사 할머니'는 다른 종의 새들이 함께 무리를 지어 동일한 패턴의 행동을 한다는 것은 있을 수 없는 일이라고 주장한다. 앞서 논의 했 듯, 이것이 냉전 체제 안에서 이념적 담합(좌익/우익)에 대한 비유라고 한다면, 그 안에서 벌어지는 전쟁은 이렇게 인과관계의 사슬을 파열시키는 비상식적 인 일인 것이다. 그런데, 있을 수 없는 일이라고 단언했던 새들의 무차별적 공격을 직접 목격하게 되자, 카페 한구석에 피해 있던 마을 여자들은 이 원 인 모를 재앙의 원인으로 멜라니를 지목한다. 멜라니를 공격하는 마을 여자 들의 시선은 비이성적이고 무논리적이라는 점에서 새들의 공격을 닮아있다. 더구나 문제의 탓을 돌릴만한 주변적 희생자를 찾아내어 모든 탓을 뒤집어 씌운다는 점에서, 정확히 이 장면은 희생양 메커니즘을 재현한다. 바로 이 장면이 영화에서 맥카시식 마녀사냥에 대한 가장 대표적인 재현인 이유이 다.

결국, 미치의 가족들이 고향이었던 보데가 만을 등지고 길을 떠날 때, 음 울하고 음침한 배경음과 함께 새들로 까맣게 뒤덮여버린 영화의 마지막 장 면은 아포칼립스적이다. 보데가(Bodega)가 스페인어로 저장고를 뜻하기에 보 데가 만이라는 장소적 배경이 비유적으로 엄마의 자궁으로 해석될 수 있음 은 우연이 아닐 것이다. 그렇다면, 〈새〉를 맥카시 광풍이라는 '자가면역적 현상'에 대한 알레고리로 읽을 때, 영화의 마지막에서 던지게 되는 질문은 이곳이 더 이상 생산이 가능한 공간인가 하는 것이다. 왜냐하면, 엔딩 크레 딧 없이 끝나는 마지막 장면에서 떠오르는 이미지는 모든 것을 다 비워내는 자궁이기 때문이다. 이러한 결말 장면은 다분히 (니체의) '새로운 창조(잉태)를 위한 파괴'를 떠올리게 한다는 점에서 여성의 '월경'과 닮아 있다. 희생제의 의 표적이었던 멜라니가 미치의 가족들과 함께한다는 점, 그리고, 선물의 주 인이었던 캐시가 잉꼬새(lovebird) 한 쌍을 포기하지 않고 들고 간다는 점이 결 말에 히치콕이 제시하는 희망의 실마리라고 여겨지기 때문이다.

V. 마치며

영상 스토리텔링에 있어서 고도로 형식화된 모델을 제공해주었던 영화계의 선조격이며 영문학계의 고전중 하나로 자리 잡은 히치콕의 영상언어를 1950년대 맥카시즘과 관련하여 해석한 것은 히치콕의 영화를 당대의 사회적 맥락을 반영하는 작품으로 평가하려는 시도였다. 영화가 담론을 형성하고, 문학적/문화적 자원일 뿐만 아니라 대중의 기억과 살아온 경험, 그리고 역사까지도 재작업(rework)하는 장으로 기능하고 있다면, '공존'(함께 더불어 살아가기)에 대한 재-성찰이 전지구적으로 요구되고 있는 21세기 현재에 최근 인문학계의 화두인 이른바 '타자에 대한 윤리성'이라는 문제가 영화적 언어에서 어떻게 나타나는지 탐구하는 것은 시대적 요구에 부응하는 충분히 가치 있는 일일 것이다.

우리는 타자가 우리의 규칙을 따르고, 우리의 삶의 방식, 우리의 언어, 우리의 문화, 또는 우리의 정치체계에 동화될 때에만 환대(hospitality)를 제공한다. 데리다는 "환대라는 것이 과연 윤리적인가?"라는 질문에, "환대라는 개념 없이 윤리학을 논할 수 있는가?"라고 반문한 바 있다. 타인에 대한 은밀한 적개심을 적당한 거리두기를 통해 냉담함과 둔감함으로 길들이고 있는 소외와 익명성이 지배하는 현대사회에서 공동체 원리로서 이해, 관용, 상호존중 등이 요구되고 있다면, 필자는 이러한 주제를 역으로 되짚어보기 위해 맥카시즘이라는 '타자를 향한 비논리적인 폭력'을 다루고 있는 히치콕의 영화들을 살펴본 것이다. 히치콕의 영화를 철학적, 윤리학적 맥락에서 하나의 비유(parable)로 받아들여 '비유적 읽기'를 시도할 때, 우리는 '환대'와 '공존'의 개념을 재성찰할 수 있을 것이다.

라깡의 위상학; 조이스의 증상(sinthome)과 기억 그리고 장소성
─『젊은 예술가의 초상』과 후기 라깡의 정신분열증 이론을 중심으로─

홍준기

I. 들어가는 말: 주체와 공간의 문제─라깡의 위상학(Topologie)

라깡은 자신의 작업의 말기에 들어와서 조이스를 출발점으로 삼아 자신의 오랜 이론적, 임상적 작업을 마무리하면서 정신병 임상과 이론에 대한 새로운 관점을 발전시켰다. 라깡의 이러한 작업은 제임스 조이스의 생애와 작품에 대한 해석을 바탕으로 정신병 임상, 그리고 증상과 예술의 관계에 대한 독창적인 관점을 제시했다는 점에서 매우 독창적인 업적으로 평가받고 있는데, 이러한 라깡의 논의는 나아가 주체의 증상, 그리고 그것의 기억, 장소(성)

과 공간에 관한 논의를 포함하고 있다는 점에 또한 매우 흥미롭다.

이 글은 라깡 정신분석의 관점에서 조이스의 증상과 예술에 대해 논의하면서, 이와 더불어 라깡의 위상학, 즉 주체와 기억, 장소(성)의 관계에 대해 논의하고자 하는 목적을 갖는다. 이 글의 주요 논제 중 하나를 미리 제시하면 라깡의 조이스 해석에서 **장소(공간)는 기억에서 배척된 아버지의 이름을 보충하는 (신경증 증상과는 구분되는) 증상**(sinthome)이라는 것이다.

시간과 공간의 문제는 다양한 분야에서 활동하는 여러 학자들의 관심 대상이었으며 이에 대한 연구 성과는 이미 상당수 존재한다. 최근 국내에서도 도시학에 대한 관심과 더불어 공간 및 장소에 대한 연구들이 다수 출간되었으며, 우리는 이러한 국내에서의 연구 성과만으로도 시간, 기억, 공간과 관련된 다양한 이론적, 실천적 문제에 대해 폭넓은 지식과 통찰을 획득할 수 있는 상황에 도달했다고 할 수 있다. 하지만 이러한 축적된 연구 성과에도 불구하고 여전히 특히 정신분석적 논의는 거의 존재하지 않은 듯하다.

이러한 문제의식하에서 이 글은 특히 라깡의 위상학, 즉 공간에 관한 사유를 출발점으로 삼아 정신분석의 관점에서 주체와 기억, 장소(성)의 문제를 다뤄보려고 한다. 프로이트는 메타심리학으로서의 정신분석학을, 지형학적, 역동적, 경제적 관점에서 인간을 다루는 학문이라고 정의한 바 있다. 즉 지형학적 고찰이란 공간적 관점에서 주체의 문제를 다루는 정신분석적 연구방식이다. 여기에서 주목할 수 있는 프로이트 이론의 한 특징은, 그가 말하는 의식, 무의식, 전의식, 그리고 자아와 이드, 초자아 등과 같은 개념들이 공간과 밀접하게 관련되어 있는 개념이라는 점이다. 예를 들면 프로이트는 무의식으로 이끄는 왕도인 꿈을 '다른 무대(anderer Schauplatz)'로, 그리고 심리적 외상이 표출되는 무의식의 장을 '원초적 장면(Urszene)'이라는 공간적 은유를 사용해 설명한 바 있으며, 또한 카메라나 현미경과 같은 광학적 장치 속의 장소와 관련시켜 논의하기도 했다. 그리고 또한 그는 무의식을 '내부에 존재하는 외국'이라는 공간적 은유를 통해 설명한 적도 있다. 무의식은 내부와 외부라는 이분법적 경계 구분을 넘어서는 곳에 존재한다는 것인데, 라깡은 프로이트의 이러한 '공간적' 문제의식을 확장하기 위해 다양한 위상학적 개념을 활용한 바 있다. 라깡은 거울단계에 대한 광학적 설명모델(거울과 뒤집힌 꽃병을 이용한 광학장치), 뫼비우스의 띠, 크로스 캡, 클라인의 병, 보로매우스의 매듭 등을 통해 주체의 위상학을 확립하기 위해 노력했다.

여기에서 중요한 점은 프로이트는 물론 라깡이 무의식, 주체 등을 공간적 개념으로 종종 설명했다고 하더라도 그들이 무의식을 포함한 주체의 장소를 해부학적 공간은 물론 좁은 의미의 물리적 공간 개념으로 이해하지 않았다는 것이며, 따라서 공간과 기억, 주체성의 문제를 동시에 고찰했다는 점이 중요하다.

여기에서 프로이트에 관해 길게 논의할 여유는 없으나, 이렇게 본다면 프로이트는 물론 라깡의 위상학은 지크리트 바이겔(Sigrid Weigel)이 지형학(Topographie)(권첼, 2010, 18)이라고 부른 바 있는, 공간에 관한 현대의 확장된 사고방식을 의미한다. 슈테판 권첼에 따르면 현대의 공간이론에서는 이제 더 이상 "진정 올바른 공간 개념은 무엇인가와 관련되는 질문은 더 이상 흥밋거리가 되지 못한다. 대신 지도의 다양한 형태에서 나타나는 공간성을 기술적(技術的), 문화적으로 재현하는 방식들이 부각된다."(18) 공간에 대한 이러한 문화적 고찰―물론 이는 권첼이 말하듯이 "주체에 상관적인"(20) 공간성에 대한 연구를 포함한다―, 바로 이것이 지크리트 바이겔이 부른 "지형학적 전회(topological turn)"(18)이다. 필자는 그러한 의미에서 에드워드 소자가 말하는 공간적 전회라는 개념과 바이겔이 말하는 지형학적 전회의 차이점을 강조하고자 한다. 우선 에드워드 소자의 논의는 매우 도식적이다. 즉 그는 과거에 사람들이 시간을 중시했다면 이제는 공간에 초점을 맞추는 이론이 중심 패러다임으로 부상했다라는 식으로 논의를 전개한다. 말하자면 시간에 대한 공간의 우위라는 논제를 강조하는데, 이러한 서술방식은 도식적이라는 비판을 면할 수 없을 것이다.

필자의 이 논문은 지형학적 전회라는 개념이 생겨나게 된 사상적 근원 중 하나였던 자끄 라깡의 이론을 중심으로 공간 혹은 장소의 정신분석적 의미를 논의하고자 한다. 물론 라깡의 위상학은 매우 광범위하므로 논의를 축소시킬 수밖에 없는데, 여기에서는 후기 라깡이론의 핵심적 내용 중 하나인 조이스의 증상 개념을 중심으로 논의를 전개하고자 한다.

앞에서 언급했듯이 라깡은 조이스(의 작품)의 정신분석을 통해 장소는 증상 중 하나라는 논제를 제시한다. 잘 알려져 있듯이 정신병이란 아버지 이름이 배척된 주체의 상태를 의미한다. 라깡은 프로이트적 의미의 증상을 정신병의 발병으로부터 주체를 보호해주는 아버지의 이름으로 해석했다. 그리고 라깡은 여기에서 한 걸음 더 나아가, 아버지의 이름이 부재했음에도(신경증자와는 구분되는 정신병적 구조를 갖고 있음에도) 조이스를 정신병의 발병으로부터 막아주는 보충물—아버지 이름의 부재를 수선해주는 것—이 무엇인지를 탐구한다. 다름 아닌 조이스라는 이름(아버지의 이름이 아니라), 즉 그의 글(작품), 그리고 조이스(혹은 조이스의 작품 속에 나오는 주인공들)의 삶 속에서 무수히 등장하는 장소들이 바로 그것이다.

II. 보로매우스 매듭과 프로이트, 그리고 조이스의 증상

1. 프로이트의 네 번째 고리—증상—에 대한 라깡의 비판

보로매우스 매듭은 후기 라깡의 가장 핵심적인 위상학적 개념이다. 라깡은 〈세미나 22권: R.S.I〉에서부터 매듭의 형태로 제시된 공간적 이미지를 차용해 주체의 구조를 설명하기 시작한다. 보로매우스 매듭은 상징계, 상상계, 실재라는 세 고리로 이루어져 있다. 이 매듭의 특징은 어느 하나만을 제거해도 다른 두 개의 고리도 모두 풀어진다는 것에 있다.

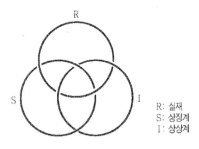

R: 실재
S: 상징계
I : 상상계

이렇듯 후기에 와서 라깡은 주체의 심리구조와 정신병리의 문제를 해명하기 위해 보로매우스의 매듭을 이용했다. 특히 〈세미나 23권: Sinthome〉에서는 네 개의 고리로 구성된 보로매우스 매듭과 관련해 조이스의 증상의 의미를 본격적으로 설명한다. 이와 관련해 중요한 점은 라깡에 따르면 조이스의 증상은 보로매우스 매듭의 고리가 풀어지는 것—주체의 해체, 즉 정신병의 발병—을 막기 위해 추가적으로 도입된 고리라는 것이다.

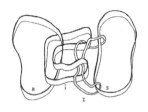

논의를 진행하기 전에 먼저 보로매우스 매듭에 대한 라깡의 설명을 간략히 요약하고자 한다. 우리는 3개의 고리를 가진 보로매우스의 매듭이 필연적으로 4개의 고리로 변형되는지 그 이유를 다음과 같이 설명할 수 있다. 4개의 고리를 가진 매듭이 필요한 이유는 평범한 보통의 인간은 3개의 고리로 이루어진, 즉 실재적 일관성을 지닌 보로매우스의 매듭을 유지할 수 없기 때문이다. "보로매우스 매듭은 하나의 글(écriture)이다. 이 글은 실재를 지지하고 있다(supporte)."(524) 라깡에 따르면 보로매우스 매듭은 '위태로운(precarious)' 일관성을 갖고 있으므로 이를 계속적으로 유지한다는 것은 사실상 불가능한 일이다. 물론 이 '이상적인' 위태로운 일관성을 유지할 수 있다면 인간은 "승화"의 상태에 도달한 것이라고 말할 수 있다.(Juranville, 1990: 540 이하) 하지만 라깡에 따르면 인간은 "정신적 나약함(Debilité mentale)"을 갖고 있으므로 증상 없는 순수한 정신의 상태를 유지하기가 불가능하며 따라서 네 번째 고리—증상—가 필요하다.

세 개의 고리를 가진 보로매우스 매듭에서 각 고리는 다른 고리와 교환가능하다. 예컨대 상징계의 고리가 상상계 혹은 실재의 고리와 교환되어도 보로매우스 매듭의 형태는 그대로 유지될 수 있다는 것이다. 그러므로 3개의 고리를 가진 보로매우스 매듭은 망상증자의 매듭과 구분되지 않을 수 있다. 그러므로 신과 달리 인간은 보로매우스 매듭의 각 고리들의 무차별적인 교환을 저지하고, 망상증자의 매듭과 다른 형태로 매듭을 유지하기 위해 매듭을 구성하는 (중앙의) 구멍을 제4의 고리로, 즉 **증상**으로 채울 필요가 있다.(보로매우스 매듭에 대한 상세한 논의로는 홍준기 2010a 참조)

라깡은 조이스의 증상에 대해 논의하기 전에 프로이트가 도입한 네 번째 고리, 즉 증상(symtôme)의 의미에 대해서 먼저 논의한 바 있다. 라깡은 프로이트적 의미의 증상 개념에 대해 설명하면서, 프로이트의 이론을 비판적으로 확대하고자 시도한다. 라깡의 프로이트 비판의 핵심적 내용은 프로이트가 도입한 네 번째 고리, 즉 프로이트적 의미의 증상은 **종교적 현실**이라는 것이다. 라깡은 이를 **심리적 현실**, 혹은 **프로이트의 꿈**이라고도 부르는데, 이는 궁극적으로 프로이트가 도입한 **오이디푸스 콤플렉스**를 가리킨다. 이러한 라깡의 프로이트 비판(혹은 재해석)이 의미하는 바는 다음과 같다.

오이디푸스 콤플렉스는 증상의 원인이 아니라 증상 자체다. 다시 말해서 인간이 증상을 갖게 되는 것은 오이디푸스 콤플렉스 때문이 아니라 오이디푸스 콤플렉스를 갖고 있다는 사실 자체가 증상이라는 것이다. 달리 말하면 오이디푸스 콤플렉스와 증상을 원인과 결과의 관계로 설정할 수 없다는 것이다.

더 나아가 이는 다음과 같은 사실을 함축한다. 프로이트의 이론 전체가 하나의 증상이다. 프로이트의 이론은 히스테리 환자의 불만족에 의해 도입되었으며, 따라서 그것은 (이상적인) 상징적 아버지를 전제하는 이론이다. 따라서 (그것은 비록 프로이트 이론에 신이 차지할 수 있는 명시적인 이론적 여지는 존재하지 않지만 그럼에도) 그것은 종교적 의미의 신을 전제하는 이론에 다름 아니라는 것이다. 바로 그것이 프로이트적 의미의 증상은 종교적 현실이라는 의미이다. 그러므로 라깡은 프로이트 혹은 프로이트의 이론을 히스테리적 이론이라고 규정한다. 히스테리적 주체만이 (완전한) 이상적 아버지를 전제하기 때문이다. 물론 라깡이 이러한 비판으로써 프로이트 이론 전체를 폄하하고자 하는 것은 아니다. 라깡은 프로이트가 철저하게 서술할 수 없었던 것, 즉 오이디푸스 콤플렉스를 넘어선다는 것, 즉 그것을 극복한다는 것의 의미를 더욱 철저하게 고찰하고자 하는 것이다. 라깡은 프로이트 이론을 비판적으로 재해석함으로써 프로이트가 완성할 수 없었던 소외의 극복에 관한 논의, 즉 오이디푸스 콤플렉스를 넘어선다는 것이 무엇을 의미하는지를 보다 철저하게 논의하고자 하는

것이다.[1]

라깡은 프로이트가 말하는 증상을 보로매우스 매듭의 네 번째 고리를 의미하는 것으로 해석하면서 이제 한걸음 더 나아가 프로이트적 의미의 증상과 구분되는 조이스적 의미의 증상(sinthome)에 대해 성찰한다.

2. 조이스의 증상(sinthome): 자신의 이름(의 발명)

프로이트의 증상과 조이스의 증상은 무엇이 다른가? 라깡에 따르면 제임스 조이스는 아버지의 부재(무능력, 태만, carence)상태에서 스스로, **실재와 결합되어 있는 새로운 자기 자신의 상징계, 자신의 이름**을 발명했다는 점에서 프로이트가 말하는 증상, 즉 '보통의 신경증자'와 차이가 있다. 앞에서 언급했듯이 프로이트에서 신경증 증상은 이상적 아버지에 대한 믿음 때문에 생겨난다. 그리고 신경증자의 정체성(지배기표) S1은 이러한 이상적 아버지에 의해 지탱되는 상징계 속에 존재하는 지식(S2)에 의해 유지된다. 그러한 의미에서 신경증자를 규정하는 지배기표 S1은 아버지에 대한 동일화를 통해 주어진다고 말할 수 있다. 라깡에 따르면, 신경증자와 달리 조이스에게는 주체를 소외시키는 상징적 아버지(이상적 아버지)가 존재하지 않는다는 점에서 조이스는 '오이디푸스 콤플렉스의 너머'에 도달한 인물이며, 더욱이 정신병적 혼란의 상태에 빠지지 않았다는 점에서 그는 소외를 극복한 '윤리적' 인물이다.

바로 그 점에서 조이스는 슈레버와 차이가 있다. 슈레버에게도 아버지의 이름이 부재했다. 그리고 바로 그 때문에 슈레버에서는 상징계의 고리가 탈

---

1   이는 초기 라깡이 오이디푸스 콤플렉스의 해방적 계기를 상당 부분 강조했지만, 후기 라깡은 오이디푸스 콤플렉스 개념의 한계를 논의하는 데 보다 초점을 맞추고 그것에 대한 새로운 해석을 제시하고자 한다는 것을 의미한다. 이러한 관심사와 강조점의 이동이 다름 아닌 조이스 연구에서 정점에 도달하는 것이다. 라깡 이론의 발전에 대한 보다 상세한 논의로는 홍준기, 2010a, 특히 215면 이하 참조.

락함으로써 보로매우스 매듭이 풀어졌고 망상증 상태에 들어갔다는 점에서 그는 조이스와 결정적으로 달라진다. 망상-분열증자가 된 후 슈레버는 후에 (스스로 발명한 상징계가 아니라) **거짓 상징계**, 즉 망상적 은유를 도입함으로써 '안정화된 정신병' 상태로 이행했다. 하지만 안정화된 정신병 상태에 들어간 슈레버와 달리 조이스는 라깡에 따르면 네 번째 고리를 도입함으로써 매듭을 '수선했다'. "(…) 상징계가 분리된다면, 내가 전에 지적했듯이 우리는 그것을 수선할 수 있는 수단을 갖고 있다. 바로 그것이 내가 처음으로 증상(sinthome)이라고 정의했던 것이다."(Lacan 2005: 94, 54) 조이스는 아버지의 이름과 상징계가 작동하지 않았으므로 매듭이 완전히 풀어질 수 있는 상황에서 자신의 증상, 즉 네 번째 고리를 발명함으로써 보로매우스 매듭을 다시 만들었다. "조이스는 그의 아버지가 부재, 철저하게 부재했다(carent)는 사실로부터 출발하는 증상(symptôme)을 갖고 있다. 그는 단지 그것에 대해 말할 뿐이다. 나는 사태를 **고유명[조이스 자신의 이름]** 주위에 집중시켰다. 그리고 조이스는 이름을 원한다는 사실로부터 아버지의 부재를 보상(compensation)했다고 나는 믿는다."(Lacan 2005: 94)

라깡에 따르면 조이스는 아버지의 이름은 없지만 그것을 사용할 줄 알았다. "프로이트가 강조하듯이 무의식이라는 가정은 아버지의 이름을 전제함으로써만 유지될 수 있다. 아버지의 이름, 그것은 분명히 신이다. (…) [하지만] 사람들은 (…) 그것[아버지의 이름] 없이 지낼 수 있다. 그것을 사용한다는 조건 하에서 말이다."(Lacan 2005: 136)

라깡은 조이스에 대한 명확한 정신분석적 '진단'을 제시하지는 않지만 조이스에 관한 라깡의 언급을 통해 우리는 조이스는 망상증적 구조가 아니라 정신분열적 구조를 갖고 있었다고 말할 수 있다. 라깡의 구별적 임상에 따르면 망상증과 정신분열증의 차이는 다음과 같다. 망상적 주체는 거울단계에서 획득되는 거울이미지, 즉 자신의 통합적인 육체 이미지를 소유하는 것에는 도달했지만 그것을 넘어 상징적 차원에는 다다르지 못한 주체다. 정신분열적 주체 역시 망상적 주체와 마찬가지로 아버지의 이름을 배척한 주체이지만 거울단계에 도달하지 못했다는 점에서 망상증적 주체와 구분된다. 그에게는 자신을 최소한 통합적으로 유지시켜주는 거울이미지, 즉 육체 이미지를 획득하지 못했다. 반면 망상증자는 아버지를 통해 주어지는 상징적 팔루스적 의미의 차원에 도달하지 못했다.

슈레버는 상상적 동일화, 즉 어머니와의 이자관계가 유지되는 동안에는 정신병이 발병하지 않았으나 드레스덴의 고등법원의 판사장이 된 후 발병한다. 그는 아버지의 이름의 부재로 인해 팔루스적 의미를 획득하지 못했기 때문이다. 슈레버가 판사장의 직무를 수행하기 시작한 직후에, 그나마 그를 유지시켜주던 상상적 이자관계가 파괴됨으로써 발병하게 되었다는 것이다. 처음에 슈레버는 자신을 죽은 자로 상상했으며 세계 멸망의 환각 등 치명적인 향유로 인해 고통받는다. 이 시기에 그는 자신을 '실재적 대상'과 동일화한다. 그는 자신을 '문둥병에 걸린 죽은 시체'와 동일화하며 엄청난 불안 속에서 경직증(catatonie) 상태에 빠진다. 그후 슈레버는 치명적인 향유의 고통을 완화하기 위해 아버지 이름을 대신하는 망상적 기표를 도입한다. 그는 '신의 아내'라는 기표를 도입해 치명적인 향유를 방어하고 상상적인(망상적인) 자신의 정체성을 구성함으로써 '안정기'에 들어간다. 여기에서 볼 수 있듯이 망상증자 슈레버에게는 상상적 의미의 차원이 존재하며, 이러한 망상적 의미를 통해 자신의 최소한의 정체성을 유지한다.[2]

여기에서 우리는 라깡 연구자들 사이에 이미 상식처럼 통용되는 잘 알려진 논제, 즉 라깡은 조이스적 의미의 네 번째 고리가 '실재적'이라는 사실을

---

2 라깡의 정신병, 특히 망상증 임상에 대한 상세한 논의로는 홍준기 2010 참조.

강조한다는 논제에 대해서는 더 이상 언급하지 않기로 한다. 하지만 여기에서 언급해야 할 중요한 것은 조이스의 증상이 실재적이라는 것만을 강조한 나머지 조이스의 증상(sinthome)이 갖는 의미에 대해서 명확한 설명을 제시하지 못하는 경향이 있다는 점이다. 많은 사람들이 '실재'만을 강조한 나머지 상징계, 그리고 상상계와 실재와의 관계에 대해 라깡이 본격적으로 다시 성찰하고 있다는 점을 중시하지 않고, 실재만을 강조하는 오류를 범하고 있다는 것이다.(홍준기, 2009 참조)

글쓰기, 즉 문학창작을 통해 네 번째 고리(sinthome)을 발명하기 이전의 조이스의 주체적 구조는 어떠했는가? 언급했듯이 조이스에게는 거울단계를 통해 형성되는 자아 이미지가 부재했다. 즉 자신을 최소한 유지시켜주는 상상적 정체성이 존재하지 않았으며, 후에는 네 번째 고리를 통해 매듭을 수선했다. 여기에서 중요한 것은 증상의 발명 이전은 물론 이후에도 실재와 상징계가 공고하게 결합되어 있다는 것이다. 이는 특히 정신분열증자의 특징은 상징계가 부재가 아니라 상상계의 부재이며, 따라서 그에게서는 언어와 의미의 결합, 더 정확히 말하면 언어와 사물의 결합이 임의적이라는 것을 함축한다. 프로이트, 라이크 등이 이미 간파했듯이, 언어의 상징적 차원—라깡식으로 말하면 사물과 언어를 '매개'해주는 아버지 이름, 아버지 은유—이 작동하지 않으므로 사물이 언어를 대체하거나 그 반대의 경우가 종종 발생한다.

그러므로 중요한 점은 조이스에게는 실재만이 존재한 것이 아니라는 것이다. 문학창작(글쓰기)를 통해 증상(sinthome)을 발명한 이후에도 조이스의 심리구조의 특징은 실재와 상징계를 공고하게 결합시키는 것에 있다. 즉 조이스에게는 상징계의 차원이 분명히 존재한다는 것인데, 그럼에도 그에게는 아버지 이름이 배척되었으므로 실재와 상징계를 매개해주는 의미의 차원, 즉 상상적 차원이 최소화되어 있다. 여기에서 필자는 '최소화'라고 이야기했는데,

그 이유는 조이스에게 의미의 차원이 전혀 존재하지 않는다고 결코 말할 수 없기 때문이다. 최소한의 의미의 차원이 존재하게 되지 않는다면, 그리고 '새로운 상징계'가 생겨나지 않는다면 그가 네 번째 고리를 발명할 이유가 없을 것이며, 그는 발병한 정신분열증자와 전혀 구분되지 못할 것이기 때문이다. "증상(sinthome)이 무의식과 재결합(relie)하는 한에서, 그리고 상상계가 실재와 결합하는 한에서 우리는 그것으로부터 증상(sinthome)이 생겨나는 무언가와 관계하고 있다."(Lacan 2005: 55).

증상(sinthome)을 발명한 조이스가 정신병적 구조를 갖고 있으면서도 '정상적인' 주체인 이유는 다름 아닌 아버지 이름을 통해서 받을 수 없었던 의미를 스스로 창조해내었기 때문이다. 조이스는 '실재'로 환원된 주체가 아니라 소외되지 않은 (최소한의) 의미를 창조한 주체이며, 그러한 한에서 타자와의 결합을 유지할 수 있던 주체라는 것이다. 달리 말하면 '새로운 상징계'와 '새로운 의미'를 창조한 인물이라는 것이며, 바로 그 점이 그를 윤리적 인물로 만든다.

그러므로 우리는 조이스의 네 번째 고리의 역할이 타자, 그리고 의미의 차원이 전혀 존재하지 않는 '자폐적' 상태, 혹은 자기만이 존재하는 상태, 혹은 실재 속에만 존재하는 상태라고 해석해서는 안 될 것이다. 앞에서 인용한 바 있는 라깡의 다음 언급의 섬세한 의미를 잘 이해할 필요가 있다. "[하지만] 사람들은 (…) 그것[아버지의 이름] 없이 지낼 수 있다. 그것을 사용한다는 조건 말이다." 아버지의 이름은 없지만 그것을 사용할 줄 안다는 말은 자신의 이름 자체가 곧 아버지의 이름과도 같은 역할을 한다는 것이다. 이름으로서의 아버지가 아니라 명명하는(이름의 부여하는) 아버지 말이다. 따라서 조이스는 자신의 이름과 더불어 '존재하지 않는' 타자—빈곳으로서의 신—의 향유를 누린다. 나는 '구멍'을 갖고 있으며, 따라서 나 자신의 향유로써 결코 자

족적으로 완결된, 결여 없는 충만한 나에 도달할 수 없는 타자라는 것이다.[3]

조이스에게는 아버지의 이름이 없었지만 아버지 이름을 사용할 줄 알았다는 사실이 그를 신경증적 소외의 상태로부터 구분해준다. 신경증의 경우 아버지의 이름은 '종교적 현실'이므로 그는 타자의 욕망에 의해 소외되어 있기 때문이다.

조이스의 증상과 여성적 향유의 차이는 무엇인가? 여자는 정신병적 구조를 갖고 있지 않다는 점에서 물론 조이스와 여자의 구조는 다르다. 여자의 향유는 주체화 불가능한 타자의 향유이지만, 그럼에도 여자 자신의 향유이다. 여자의 고유한 향유란 여자는 자기 자신에게 타자인 자신을 향유하며 타자로 하여금 자신(여자)을 향유하도록 한다는 점에 있다. 이 점에서 라깡이 말하는 여자의 향유와 조이스의 향유는 일치한다. 조이스의 향유는 아버지의 이름의 부재 하에서 스스로 만들어낸 향유이지만, 동시에 그것은 타자의 향유이기도 하다. 물론 라깡은 조이스의 향유와 관련해 타자의 향유는 존재하지 않는다고 말하지만, 언급했듯이 이것이 '자폐적', '유아론적' 향유를 의미하지 않는다는 것을 염두에 둘 필요가 있다. 라깡에 따르면 타자의 향유가 존재하지 않는다는 것은 타자의 타자가 존재하지 않는다는 것을 의미하기 때문이다.(Lacan 2005, 55) 대타자의 결여의 기표에 도달하는 여자의 향유에도 타자의 타자는 존재하지 않는다는 의미가 함축되어 있다는 점을 염두에 둔다면, 조이스의 향유와 여자의 향유 사이에 존재하는 구조적 상동성이 드러난다. 물론, 라깡은 조이스의 향유에서 타자의 영향력이 '최소화'된 '자기원인(causa sui)'으로서의 향유를 강조하며 이 점에서 조이스의 향유와 여자의 향유

---

3 라깡은 보로매우스 매듭에 대한 성찰을 통해 '채워져 있음'으로서의 실재와 '구멍'으로서의 실재의 변증적 관계를 상세하게 논의한 바 있다. 이에 대해서는 홍준기, 2010a, 211면 이하 참조.

는 구분된다.

그러나 라깡은 '주체와 타자의 변증법'이 조이스의 향유에서도 여전히 유효하다는 것을 결코 부정하지 않으며, 이를 통해 라깡은 실재와 상징계의 관계를 다시 한 번 섬세하게 해명하고자 한 것이다. 라깡에 따르면 조이스에게 존재하는 것은 단순히 실재만이 아니다. 조이스가 증상(sinthome)으로서 행한 것은 무의식, 즉 상징계와 실재의 결합이다. "무의식과 실재가 결합되도록....만드는 것이 에피파니라는 것을 조이스에서 전적으로 읽을 수 있다."(Lacan 2005: 154)

III. 조이스(의 작품)에 대한 라깡의 논평: 명명하는 아버지 이름으로서의 장소

이제 이하에서 조이스에 대한 라깡의 견해들을 좀 더 상세히 살펴보기 위해 조이스 혹은 조이스의 작품에 대한 라깡의 논평들에 대해 언급하고자 한다.

『젊은 예술가의 초상』의 주인공인 스티븐(=조이스)에 대해 언급하면서 라깡이 정신병에 고유한 메커니즘은 "배척(Verwerfung)"(Lacan 2005, 89, 독일어 표현은 원문)이라는 개념을 사용하는 것에서 볼 수 있듯이 라깡은 가톨릭 교회 제도를 옹호하는 아버지의 욕망으로부터 벗어나 예술가가 되고자 했던 스티븐이 정신병적 구조를 갖고 있었음을 암시하고 있다. 라깡은 이 맥락에서 조이스가 (가톨릭 교회) 제도(institution)이라는 말을 강조했다는 언급을 하는데, 물론 이는 아버지를 통해 주어지는 상징적, 상상적 의미를 거부한다는 것을 뜻한다. 스티븐은 그리하여 아버지의 이름을 거부하고 스스로의 이름으로 살아가고자 한다. "그에게 고유한 이름은 바로 이것이다. 즉 조이스는 아버지 없이 가치를 획득한다는 것이다."(Lacan 2005: 89)

스티븐-조이스의 주체 구조를 잘 보여주는 에피소드를 살펴봄으로써 조이스에 대한 라깡의 해석에 대해 논의해보자. 『젊은 예술가의 초상』에서 스티븐과 그의 급우들은 테니슨, 바이런과 같은 시인을 둘러싸고 격심한 논쟁을 벌인다. 급우들은 바이런을 이단자이고, 부도덕한 사람이라고 비판하고 스티븐은 이에 맞서 싸운다. "'아무튼 바이런은 이단적이고 부도덕적이야.' '그게 문제가 되나?' 스티븐은 큰 소리로 외쳤다…..'자, 이 이단자 놈을 잡아라.' 헤론이 소리를 질렀다. 스티븐은 그 자리에서 잡히고 말았다…..'내일 선생님한테 일러 바칠테야.' 볼란드가 말했다."(조이스, 1995: 77) 스티븐은 겨우 몸을 빼내었고 급우들은 그를 비웃으며 사라졌다. 그후 스티븐에게 다음과 같은 현상이 나타난다. "그 날 밤만 해도 존스 거리를 비틀비틀 걸어서 집으로 가는 도중 어떤 힘이, 마치 무르익은 과일 껍질 벗기듯이 말끔히 그때의 그 갑작스런 노여움을 벗겨 버리는 듯한 느낌이었다."(조이스, 1995; 78)

라깡은 바로 이 구절을 스티븐-조이스의 육체 이미지, 즉 자아가 해체되는 순간으로 해석한다. "그의 반항(révolte)의 순간에 [….] 정확히 그의 자아는….작동하지 않는다. 그러나 바로 후에 작동한다. 조이스가 자신이 타격을 입었기 때문에 더 이상 그 누구도 인정하지 않고자 한다는 것을 증언하는 순간에 말이다." 그렇다면 타격을 입은 그의 자아가 어떻게 다시 작동하게 되는가? 이에 대해 답하기 전에 『젊은 예술가의 초상』의 에피소드에 대해 더 언급하기로 하자.

쥬네비예프 모렐이 지적하듯이 과일껍질이 벗겨지듯이 육체의 껍질이 흘러내리는 경험은 사실 더 이전에 일어났던 사건으로서 이 소설의 중심적 내러티브 중간에 삽입된 내용이다.(J. Morel, 2003) 말하자면 이 장면은 조이스가 이미 '정신분열적 구조'를 갖고 있음을 보여주는 장면이다. 이 중간에 삽입된 과거의 장면 이전에 나오는 장면에서도 스티븐과 그의 다른 자아인 급우

헤론과의 갈등, 경쟁 관계에 관한 이야기가 등장한다. 헤론(Heron)이라는 이름에서 알 수 있듯이 그것은 영웅, 즉 스티븐과 거울 관계에 있는 다른 자아, 즉 거울이미지이다. 스티븐은 학교에서 연극공연에서 역을 맡기로 되어 있었고, 그는 자신에게 관심을 갖고 있는 소녀가 연극을 보러 온다는 사실을 알고 있었기 때문에 연극 이후 그녀를 만날 일을 상상하고 있었다. 헤론은 이러한 사실을 알고 있었고 그 둘의 관계를 놀려대며 관계를 인정하라고 빈정댔다. 그리고는 지팡이로 나무라는 듯이 스티븐의 종아리를 살짝 때렸다. 반복적으로 지팡이로 종아리를 때렸기 때문에 아프지는 않았지만 약간 화끈거림을 느꼈다. 이 순간 앞에서 언급한 바 있는 과거의 장면이 떠올랐던 것이다. 이러한 이전의 사건에 대한 서술 이후, 이제 스티븐이 헤론에게 종아리를 맞은 이후 어떤 일이 벌어졌는지 계속 묘사된다. 마치 과거에 육체의 표면, 즉 자아가 과일 껍질처럼 벗겨 내려졌던 것과 유사하게, 스티븐의 정신상태는 혼란에 빠진다. 환각과 환청이 들렸던 것이다. "그의 마음이 정체없는 환상만을 뒤쫓으면서 어느 길을 가야 할지 망설이고 있을 때 아버지와 선생들의 음성이 들리는 듯 했다. 그들의 소리는, 우선 신사가 되어라, 우선 가톨릭교도가 되어라하고 전하는 것이었다......하지만 지금으로서는 이런 소리가 그의 귀에는 공허하게만 들릴 뿐이었다. 체육관이 열리면 굳건하고 사내답고 건강하라는 또 다른 소리가 들리고, 아일랜드 부흥 운동이 학교에서 일어나면 모국에 충실하라, 모국의 언어와 전통의 보급을 도와라라는 다른 소리가 들리곤 했다.....그는 이러한 온갖 환영을 쫓다가 길을 잃고 서 있었다. 이런 소리를 귀담아 들은 것은 다만 잠시, 그들의 목소리로부터 떨어져 그들의 부름을 초월하여 홀로 있을 때나 아니면 환상을 벗 삼아 함께 있을 때만이 그는 행복했던 것이다."(조이스, 1995; 79)

연극을 시작하기 전 스티븐은 한 신부와 마주쳤고 스티븐은 이 신부가 아버지와 닮은 데가 있다고 생각한다. 이는 스티븐-조이스의 증상의 핵심에 다름 아닌 아버지와의 (비)관계가 있다는 사실을 보여주는 대표적 예들 중 하나이다. 연극이 끝난 후 스티븐은 자신을 기다리는 아버지를 외면하고 혼자 걷기 시작한다. 그는 시체 공시소의 어둡고 음산한 현관을 바라보다가 어둡고 좁다란 자갈길을 바라본다(조이스, 1995: 62). 스티븐이 아버지를 외면한 채 혼자 뛰쳐나가 죽음의 이미지를 바라보는 것에서도 스티븐-조이스의 아버지 부재 현상이 서서히 명확하게 드러나고 있음을 알 수 있다.

다시 장면이 바뀌어 스티븐은 아버지와 여행을 떠난다. 여행 중의 일들을 묘사한 이 장면을 통해 스티븐-조이스에게 아버지 이름이 부재했다는 사실이 이제 아주 분명하게 드러난다. 아버지와 아들이 나란히 걷고 있고, 아버지는 아들에게 살아가는 방법, 자신의 젊었을 때의 경험들에 대해 말하면서 이렇게 덧붙이고 있다. 이 대목 역시 조이스와 아버지의 관계, 즉 아버지의 부재라는 라깡의 논제를 잘 보여주고 있다. "너는 이런 올바른 기질을 가진 친구들과 사귀어야만 해. 난 네 친구의 입장으로 말하는 거야. 스티븐, 아들이 반드시 아버지를 두려워해야 한다는 이유는 틀렸다고 생각해. 내가 젊었을 무렵 할아버지가 나를 대하셨듯이 나도 너를 그렇게 대하고 있는 거야. 할아버지와 나는 부자간이라기보다 형제간 비슷했다. ....스티븐은 아버지의 웃음소리가 마치 흐느껴 우는 것같이 느껴졌다."(조이스 1995: 87)

이러한 아버지의 말을 듣는 중에 다시 스티븐은 자아가 해체됨을 체험한다. "그는 흐느끼는 듯한 목소리가 아버지의 목구멍에서 꿀꺽 넘어가는 소리를 내며 사그라지는 것을 듣고 갑작스런 충동에 눈을 떴다. 햇빛이 갑자기 시야에 비쳐들자 하늘과 구름이 짙은 장밋빛 호수 같은 공간에 둥실 뜬 검은 덩어리의 꿈나라같이 보였다. 그는 머릿속까지 아찔해지며 나른하여 힘이 없어졌다. 상점 간판의 글자도 읽을 수가 없었다. 자기의 묘한 생활 태도로 인해 현실 밖으로 뛰쳐나가 버린 것 같은 느낌이었다.……그는 아버지의 목소리에 낙담하고 지친 나머지, 사랑과 환희와 우정의 부름에 멍하니 무감각한 채, 어떠한 세속적인 호소나 인간적인 호소에도 반응이 없었다. 그는 자기 생각이 자기의 생각이라는 것조차 분별하지 못하고 마음속에서 느릿느릿 이와 같이 되풀이 했다." 그후 스티븐은 다음과 같이 생각한다.

"난 스티븐 더딜러스다. 아버지와 나란히 걷고 있다. 아버지의 이름은 사이먼 디딜러스, 우리들은 아일랜드의 코크에 있다. 코크는 거리이고, 우리는 빅토리아 호텔에 숙소를 정하고 있다. 빅토리아와 스티븐과 사이먼, 사이먼과 스티븐과 빅토리아. 이름들."(조이스, 1995, 88)

조이스는 계속해서 이렇게 쓰고 있다. "어릴 적의 추억이 갑자기 희미해졌다. 그는 생생하던 순간의 일들을 몇 건 떠올리려 했으나 허사였다. 생각나는 것은 오직 명칭뿐. 대니, 파넬, 클레인, 콜롱고즈……" 그리고 스티븐은 죽음을 생각한다. "…작은 병실벽에 하늘거리는 난로의 그림자를 바라보며, 죽음에 대해서…."(조이스 1995: 88) 다음 에피소드 역시 스티븐의 아버지 부재 현상—기억의 부재—을 보여준다. 스티븐은 가산이 경매되던 날 아버지를 따라 술집을 여기저기 돌아다녔다. 거기에서 스티븐은 아버지의 지인들을 만나는데, 그 중 한 노인은 스티븐이 여자문제에 대해서는 별로 아는 게 없다는 아버지의 말에 대해 이렇게 말한다. "그럼 [스티븐은] 아버지의 아들이 아니군 그래."

지금까지 제시한 이 소설의 에피소드들은 스티븐-조이스에게 아버지 이름이 배척되었으며, 그리하여 스티븐의 육체 이미지와 자아는 해체의 위기에 처해지고 있다는 사실을 보여준다. 라깡에 따르면, 조이스는 예술창작을 통해 아버지의 이름의 부재를 스스로의 이름으로 대체함으로써 보충한다. 자신을 소외시켰던 상징계적 지식, 아버지의 이름을 폐기하고 스스로 창조한 새로운 기표, 그의 작품(글), 자신의 이름, 이 모든 것이 그의 향유, 이를 라깡은 증상(sinthome)이라고 부른다. 『젊은 예술가의 초상』의 에피소드에서 보았듯이 그가 명명하는 다양한 장소들 역시 아버지의 이름을 대체하는 고 정점의 기능을 수행한다. 바로 그 순간 스티븐은 그의 기억에 존재하지 않는 아버지의 이름의 부재를 **장소**에 이름을 부여함으로써 보충한다(물론 이름을 부여하기의 대상은 장소에 국한되지 않는다). 그리하여 라깡이 언급하듯이 "바로 후에", 즉 "그 누구도 인정하지 않으려는 순간에", 달리 말하면 아버지의 이름을 대신해 스스로 이름을 부여함으로써 그의 자아는 다시 "작동한다." 조이스는 이렇게 쓰고 있다. 그러나 그때 그는 죽지 않았다. 파넬이 죽었다...자신이 이와 같이 죽음에 의해서가 아니라 햇볕을 받아 사려져 버리든가 행방불명이되어 우주의 그 어느 곳에서 잊혀지든가 하여 존재하지 않게 된다는 걸 생각하니 몹시도 이상한 기분이 들었다....그의 작은 육체가 다시 순간 등장하는 것을 본다는 것은 이상한 일이었다. 띠가 달린 회색 양복을 입은 작은 소년 말이다."(조이스 1995: 88)

많은 조이스 연구자들이 지적하듯이 조이스 소설에서 장소, 혹은 도시가 갖는 의미는 중요하다. 하지만 장소, 이름이 조이스의 소설 및 인물에서 갖는 기능과 의미는 모호한 상태로 남아 있었으며, 라깡은 그것에 정신분석적 의미를 부여한다. 요컨대 장소, 즉 장소의 이름과 장소에 이름을 부여하기(명명하기)는 기표의 분열적 흐름에 정박점을 제공하는 일종의 고정점의 역할을 한다는 것이다. 라깡은 이렇게 말한다. "고정점이라는 도식은 인간의 경험에서 본질적이다.···정신병적 경험에서···기표와 기의는 완전히 분리된 형태로 제시된다. 우리는 정신병에서는 모든 것이 기표 속에 있다고 믿을 수 있다. 모든 것이 거기에 있는 것처럼 보인다. ··· 인간 존재가 정상적이라고 말하기 위해 필요한, 기표와 기의 사이의 근본적인 결합점들의 최소한의 수를 결정하는 것에 도달하는 것이 불가능하지 않다."(Lacan, 1981: 104) 라깡의 초기의 이러한 정신병에 관한 임상적 견해가 훗날 조이스의 증상(sinthome)이라는 개념으로 완성된 것이다.

IV. 맺음말

지금까지 『젊은 예술가들의 초상』에서의 정신병적 에피소드를 중심으로 조이스에서 기억과 장소(성)의 의미과 그 상관관계에 대해 살펴보았다. 매우 포괄적인 텍스트 분석을 요구하므로 조이스 작품과 생애 전반에 걸쳐 조이스에서의 장소(성)의 의미를 여기에서 모두 살펴보는 것은 불가능하다. 예컨대 『율리시스』는 조이스가 살았던 더블린이라는 도시의 장소들에서 일어나는 다양한 에피소드로 구성되어 있는 작품이다. 조이스는 『율리시스』에 등장하는 에피소드들을 제시하면서 그것들의 그 의미가 드러나도록 이 작품을 구성하고 있다. 예컨대 라깡은 『율리시스』의 「사이렌즈 장」에서 아버지 격인 블룸(Bloom)과 아들 격인 스티븐(Stephen) 사이에서 벌어지는 에피소드에 대해서도 언급한다.(Lacan 2005: 69~70) 둘은 친밀한 관계로 지내지만 그들의 관계는 『오디세우스』의 부자처럼 상징적 관계를 결국 맺지 못한다. 소설의 그 부분에서 블리펜(Blephen)과 스툼(Stoom)이라는 이름이 등장하는데, 물론 그것은 블룸과 스티븐이라는 이름을 합친 것이다. 말하자면 두 존재(의 무의식)가 하나가 된다는 것인데 라깡은 그것을 상징적 아버지와 아들의 관계가 아니라 "순수한 글(쓰기)"로 결합되는 것으로 해석한다. 조이스는 이러한 사건(그리고 그밖의 다양한 의미를 지닌 사건들)이 발생하는 장으로서 장소와 공간에 대해 관심을 갖고 있었다. 『젊은 예술가의 초상』에서 핵심적인 장소(도시)가 코크였다면, 희곡 『망명자』에서는 파리가 그의 증상적 장소이다. 그것은 라깡이 말하듯이 남녀 사이의 '성관계의 불가능성', 그러나 '그럼에도 불구하고 '관계가 가능할 수 있음'을 보여주는 장소이다. 라깡은 조이스와 노라, 즉『망명자』에서의 리처드와 버사의 관계에 대해 이렇게 말한다. "그렇다면 조이스와 노라와의 관계는 어떠한가? 아주 독특한 것으로서, 나는 여전히 성관계는 존재하지 않는다고 말하지만 [그럼에도] 성관계가 존재한다고 말한다."(Lacan 2005: 83)

조이스의 작품 중 "가장 읽히지 않는"(라깡) 작품인『피네간의 경야』에서는 모든 장소가 조이스의 무의식으로 편입된다. 라깡은 이렇게 말한다. "모든 사람, 어쨌든 가능한 많은 사람들을 점령하려는, 예술가가 되려는 그의 욕망은 정확히 다음과 같은 사실을 보상하는 것이 아닌가?, 즉 그의 아버지는 결코 그에게 아버지인 적이 없었다는 사실 말이다." 라깡에 따르면 조이스에는 아버지 이름이 부재했으므로, 아버지의 이름을 자신의 이름으로 대체하는 과정에서 과대적인 자아의 태도를 보였다. 자신의 글로써 세계를 모두 점령하려는 과대적 자아의 모습 말이다. 그러므로 라깡에 따르면 조이스의 자아가 곧 증상이 된다. 조이스에서 자아는 단순히 라깡이 초기에 말했던 거울 이미지로서의 상상적 자아가 아니다. 그것은 부재하는 자아를 재창조하는 최소한의 그러나 전 세계와 모든 장소로 확장된 일관성이다. 그리하여 그는 세계의 모든 장소를 차지하기 위해 10가지 정도의 언어를 섞어서 단어를 만들고, 점점 더 꿈의 세계로 빠져 들어가는 것 같은 글들을 생산하며, 문장들은 점점 더 읽을 수 없게 변한다. 신비적이고 과대적인 방식으로 자신 속으로 세계 전체를 편입하지만 그럼에도 동시에 조이스는 자신 속으로 편입된 세계 전체의 의미를 박탈함으로써 정당성 없는 권위, 억압, 소외, 죄책감으로부터 자신을 해방하는 독특한 작품을 창조해낸다.『젊은 예술가들의』초상에서 아버지가 다니던 학교의 책상에 새겨진 태아(foetus)라는 단어가 조이스 자신의 존재론적 위치, 즉 상징적 차원이 부재하며, 세계를 부정하는 영웅 스티븐의 자화상에 다름 아니 듯이 말이다.

자신의 전 작품을 통해 조이스는 기독교 전통과 그리스 전통을 융합하고, 다양한 장소들에 세속화된 성지, 즉 세속화된 순교자가 거주하는 '구원과 해방의 장소', 즉 억압적인' 상징계와 제도, 근원적인 죄의식과 소외로부터의 탈출이라는 세속적 엑소더스의 이미지를 부여한다(『율리시즈』에서의 귀환의 장면). 그리하여 『피네간의 경야』에서 에덴동산은 피닉스 파크로 변모하며, 주인공 이어워커가 범했다고 '가정되는' 성범죄의 근원적 장소가 되며, 여주인공 애나 리비아 플루라벨은 강, 대지, 바다가 되어 해방과 속죄가 실현되는 불가능한 장소가 된다.

논문 출처(논문 수록순)

※ 이 책에 실린 글은 기존의 논문을 수정 및 보완한 것이다. 논문의 출처는 다음과 같다.

- 김제정, 「식민지기 조선인과 재조일본인의 경성 안내서 비교-『京城便覽』(1929)과 『大京城』(1929)」, 『도시연구』 19호, 2018.4.
- 정영훈, 「미군정기 국어 교과서의 편찬 과정 재론-조선어학회와 조선문화건설중앙협의회의 관계를 중심으로」, 『배달말』 제50집, 2012.6.
- 박은희, 「김사량 문학의 특수성과 동아시아적 보편성」 『한국학연구』 제29집, 2013.2.
- 이정민, 「중세 부르고뉴 묘지(墓地)와 '평화 공간'」, 『통합유럽연구』 제9권 제1집, 2018.3.
- 김용환, 「계몽의 반계몽화-알렉산드르 2세 통치기의 '인민을 위한 도서'출판 정책」, 『국제지역연구』 제22권 제3호, 2018.10.
- 윤용선, 「독일현대사와 시기설정의 문제」, 『세계 역사와 문화연구』 제49집, 2018.12.
- 신종훈, 「나치정부의 유럽 프로파간다, 1939-1945」, 『독일연구—역사·사회·문화』 제41호, 2019.8.
- 김지영, 「세계대전시기 헝가리에 대한 미·소 전시정책(戰時政策)의 변화」, 『동유럽 발칸학』 겨울호, 1999.
- 홍상우, 「2015 러시아 영화연구」, 『슬라브 학보』 제31권 제3호, 2016.9.
- 김미정, 「히치콕의 영화에서 그려지고 있는 감시, 스펙터클, 그리고 서스펜스-미국 맥카시즘에 대한 알레고리적 읽기」, 『현대영미어문학회』 제36권 제4호, 2018.11.
- 홍준기, 「조이스의 증상(sinthome): 라깡의 정신병 임상과 조이스 증상의 윤리성」, 『라깡과 현대정신분석』 제15권 제1호, 2013.8.

저자 소개(가나다순)

김미정 경상대 영어영문학과 교수
김용환 경상대 러시아학과 교수
김제정 경상대 사학과 교수
김지영 숭실대 HK 교수
박은희 중국 노동대학 교수
신종훈 경상대 사학과 교수
윤용선 한성대 크리에이티브인문학부 교수
이정민 경상대 사학과 교수
정영훈 경상대 국어국문학과 교수
홍상우 경상대 러시아학과 교수
홍준기 경상대 학술연구 교수